LES ANNÉES SAUVAGES

JEAN CARRIÈRE

LES ANNÉES SAUVAGES

roman

ROBERT LAFFONT/J.-J. PAUVERT

IL A ÉTÉ TIRÉ DE CET OUVRAGE SUR VELIN CHIFFON DES PAPETERIES LANA VINGT-CINQ EXEMPLAIRES NUMÉROTÉS DE 1 A 25 PLUS QUELQUES EXEMPLAIRES D'AUTEUR, LE TOUT CONSTITUANT L'ÉDITION ORIGINALE

ISBN 2-221-04991-8

A Hélène, grâce à qui j'ai pu utiliser, pour parler de ce qui existe, les moyens que j'aurais choisis pour parler de ce qui n'existe pas.

« Ceux qui n'ont pas compris le passé sont condamnés à le revivre. »

GOETHE

Octobre 85. L'automne est là. Les premiers brouillards montent du lac le soir. Au lever du jour, lorsque je longe ses berges, l'eau noire fume dans l'air glacial. C'est l'instant de la journée que je préfère. Je me poste sur l'embarcadère et j'attends. Le silence est presque total. Il n'y a que le léger clapotis de l'eau contre la barque presque immobile. Je pense à ma vie. Voilà où m'a conduit le refus ou l'impossibilité de devenir une « grande personne » : à attendre devant un lac solitaire. Attendre quoi ? Espérance pas morte. J'ai songé ce matin à Fez, à la bibliothèque de l'Institut, à mon appartement désert où la chaleur a dû s'accumuler. Un ennui accablant m'a saisi rétrospectivement à la pensée de ce quart de siècle qui a glissé sournoisement entre mes mains comme du sable. J'ai essayé d'imaginer une autre vie : rencontrer une fille, il y a trente ans, qui m'aurait donné des enfants et aujourd'hui serait devenue ma mère. Que j'aurais trompée, quittée pour une fille plus jeune auprès de qui j'aurais cherché à oublier mon âge. Qui m'aurait à son tour trompé, quitté, etc. Froid dans le dos. Jouer ce jeu : entrer dans des catégories qui ont pignon sur rue : mari, père, amant, cocu, divorce, couteaux tirés. Chaîne hi-fi, bagnoles, vacances, rentrée des classes, parents d'élèves, automne et feuilles mortes, cœur détraqué, inquiétudes, examens, assurance-vie... Les hommes se définissent-ils par leur aptitude à gérer plus ou moins confortablement les schémas immondes imposés par l'Histoire ?

Écouter les informations à la radio me provoque toujours un malaise : j'ai l'impression d'entendre des fous discuter de confort sur un navire en train de couler. J'ai pris un plaisir malsain à imaginer ce qu'il serait advenu de Rimbaud dans cette foire d'empoigne générale : le surdoué de Charleville donne une conférence sur l'alchimie du verbe au centre Beaubourg : « Il faut être absolument moderne », déclare le poète pendant son allocution. Le ministre lui donne l'accolade. L'auteur du *Bateau ivre* promu chevalier de la Légion d'honneur. On chuchote son nom en Suède... J'ai pensé tout à coup aux plateaux torrides d'Éthiopie où Rimbaud avait fui comme à un paradis.

Juillet 85. Le télégramme annonçant le décès de ma mère m'attendait depuis trois jours au bureau. La secrétaire du directeur, qui me savait absent de chez moi, avait jugé préférable de me le remettre en main propre. Aujourd'hui, c'était le 5 juillet, vendredi. L'enterrement avait eu lieu le mercredi 3 juillet. Ainsi, là-bas, tout était terminé. Je me suis senti étrangement soulagé : à quoi bon affronter l'égoïsme féroce des morts ? Je n'envisageais pas non plus sans ennui la perspective d'un voyage en France. J'ai tout de suite pensé consulter Maurel, notre archiviste, qui fut autrefois avocat : peut-être existait-il un moyen de régler le problème de la succession dont il était question dans le télégramme sans que ma présence soit indispensable. Avant que l'impotence ne cloue maman dans son fauteuil, c'était elle qui venait me voir au Maroc. J'avais toujours prétexté que le changement d'air et le climat lui étaient bénéfiques et je réglais tous les frais du voyage que sa modeste retraite n'aurait pu supporter. Je ne l'avais pas revue depuis dix-huit mois. Aucune de ses lettres ne m'avait laissé supposer que sa mort surviendrait si vite. Elle ne se plaignait que de ses crises de rhumatismes, ce qui, compte tenu de son âge (elle frisait les quatre-vingts ans), ne me paraissait pas mauvais signe.

Je me suis demandé par quel hasard bizarre je m'étais absenté pendant ces trois jours. Moi qui n'aime ni les voyages ni les congés, j'avais brusquement éprouvé le besoin de m'éloigner de Fez et de gagner un petit bled de la montagne au-dessus d'Azrou, dans l'espoir de nuits plus fraîches.

J'ai quitté l'Institut avant midi pour répondre au télégramme de Paulo, un neveu de ma grand-mère que j'avais perdu de vue depuis une bonne trentaine d'années. Je crois qu'il était employé de banque, aujourd'hui à la retraite, forcément. J'ai toujours de la peine à imaginer que des gens que j'ai connus jeunes puissent être maintenant des personnes âgées. Paulo. Quelle allure avait-il désormais ? J'ai murmuré son nom plusieurs fois, étonné de sentir à quel point sa sonorité me dépaysait.

Il fallait tout de même que je le remercie. Nous n'avions plus d'autre parent que lui ; aussi s'était-il trouvé dans l'obligation d'effectuer toutes les formalités à ma place : déclaration du décès, négociations des funérailles, et certainement réduction de corps, car je savais que notre caveau de Saint-Just ne pouvait accueillir un nouveau cercueil. L'idée d'être un jour contraint d'affronter ce que je considère encore aujourd'hui comme la pire des épreuves m'avait souvent tourmenté. Mais l'exil me protégeait de tous ces inconvénients, majeurs ou mineurs, que multiplie la fin d'une existence : rien ni personne n'aurait pu me déloger de Fez où, il y a vingt-cinq ans, j'avais trouvé refuge.

Mon télégramme a été très bref : « Bien reçu triste nouvelle. Te remercie pour tout. Indique-moi montant des frais. Lettre suit. Affections. Jean Mouraille. »

J'ai quitté la poste et je me suis dirigé vers le quartier où j'habite, au sud de la ville nouvelle, un quartier de petits immeubles dans le style des années 50-60, tous rongés par cette vétusté et cette lèpre précoces qui guettent le béton ou le parpaing, et me rappellent le littoral du Languedoc d'avant-guerre, avec ses villas rouillées et ses jardins dévorés par le sable. C'est une zone où il n'y a jamais beaucoup de circulation. Comparée à la médina de Fas al-Bali, véritable fourmilière, cette partie de la ville européenne a un aspect toujours un peu mort. Cet abandon m'avait frappé dès mon arrivée à Fez, au début des années 60. C'était après la mort de Muhammad V, en avril 61, juste après qu'Hassan II fut monté sur le trône, et, depuis l'indépendance, beaucoup de Français avaient quitté le Maroc.

J'aimais ce vide autour de moi, le silence des rues écrasées de soleil. Cette ville démeublée, cette raréfaction de la vie – à peine à quelques kilomètres d'une des médinas les plus peuplées de l'Islam – évoquaient je ne sais quel cataclysme imminent. A cette époque-là, je faisais toujours le même rêve : les combats qui avaient éclaté entre le Maroc et l'Algérie aux confins sahariens ne lui étaient sans doute pas étrangers. Un matin, je me réveillais dans une ville désertée par ses habitants. J'errais dans les rues sans rencontrer âme qui vive. Je survivais grâce aux conserves récoltées au hasard dans des boutiques à demi pillées. Je visitais des logements déménagés en grande hâte, livrés à la poussière et au vent. Enfin je regagnais mon domicile chargé de munitions, d'armes, de livres et de nourriture. Et tout un arsenal à portée de main, derrière mes volets clos, j'attendais. Ce rêve me visitait de façon si lancinante que j'avais fini par m'en rendre complice, l'agrémentant le soir avant de m'endormir de diverses péripéties. J'étais le dernier survivant de la race humaine.

Quel homme exilé de sa patrie et réfugié au fond de lui-même n'a éprouvé ce sentiment d'incarner l'ultime témoin d'une espèce disparue ?

Dans mon appartement, fermé depuis trois jours, la pénombre donnait une impression de fraîcheur, après la chaleur étouffante des rues où le soleil tapait de toute sa force contre les murs blancs. Je n'avais pas faim. J'ai pris une douche. L'eau était tiède. J'ai sorti une boîte de bière du frigo et je me suis installé à demi nu sur mon lit. C'est là que j'ai senti que quelque chose avait changé, comme si la disparition de maman venait de modifier le regard que je portais sur ce décor au milieu duquel je vivais depuis vingt-cinq ans.

Le logement comprenait un vestibule, une salle à manger séparée du salon par une large ouverture en voûte dans le style arabe, deux chambres et une salle de bains, sans compter une terrasse assez large qui donnait sur un jardin ombragé d'eucalyptus. Je l'avais trouvé un peu grand pour une personne seule : aussi les quelques meubles d'occasion dont j'avais fait l'emplette laissaient-ils flotter dans les pièces cette impression de vide et de campement provisoire que je n'ai jamais cherché par la suite à corriger. Je me voulais libre de toute attache et je m'étais habitué à vivre dans cette atmosphère dénudée qui laissait persister autour de moi un présage de nouveau départ, comme si mon installation ici ne tenait qu'à un fil. Insensiblement, ce provisoire était devenu définitif, mais en dépit du temps, en dépit de mon immobilité – je n'avais quitté le Maroc qu'une seule fois, pour me rendre à Dakar en bateau, où l'on m'avait proposé à la Maison de la culture franco-sénégalaise une place de bibliothécaire équivalente à celle que j'occupais ici –, en dépit des habitudes prises, le logement avait conservé son apparence vacante et démeublée, comme si je venais à peine d'emménager ou que je sois sur le point de décamper.

Mon célibat ne laissait pas de chagriner maman, comme la gênait la nudité des murs au milieu desquels je vivais, et où je n'avais jamais éprouvé le besoin d'accrocher le moindre tableau. Elle ne devait pas manquer d'établir une relation entre ces faits et elle n'avait pas tort : le moindre poids m'incommodait; décorer un appartement, y raciner un tant soit peu ne me serait pas venu davantage à l'esprit que créer un foyer. Mes relations avec les femmes se bornaient à de brèves liaisons auxquelles je n'ai jamais donné de lendemain. Quand il m'arrivait de m'interroger sur les raisons de mon comportement, je n'y voyais que cette volonté d'indépendance, cette répugnance à fixer un cadre à ma vie et des limites à l'avenir, à quoi j'ai toujours préféré, pour aussi loin qu'il m'en souvienne, un certain flou et cette incertitude qui me laissaient plus libre de mouvement, même si je n'en ai jamais profité.

Sans doute à cause du télégramme, ces vingt-cinq ans qui s'étaient écoulés après tout de la façon la plus normale m'ont paru tout à coup incroyablement brefs. Un décès dresse des comptes dont le total se révèle toujours déficitaire : le temps subit un rétrécissement brutal, comme si le défunt nous dépouillait du crédit que sa propre vie accordait à la nôtre.

J'ai bu deux autres boîtes de bière glacée, fumé les deux dernières cigarettes de mon paquet, et j'ai fini par m'endormir. Lorsque j'ai ouvert les yeux, une lumière terne filtrait à travers les persiennes et j'ai cru qu'il y allait avoir un orage : il était plus de 9 heures. A l'Institut, on mettrait mon absence sur le compte du deuil. J'ai ouvert tout grand les volets et je me suis installé dans mon fauteuil, près de la fenêtre, comme à mon habitude. L'odeur du soir, aromatique et moite, montait de tous les jardins d'alentour, plantés de cèdres, de thuyas et d'eucalyptus. J'ai pensé subitement que là-bas, à Saint-Just, dans le caveau des Fieschi-Mouraille, avec la chaleur de juillet, le travail de la décomposition avait dû commencer.

Je n'avais toujours pas faim mais j'avais envie de fumer et je me suis aperçu que ma cartouche de Pall Mall était vide. J'avais la flemme de sortir pour en refaire provision. Au bout d'un moment, l'envie a été la plus forte; je me suis habillé et je me suis rendu jusqu'à un bar-tabac où je n'ai même pas pris le temps de boire une bière, de crainte de tomber sur quelque connaissance du quartier. Ce soir, la moindre conversation m'eût pesé. Je ressentais un vide. Bien que m'étant préparé à la mort de maman de longue date, je me rendais compte aujourd'hui à quel point son existence lointaine meublait ma solitude. C'était un capital d'affection et de souvenir qui continuait doucement à fructifier loin de moi. Je n'y puisais que très peu, mais cette présence représentait une sorte d'assurance sur laquelle je pouvais compter à tout moment. Je savais qu'à deux heures d'avion somnolait dans une petite maison entourée d'un jardin le dernier témoin de ma vie antérieure, et ce lien avec un passé dont je prétendais ne plus vouloir entendre parler avait dû probablement jouer dans ma vie un rôle plus important que je ne le supposais.

Tout en me livrant à ces réflexions, je glissais silencieusement dans mes sandales à travers les rues désertes aux croisements desquelles brillaient des tubes fluorescents disposés en V, et environnés d'une nuée d'insectes. Je me suis immobilisé un instant pour observer ces halos qui papillonnaient dans la nuit chaude et je me suis senti tout à coup projeté dans une autre vie, loin de cette ville et de ce pays, plus loin même que ces étoiles dont l'éclat indécis me parvenait à travers la nuit africaine. Cela n'a duré qu'un instant très bref, mais l'impression avait été si forte, si inattendue, que je me suis demandé si la mort de maman ne ranimait pas en moi tout un monde de sensations jusqu'ici engourdies par l'oubli. En regagnant mon domicile, j'ai essayé en vain de faire appel à mes souvenirs. Dans quel lieu précis, à quelle époque avais-je enregistré cette impression fugitive provoquée par un halo d'insectes tourbillonnant dans la nuit autour d'une lampe ? Quel événement s'était-il produit ce jour-là, suffisamment important pour me causer trente ou quarante ans plus tard un sentiment de dépaysement si profond ? Ce ne sont pas obligatoirement les grands événements qui nous marquent, et un simple instant de bonheur ou de tristesse immotivés, associé fortuitement à un lieu ou une heure particulière, laisse en nous une trace indélébile dont nous ne retrouverons jamais l'origine.

Une fois rentré, j'ai songé de nouveau à ce caveau de Saint-Just entouré de buis et de romarin, ce tombeau qu'on venait de rouvrir et qui avait englouté sa proie dans le crissement des cordes raclant le bois du cercueil. J'avais délibérément choisi de mettre entre ma mère et moi, entre sa vieillesse et moi, entre sa mort et moi, et probablement entre moi et moi, une distance que je devais plus à la compassion qu'à l'égoïsme. L'impuissance devant le naufrage et la disparition d'un être cher exige probablement des nerfs plus solides que je ne les ai. J'ai tué en moi par une longue et parfois cruelle persévérance tout ce qui pouvait donner prise à la souffrance. Pendant un quart de siècle, avec toutes les ressources de mon imagination qui par malheur n'en a jamais manqué, je me suis administré goutte à goutte l'instant de cette disparition comme on fait d'un poison qui prévient le mal à petites doses et foudroierait en une seule prise. Et il est vrai qu'à force d'en exploiter toutes les modalités j'avais fini par émousser le tranchant de cet événement, comme je m'étais refusé aux tendresses de la vie et fermé aux promesses de l'espoir.

Je n'aimais ni l'Afrique, ni le Maroc, ni Fez. Mais j'y avais peu à peu trouvé le moyen de n'exister qu'à la surface de moi-même, en m'éloignant de tout ce qui m'avait meurtri. L'exil m'avait offert la possibilité de vivre au jour le jour, dans un présent léger semblable à ces vacances indécises et illimitées qu'ouvrent les grands désastres, guerres et autres prodiges où le passé ni l'avenir n'ont plus cours, l'un avec ses menaces, l'autre avec ses vertiges. Non je n'aimais pas l'Afrique, voyant partout sa lèpre, même où elle n'était pas. Si j'avais choisi le Maroc, c'était d'abord parce que le hasard m'y avait offert un emploi, enfin pour son climat. Je fuyais le froid, les pénombres, l'automne jonché de choses mortes. Cette hantise qui remontait à ma première enfance perpétuait en moi dans un crissement de grille rouillée et un tourbillon de feuilles jaunies le deuil des vieux étés dont le retour d'aucun printemps ne guérit.

Je suis entré dans la chambre où j'installais maman lorsqu'elle venait passer quelque temps près de moi. Au début, ses séjours se prolongeaient durant plusieurs semaines. Le Maroc ne lui déplaisait pas. Mais, à mesure qu'elle vieillissait, je sentais qu'en dépit de ma présence elle languissait. Les dernières années, elle reprenait l'avion au bout de quinze jours. Saint-Just et son chez-soi lui manquaient, et je savais que le temps viendrait où elle ne pourrait plus s'arracher à son petit univers, sa santé lui eût-elle permis de le faire : la proximité de la mort rend casanier.

La chambre sentait le renfermé : je n'y pénétrais que très rarement. J'ai poussé les volets et la nuit est entrée avec ses odeurs de plantes en agitant doucement le tulle de la moustiquaire. Je me suis assis sur le lit où elle avait dormi pour la dernière fois, le 2 ou 3 janvier 1984. Je n'avais pas oublié la conversation que nous avions eue ce soir-là. Par un accord tacite, nous ne parlions que rarement du passé. Avait-elle eu le pressentiment qu'elle ne reverrait plus cette chambre, ce lit, cette commode que j'avais réparée, revernie pour elle ? J'ai revécu la scène où, quand je l'avais embrassée avant d'aller dormir, elle avait effleuré ma joue de sa main affreusement fripée, déformée par les rhumatismes, et elle m'avait dit : « Nous avons tous notre lot, tu sais. » La lampe de chevet éclairait à peine son visage, mais suffisamment pour que je surprenne dans ses yeux l'abîme de tristesse d'où montait cet aveu.

Je suis retourné dans ma chambre et j'allais m'installer sur mon lit pour me plonger dans un livre, quand j'ai éprouvé le besoin de revoir le visage de maman. J'avais perdu le souvenir de ce qu'elle était avant que la vieillesse ne grave pour toujours dans ma mémoire ce visage exigu et fané qui avait peu à peu effacé les autres visages, et me condamnait à ne conserver d'elle que l'image d'une vieille femme déjà touchée par la mort. De quelle époque datait sa dernière photographie ? Je ne m'en souvenais plus. Je n'ai jamais été intéressé par la photographie et ne possède pas d'appareil. Les quelques photos accompagnées de lettres qui dormaient dans une des caisses que je n'avais jamais ouvertes remontaient obligatoirement avant mon arrivée au Maroc.

La pièce où j'entreposais tout un déménagement inutile que j'avais été maintes fois tenté de bazarder au brocanteur chez qui je m'étais meublé me donnait toujours l'impression, lorsque j'y pénétrais, de n'avoir pas tout à fait réglé mes comptes avec le passé. J'attendais, paresseusement, que le temps fasse le travail à ma place, que le fruit se détache de l'arbre. Je me disais qu'un beau matin, quand je consentirais à constater que toutes ces vieilleries auraient perdu toute signification pour moi, et que je serais certain qu'aucun signe de vie ne s'y décèlerait plus, je donnerais l'ordre au brocanteur de venir m'en débarrasser avec sa charrette. Je ne sais trop si c'est par indifférence ou vague scrupule que je ne m'y étais jamais résolu.

A la lueur de l'ampoule jaunâtre et poussiéreuse qui pendait au plafond, j'ai fait sauter à l'aide d'un tournevis le couvercle de plusieurs caisses avant de dénicher la boîte à chaussures fermée d'un ruban doré, vestige de quelque Noël lointain, où maman avait tracé de son écriture désordonnée, quand je me préparais à quitter la France : « Souvenirs, lettres d'Edmond, photos de famille. » J'ai répandu le contenu de la boîte sur mon lit. Il y avait une liasse de lettres sur l'enveloppe desquelles j'ai reconnu l'écriture nerveuse de mon père, une vingtaine de photos écornées et pâlies, une cassette de magnétophone, un bouquet de lavande tout effrité et un cône de sapin doré au pinceau. Tout en examinant les photos, j'ai porté machinalement jusqu'à mes narines le mince fuseau de lavande grisâtre et friable dont l'origine remontait à cette soirée de septembre 1944 où s'étaient enfuies tant de choses; il ne dégageait aucune odeur.

La plupart des photos avaient été prises avec le Kodak « Vest Pocket » de ma mère, un petit appareil à soufflet que ma grand-mère avait ramené des États-Unis, et qui devait se trouver dans une des caisses. On y voyait mes grands-parents maternels, mon père, son beau-frère, sa sœur, qui était morte en 1954, des amis. Ma mère ne figurait que sur une seule photo, très ancienne, où elle me tenait dans ses bras, chrysalide emmaillotée jusqu'aux oreilles. Ce visage ne correspondait à aucun souvenir réel pour moi. La mémoire n'est peuplée en grande partie que de visages de morts. C'est le dernier instantané qui se fixe comme un éclair sur le film des souvenirs, effaçant tous les autres, les absorbant, détruisant pour toujours les étapes imperceptibles de leur métamorphose.

La bande magnétique, je savais ce qu'elle contenait : j'avais enregistré ma mère, un soir de Noël, ici même, ma mère lancée dans la narration de sa rencontre avec mon père, au cours d'un concert salle Pleyel à Paris, où l'on jouait notamment l'ouverture de *Tristan,* de leurs premiers rendez-vous, de la complicité qui s'était établie entre eux grâce à leur passion commune pour la musique.

J'ai placé la cassette dans mon magnétophone à piles, et, allongé sur mon lit, j'ai écouté sa voix claire me raconter de nouveau les péripéties d'une aventure dont la conclusion était cette existence qu'on m'avait offerte et dont je ne sais encore démêler les joies fugitives du malheur d'y survivre. Je me suis levé, je suis allé pousser les volets de la fenêtre qui donnait sur la rue, où un tube au néon, à une cinquantaine de mètres de mon logis, dispensait une clarté neigeuse. Appuyé à la fenêtre, je respirais la nuit d'Afrique, sous des étoiles dont la disposition n'avait pas changé depuis que le monde est monde, et qui n'étaient pourtant que la réplique insignifiante de celles que j'avais connues quarante-cinq ans plus tôt, sur les hauteurs de la Margeride, où elles tremblaient comme les lumières d'une gigantesque métropole dans les nuits d'acier.

Derrière moi, la voix de ma mère poursuivait ses confidences, liées à ce Noël des premiers temps de mon exil, un Noël d'Afrique privé de toutes les magies de l'enfance, de ses neiges et de ses sapins, de ses papiers froissés, de son odeur d'orange et de bûches bavant leur sève... Elle parlait maintenant de montagnes et d'hivers, de chalets perdus dans les forêts du Vercors : « Les Grands et les Petits Goulets, le col Vert, le Col de l'Arc, le Cornafion, le Moucherotte, la Moucherolle... Nous étions à l'hôtel du Parc, à Villard-de-Lans... La fenêtre de ma chambre donnait sur le jardin, derrière l'hôtel... Nous allions souvent pique-niquer au col de la Croix-Perrin... Renée Harvard nous accompagnait, la fille du directeur de la “ His Master's Voice ”. Tu te roulais dans l'herbe comme un fou. Un jour, tu t'es redressé sur tes coudes, et tu es resté pensif, immobile ; Renée Harvard t'a demandé ce que tu avais. Tu lui as dit : “ Tu crois que je pourrai toujours me rouler dans l'herbe ? ” Elle t'a répondu : “ C'est tout ce qui t'intéresse dans la vie ? ” Tu ne lui as plus adressé la parole et tu l'as évitée tout le reste des vacances... Tu avais huit ans... – Elle avait poussé un soupir – ... Villard-de-Lans... la douceur des sapins sur les pelouses, avant-guerre... »

Avant-guerre, entre-deux-guerres... Le présent ne pesait d'aucun poids devant ces mots brusquement rechargés de toute leur puissance d'évocation par la voix d'une morte enregistrée sur une bande magnétique. Ni le présent, ni cette ville d'un demi-million d'habitants endormie sous des constellations artificielles, ni ce qui se passait sur terre en cet instant, rien.

La nuit pâlissait : la lune s'était levée. Un moustique tournait dans la pièce, rôdait autour de la lampe. Je me suis allongé sur le lit et j'ai fermé les yeux. L'avant-guerre, les nuits d'été qui avaient précédé le désastre de 40, c'était ce bourdonnement musical d'un moustique autour d'une lampe à pétrole posée au chevet de mon lit, à Saint-Just, l'odeur de moisi dégagée par la spirale chimique qui se consumait lentement pour le dissuader de nous couvrir le visage de cloques, la chaleur enfermée dans une chambre, chaleur moite et voluptueuse des débuts d'été annonçant les départs et les délivrances. Partir. Le mot n'était pas tout à fait usé. Il soulevait encore, soutenu par le bourdonnement intime du moustique, des odeurs de mer ou de montagne, des promesses de forêts et de hautes landes délivrées des pesanteurs terrestres. Vacances. Chemins qui vont se perdre dans le ciel, véhiculant à perte de vue leurs deux ourlets de gazon. « *Que los caminos del monte te lleven hacia los cielos* [1] », fredonnait la jeune Espagnole partie en juin 40 avec nous.

En ouvrant des yeux, j'ai observé le plafond, où bougeait doucement l'ombre d'une branche, et j'ai cru qu'on était dimanche. J'ai repris mes esprits : c'était samedi. Samedi, et maman était morte. Maintenant, j'étais seul au monde. J'ai tourné et retourné l'événement dans ma tête, pour voir dans quelle mesure cela changeait quelque chose à mes habitudes. Oui, je me sentais plus libre. De drôles de souvenirs me revenaient à la mémoire, flottant sur les eaux plus légères de cette étrange liberté.

Tout était blanc autour de moi. Blanc, le lit. Blancs, les murs et le plafond. Blanches, les boiseries. Les couloirs, les ascenseurs. Le nickel ajoutait à cette blancheur douceâtre une menace terriblement explicite : il avait été question un

1. « Que les chemins de la montagne te conduisent à travers le ciel. »

moment de lobotomie. L'infirmière, vouée à la même blancheur que ces limbes où flottait l'odeur qu'on imagine aux salles de dissection – fadeur liée aux antichambres de la mort –, penchait sur mon lit son visage étranger qui me dépouillait de mon identité, me réduisait à une conscience animale où persistait une vague honte : « Avez-vous envie d'uriner ? » Sur le plafond, dansait l'ombre des feuillages d'un autre monde, proscrit et lointain. Un an sous Largactil – autre blancheur ouatée qui effaçait les différences et, neutralisant le désordre mental, neutralisait jusqu'au goût d'une cigarette, ou le parfum des massifs de roses qu'on arrosait le soir.

Dix ans plus tard, éternel convalescent, comme sans mémoire, je quittais la France pour le Maroc.

Je m'étais endormi très tard. J'ai consulté ma montre : il était plus de 9 heures. Je devais aller chercher ma vieille BMW au garage, où je l'avais laissée la veille à mon arrivée pour la faire réviser, et il y avait surtout ce coup de téléphone à passer à Paulo.

Douche. Café. Première cigarette. Toujours cet étrange flottement des pensées, ni meilleures ni pires que d'habitude : désancrées. Et un besoin instinctif de quitter le plus vite possible cet appartement, comme si je ne voulais pas entamer un dialogue avec une morte qui maintenant réclamerait des comptes à mon indifférence – ou à une compassion dont je redoutais les réactions tardives : torture inutile.

La voiture était prête, déjà bouillante sous le soleil du parking : bougies, plaquettes de frein, vidange, réglage, lavage. J'ai fait le plein d'essence, payé le tout, et je me suis rendu directement à la poste. Les recherches ont été plus faciles que je ne le croyais.

Paul Fieschi, 1028 route de Bagnols, à Pont-sur-Rhône. Gard. Tél. : 66.39.99.27. Grâce à l'automatique et au peu d'encombrement des lignes, j'ai obtenu le numéro immédiatement. Une voix de femme a répondu, avec un fort accent méridional.

– Allô, je suis bien chez Paulo Fieschi ?

– Oui. Qui le demande ?

– Jean Mouraille. C'est Jean Mouraille à l'appareil. Pourrais-je lui parler ?

Elle a étouffé une exclamation et j'ai entendu très nettement malgré la distance le bruit sec du téléphone lâché précipitamment sur un meuble. J'ai attendu un peu plus d'une minute en essayant d'imaginer la pièce où se trouvait l'appareil. Les persiennes closes. Les mouches sur une toile cirée. Dehors, les platanes qui bordent cette route que je connais bien. Le trafic des camions-citernes qui descendent vers le Languedoc et l'Espagne. Autour, des collines déjà brouillées par la chaleur de juillet.

– Allô, c'est Jean ? Ici Paulo. J'étais dans le jardin.

Il paraissait essoufflé.

– Je voulais te remercier pour tout ce que tu as fait. Je n'étais pas à Fez quand le télégramme est arrivé. Je n'en ai pris connaissance que vendredi, hier. Enfin, c'était trop tard, tu comprends ? As-tu reçu le mien ?

– Oui, oui. Nous avions bien compris que tu avais eu un empêchement. C'est drôle, tu sais, d'entendre ta voix depuis si longtemps. Je t'entends très bien. On dirait que tu es dans la pièce.

Entendre ma voix depuis si longtemps : était-ce du Maroc que je l'appelais, ou depuis le fond de ces vingt-cinq ans où sa mémoire – et peut-être la mienne en cet instant – me situait toujours ?

– Moi aussi ça me fait drôle. Comment est-elle morte ? J'imagine que c'est arrivé trop vite pour que vous ayez eu le temps de me prévenir ?

– Tout allait très bien. Dimanche dernier, elle a eu un étourdissement, mais ce n'était pas le premier. Le Dr Pelloutier disait que le cœur était bon. C'est probablement une congestion cérébrale. Elle est morte pendant la nuit. La voisine qui s'occupait d'elle, tu sais, Mme Reboul, elles étaient très amies, c'est elle qui nous a prévenus. Elle l'a trouvée inanimée dans son lit, morte. Le docteur prétend qu'elle ne s'est rendu compte de rien. D'une certaine façon, c'est mieux pour elle. Pour toi...

– Oui, bien sûr. Et cette histoire de succession, ce n'est pas si pressé, tout de même. Maintenant, un peu plus tôt ou un an plus tard. Indique-moi tout de suite le montant des frais. J'espère que tu n'as pas lésiné.

– Elle avait insisté depuis longtemps auprès de Mme Reboul pour que le cercueil soit très simple. Enfin, j'ai fait pour le mieux. Il y avait tout le village à son enterrement. Le maire, le conseil municipal, tout le monde. Le notaire m'a dit qu'il t'écrirait dans la semaine. Elle a... Il y a... Enfin, je crois savoir qu'elle a pris des dispositions particulières, mais je ne peux rien te dire de plus. Je pense que tu seras quand même obligé de venir.

– Oui, bon, je verrai, après avoir reçu la lettre du notaire. J'ai beaucoup de travail actuellement.

– Comment vas-tu, maintenant? Tu n'es toujours pas marié?

– Non, pas marié et je vais très bien. Le Maroc est un très beau pays. C'est toi qui devrais venir me voir avec ta femme... avec Louisette (le prénom m'était revenu d'un coup sur les lèvres).

– Le Maroc, c'est loin. Et puis, maintenant, nous sommes sur la touche. Je vais sur mes soixante-neuf. Mais enfin, ça peut aller. On bricole.

– Dis-moi, Paulo, quel temps fait-il chez vous?

– Très chaud. 36° à l'ombre. C'est surtout les nuits qui sont pénibles. Et là-bas, à Fez?

– Ce n'est pas le meilleur moment de l'année. Mais j'ai l'habitude. Paulo, j'insiste : le montant des funérailles? Je n'ai pas besoin de facture. Dis-moi le chiffre. Je préfère me débarrasser de ça tout de suite.

– Six cent cinquante mille francs. Tout compris. Il y a eu la réduction des deux...

– Pas de détails, Paulo. Il y a des choses dont je n'ai pas envie de parler. Qu'est-ce que c'est que ce bruit?

La netteté de la communication était telle que j'ai distinctement entendu corner des véhicules – probablement sous la fenêtre de la pièce où se trouvait le téléphone.

– Rien. Un bouchon. Pendant les mois d'été, c'est un enfer. Ça passe sans arrêt. Nous dormons dans le pavillon au fond du jardin.

– Paulo, il faut que je prenne congé de toi. Encore merci

pour tout. Je te tiendrai au courant. Au revoir, Paulo. Je t'embrasse.

– Allez, adieu, Jean. A bientôt.

Je suis remonté dans la BM et j'ai suivi l'avenue le long des palmiers sans trop savoir où j'allais. La chaleur faisait déjà trembler l'asphalte, déformait les silhouettes des voitures, au bout des perspectives. Devant l'ennui et la morosité que promettaient ces deux jours de silence et de ressassements vains entre les quatre murs de mon domicile, j'ai subitement décidé de filer à Garba, un village de pêcheurs proche de Kenitra : deux heures de route, et l'océan. Je n'avais même pas besoin de repasser chez moi, ayant laissé dans la malle de la voiture mon sac de voyage et deux ou trois livres qui me tiendraient compagnie sur la plage. Il devait me rester l'équivalent de mille francs dans mon portefeuille : c'était plus que suffisant pour subvenir aux frais d'un week-end au bord de l'Atlantique.

J'ai pris la route de Kenitra. Après la descente, des champs plats et monotones et des vergers se sont succédé, vibrant sous le soleil intense de 11 heures du matin. A mi-chemin, je me suis arrêté pour boire une bière fraîche dans la buvette d'une petite station-service. La chaleur exaspérait des odeurs de chiffons gras et de cambouis provenant de l'atelier de réparation noir de crasse où s'affairait devant son établi un mécanicien marocain. Comme je regagnais ma BM, j'ai remarqué, parmi les épaves de voitures échouées autour de l'atelier, une vieille Aronde couleur crème qui paraissait en parfait état de marche et brillait de tous ses chromes au soleil, et, quoique ce genre de relique soit monnaie courante au Maghreb, ce détail m'a frappé. J'ai repensé subitement à ce bruit de klaxons que j'avais entendu tout à l'heure, provenant d'une petite bourgade languedocienne tapie sous ses tuiles. L'Aronde, l'odeur du cambouis, peut-être aussi l'aspect crasseux de l'atelier, son fatras, les panneaux de vieilles publicités accrochés aux murs tatoués de coulées olivâtres, tout cela a exhumé un instant une de ces impressions fugitives de déjà vécu, et il m'a semblé que je le percevais avec une acuité inhabituelle. On aurait dit que la disparition de maman ouvrait en moi une porte fermée depuis longtemps. Les klaxons eux aussi remontaient d'un autre âge. Ils n'appartenaient pas au présent.

J'avais peut-être téléphoné à des gens qui étaient morts depuis des dizaines d'années. Mon appel les avait surpris pendant qu'ils écoutaient le poste de T.S.F. émettre en crachotant un discours furibond de Hitler, ou la voix chevrotante du maréchal Pétain : « Je fais don de ma personne à la France. » Oui, c'était en août 39 ou début septembre que tout avait vraiment commencé – un an avant que le vieillard de la guerre de 14 ne prenne en main les destinées de la France. Et c'était depuis ce jour de lumière grasse et de vignes opulentes que m'avait répondu Paulo.

Toute la famille s'était réunie sur la terrasse de Saint-Just, pour écouter la T.S.F. pendant que lentement le monde s'enfonçait sous nos pieds. Il y avait un garage en face de la maison de ma grand-mère Mouraille, un garage spécialisé dans la réparation des motos, et l'on y distribuait l'essence à l'aide d'une pompe à main surmontée de deux cylindres en verre qui se remplissaient et se vidaient alternativement de carburant. Ce jour-là, tandis que tout le monde commentait les nouvelles sur la terrasse, j'étais monté dans une vieille Citroën, modèle « Trèfle », abandonnée aux ronces et aux orties, et je m'imaginais sur une route, dans une région inconnue, les mains posées sur le volant brisé, sentant monter de cette épave les vieilles odeurs de cambouis, d'huile rance et de chiffons pourris, mêlées aux parfums de menthe et de thym que la chaleur soulevait du sol. Mon père avait mimé, son bras replié dans une serviette nouée autour du cou, la scène du blessé qui revient du front, provoquant l'indignation de ma mère, et moi, au volant du tacot marié aux ronces, je vivais un de ces moments de bonheur aigu qui font le malheur d'une vie.

J'étais tellement pris par la dérive de mes pensées que j'ai traversé Kenitra sans même m'en rendre compte. Quinze kilomètres après, je suis arrivé à Garba par la piste de terre et de sable où traînent çà et là de vieux bidons rouillés.

C'est une petite anse de pêcheurs où je n'ai pratiquement jamais rencontré d'Européens, ce qui n'était pas pour me déplaire. De vieilles cabanes clôturées de barrières de roseaux ou de planches font cercle autour de la plage où des barques sont échouées, les unes en état de prendre la mer, avec leurs filets qui sèchent, d'autres la quille en l'air, éventrées. Une odeur de graisse brûlée flottait autour d'une caravane pouilleuse devant laquelle somnolait un Marocain sous une sorte de tonnelle en canisses où quelques tables de fer et des chaises attendaient la clientèle : friture de poisson, merguez, pastilla, thé à la menthe et bière, c'était mon ordinaire quand je venais passer la journée à Garba avec Belloum – le seul ami que je me sois fait au Maroc en vingt-cinq ans.

Je me suis déshabillé dans la voiture. Sous la fournaise, le sable tremblait, couvert de flaques d'air chaud qui brillaient comme de l'étain en fusion. L'océan, immobile à perte de vue, laqué de soleil, lâchait de courtes vaguelettes qui mouraient avec un bruit paresseux sur la frange de coquillages brisés blancs comme du sel. Personne sur la plage. L'eau était si chaude que j'ai dû nager assez longtemps en direction du large pour trouver des courants plus frais.

J'ai nagé ainsi jusqu'à l'épuisement, puis je suis revenu au bord de la plage, je me suis allongé dans l'eau chaude qui caressait mon dos, et j'ai observé les petites bulles crevant à la surface du sable chaque fois que le flot indolent se retirait. Le soleil commençait à m'étourdir. Je suis allé m'asseoir sous la tonnelle après avoir pris mes cigarettes et un livre dans la voiture, et j'ai commandé des merguez et une canette de bière, mais le bain m'avait coupé les jambes et l'appétit. Je suis resté sous la tonnelle, à fumer et à rêvasser, au milieu des petites tables de fer que leur propriétaire avait repeintes grossièrement en bleu clair. Je me sentais gagné par la somnolence. Cette plage vide et l'océan désert, immobile sous le ciel blanc de chaleur, absorbaient toute ma conscience et me donnaient l'impression d'exister à ma place : je n'avais pas la force de leur opposer la moindre pensée ni le moindre désir, et il me semblait que cette plage demeurerait vide, cet océan désert, ce soleil accablant au milieu du ciel, jusqu'à la fin des temps.

Devant cet océan d'une effrayante insipidité, j'ai éprouvé une légère nausée, qui était comme la manifestation organique d'un ennui vertigineux.

Sous le coup d'une subite lassitude, je suis allé m'allonger dans la voiture, en laissant toutes les portières ouvertes. Le sommeil m'a fermé les yeux. Quand je me suis réveillé, c'était 5 heures de l'après-midi. Le soleil était aussi brûlant, mais l'océan avait viré au bleu sombre. Quelques pêcheurs s'affairaient autour des barques. Leurs voix me parvenaient, portées par la brise légère qui se lève toujours à cette heure. Le ciel sablé de chaleur avait pris la même teinte lasse que la plage : en Languedoc, c'était l'heure triste où les vieux commençaient à sortir les chaises pour s'installer devant leur porte.

J'ai repensé à ces klaxons dans le téléphone. « Elle a pris des dispositions particulières. » Quelles dispositions particulières ? J'étais son unique héritier, et nous ne possédions que cette vieille maison de Saint-Just dont j'étais décidé à me défaire au plus vite. Tout à coup, je me suis demandé ce que j'étais venu faire ici. Il fallait prendre une chambre d'hôtel à Kenitra, manger dans un restaurant marocain, aller au cinéma, m'asseoir à la terrasse d'un café, siroter de la bière, regagner ma chambre, lire, prendre un somnifère, dormir. Et demain me retrouver ici, sous ce soleil écœurant.

La nausée m'a de nouveau laissé les tempes froides. Quitter cet endroit au plus vite était la seule chose à faire. J'ai repris la piste vers Kenitra. Le mouvement et l'air m'ont un peu lavé de cette torpeur où je m'enfonçais. Je ne me suis même pas arrêté à Kenitra, malgré mon envie de boire une bière pression. En repassant devant la station-service, j'ai ralenti pour observer l'Aronde couleur crème qui cuisait au soleil. De nouveau, j'ai pensé aux klaxons de Pont-sur-Rhône. Cela m'a produit le même effet que tout à l'heure, lorsque je respirais l'odeur de cambouis, remontée d'un monde englouti qui avait peut-être poursuivi son cheminement souterrain à mon insu, et que la mort de ma mère venait de mettre au jour, comme une rivière qui resurgit longtemps après s'être perdue dans les sables. Je voyais défiler les champs de céréales et les vergers – décor distrait qui me disait vaguement que je n'étais plus ou n'avais jamais été ici chez moi, et auquel répondait en moi la certitude que je n'étais chez moi nulle part, ni au Maroc, ni ailleurs, et à Saint-Just moins qu'ailleurs.

Je suis arrivé à Fez vers 7 heures du soir. Le décor était toujours le même. Mais tout me paraissait insolite et passager.

J'ai débouché dans la rue du 17-Septembre, en me demandant pour la première fois ce que signifiait ce 17 septembre, et je me suis garé devant chez moi. J'ai consulté ma montre : 7 h 20. Jamais le temps ne m'avait paru aussi long. Je suis resté un bon moment les mains appuyées sur le volant, en repensant à tout ce qui s'était passé depuis l'arrivée du télégramme, à ma soirée de la veille au milieu des débris de ma jeunesse, à ma conversation téléphonique avec Paulo, à ces klaxons venus d'un autre temps, à cette Aronde crème. Tout cela entraînait dans ma tête une rumeur de débâcle.

Enfin je me suis décidé à sortir mes affaires de la voiture et à monter jusqu'à l'appartement. Il y faisait étouffant, car ce matin je n'avais fermé ni les volets ni les fenêtres, ignorant que j'allais partir directement pour Garba. J'ai pris immédiatement une douche pour me débarrasser du sel et du sable qui rendaient irritant le contact de mes vêtements. Je me suis observé dans le miroir du lavabo : vingt-cinq ans gâchés. Vingt-cinq ans à manipuler des livres, parce que les livres, ce n'est pas la vie, même s'ils en font partie. Vingt-cinq ans en quarantaine pour excès de mémoire. Une parenthèse emplie de points de suspension. La traversée d'un désert qui n'était peut-être pas sans fin. J'ai jeté un coup d'œil sur le jardin dont je connaissais par cœur les moindres détails : insolite et passager lui aussi. Tout avait cet air distrait que provoquent les adieux hâtifs.

Lorsque aujourd'hui, écrivant ces lignes, je songe à tout ce qui s'est passé ensuite – c'est-à-dire entre à peu près 9 heures du soir et l'aube du dimanche 7 juillet –, le même fourmillement me reprend aux entrailles, sensation animale que je n'avais plus éprouvée depuis la fin de mon adolescence, montrant que celle-ci sommeillait sous ses propres cendres comme des braises qu'on croyait mortes, et qu'un brusque coup de vent ranime. La mémoire se joue des ruses qu'on utilise pour la neutraliser, mais elle n'est elle-même que l'instrument d'un désir plus profond que celui de survivre : le désir de revivre. Pour se guérir de l'œuvre du temps, il faut revenir en arrière.

Je me revois traversant la salle à manger, me diriger vers le frigo pour y prendre une boîte de bière Heineken. Il faisait encore grand jour mais le soleil avait disparu derrière l'horizon. Une lumière blanchâtre entrait dans la cuisine par les persiennes entrebâillées. Toujours le même silence de cité morte. Autour de moi, les choses flottaient dans ce silence laiteux, et elles m'ont apparu tout à coup avec une netteté insolite, comme des choses d'un monde étranger. Je me suis fait la remarque distraite qu'il faudrait bientôt remplacer le réfrigérateur, le bruit du compresseur me paraissait anormal. Immobile, les mains appuyées sur la table de la cuisine, je me suis mis à attendre. Attendre quoi ? Rien. Tout. Le seul espoir qui vaille est toujours sans objet. La lumière baissait imperceptiblement, comme orageuse, m'a-t-il semblé. Mais en été, c'est toujours l'heure où la lumière me paraît orageuse, quel que soit le temps qu'il fait.

Combien de temps suis-je resté ainsi, debout dans cette cuisine, les mains appuyées sur la table, devant une boîte de bière Heineken ? Je n'en sais rien. Je retrouvais la même impression – exactement la même – que celle éprouvée en cette fin d'après-midi où Pont-sur-Rhône récemment bombardé sentait encore la charogne : une vingtaine de cadavres (il y avait eu cent morts) se décomposaient sous les décombres des vieux immeubles dans la chaleur épaisse comme de la poix. Mon père et moi étions assis tous les deux devant la table de la cuisine. Dans le couloir, en bas, nos bicyclettes attendaient : nous devions regagner les montagnes avec la nuit en empruntant de petites routes à l'écart du danger.

Je l'avais entendu grommeler : « Qu'est-ce que nous

sommes venus foutre ici? Fichons le camp. » Ce jour-là, nous attendions aussi je ne sais quel événement dont nous espérions chacun de notre côté qu'il change à la fois l'ordre du monde et le cours de notre vie. Tout basculait de tous les côtés, et nous nous accrochions à la guerre comme un naufragé à sa planche. Dehors, les platanes de l'été émettaient quoiqu'il fît peu de vent leur rumeur d'eau brassée. La même lumière blanchâtre flottait autour de nous, nous rendant étrangers toutes ces choses, ces meubles, ces murs que nous avions quittés depuis quatre ans. Et ce silence immobile, hors du temps, qui semblait attendre la fin du monde ou le commencement d'autre chose. Il m'avait dit, d'un ton bizarre : « Et s'il n'y avait que toi et moi de vivants sur la terre... »

Il observait la rue à travers les persiennes, dont un minuscule éclat de bombe avait arraché une latte. L'odeur de la décomposition arrivait par bouffées, sous les cris de fête des hirondelles qui menaient dans le ciel leurs évolutions indifférentes à l'histoire des hommes. Il avait murmuré, répondant à une interrogation intérieure : « Pourquoi pas? »

Et tout est allé très vite, autrefois comme aujourd'hui.

Le temps s'est mis à ne plus exister. Je baignais dans un rêve, mais ce rêve était plus réel que ma vie écoulée, que ce quart de siècle marocain, effacé par un coup d'éponge brutal. Comme s'effaçaient les dix années de limbes fades et nauséeuses qui avaient précédé mon départ pour Fez.

J'ai bu deux boîtes de bière, à demi nu sur mon lit, en fumant la moitié d'un paquet de cigarettes. La nuit était tombée. Un moustique rôdait dans la chambre. Le moustique porteur de bonnes nouvelles que l'été s'acharnait à promettre, après tant de silence. Et vous étiez toutes là, ombres confiquées par l'oubli, mais plus opiniâtres que lui, inscrustées en moi, et non dans ce caveau de Saint-Just qui n'avait englouti qu'un peu de matière inanimée.

J'ai, oui, pensé un instant que j'avais fait un mauvais rêve et que j'allais me réveiller là-haut, entre le lac et la forêt, parmi vos allées et venues matinales dans l'odeur du bois brûlé et celle envoûtante du foin. J'ai dû m'endormir d'un coup, vers 1 heure du matin, soûlé de fatigue, sans le recours habituel au Noctram.

Je me suis réveillé en sursaut. Mon père était devant moi, vêtu de sa vieille canadienne toute rapiécée, et il chuchotait dans l'aube grise : « Dépêche-toi, c'est l'heure. » Il avait son bâton torsadé à la main – celui que le berger de Sagnerousse lui avait offert – un air de malice sur la figure, comme s'il allait m'en annoncer une bien bonne, et il a dit : « Debout les morts. On rentre à la maison. » Il riait. Son rire légendaire auquel on eût dit que tout son corps participait : « ON RENTRE À LA MAISON ! » Mon cœur s'est mis à battre avec violence et je me suis réveillé pour de bon.

A peine si le petit jour pointait par les volets. J'avais beaucoup transpiré : le rêve, sans doute. Il était à peine 5 h 30 du matin. Douche, café, à tout vitesse. J'ai raflé deux pantalons de rechange, quelques tee-shirts et des chemises, une veste et un pull-over, mes affaires de toilette. Je parlais seul : « J'arrive. » Mes papiers se trouvaient bien dans le tiroir de mon chevet : je n'y avais plus touché depuis Dakar. J'ai compté mon argent : un peu plus de mille francs. Bien évidemment, les stations espagnoles n'acceptaient pas les chèques marocains, ni les dirhams. Faudrait-il attendre lundi ? Accablé, je me suis assis sur le lit. Belloum, l'épicier que j'appelais « Dents Blanches » pour son sourire éblouissant dans son visage de pruneau cuit, lui seul pourrait me dépanner. A quelle heure ouvrait-il sa boutique un dimanche ? Tôt, à cause de la fraîcheur, mais pas avant 7 heures, et il fermait à 11. Partons, quitte à jeter des poignées de gravier dans ses fenêtres. Une crampe me nouait les entrailles. J'ai fermé à la hâte volets et fenêtres, jeté autour de moi un coup d'œil distrait : le lit était en bataille. Pourquoi me suis-je acharné à mettre tout en ordre, à lisser les draps, à tapoter l'oreiller ? J'ai même fait un brin de vaisselle, regardé dans le frigo, où il ne restait que de la bière. Sur le point de couper l'électricité, je me suis ravisé et je me suis installé à la table de la cuisine, où j'ai écrit un mot pour Chanut, le directeur de l'Institut : je l'informais que la mort de ma mère m'obligeait à aller passer une semaine en France. Je lui exprimais mes regrets de n'avoir pu le prévenir de vive voix, et terminais ma lettre par une banale formule de politesse.

Sentiments distingués. L'expression m'a paru soudain de la dernière vulgarité, tant elle résumait à elle seule la déchéance où peut tomber un homme qui s'est menti à lui-même durant toute son existence.

Au moment de baisser le disjoncteur et de fermer l'appartement, j'ai caressé du regard les murs déserts depuis mon arrivée. Je n'y avais jamais pris racine, mais une obscure fraternité me liait à cette pauvreté nue, comme si elle signifiait l'espoir couvé au plus secret de mon indifférence à tout.

Sac et valise fourrés dans la malle, j'ai mis le moteur en marche et je me suis dirigé vers le centre où quelques Arabes commençaient à entasser au coin des rues des sacs de détritus les uns sur les autres. Le magasin d'alimentation de Belloum se trouvait au fond d'une ruelle trop étroite pour y circuler en voiture. J'ai fait les cent mètres en courant, comme si j'avais peur de revenir sur ma décision. Je voulais – pour une fois – me prendre moi-même de vitesse. La boutique n'était pas ouverte. Au troisième caillou, sa tête ahurie est apparue à la fenêtre. Dès qu'il m'a reconnu, son large sourire s'est éclairé, toutes dents dehors : « Tu es tombé du lit ? Monte prendre le café... »

Je lui ai expliqué que je n'avais pas le temps, qu'un malheur était arrivé, que je devais partir immédiatement pour la France. Il est descendu m'ouvrir. La nouvelle de la mort de ma mère avait éteint son sourire et c'était la première fois que je lui voyais le visage grave : il ressemblait à Gunga Din.

– J'ai besoin de cinq cents dollars en liquide. Peux-tu me les avancer sur un chèque en dirhams ? Sois sans crainte, je te rendrai des dollars.

Il ne m'a même pas posé de question. Cinq minutes après, il revenait avec les dollars dans une enveloppe et a refusé mon chèque. Je l'ai embrassé et il a hoché la tête avec un geste de la main qui avait l'air de dire : « Ce n'est qu'un détail sans importance. » Il m'a accompagné jusqu'à la voiture et c'est là que j'ai eu l'idée de lui laisser les clés de mon appartement : « On ne sait jamais, je peux avoir besoin de quelque chose. »

Après un détour par l'Institut où j'ai laissé ma lettre au concierge, j'ai quitté Fez comme si j'avais la police à mes trousses. Tout prenait soudain le relief insolite des lieux qu'on quitte.

Embarqué à Ceuta après les formalités habituelles, j'étais à Algésiras à midi et prenais aussitôt la route. Comme le Maroc déjà me semblait loin. Loin dans le temps. Le passage d'un continent à l'autre inversait tout à coup la chronologie de ma vie. La tête me tournait un peu : manque de sommeil, excès de bière et de tabac, estomac vide, rupture brutale avec mon train habituel – et vertige de ne savoir où j'allais ni ce que j'allais faire. Je ne pensais qu'à ces klaxons de Pont-sur-Rhône. Je me réfugiais dans ce bruit comme s'il n'y avait nulle place ailleurs dans le monde pour m'accueillir.

Je ne connaissais pas l'Espagne et je ne la connaîtrai jamais : je l'ai traversée comme un somnanbule. Dans la voiture, le thermomètre est resté à 50° toute la journée. J'avais suivi l'itinéraire qu'on m'avait indiqué à Algésiras : Malaga, Grenade, Guadix, un désert de deux cent cinquante kilomètres jusqu'à Puerto Lumbreras, Murcie, Elche, Alicante – et l'autoroute, prise vers 8 heures du soir. Beaucoup de voitures descendaient vers le sud, mais la circulation était assez fluide dans l'autre sens. Par crainte de m'endormir au volant, j'avalais deux tasses de café chaque fois que je faisais le plein d'essence. J'ai acheté des fruits que je mangeais en conduisant : mon estomac aurait refusé toute autre nourriture. A peine si je me souviens de quelques détails entrevus pendant le voyage : villages blancs aux venelles poussiéreuses et rouges, toits de tuiles décomposées, des vendeurs d'oranges et de pastèques sous leur chapeau de paille au bord de la route – et, comme surgis de Cervantès, un paysan et son âne qui remontaient le lit d'une rivière à sec.

Au nord d'Alicante, j'ai failli me tuer pour éviter un motocycliste. Le coup de volant a projeté la voiture contre la glissière de sécurité qui accompagnait le virage. Le choc a enfoncé l'aile avant gauche ainsi que la portière, mais, à l'ébahissement des conducteurs de la file opposée bloquée par un bouchon, je ne me suis pas arrêté. Certains d'entre eux m'ont fait signe que j'étais fou. Il fallait l'être : j'ai atteint la frontière à 3 heures du matin. Les douaniers devaient être exténués ou excédés par l'intensité de la circulation : ils ne m'ont réclamé que mon passeport. J'étais en France. Mais le voyage avait été si rapide et ma fatigue était telle que tout me paraissait abstrait. Une demi-heure plus tard, les lumières de Perpignan. A 4 heures, je laissais Narbonne derrière moi. J'étais toujours en terre étrangère : je n'aime pas cette région comprise entre l'Espagne et Montpellier pour des raisons que je n'ai jamais cherché à éclaircir.

Mais quel endroit au monde, hormis un lieu qui n'existait plus, puisque les lieux sont aussi fugitifs que les jours, quel endroit m'eût paru plaisant, agréable à vivre, alors que j'emportais partout mon exil avec moi ? Ce malaise que me causaient les sites, les villes, même ceux et celles où j'avais des souvenirs, m'accompagnait depuis le début de ma maladie. Toujours et partout cette impression de vide et d'ennui, comme hier à Garba sur la plage, cette angoisse devant la torpeur du monde, fût-il celui des cités géantes dont l'activité me donnait froid dans le dos : à quoi bon ? Rien n'aurait répondu à cette interrogation fondamentale, et si j'étais resté cloîtré dans ma niche pendant un quart de siècle, réfugié dans les livres et dans de minuscules habitudes, c'est parce que je savais que rien ni personne ne pourrait y répondre.

Le ciel a commencé à blanchir alors que je fonçais vers Nîmes. J'ai quitté l'autoroute à Remoulins : le jour se levait avec ses parfums de plantes sur des collines demeurées telles que je les avais connues jadis. Rien d'important ne s'était passé depuis quarante ans. Entre ces années perdues et aujourd'hui, il n'y avait que ce no man's land confus qu'on appelle « la vie ».

L'épuisement me causait une impression d'ivresse et aiguisait curieusement mes sens. Lorsque je me suis arrêté pour prendre un café devant une auberge, au croisement de la route d'Uzès et de Bagnols, et qu'au loin j'ai aperçu le pont du Gard qui commençait à blondir entre les flancs noirs des collines, une bouffée d'espoir m'est venue au cœur, comme si cet aqueduc aux formes si familières avait dans sa permanence conservé ma jeunesse intacte. Le même ciel qu'autrefois grésillait d'hirondelles et de martinets, les mêmes platanes bordaient les anciens virages que coupait la nouvelle route, et où stationnaient ici et là des camping-cars; leurs feuillages frémissants parlaient d'anciens départs et de jours infinis, mais ce n'était là qu'une apparence répétitive vidée de sa sève, et que l'oubli revitalisait momentanément.

J'arrivais à Bagnols où les premiers cafés balayaient leur terrasse et installaient leurs chaises, sous les platanes. Nouveau café noir. J'ai regardé avec stupeur le garçon qui m'apportait ma consommation : c'était un Maghrébin. Autour de moi, les maisons s'éveillaient, des vieux traînant la savate passaient, une baguette de pain sous le bras, le journal entre les mains. Lundi 8 juillet 1944. Les ponts sur le Rhône ont été bombardés. Les forces alliées piétinent dans la poche d'Avranches. Des engins inconnus sont tombés sur Londres; il s'agirait d'une fusée dépassant la vitesse du son; les bases de lancement se trouveraient en Hollande.

J'ai rappelé le garçon : « Un pastis. » Il m'a demandé quelle marque avait ma préférence.

– Un Pernod.

Pernod. Le mot avait jailli tout ensoleillé sous mes lèvres. Je crois que je n'avais pas bu de pastis depuis mon départ de France. Dès la première gorgée, une multitude de sensations perdues affluèrent, pour s'effacer presque aussitôt: je me suis demandé si la célèbre madeleine de Proust n'était pas pure invention littéraire.

L'alcool – à jeun – m'avait procuré une légère extase que j'ai utilisée en parcourant à petite vitesse les onze kilomètres qui me séparaient de Pont-sur-Rhône. Je n'avais jamais réalisé à quel point le Sud français se caractérisait par le tassement des villages, comme écrasés au sol sous leurs milliers de tuiles. Le Maroc ne m'avait jamais donné cette impression – celle qu'on ressent également à l'approche de la mer, quand il semble que tout s'abaisse pour s'accorder à son étendue déserte.

Non, rien n'avait vraiment changé : ni le délabrement du Sud, je ne sais quoi de pouilleux et d'usé dans sa trame, ni la noirceur éternelle de ses collines. Mais ce n'était pas ici que j'entendrais sonner les klaxons qui avaient mis trente ou quarante ans à me parvenir depuis des voitures mangées par la rouille dans leurs cimetières ou au milieu des buissons. Je ne me faisais aucune illusion sur ce qui m'attendait. La présence aiguë et la magie des choses retrouvées, par l'aiguisement éphémère que procure à ses sens le retour de l'enfant prodigue, ne tarderaient pas à s'émousser. L'ennui était à mes trousses, prêt à m'empoigner avec la force de l'angoisse dès que ma curiosité et mon émotion retomberaient : tiendrais-je jusqu'à la fin de la semaine ?

Tout allait dépendre de l'intensité avec laquelle j'allais vivre ces retrouvailles. Ce pouvait être le sentiment d'un vide atroce, et cet ennui accablant qui m'envahissait avec la force d'un vertige, d'une nausée qui avait un arrière-goût de folie. Ou peut-être l'émotion banale de quelqu'un qui « rentre à la maison » après vingt-cinq ans d'absence.

L'entrée de Pont-sur-Rhône n'avait pas changé : longue route étroite bordée de maisons à jardins et d'ateliers. Murs lépreux, placardés d'affiches déchirées, platanes où le soleil commençait à jouer son jeu dans les feuilles immobiles. Pas un souffle d'air. Collines ternies par les brumes de chaleur. J'ai garé ma voiture devant le numéro 1028. C'était bien comme je l'avais imaginé et la maison paraissait aussi vieille que mes souvenirs. J'ai jeté un coup d'œil par la petite porte à barreaux qui donnait directement sur le jardin de retraité : d'un côté de l'allée pavée en opus incertum, fleurs et massifs binés et désherbés avec un soin maniaque. De l'autre, légumes et arbres fruitiers.

On grattait au fond du jardin : un petit homme au dos voûté, le ventre en avant, crâne dégarni, court sur pattes : mon cousin Paulo qui jadis – hier, me semblait-il – grimpait aux arbres comme un chat. J'ai poussé la porte, qui n'était pas fermée. Je suis arrivé presque jusqu'à lui sans qu'il ait décelé ma présence : dur d'oreille, sans doute.

– Paulo...

Il s'est lentement retourné, en a lâché sa bêche.

– Jean, ah! bien toi, alors... Mais d'où sors-tu?

Embrassades. Banalités. Il pensait que j'avais pris l'avion.

– Non, ma BM. Je déteste l'avion.

Je détestais l'avion pour des raisons qui ne devaient rien à l'appréhension. J'usais toujours du même jeu de mots : l'avion vole, il vous détrousse des distances.

– Mais tu m'avais dit que ton travail...

– J'ai tout envoyé promener. J'avais envie d'aller au cimetière, de revoir Saint-Just, de régler au plus vite cette affaire de succession.

– Viens prendre le café. Tu dois être crevé. Combien de kilomètres ça représente?

– Deux mille, deux mille cent, je ne sais pas exactement.

Il me toisait.

– Mais... Quel âge as-tu? Je te croyais plus vieux. Tu n'as pas pris un gramme. Et quelle toison, à côté de ma boule de billard... C'est le Maroc? Les petites Marocaines...? Le régime de bananes?

Il n'avait pas perdu son goût pour les mauvais calembours. J'ai répondu par un geste évasif. Je n'avais ni l'âge de mon état civil, ni celui que je paraissais. Je n'avais l'âge que de mes songes, qui livraient bataille au temps tandis qu'à Fez j'avais feint pendant vingt-cinq ans l'immobilité du gibier traqué, derrière mon rempart de livres.

Nous sommes entrés dans la fameuse cuisine-salle à manger où se trouvait le téléphone par l'intermédiaire duquel j'avais entendu des klaxons d'un autre âge. Une femme sèche et minuscule faisait frire des tranches d'aubergine : je ne l'aurais pas reconnue.

– Louisette, regarde qui est là!

Exclamations, embrassades, il n'a pas changé, tout le portrait de sa pauvre mère, la voix de son père... Mais quelle surprise. Si on nous avait dit, quand tu as téléphoné, samedi... Bien entendu, on te garde à midi. Tu as même une chambre à ta disposition.

– Non, pas aujourd'hui. Il faut que j'aille à Saint-Just dès que possible. Je crois que je vais dormir un bon tour de cadran. Je voudrais également aller me recueillir sur la tombe de maman...

Me recueillir sur la tombe... Quelle drôle d'expression. Que tout me semblait saugrenu, ce matin, dans le monde des hommes...

– J'imagine que c'est toi qui as la clé de Saint-Just?

– Oui, bien entendu.

J'ai perçu comme une gêne.

– Il faudra que tu rencontres Me Balestra le plus tôt possible. Enfin, avant la fin de la semaine.

– Mais qu'y a-t-il de si urgent ? Ces fameuses dispositions dont tu m'as parlé... La maison est-elle hypothéquée ? En a-t-elle fait don à des nécessiteux ?

– Ta mère m'a fait jurer de ne rien t'en dire avant que tu aies rencontré le notaire.

Que de mystères pour une vieille baraque où je n'avais vécu que de 1937 à 1939, puisque nous habitions avant dans un appartement que mon père avait hérité de sa mère, un quatre pièces vétuste, obscur, gluant, situé dans une ruelle sombre au centre du bourg, ruelle que mon père avait baptisée : la rue bleuâtre.

– Bon. Ne trahissons pas la volonté d'une morte. J'irai chez le notaire mercredi ou jeudi, le temps de récupérer. Je m'invite chez vous, disons mercredi soir. Paulo, veux-tu me faire un plaisir ? Dresse la table sous le figuier.

Je revoyais mon grand-père Mouraille préparant son absinthe avec la pelle à sucre, et maugréant contre Blum, alors que mon grand-père Fieschi, anarchiste italien émigré aux États-Unis, soutenait le Front populaire, comme il avait manifesté devant les policiers à cheval contre le procès de Sacco et Vanzetti. A la verticale du figuier, le ballet des hirondelles, le ciel de lavande et l'été souverain que ne troubleraient même pas quelques années plus tard les chapelets de bombes américaines.

– C'est promis.

Pendant que nous prenions le café, ils se sont décidés à me poser une question qui semblait les choquer plus que les intriguer : pourquoi être resté vingt-cinq ans sans venir respirer l'air du pays ?

– Les mauvais souvenirs, Paulo, avaient effacé les bons. Ce n'est pas à toi ni à Louisette que je vais rappeler dans quelles conditions j'ai vécu l'après-guerre. Au fond, la mort de maman a tiré un trait sur tout cela. Maintenant, c'est oublié.

– Et tu comptes rester combien de temps ?

– Une semaine, tout au plus. Je partirai probablement

samedi dans la soirée, pour rouler la nuit : la chaleur, les encombrements...

Ils se sont jeté un bref regard par-dessus la table.

– Enfin, c'est à toi de voir. Je vais te chercher la clé.

Il s'est dirigé vers une pièce à côté de la cuisine. J'ai questionné Louisette sur le décès de maman. Était-il vrai qu'elle était morte pendant son sommeil et qu'elle ne s'était rendu compte de rien ?

– C'est ce que le docteur prétend. Elle tenait encore un livre dans la main.

– Quel livre ?

– Euh... Mme Reboul te le dira mieux. Je crois que c'était les Mémoires d'un mort... Enfin, une histoire de tombe.

– Les *Mémoires d'outre-tombe* ?

– Oui, je crois bien que c'est ça.

Son livre favori. Elle le relisait régulièrement. Chateaubriand lui montait à la tête pour ce mélange de fascination et d'hostilité à l'égard de Napoléon, à qui maman vouait un culte bizarre et enfantin.

La clé en poche, je les ai laissés tous les deux sur le seuil du jardin, agitant leurs mains tandis que je pénétrais dans le bourg. Je m'y suis arrêté pour acheter un quotidien régional, des cigarettes, de la bière, du jambon, du pain, du café en poudre, sucre, fruits...

Un quart d'heure après, j'arrivais à Saint-Just. Le village est à six kilomètres de « Pont »; il est traversé par la nationale 88 qui longe la rive gauche du Rhône. Notre maison se trouve à l'ouest du village, au bord d'une petite départementale qui rejoint les gorges de l'Ardèche : ce fut la route des grands départs, de la fuite, celle qui montait vers le Haut Pays.

Le village était encore désert. Était-ce l'épuisement, la fatigue nerveuse, l'insomnie, le peu de nourriture absorbée pendant ces derniers jours, à quoi s'ajoutait la brutalité du changement : on eût dit que je venais de quitter Saint-Just la veille, comme si ma mémoire avait effacé ma longue absence, et qu'elle fût restée en sommeil pendant tout ce temps, laissant ici la part la plus importante de ma personne. Oui, tout se passait comme si j'étais demeuré ici à l'affût dans une semi-léthargie, attendant le moment propice pour me réveiller – revenir à moi, comme l'expression était juste...

A la sortie ouest de Saint-Just, la petite route, inchangée, si ce n'est quelques villas à barbecue surgies çà et là au milieu d'anciens champs de vignes. Toutes avaient le genre des maisons préfabriquées : d'un coup de pied il semblait qu'on eût pu enfoncer les murs. Leur banalité même me les rendait sympathiques. A la sortie de Pont-sur-Rhône, j'avais entrevu quelques belles villas cossues posées sur des pelouses tirées à quatre épingles où pleurait l'éternel saule du romanesque français.

Enfin, je l'ai aperçue dans son bosquet de mûriers. Elle, ni plus ni moins vieillie que le jour où j'étais parti. Et d'un coup, le passé atrocement présent, comme l'étaient ces pierres sans âge, ces arbres, la tonnelle, les volets gris à peine écaillés, le portail vert en bois vermoulu. Autour, les garrigues austères – intellectuelles, soulignait mon père – et leurs odeurs déjà chaudes qui me montaient au cœur avec une douloureuse volupté. J'ai poussé le portail, qui n'était fermé que par un loquet, rentré la BM au milieu de l'allée de buis. A gauche, le vieil amandier où je grimpais pour observer les constellations. « Un pescalune », disait ma grand-mère Mouraille lorsqu'elle venait nous rendre visite. Pêcheur de lune, vocation périlleuse. A droite, le massif de lilas, domaine de ma grand-mère Virginie, l'Américaine.

L'état second dans lequel je me trouvais donnait aux choses cette présence à la fois aiguë et abstraite qu'elles obtiennent dans ces moments de tension que concèdent le danger, une catastrophe imminente, un départ précipité : j'en avais fait l'expérience ici-même. Un vertige m'a saisi comme j'avançais vers la porte d'entrée, ma clé à la main. J'ai dû m'asseoir un instant sur la murette ceinturant la tonnelle. Des sortes de mouches blanches voletaient devant mes yeux dans tous les sens. J'ai touché mon visage : trempé de sueur, glacé. Les jambes en coton. Incapable de me lever. Il fallait avaler quelque chose et dormir.

J'ai réussi à me remettre debout et j'ai titubé jusqu'à la

porte. La serrure avait été soigneusement huilée. Dès le seuil, l'odeur m'a sauté au cœur, indéfinissable mélange de moisi, de cendres froides, de renfermé, de bois vermoulu, odeur même de l'été retrouvé lorsque nous habitions encore dans le vieux quartier de Pont-sur-Rhône, et que, juillet venu, le collège bouclé, je rejoignais ici mes grands-parents. Et, maintenant, cette maison vide pour toujours. On pénétrait directement dans la cuisine : j'ai envoyé machinalement la main vers l'interrupteur, et la pièce s'est éclairée – on avait oublié de couper l'électricité.

Rien n'avait beaucoup changé : toujours le même buffet d'un blanc jaunâtre, l'évier en émail blanc, que maman et moi avions remplacé fin 49 ou début 50. Demeuré neuf dans ma mémoire, il était aujourd'hui tout étoilé de veinules qui lui donnaient un aspect sale. La table ronde et sa toile cirée à petits carreaux bleu pâle, une des couleurs préférées de maman, et qui correspondait bien à son caractère frileux, à sa façon de voir la vie, tout en demi-teintes, au peu de place qu'elle y occupait. Quatre chaises de paille, la suspension en cuivre ciselé dont on avait remplacé avant guerre la lampe à pétrole par une ampoule. Le petit réfrigérateur et la cuisinière à butane. L'ensemble évoquait je ne sais quoi de pauvre, de décent, d'effacé qui souleva en moi une petite vague de honte désespérée.

La pensée de tous les repas qu'elle avait pris seule à cette table m'a serré le cœur. A qui devait-elle songer, à quoi, les yeux dans le vague ? A moi le plus souvent, sans doute, aux rumeurs lointaines d'un passé heureux, à sa vie prématurément brisée. Ce décor déserté pour toujours posait autour de moi comme une douce accusation muette. Toute une existence, la mienne, sommée par quelques meubles pauvres de se justifier... Mais maintenant, c'était trop tard, il n'y avait plus rien à faire. Je me suis assis sur une chaise et, les coudes appuyés sur la table, j'ai écouté le silence me dire tout ce que je m'étais refusé à entendre du vivant de maman.

Enfin, je me suis résigné à rentrer mes bagages et à loger mes provisions sur le buffet et dans le réfrigérateur, que j'ai remis en marche. J'ai mâchonné sans conviction un bout de fromage et une pomme.

Au premier étage, à droite dans le couloir éclairé par un jour de souffrance, la chambre de ma mère, tapissée de fleurs parme. J'ai allumé le plafonnier qui répandait dans la pièce une lumière pauvre. Maman utilisait toujours des ampoules trop faibles, moins par économie que par ignorance. A son chevet, des médicaments : vasodilatateur, fluidifiant du sang. Elle devait avoir eu une alerte et connaissait son mal : rétrécissement des carotides. Les *Mémoires d'outre-tombe*, dans une édition préfacée par Julien Gracq, que je lui avais offerte. Je l'ai ouverte à la page repérée par une carte postale du Maroc. Un trait de crayon indiquait un passage – à mon intention ?

« Toute notre vie se passe à errer autour de notre tombe; nos diverses maladies sont des souffles qui nous approchent plus ou moins du port. Le premier mort que j'ai vu était un chanoine de Saint-Malo; il gisait expiré sur son lit, le visage distors par les dernières convulsions. La mort est belle, elle est notre amie : néanmoins, nous ne la reconnaissons pas parce qu'elle se présente à nous masquée et que son masque nous épouvante. »

Accablé de fatigue, de tristesse, je me suis allongé sur le lit où elle était morte, une semaine auparavant. Je n'étais plus si sûr, ayant lu ces lignes, qu'elle n'avait pas pressenti sa fin. J'étais même assuré qu'elles m'étaient destinées. J'ai senti mes yeux se brouiller et, après avoir pris deux comprimés de Noctram, j'ai attendu le sommeil en sentant couler sur mon visage des larmes que je m'étais interdites pendant de longues années.

J'ai ouvert les yeux. Des rais de soleil traversaient les persiennes, éclairant le lit de barres lumineuses. J'avais dormi, grâce aux deux comprimés, vingt-quatre heures d'une traite : ma montre indiquait 9 heures et nous étions mardi 9 juillet. Pendant quelques secondes, je suis resté hébété, complètement désorienté. Dressé sur les coudes, je n'arrivais pas à situer cette chambre, ces murs fleuris de bouquets de lavande, et j'ai éprouvé un peu la même angoisse que celle qui m'avait saisi lorsque j'étais revenu à moi dans la chambre de la clinique après plusieurs jours de sommeil sous perfusion.

Enfin, tout s'est ordonné autour de moi, mais de telle façon que je parvenais difficilement à me persuader que j'étais vraiment « à la maison », comme l'avait dit mon père durant mon rêve. C'était bien naturel, après tant d'absence.

C'est au moment où j'ai poussé les volets que l'apparition du jardin a provoqué en moi une sorte de déclic. Allais-je entendre gratter un râteau dans les allées circulant au milieu des buis ? Ma mère allait-elle gémir, dans la cuisine : « Mais où ai-je mis ces clés ? », elle qui égarait sans cesse ses affaires ? Je contemplais les massifs de lauriers-tins, de fusains luisants où ruisselait le soleil, les arbres, mûriers, cyprès, thuyas, amandiers dont chaque détail m'était familier, et auxquels le temps n'avait guère apporté de changement, compte tenu de leur vieillesse, et c'était comme si un trou de mémoire brutal me ramenait à mon point de départ.

Que s'était-il passé ? J'avais l'impression de me réveiller d'un très long sommeil, peuplé de rêves vagues, déjà lointains. J'ai pensé un instant que j'avais été, peut-être, atteint de folie et que je venais brusquement de recouvrer la raison.

Oui, de toute façon, j'étais devenu fou, il fallait avoir perdu la raison pour quitter tout cela, pour m'enfuir et aller m'engluer dans un exil dont je n'avais retiré aucun bénéfice et qui n'avait guère plus de consistance qu'une vague anecdote. Entre moi et ce jardin, il n'y avait rien que la durée incertaine d'un temps dépensé, perdu en menue monnaie, jour après jour.

Tout à coup, la pensée du cercueil où le corps de maman était en train de se décomposer a rendu très funèbres les odeurs de résines chaudes et de buis qui montaient du jardin.

Après ma toilette, j'ai bu un bol de café et je suis sorti pour effectuer le « tour du propriétaire », sans me douter à quel point l'expression était fausse, dans les circonstances présentes. Le jardin semblait mieux entretenu qu'à l'époque où nous passions l'été ici, grâce à Olga Reboul, sans doute. Les volets avaient été repeints régulièrement, des tuiles neuves indiquaient une toiture surveillée. J'ai visité la maison pièce par pièce – maison baptisée, lorsque mon grand-père en avait fait l'acquisition : « Villa des Roses », mais je n'y avais jamais vu la moindre rose. J'ai ouvert tous les volets, me souvenant de mon père qui criait après ma grand-mère Virginie et sa hantise des mouches : « Mais laissez donc entrer l'été dans la maison, Bon Dieu ! On ne vous dirait pas native de Savannah ! »

Et toujours cette odeur propre aux maisons de campagne qu'on abandonne aux mauvaises saisons pour y retrouver, au retour du printemps, cet encens si particulier de matelas humides, d'âtre mort, de plâtre et de boiseries salpêtrés.

J'ai constaté non sans malaise que, à l'exception de la cuisine et de la chambre où j'avais dormi – celle où maman était morte –, toutes les pièces étaient vides. Les murs veufs portaient les traces ovales ou rectangulaires des tableaux et miroirs disparus. Plus de meubles : leurs silhouettes se lisaient encore sur les tapisseries fanées.

Cette demeure déménagée posait une question cruelle : je savais maman à l'abri du besoin. La modestie de sa pension n'expliquait pas ces disparitions : celle-ci atteignait quinze mille francs par trimestre. Les soins ? Couverts par la Sécurité sociale et la mutuelle. L'entretien de la bâtisse aurait-il nécessité la rafle d'un brocanteur ? Quelques tuiles et de la peinture n'auraient pas exigé de telles dépenses. J'ai repensé au télégramme de Paulo, à la gêne que j'avais perçue lorsqu'il avait été question du notaire. J'ai cru un instant qu'on avait tout entassé dans le grenier pour une raison que j'ignorais : remettre à neuf murs et plafonds ? La nécessité n'en paraissait pas évidente. Et le grenier était vide...

Il fallait rencontrer Balestra de toute urgence. J'ai envisagé une sale affaire, un procès, que sais-je, dont maman ne m'eût rien dit. Non, maman était trop estimée à Saint-Just pour que cette hypothèse fût plausible. Tenaillé par l'appréhension, je me suis rendu au village en voiture : j'avais repéré au bord de la petite place une cabine téléphonique flambant neuve. J'ai consulté l'annuaire et obtenu tout de suite l'étude de Me Balestra. Une secrétaire m'a répondu. J'ai décliné mon identité.

– Ah oui, Me Balestra sera très heureux de vous savoir parmi nous. Votre absence l'inquiétait et il s'apprêtait justement à vous adresser un télégramme au Maroc.

– Quand peut-il me recevoir ? Je suis à sa disposition dès maintenant.

– Une minute, je vous prie.

Silence. Déclic.

– Allô, Me Balestra à l'appareil.

– Bonjour, maître. J'aimerais que vous me receviez le plus tôt possible. Je suis un peu inquiet... enfin... J'ai l'impression que ma mère a vendu presque tous ses meubles... Je ne sais trop que penser. Cette maison vide, à mon arrivée...

– Je vous rassure tout de suite, monsieur Mouraille. Votre mère n'a laissé aucune situation désagréable derrière elle... Bien au contraire. Voulez-vous venir ce matin, disons... vers 11 heures?

– Tout à fait. Mais ne pouvez-vous m'expliquer en quelques mots...

– Non, non, nous attendrons tout à l'heure si vous le voulez bien. Je respecte scrupuleusement les dernières volontés de votre maman – sa voix baissa d'un ton. Permettez-moi de vous représenter toutes mes condoléances – un silence. Encore un ton plus bas. C'était une femme exceptionnelle.

– Je vous remercie, maître. A tout à l'heure.

Une femme exceptionnelle. Désormais, toute louange à l'égard de ma mère sonnerait à mes oreilles comme un reproche. M'avait-il laissé entendre que je l'avais abandonnée? Que j'aurais pu la garder avec moi au Maroc? Mais il savait certainement ma mère incapable de s'arracher à Saint-Just, à tout ce que cette maison, ce pays représentaient pour elle. Un bon fils eût pris l'avion régulièrement: je ne sais pas si j'avais été un bon fils ou non, mais ces mots ne signifiaient pas grand-chose à mes yeux. Il y avait en moi une obstination secrète qui n'entrait pas aisément dans les moules grossiers de la normalité.

Je suis revenu à la Villa des Roses où n'avaient jamais fleuri que les lilas dans la douceur des soirs de mai, et des rhododendrons qui avaient traversé l'Atlantique parmi les bagages de Virginie, portant au bout de leurs racines des grumeaux de terre de sa Géorgie natale. Chère Amérique dont les mythes et les rêves ont bercé mon enfance, et dont la figure vivante m'apparaissait sous les traits fins et fragiles de Virginie, sa délicatesse enfantine, son léger accent et cette façon qu'elle avait de gérer les affaires de la maison sans avoir l'air de toucher à rien, ce qui faisait dire à mon grand-père Fieschi: « Ta grand-mère est une vraie dame: elle ne cesse de s'occuper de tout et on dirait qu'elle ne fait jamais rien. »

Histoire de tuer le temps, j'ai décidé d'aller rendre visite à Olga Reboul; ainsi la remercierais-je des soins et des attentions dont elle n'avait cessé d'entourer ma mère. La maison des Reboul se trouvait à deux cents mètres avant la nôtre, une ancienne fermette restaurée sans ostentation. La montée d'escalier était fleurie de capucines à qui le soleil matinal donnait un éclat si lumineux qu'on les eût dites phosphorescentes. Je suis resté un instant immobile, saisi par l'intensité de ce que j'éprouvais devant ces fleurs qui m'apparaissaient avec une netteté insolite, comme font les choses à un convalescent après une longue maladie, ces platanes aux feuillages immobiles, à travers lesquels le soleil projetait sur le sol et contre les murs des lunules qui ressuscitaient l'allégresse des matins d'été. Ce fut, oui, comme une petite résurrection où le présent se mêlait au passé, la capiteuse dilatation d'un instant de bien-être qui tout à coup eût embrassé tout l'espace d'une vie.

J'ai frappé à la porte. Une dame d'environ soixante-dix ans, vêtue d'une robe claire, m'a aussitôt ouvert comme si elle m'avait vu arriver et qu'elle se fût tenue derrière la porte. Je l'ai reconnue tout de suite.

– Jeannot...

Ses yeux se sont remplis de larmes et elle m'a embrassé, puis elle s'est reculée et m'a observé des pieds à la tête.

– Je ne te dirai pas que tu n'as pas changé; mais tu es toujours le même : un polisson. Entre.

Elle tenait un chiffon à la main et d'un geste machinal a essuyé une table où luisaient deux siècles d'encaustique. Elle a tiré une chaise vers moi.

– Tiens, assiste-toi.

– Je ne vous ai jamais oubliée, Olga. Je ne sais comment vous remercier de tout ce que vous avez fait pour maman. Sans votre présence, je me demande ce qu'elle serait devenue. Moi si loin...

– Si loin, oui. Je ne veux pas te raconter d'histoires : tu lui as terriblement manqué. Mais elle ne voulait pas t'inquiéter. Elle comprenait mieux que personne les raisons qui te retenaient au Maroc. Elle me disait souvent : peut-être un jour reviendra-t-il, mais je ne serai plus là pour le voir.

Avait-elle pensé que sa disparition, tout en me faisant

souffrir, me libérerait du maléfice qui avait empoisonné ma vie? Les morts délivrent-ils en nous cette part qui nous échappe et se refuse à nous de leur vivant, comme s'ils en assumaient la préservation à notre place?

– Souffrait-elle, les derniers temps?

– Mon pauvre petit, quand la vieillesse est là, et qu'on est seul pour la supporter... La mémoire est un cadeau bien méchant que Dieu nous a fait. Tu sais, je n'ai pas à me plaindre de la vie : un bon mari, cinq enfants en bonne santé, qui tous ont fait leur chemin. Le malheur n'a jamais encore frappé à cette porte. Mais je vais t'avouer quelque chose – elle a posé la main sur mon genou –, je suis née tout près d'ici, à Trescouvieux, un petit hameau à l'époque, que je n'ai quitté que pour me marier. Jusqu'à seize ans, c'est le paradis. Après, ce n'est plus rien.

Elle a ajouté :

– Tu es mieux placé que quiconque pour le savoir. Veux-tu une tasse de café? La goutte?

– Je vous remercie : trop tard pour le café, trop tôt pour la goutte. Avez-vous... Enfin, je voudrais participer aux dépenses que vous a occasionnées... Tout ce temps que vous avez passé à...

Elle m'a arrêté en levant la main :

– Tu as oublié ton pays à ce point? Est-ce au Maroc qu'on présente les factures de l'amitié?

– Pardonnez-moi, Olga. Je me sens tellement en reste avec vous.

– Ce n'est pas avec moi que tu es en reste. C'est avec toi.

Elle a de nouveau essuyé la table avec le chiffon qu'elle tenait à la main – geste séculaire qui s'accordait à la patine de ce bois immortel, caressé par dix générations orgueilleuses de propreté.

– Tu sais que le notaire attend ta visite...

– J'ai rendez-vous avec lui à 11 heures... On m'a laissé entendre que maman avait pris des dispositions particulières.

– C'est Paulo qui t'en a parlé?

– Oui.

Elle s'est dirigée vers la fenêtre, a regardé le jardin plein de lumière et, après un instant de silence :

– Tu reviendras me voir après ton entretien avec Balestra.

– Mais enfin, quel est tout ce mystère ? Maman était-elle ruinée ? Presque toute la maison a été déménagée...

– Mais non, tu n'as rien à craindre. Ta mère n'a manqué de rien. Simplement, tu seras peut-être surpris. Agréablement, j'espère. Ou alors...

Geste de la main qui avait l'air de dire : ce serait à n'y plus rien comprendre.

On a entendu corner sur la route.

– Le boulanger...

Elle a pris son porte-monnaie dans un tiroir.

– A quelle heure as-tu rendez-vous ?

– Dans une demi-heure.

– Eh bien, file. Je ne bouge pas d'ici. Tu peux venir me voir quand tu veux. Si ça te dit de partager ce soir notre repas.

– Peut-être. Je vous dirai ça cet après-midi.

Le boulanger tapait sur son klaxon. Nous sommes sortis ensemble. Au moment où je la quittais, elle m'a posé la main sur l'épaule.

– Ta mère ne s'est jamais mise en avant, mais ce n'était pas n'importe qui, j'espère que tu en es conscient. Les dispositions qu'elle a prises vont peut-être te déconcerter. Tu comprendras à quel point elle n'a jamais oublié tout le mal que tu as subi.

Le mal que j'avais subi... C'était celui que porte en lui tout homme possédé par une jeunesse qui refuse d'abdiquer, de se soumettre à l'ordre du monde et à celui des hommes. Je pensais à ces dispositions mystérieuses, à cette maison plus qu'à demi vide : rébus indéchiffrable.

J'ai pensé qu'avant de me présenter chez le notaire je pouvais « aller me recueillir » quelques instants sur la tombe de maman, mais mon impatience l'a emporté, et je me suis rendu directement chez Balestra.

Sa demeure, bâtisse carrée à perron, coiffée d'un toit à quatre pans, comme on en construisait à la fin du siècle dernier ou au début de celui-ci, se tenait au milieu d'un vieux parc clôturé d'un grand mur. Sur la grille, d'un vert foncé bon genre, était accroché l'écusson doré. Une allée bordée par deux gazons faméliques conduisait au perron. J'ai sonné. Une vieille dame est venue m'ouvrir et m'a fait pénétrer dans une salle d'attente fraîche et obscure. Celle-ci était vide. Au bout d'un moment, la vieille dame est revenue me chercher et m'a conduit jusqu'au bureau de Me Balestra défendu par une double porte capitonnée de cuir qui interdisait aux secrets de famille de s'échapper du sanctuaire. Du reste, une atmosphère de sacristie flottait entre ces murs sombres, et l'étrange cérémonial auquel s'est livré par la suite Balestra n'a fait que confirmer cette impression.

Salutations, banalités. C'était un homme assez âgé qui s'exprimait avec une lenteur solennelle, et lorsque, ayant croisé ses mains, il a commencé à débiter le testament de ma mère, charabia auquel je ne comprenais goutte, j'ai dû rapprocher mon fauteuil de son bureau et mettre mes oreilles en pavillon pour tenter de comprendre cette litanie qu'il marmottait comme un prêtre fait devant l'autel, sans lever la tête une seule fois ni me jeter un regard – comme s'il se pénétrait lui-même avec ferveur de ses invocations.

J'ai apposé mes initiales et ma signature sur tous les documents qu'il m'a présentés. Ma tête s'était vidée de toute pensée, comme il arrive quand on vous colle un procès-verbal. La cérémonie terminée, il m'a tendu la main par-dessus son bureau, et d'une voix redevenue à peu près normale, comme font les prêtres après l'office :

– Êtes-vous satisfait ?

– Abasourdi. Je ne m'explique pas... Enfin, c'est trop de choses à la fois. Permettez-moi de me retirer. J'ai besoin de me retrouver seul.

– Je comprends. N'oubliez pas de me remettre la clé de la Villa des Roses avant votre départ.

– Oui, oui, bien sûr. Et les frais de succession ? Vos honoraires ?

– Mais tout cela est prévu dans le testament. Vous ne m'avez pas écouté ?

– Les formules juridiques... ne me sont pas familières.

– Vous avez bien retenu que votre mère vous a laissé un portefeuille d'actions sur lequel les frais de succession et mes honoraires vont être prélevés : vous venez de signer les documents concernant tout cela. Il vous restera des valeurs qui constituent une somme assez coquette. Le portefeuille représentait environ cent mille francs, qui ont un peu plus que doublé au cours de ces trois dernières années... Ah, j'allais oublier. Votre mère m'a prié de vous remettre une lettre après que vous auriez pris connaissance du testament. Et voici une autre enveloppe qui contient deux clés : elles n'ont encore jamais servi...

J'ai traversé le parc comme l'eût fait un homme en état d'ébriété. La tête me tournait. J'ai pensé : je vais me flanquer par terre et on va encore me fourrer en clinique et me bourrer de camisoles chimiques. J'ai garé la BM devant mon portail et suis revenu à moi, comme si, entre Pont-sur-Rhône et la Villa des Roses, j'avais complètement perdu l'usage de mes sens.

Je ne savais que faire ni où aller. Il n'était plus question d'ennui ni de flottement, mais d'un tohu-bohu qui brassait dans ma tête Maroc, clinique, guerre, évasion vers les montagnes quand nous étions partis nos matelas sur la tête, avions libérateurs, parachutages, présent, passé, futur, les témoins disparus – et jusqu'à cet entretien avec le notaire, la lecture de ce testament, tombé sur moi comme la foudre.

Cinq ou six cents mètres me séparaient du cimetière. Je les ai parcourus toujours dans cet état second qui fournissait à tout ce que je regardais – arbres, plantes, collines, talus – l'éclat du neuf et quelque chose d'insolite et de fugitif, comme lorsque nous avions décampé en catastrophe, une nuit de juin 40.

Un champ de blé criblé de coquelicots mûrissait jusqu'aux murs gris du cimetière. J'ai arraché des blés et en ai fait un bouquet mélangé de coquelicots semblable à celui que ma grand-mère disposait sur la table le soir de la Saint-Jean. C'était un peu d'espérance que je tenais à la main en pénétrant dans ce four crématoire où la chaleur s'emmagasinait entre les haies de buis, de romarins et de cyprès.

Bien qu'ayant peu fréquenté la tombe de ma famille, je me souvenais tout de même de son emplacement. Parmi toutes ces pâtisseries funèbres qui avaient dû coûter les yeux de la tête, la modestie du caveau des Fieschi-Mouraille s'accordait bien à leur attitude devant la vie et devant la mort : nourris des Évangiles, mais peu ou non pratiquants, la plupart d'entre eux auraient désiré reposer en pleine terre, pour affirmer leur spiritualité, mais la place manquait dans le cimetière de Saint-Just, et c'est contraints et forcés qu'ils s'étaient résolus à acquérir cette « concession à perpétuité », expression dont la vanité attirait leurs sarcasmes.

Grâce à Olga Reboul, et à la municipalité de Saint-Just, la pierre tombale disparaissait sous les bouquets – tous fanés – et les couronnes en matière plastique qui dégageaient, chauffées par le soleil, une odeur désagréable à laquelle l'encens des ifs et des romarins ajoutait sa note liturgique.

J'ai déposé ma gerbe de blé à même la terre, devant le tombeau. A vrai dire, je ne ressentais pas grand-chose : je n'ai jamais moins éprouvé le sentiment de la mort que dans les cimetières, sans doute grâce au recul instinctif de l'esprit devant l'intolérable. Le sentiment de la mort ne prenait corps que dans cette soudaine absence, ce départ à la cloche de bois d'un être qui vous *trompe*, qui se conduit comme un grossier personnage, un égoïste forcené, si captivé par sa nouvelle liaison que vous cessez d'exister pour lui : Dieu manque décidément de bonnes manières.

Comme je remontais vers la Villa des Roses, de nouveau un vertige m'a saisi et j'ai été obligé de m'asseoir sur le talus : toujours les tempes froides, les petites mouches blanches, les jambes en laine. Au bout d'un moment, j'ai repris mon chemin avec l'allure hésitante d'un ivrogne sur le point de vomir. La marche m'a remis peu à peu le sang à la tête. Le moindre pas sur le bord du chemin soulevait une violente odeur de menthe.

De retour à la maison, j'ai poussé la porte, intimidé, mal à l'aise entre ces murs qui ne m'appartenaient plus et où je sentais déjà une présence étrangère. Je suis monté dans la chambre de maman et, assis sur mon lit, j'ai ouvert sa lettre.

Elle était datée du 24 juin de cette année, jour de la Saint-Jean si souvent fêtée ici ou ailleurs par de grands feux que nous sautions en soutenant par les bras ma grand-mère Virginie qui, jusqu'à sa mort, ne se déroba jamais à ce rituel : j'y voyais, enfant, et même adolescent, la promesse d'une longévité que j'avais fini par croire éternelle.

Saint-Just, ce 24 juin 1985

Mon cher petit,

J'espère que tu n'as pas été trop déconcerté par les dispositions que j'ai prises. C'est après avoir longuement mûri mon projet que je m'y suis résolue.

Il y a donc une dizaine d'années que j'ai vendu en viager notre Villa des Roses, pour acquérir la maison forestière de La Foux. Grâce au « bouquet » (il s'agit, tu le sais, de la somme qu'on reçoit à la signature du viager), j'ai pu signer un protocole avec les Domaines, qui avaient mis en vente La Foux vers les années 74, je l'avais appris par Me Balestra. Les versements du viager, dont une partie a été placée en actions, ont largement couvert les remboursements du crédit que le notaire m'avait accordé, et m'ont également permis de faire effectuer les réparations les plus urgentes que réclamait la bâtisse de La Foux, endommagée par les intempéries : toitures, menuiseries, sanitaires, etc. Pendant plus de vingt ans, elle était restée à l'abandon et il faut que le gros œuvre ait été bien solide pour résister aux hivers rigoureux que nous avons connus là-haut.

Ainsi que tu as pu le constater, presque tous nos meubles ont quitté la Villa des Roses. Tu les retrouveras à La Foux, où je les ai fait transporter une fois la maison forestière en état de les recevoir, avec les tableaux, livres, bibelots, enfin toutes les choses que tu seras certainement heureux de retrouver là où tu avais toujours espéré les voir installées.

Ma chambre et la cuisine, j'ai décidé d'en faire don – cela va t'amuser – à un couple de Marocains, de pauvres gens tout à fait charmants qui travaillent sur la propriété de Vidal et sont bien mal lotis.

Une fois à la retraite, tu pourras réaliser ton rêve le plus cher : un peu tard, sans doute, mais tout vient toujours trop tard dans la vie. C'est ainsi.

De toute façon, La Foux est un bon placement. Depuis ces dernières années, il paraît que ces vieilles bâtisses montagnardes sont de plus en plus recherchées. Tu en feras l'usage que tu voudras.

Crois-tu que j'avais oublié ?

Je t'embrasse avec toute mon affection. Que Dieu te garde, mon cher petit.

Maman.

– Alors, quelles sont tes intentions ?

C'était 4 heures de l'après-midi, Olga et moi bavardions sous un énorme mûrier. J'avais marché pendant plus de deux heures, au plus chaud du jour, à travers des collines dont jadis je connaissais tous les sentiers par cœur et où le moindre insecte, la moindre fleur étaient objet d'enchantement. Je n'y avais éprouvé que cette impression de dépaysement aride que m'inflige cette fidélité de la mémoire devant des lieux auxquels mon enfance avait prêté une présence aiguë. Autrefois, jadis... Ces mots ne me renvoyaient pas à un passé disparu; plutôt à un pays qui existerait toujours et dont l'accès me serait interdit.

J'avais été également frappé par le silence de ces bois sans oiseaux, désertés par les insectes qui d'habitude à cette heure embrasent la sécheresse. Quelques rares cigales isolées rendaient ce silence encore plus pauvre. Où étaient les stridences des étés d'autrefois ? S'étaient-ils réellement détériorés comme on prétend que font les saisons sous le règne des nuisances multipliées par le progrès, ou ne devais-je cette impression qu'à l'appauvrissement de mes sens ?

– Les pesticides, mon pauvre petit... As-tu entendu chanter des oiseaux ce matin ? Et puis, nous avons nos propres pesticides, et contre ceux-là, on ne peut pas grand-chose.

– Quelques moineaux sautillaient sur les tuiles...

Assise sur un banc, un panier sur les genoux, Olga épluchait ses légumes à l'ombre noire du mûrier.

– Veux-tu boire quelque chose? J'ai de la bière au frais...

– Non, merci, Olga. Je viens d'engloutir un litre d'eau fraîche.

– Le monde change si vite que nous ne sommes plus chez nous nulle part. Lorsque je pense aux soirées d'autrefois, il y a des jours où je flanquerais ma télé par la fenêtre. Tu sais ce que c'est, le XXe siècle, pour moi? Des poubelles toujours pleines et des piles de factures à payer.

– Ça doit faire quelques dizaines de siècles que chaque époque radote sur son passé.

– Oh, mais j'en suis certaine. J'ai assez entendu pleurnicher mes parents et mes grands-parents. Tu me diras qu'ils étaient des déracinés. Mais nous sommes tous des déracinés, des déportés, des exilés. Exilés dans notre vieillesse : il n'existe aucun moyen de nous rapatrier – elle a prononcé une phrase en russe, un doux chuchotement musical : « La vie ne sert qu'à prolonger des souvenirs. » C'est d'un poète russe, je ne me souviens plus lequel.

Elle me dévisagea un instant, pensivement.

– Penses-tu prolonger ton séjour en France, ou es-tu toujours décidé à regagner Fez en fin de semaine?

– Je n'en sais rien. Je ne sais plus très bien où j'en suis. Maman m'a joué un drôle de tour... Qu'espérait-elle? Réparer des dégâts dont elle n'était pas responsable? Et qui sont irréparables? Mourir, et avoir préparé son coup pendant dix ans, dans mon dos, comme un piège...

Elle m'a observé de nouveau par-dessus ses lunettes et déposé à côté d'elle sur le banc son panier rempli de haricots.

– Ce n'est pas un piège qu'elle t'a tendu, c'est une corde pour sortir de ton puits.

– Vous avez lu sa lettre?

J'avais glissé celle-ci dans la poche de mon jean.

– Elle me l'a lue.

Olga a ôté ses lunettes... Observé un instant de silence en regardant ses pieds, enfilés dans des sandales de corde.

– Tu sais que je suis russe, par mon père?

– Évidemment. Olga Ivanovna Boromirsky. J'ai entendu

prononcer si souvent votre nom de jeune fille, quand j'étais petit.

– Est-ce que tu connais le nom de jeune fille de ta grand-mère Virginie ?

– Bien sûr. Anderson.

– Tu crois ça...

– Comment, je crois ça ?

– Elle ne s'appelait pas Anderson. Ce n'était pas son vrai nom : c'était le nom de jeune fille de sa mère.

– Anderson... Mais son état civil... De toute façon elle s'appelait Fieschi.

– Tu ne t'es jamais demandé la raison pour laquelle ton grand-père Fieschi vous a fait prendre vos cliques et vos claques en juin 40, au moment de la percée de Sedan ?

– D'abord parce que ma mère avait eu cette histoire aux poumons, une pleurésie, compliquée d'une primo-infection ; elle n'avait qu'une trentaine d'années, maigre à faire peur. Elle ne mangeait rien, passait toutes ses journées en travers du lit. On pensait qu'un assez long séjour à la montagne la remettrait sur pied. Et puis ma grand-mère était américaine. Les États-Unis étaient encore neutres. Mais mon grand-père Fieschi, à l'encontre de la majorité des gens, connaissait les pratiques des nazis. Plusieurs de ses camarades des Brigades internationales, militants allemands ou italiens antifascistes, croupissaient dans des camps, et il le savait. Il en parlait peu, de crainte d'effrayer ma mère et ma grand-mère. Lui anarchiste italien fiché au ministère de l'Intérieur, elle américaine : quand les chars de Guderian ont franchi la Meuse, il a vu la France envahie jusqu'à Marseille. Il appelait les Français : Butter People. La ligne de démarcation, plus tard, il n'y croyait pas non plus. Il savait qu'Hitler en avait fait un hochet pour Vichy. Il y avait déjà des camps dans le sud de la France où la police de Vichy avait parqué les juifs. Mon père avait un ami compositeur qu'il avait connu au Conservatoire...

– Henry Sauveplane...

– Oui, vous vous souvenez de lui : il avait été trépané pendant la guerre de 14. Sur le haut de son front, on voyait battre une veine dans un trou. Il était membre du P.C.F. et directeur du Chant du Monde. C'est lui qui, grâce à ses camarades de la Résistance, nous avait obtenu la possibilité d'occuper la maison forestière de La Foux, alors à l'abandon. Mon grand-père a cru que nous allions tous y passer, à cause de ses antécédents. S'il fichait le camp tout seul, il voyait déjà sa femme prise en otage. Il craignait aussi que l'amitié notoire qui liait mon père à Sauveplane nous mette en difficulté. Quand les réfugiés sont arrivés par flots, avec leurs matelas sur le toit des tacots, il a cru que les blindés de Hitler seraient ici en moins d'une semaine. Il disait que la France était un pays dont une partie de la population n'avait pas encore digéré la révolution de 89, et que l'extrême droite traînait en elle cet esprit de revanche : plutôt Hitler que Blum, avez-vous oublié ? L'Amérique, en dépit du capitalisme, lui paraissait plus sûre, plus saine. C'est la seule nation au monde, disait-il, qui n'ait pas connu d'autre régime que la démocratie. Ce n'est pas un pays qui a fait la démocratie. C'est la démocratie qui a fait un pays : la constitution américaine lui paraissait une garantie inaliénable. Il était anarchiste, mais il haïssait les soviets, et pour cause. Enfin, tout cela explique cette fuite, en pleine nuit, un peu ridicule si on y songe aujourd'hui. Il voulait que nous nous embarquions tous pour les États-Unis. Pas par l'Espagne : il redoutait que nous soyons refoulés. Par Bordeaux. Hitler ne lui a pas laissé le temps de réaliser ce projet qui aurait fait probablement de moi un petit Américain...

– Il y avait une autre raison à ses craintes. En réalité...

Elle a respiré profondément, et j'ai lu sur son visage une interrogation anxieuse.

– En réalité, il avait trafiqué l'état civil de ta grand-mère. Il était rompu à ce genre de manipulations : pas mal de gens ont dû leur vie à ses talents de faussaire. Tu sais, bien sûr, que la justice italienne l'avait condamné à mort par contumace pour atteinte à la sûreté de l'État...

– C'était la légende de la famille. Je me demande si ce n'est pas pour cette raison que les prêtres du collège m'ont flanqué à la porte, en juillet 39...

– Tu oublies tes talents d'artificier : tu avais collé une bombe de ta fabrication sous la fenêtre du bureau du supérieur. Les chouettes ne font pas des perdreaux, comme vous dites par ici.

– Mais qu'est-ce que c'est que cette histoire d'Anderson ?

– Si je ne te connaissais pas comme je te connais, je ne te dirais rien. Je suis étonnée, d'ailleurs, que personne ne t'ait jamais parlé dans la famille... Ta mère avait peut-être peur de... de te troubler. Te souviens-tu de ce que ton grand-père Fieschi avait inscrit rageusement avec un bout de charbon sur le mur de la mairie ? C'était en 42 ou 43, une nuit qu'il était venu chercher ici je ne sais quoi... Ah oui, une pompe à eau...

– « Tout homme qui ne sent pas en lui un juif ou un métèque est un salaud. » Pauvre grand-père... Quand je pense au prix qu'il a payé tout ça...

– Il a payé le prix qu'il fallait pour que tous les mots que tu as entendus dans sa bouche aient une signification. Dans ce genre de situation... Enfin, les malins s'en tirent toujours. La mort n'en veut pas : elle les abandonne aux honneurs. Mon père avait coutume de dire que la mort était la suprême caution, et qu'elle choisissait ses proies dans l'élite.

– Mais pourquoi mon grand-père avait-il trafiqué l'état civil de ma grand-mère ?

– Parce qu'elle s'appelait Goldenberg. Son père était juif : ton arrière-grand-père. Rassure-toi, tu es un vrai métèque : languedocien et provençal par ton père, avec par conséquent du sang arabe, hongrois, ibère, grec dans les veines, comme tout le monde. Italien par ton grand-père, et un tout petit peu métis par ta grand-mère, elle-même américaine du Sud par sa mère, les Anderson, de Savannah, modestes fabricants de chaussures, ce qui fait qu'en poussant un peu on finirait par trouver du sang noir dans tes veines. Tu es le roi du monde. Qu'est-ce qui te gêne le plus, dans cette tambouille ?

– Parfois ma nationalité française : Butter People...

C'est un peu plus tard que j'ai mis un peu d'ordre dans mes idées. Sur le moment, j'ai surtout revécu des instants, des scènes qui jusqu'ici m'étaient demeurés obscurs. Une bouffée de pitié m'est montée au cœur : Virginie et sa douceur, sa fragilité, embarquée dans un train par ces chiens casqués, pour les camps de la mort... Et cette précipitation soudaine avec laquelle, ce soir de juin 40 – le 10, le 12? –, on avait emballé nos affaires, vêtements, nourriture, outils, fusils de chasse, etc., tandis que mon grand-père, l'oreille collée au poste de T.S.F., fulminait des imprécations contre ces « démocraties qui camouflaient leur lâcheté derrière le masque angélique du droit ». Il hurlait le slogan de Churchill, le seul Britannique qui trouvât grâce à ses yeux parce qu'il « en avait deux entre les jambes » : *Nous avions à choisir entre la honte et la guerre. Nous avons choisi la honte et nous aurons la guerre.*

– Tu as peut-être également du sang indien dans les veines. On ne sait trop dans quelle race te fourrer : indo-américain, gitan, ces pommettes hautes, cette bouche épaisse, ces yeux légèrement bridés que tu tiens de ta mère... Est-ce que tu manges avec nous ce soir?

– J'aimerais rester seul à la maison. Je me sens un peu... ébranlé. Vous avez quelque peu secoué la bouteille.

– Je comprends. J'ai presque des regrets... de t'avoir... enfin... Ta mère disparue, il me semblait que je devais tout te dire. J'étais la seule à savoir. Tu serais mort incomplet.

A la Villa, j'ai fouillé dans les meubles et dans les tiroirs à la recherche de papiers, de lettres, de livres, que sais-je, qu'elle aurait pu oublier avant de mourir. Il n'y avait que quelques vêtements à elle, déjà emballés dans des housses fleurant la naphtaline – et les *Mémoires d'outre-tombe* : Olga avait mis tout en ordre. Je n'étais pas mécontent que ces quelques meubles et cette cuisine fussent réservés à ce couple de Marocains.

J'ai passé le reste de l'après-midi à errer dans le jardin : je n'étais plus chez moi, ma mère avait eu raison de penser que je n'y étais plus depuis longtemps : depuis notre départ en juin 40. Quelque chose de funèbre restait lié pour moi à ce jardin, à cette odeur de buis et d'ifs – dont une rangée, derrière la maison, abritait celle-ci du mistral –, moins par la faute de la disparition de ma mère que par le souvenir de notre retour en septembre 44. Quatre années – si longues... – passées dans les grands espaces du Haut Pays avaient appauvri singulièrement le paysage de mon enfance.

Lorsque nous avions débarqué à Saint-Just, ce soir de septembre chaud et lourd, j'avais été saisi par le retrécissement que l'oubli avait fait subir au jardin, aux collines d'autrefois. Nous avions ouvert le portail – rouillé – et de hautes graminées sèches, outre une armée immobile, inquiétante, de roses trémières géantes, avaient envahi le jardin. Cette dessiccation générale m'avait inspiré une sorte de jouissance amère dont s'était repue ma détresse. Tout m'était devenu étranger. Nous étions trois à observer en silence ce jardin à l'abandon : ma grand-mère, ma mère et moi. Maman était montée dans sa chambre et, allongée sur son lit comme une morte, elle regardait fixement le plafond. Virginie débarquait nos affaires en silence, et j'errais – comme ce soir – à travers ce jardin ravagé par l'abandon. L'absence de mon père pesait sur nous plus lourdement qu'un deuil. Et cette entrée au collège, dix ou quinze jours plus tard, me paraissait aussi effrayante, aussi humiliante qu'une comparution devant un tribunal. Quatre années d'absence aggravaient le sentiment de culpabilité que m'ont toujours inspiré les institutions quelles qu'elles fussent – des universités aux casernes, des lieux où l'on travaille à ceux où l'on juge, où l'on souffre, où l'on meurt. Le retour de la paix me livrait pieds et poings liés à tout ce que je haïssais de naissance.

Combien de fois n'ai-je rêvé, depuis ce temps, et à l'encontre de mes convictions les plus profondes, qu'une guerre éclaterait, bouleversant à nouveau l'ordre exécrable du monde ? Les guerres possèdent le pouvoir de résoudre par l'absurde ce que la paix n'a jamais été capable d'offrir aux hommes : l'espoir d'autre chose, plus que l'espoir d'un monde meilleur. Je savais pour l'avoir vécu que l'espérance investie dans les combats, le désir de liberté, de justice ou de bonheur portent en eux une attente informulable, un objet qui nous échappe : une transfiguration de la vie ? Peut-être... Mais ce qui fait la force du véritable espoir est qu'il demeure sans contenu. C'est la réponse trouble au mal être que tant d'hommes et de femmes portent en eux. Les réponses aux questions que pose l'espoir flétrissent irrévocablement ces questions, parce que notre désir est sans remède.

La nuit tombée, au moment où les premières pipistrelles commençaient à voleter entre les masses confuses des mûriers, l'envie m'a pris de revoir l'appartement de la « rue bleuâtre » où j'étais né, dans un des quartiers les plus vétustes de Pont-sur-Rhône. Je n'y étais plus retourné depuis début septembre 44, peu après le bombardement meurtrier que la ville venait de subir, à cause de la proximité du pont que la Wehrmacht en déroute empruntait pour remonter la vallée du Rhône.

J'ai garé ma voiture le long du mail. Il était plus de minuit, tous les cafés étaient fermés, personne dans les rues. En quelques minutes, j'ai retrouvé cette « rue bleuâtre » où mon père et moi avions senti l'odeur de la décomposition, venue des vieux immeubles effondrés trois jours avant. Notre appartement se trouvait au numéro 42. Je n'en conservais qu'un si vague souvenir que c'est à peine si je l'ai reconnu. Un tube au néon éclairait une partie de sa façade de sa lueur blafarde, et j'ai aperçu les vieilles génoises souillées par le jus suintant des nids d'hirondelles que j'observais en me tordant le cou, depuis la fenêtre de ma chambre. Cette frise de tuiles et de mortier, contemporaine d'événements qui avaient bouleversé le monde, et qui avait vu tomber les chapelets de bombes et éclater les fusillades du maquis, glissait, à vingt mètres du sol, au-dessus des époques, avec cet air d'éternité, de sérénité distraite qui paraissait vaguement regretter ou attendre quelque chose.

Je suis revenu à petite allure, toutes fenêtres ouvertes, goûtant la douceur de l'air qui sentait le thym humide et l'escargot, comme toujours à pareille heure – et me disant que ce n'était pas « rue bleuâtre » que j'étais vraiment né, mais ici, à Saint-Just, aux environs de ma sept ou huitième année, lorsque j'avais respiré pour la première fois l'odeur des lilas de mai et des massifs de spirées qui croulaient jusqu'au sol sous une neige de pétales. Cette naissance s'était confirmée dès notre arrivée dans le Haut Pays, devant ces horizons sans fin et le lac qui s'étendait au pied des forêts, à moins d'une demi-heure de marche de la maison forestière.

Je me suis réveillé vers 5 heures du matin : j'avais oublié de prendre mon somnifère. Nous étions mercredi : je n'avais pas une minute à perdre si je voulais repartir pour Fez samedi – ce qui dans mon esprit devenait confus et incertain. Déjà des brumes de chaleur couvaient sous l'horizon et au pied des collines. J'ai déjeuné sur le pouce, embarqué mon sac de voyage, les housses dans lesquelles se trouvaient les quelques vêtements laissés par ma mère, déposé la clé de la maison dans la boîte aux lettres des Reboul, où tout dormait encore, et griffonné un petit mot :

Chère Olga,

Je file à La Foux. Avertissez Balestra que la clé est chez vous et que les nouveaux propriétaires peuvent prendre possession des lieux aussitôt qu'ils le désireront. Que Vidal vienne avec son tracteur chercher les meubles destinés à ses Marocains. Ayez la gentillesse de présenter mes excuses à Paulo, chez qui je devais souper ce soir. Je vous donnerai bientôt de mes nouvelles.

Je vous embrasse

Jean M.

Nous avions pris le départ en pleine nuit dans la vieille B 14 prêtée par Sauveplane – mon père ayant vendu inopportunément la « onze légère », deux ou trois semaines auparavant, pour une raison qui m'échappe; le tacot traînait une remorque pleine à craquer, couverte d'un vieux drap qui claquait au vent comme un drapeau. Silence dans la voiture. Mon grand-père Fieschi somnolait à l'avant : il avait passé toute une partie de la journée et la soirée, l'oreille collée contre le haut-parleur du Philips à antenne orientable, à écouter des nouvelles farcies de mensonges : replis stratégiques, lourdes pertes infligées à l'ennemi. Oui, affirme Roosevelt, les États-Unis aideront la France et l'Angleterre... Mon père, accroché à son volant, mâchoires crispées : « Une histoire de fous... »; Virginie, muette, ne tenait pas plus de place qu'un enfant, à l'arrière; à côté d'elle, mince et preste comme un lézard, la jeune Espagnole que Tony surnommait affectueusement « Conchita », bien qu'elle s'appelât Maria. Au début de l'année, elle nous avait été recommandée par ses parents, exécutés peu de temps après par les fascistes. Mon grand-père n'avait pas encore eu le courage de lui apprendre la nouvelle. Elle chantonnait à mi-voix sans lâcher son tricot, et sa jeunesse semblait imperméable aux menaces et aux malheurs des temps; ma mère, exsangue, enveloppée dans une couverture, carrée dans l'autre coin, les yeux fermés – je lui tâtais le pouls de temps à autre pour voir si elle n'était pas morte. Coincé entre Conchita et ma mère, je tendais le cou pour voir défiler le paysage, imaginant des blindés lancés à nos trousses, les espérant peut-être; l'ombre du collège s'éloignait, comme les sévices dont j'étais victime, rançonné par des escogriffes qui imposaient leur loi aux plus faibles et jouissaient d'une curieuse impunité auprès des autorités du collège, soit que leurs familles fussent influentes, ou que les prêtres se moquassent de ce qui se passait en dehors des classes. J'étais l'objet du mépris de la plupart des professeurs, qui me considéraient comme un parfait ahuri, me laissant des heures à genoux, les bras en croix, un dictionnaire dans chaque main. Je ne regrettais même pas nos promenades dans les garrigues et les enchantements qu'elles m'avaient procurés : dans cette époque d'éternel présent, tout demeurait à portée de main, passé et futur semblaient se mêler dans un recommencement éternel.

Mon grand-père Fieschi, responsable syndicaliste, employé au P.L.M., avait atteint six mois auparavant l'âge de sa retraite. Mon père, associé avec un oncle – le frère de sa mère – dans une affaire de lutherie et de musique, venait de rompre avec lui à la suite d'un différend qui traînait entre eux depuis la fondation de l'affaire – 1924 – et lui avait cédé ses parts : de quoi voir venir. Il dirigeait ici et là des concerts, des opéras ou opérettes dans des théâtres de troisième ordre. Il n'avait que deux passions – j'ignorais alors qu'il en cultivait une troisième –, la musique et la nature. Mobilisé en septembre 1939, on l'avait envoyé à Nice pour accompagner un train de chevaux. Une semaine après, il était de retour, et par un miracle que je ne suis jamais parvenu à éclaircir – ses relations avec quelque haut gradé féru de musique ? – il avait été affecté à la garde d'une fabrique de cartouches, près de Nîmes, où il dormait dans le foin en découvrant les vertus de l'inconfort et de l'irresponsabilité des temps de guerre, et jouait aux cartes toute la journée avec quatre lascars grands lampeurs d'absinthe qu'il avait « sous ses ordres » si l'on peut dire. Il était en permission pour une semaine au moment de la percée de Sedan, et, dans la débandade générale, son statut de permissionnaire allait passer à celui de déserteur sans que nul ne parût s'en apercevoir.

La discussion qui avait eu lieu entre mon père et mon grand-père dans la voiture m'était jusqu'ici demeurée obscure.

– C'est un aveu, cette fuite. Le premier imbécile venu serait capable d'en tirer des conséquences.

– Mais non, Edmond. On connaît mes antécédents politiques. Virginie est américaine. Enfin, elle jouit de la double nationalité : vous connaissez l'accord de principe qui lie les deux nations. Les gens n'ont qu'à penser ce qu'ils veulent. C'est la Gestapo qui m'inquiète. Ils sont capables de renifler un... – il s'était arrêté net. Ils sont dressés comme des chiens policiers. Rien ne leur échappe. Demandez à votre ami Sauveplane ce qu'il en pense. Les communistes et les israélites vont être déportés en masse.

Antonio Fieschi, dit « Tony », connaissait l'existence des camps depuis 36. Il ne cessait de répéter qu'une partie de l'Europe y laisserait ses os avant que le « Butter People » ne s'en aperçoive : il n'avait pas tort. Si l'Amérique en 38 et 39 avait déjà tourné des films antinazis, la plupart des Européens ignoraient l'existence des camps de la mort, ou s'en fichaient s'ils ne se sentaient pas directement menacés.

Ignorance opportune. Tony, quand j'y songe aujourd'hui, avait vingt ans d'avance sur ses contemporains en ce qui concernait la terreur, la révolution, Hitler, Staline, les purges. A dix-neuf ans, engagé dans l'armée italienne, il avait participé à la guerre de Chine et s'était retrouvé parmi les malchanceux qui avaient subi le siège légendaire du quartier des légations occidentales, à Pékin, pendant cinquante-cinq abominables jours, dont les avait délivrés le général Waldersee, le 14 août 1900. Les Boxers ne lui apparaissaient ni comme des sauvages ni comme des rebelles, mais comme des patriotes révolutionnaires, représentants légitimes d'une Chine pressée comme un citron par l'Occident.

Il avait assisté au supplice des cent morceaux : un rebelle lié à un poteau, et à qui les tortionnaires donnaient de petites doses d'opium pour le maintenir en vie, était découpé en lamelles jusqu'à ce que les boyaux, les poumons, les viscères fussent à vif, squelette encore en vie que la foule venait observer avec une avidité qui le révoltait. Il avait pressenti la sauvagerie du militarisme allemand à la suite d'une scène dont il avait été témoin et que je l'avais entendu cent fois raconter. Pendant les troubles, des détachements des légations patrouillaient dans les villages autour de Pékin en quête de nourriture. Un vieux Chinois se trouvait sur le seuil de sa chaumière, au milieu du village dévasté par les Boxers. Un sous-officier de chaque détachement – russe, italien, français, allemand, anglais, américain – interrogeait le vieillard pour savoir où trouver des vivres : le Chinois écartait les bras en signe d'impuissance. Le sous-officier allemand avait dégainé son revolver et l'avait abattu d'une balle dans la nuque, dans un silence hostile. « Ils ont ça dans le sang », disait-il : c'était en juillet 1900. Il avait appris qu'en Prusse, pendant la guerre de 70, des techniciens militaires avaient mis au point une « machine à bastonner » les soldats ivres, ou coupables de quelque entorse au règlement. Passer un type à tabac lui semblait relever du domaine passionnel. La technique mise au service d'une violence normalisée ressortait du crime prémédité, ou de cet aspect glacial et mécanique mis en évidence par la « solution finale ».

Dès son retour de Chine, il avait milité dans des mouvements syndicalistes et anarchistes. Imprimant des tracts, passé maître dans l'art des faux papiers, pisté par la police, il n'avait dû son salut qu'à la fuite, en s'embarquant clandestinement à Gênes dans un cargo en partance pour New York. Il avait passé la traversée au milieu des rats, sous des ballots de toile de coton, se nourrissant de farine crue et de sucre qu'il parvenait à voler dans les soutes. A son arrivée aux États-Unis, il avait réussi à tromper les services d'immigration grâce à de faux papiers et trouvé du travail dans les mines de charbon des Appalaches, au Kentucky. Il fit cent métiers, à l'instar des comédiens d'Hollywood : plongeur, colleur d'affiches, vendeur de journaux, encaisseur de banque, boxeur, videur dans les boîtes; c'était un colosse.

Enfin, il rencontra Virginie Goldenberg et, pour défier la famille, l'ordre public, le puritanisme sudiste, les Églises, la mit délibérément enceinte avant de l'épouser, satisfait de promener à son bras dans les rues de Savannah une fiancée qui avait doublé de taille. Le procès Sacco et Vanzetti effrita une bonne partie de sa confiance dans la démocratie américaine. Son frère – le père de Paulo –, qui travaillait en France dans les chemins de fer, lui obtint une place au P.L.M., où il entra en 1925 : ma mère avait vingt ans. Elle ne se sentait pas française, ni italienne, et guère américaine, quoiqu'elle eût la nostalgie du Deep South et de son climat. Sa vraie patrie était la musique. Aux États-Unis, elle avait montré de telles dispositions pour le piano que son père s'était saigné aux quatre veines pour qu'elle les exploitât. Elle rencontra mon père au conservatoire de Nîmes, où elle venait d'obtenir un premier prix de piano. Ils s'épousèrent en 1926 et je naquis en 28, dans une chambre étouffante de la « rue bleuâtre », un 6 août, arraché par des fers au ventre de ma mère après une bataille de vingt-quatre heures.

Tout cela me revenait en tête tandis que je montais vers le Haut Pays. J'ai dit que nous étions partis en pleine nuit. Je dois me tromper : je me souviens d'une route droite filant sur un plateau à perte de vue entre de grands acacias dont les feuillages frémissaient au vent de l'aventure et de la liberté. Aujourd'hui, je ne reconnaissais plus rien – ni le paysage, ni les bourgs et les villages que je traversais dans la lumière matinale. A un moment, la route a suivi une corniche qui dominait une rivière où des nudistes barbus s'ébrouaient dans l'eau lustrale, non loin d'une tente et d'un véhicule capable de traverser le Tibet : l'aventure, c'est l'aventure. Par éclairs, je croyais reconnaître un clocher, une montagne, des rochers, mais ce n'était probablement qu'un effet de ma volonté.

Les images que je conservais, lancinantes, étaient cette route bleue et bombée fuyant entre des acacias, puis une gorge où elle serpentait sous des frondaisons opulentes le long d'un torrent, où quelque part un panneau indiquait : « Fontaines pétrifiantes ». Ensuite l'arrivée à Sainte-Colombe-de-Sagnerousse, dernier lieu habité avant la solitude, la route forestière, Redortiers, hameau dont il ne restait plus que les os dévorés d'orties, puis les paluds où sinuait une piste incertaine dont l'entrée était interdite par une chaîne où pendait un panneau : « Danger, puits de mine, sables mouvants », enfin la haute vallée perdue qui s'évasait vers l'ouest, entre de hautes pentes couvertes de forêts noires, et au bout le lac des Frises, d'une dizaine de kilomètres de long sur trois ou quatre de large. La maison forestière de La Foux, accroupie sous des ardoises au bord d'un plateau où venait mourir la forêt, dominait le lac, scintillant au milieu de ses joncs trois ou quatre cents mètres plus bas. Mon grand-père, dès notre arrivée, avait déclaré que ce « big country » lui rappelait les vastes échappées de certaines régions des Appalaches où il avait roulé sa bosse en qualité de trafiquant de whisky. Nous avions d'autorité baptisé notre refuge – qui s'appelait La Foux : « Petite Amérique ».

Un peu avant midi, je me suis arrêté à Sauguet pour effectuer quelques emplettes : cartouches de cigarettes, magazines, nourriture, etc. J'ai pu changer dans une agence du Crédit agricole les trois cents dollars que je n'avais pas dépensés : je pouvais largement tenir deux ou trois semaines, si l'envie me prenait de prolonger mes congés. Je me souvenais qu'après Sauguet nous avions bifurqué à gauche, laissant à notre droite le mont Mouchet où devait se dérouler en juin 1944 une bataille sanglante. La petite route, étroite et sinueuse, traversait le nord de la Margeride. J'ai fait une pause pour manger un sandwich sur un talus couvert de gazon et piqueté de pâquerettes : l'été n'avait pas encore chassé le printemps du Haut Pays.

Une cinquantaine de kilomètres plus loin, le miracle que j'espérais s'est produit : je n'avais pas retrouvé la route bleue entre ses acacias – disparus peut-être –, mais la gorge était là, avec ses arbres frais, son torrent, ses bornes écaillées, comme remontées du moment où je les avais vues pour la première fois. Une poigne m'a saisi au cœur. Je rentrais à la maison. Mercredi dernier j'arpentais l'Atlas. Aujourd'hui, une semaine après, je me retrouvais subitement à l'autre bout de ma vie. Tout s'effaçait devant ces arbres et ces rochers qui avaient poursuivi leur chemin dans un monde parallèle, et à mesure que je pénétrais dans ces gorges, que je reconnaissais le profil des barres rocheuses rougeâtres qui dominaient le lit du torrent, deux ou trois cents mètres plus haut, il semblait qu'à leur vue l'empreinte furtive qu'ils avaient laissée en moi reprît vie, et qu'avec elle reprissent vie en même temps l'ensemble des sensations qui avaient accompagné leur découverte, comme l'écoute de trois notes de musique remplit tout à coup notre espace intérieur de toute la rumeur de l'orchestre.

Après un voyage dans le temps qui me paraissait à la fois interminablement long et d'une brièveté inouïe, je retrouvais ces choses telles que je les avais laissées – montagnes, forêts immortelles qui entrouvraient dans le flux impassible du temps une sorte de faille par laquelle il me semblait pouvoir me faufiler, comme si l'impossibilité de remonter le temps se trouvait brusquement mise en échec par la permanence de ce qui ne meurt pas. Comme si l'espace possédait avec le temps une relation trouble, et qu'un présent absolu en fût la commune mesure, où nous passons comme des ombres, alors qu'à chaque instant notre esprit projette l'éphémère dans l'éternel.

A la sortie des gorges, au bout de son chemin toujours non goudronné, le petit troupeau des maisons de Saint-Colombe-de-Sagnerousse, rassemblées autour de l'église et de son clocher – tordu cinquante ans auparavant par un coup de foudre : vu de loin, le village n'avait pas changé d'aspect. Il semblait surgi, dans sa minéralité grisâtre, du sol rocailleux comme une sécrétion naturelle, ou comme un travail d'insectes déterminé par les lois de l'espèce et du milieu. Quelque chose de reptilien le liait à ce sol multimillénaire, et le toit de lauzes de l'église ni son clocher d'écaille ne démentaient cette dépendance fondamentale tout en suggérant que l'explosion primitive de l'univers n'avait de raison d'être qu'en aboutissant à cette pointe surmontée d'une croix, qui posait au ciel la seule question qui vaille d'être posée puisque aucune réponse intelligible ne la limitait. L'univers n'était peut-être que cela : une interrogation infinie dont rien ne parviendrait jamais à faire l'économie.

L'épicerie était-elle toujours là, où l'on buvait du vin sans façon sur une table, entre les sacs de légumes secs et le bidon d'huile surmonté d'une pompe, où le tabac s'empilait dans un placard, où la cuisine prolongeait la boutique, parfumée d'une invariable odeur de daube. Oui, elle existait toujours – fermée –, ayant renoncé à survivre, elle et ses panneaux de réclames écaillés : Byrrh, Chocolat Menier, Banania, Viandox. Sur les toits d'ardoises ou de lauzes, j'ai compté une demi-douzaine de râteaux de télévision. L'école, qui rassemblait à l'époque une douzaine d'élèves, avait également mis la clé sous la porte. Le village devait être approvisionné par les ambulants. J'allais apprendre par la suite qu'il ne restait qu'une seule famille : celle du garde de l'O.N.F. Les quelques maisons restaurées n'étaient que des résidences secondaires occupées seulement l'été, alors qu'en 1940 vivaient ici une quarantaine d'habitants. Tout le reste du hameau était à l'abandon et envahi d'orties et de ronces. Des madriers fermaient la porte de l'église, dont la voûte menaçait de s'effondrer. Plus de mairie non plus. Seuls demeuraient le panneau, une date gravée dans la pierre, 1888, et le petit cadre fermé d'un treillis où l'on affichait les bans, les décès, les mesures communales.

Ce cimetière de ronces, de lézardes, de voûtes crevées, tapissées de pariétaires – ce silence, comme à l'écoute des temps révolus, insultait moins la nostalgie que ne l'eût fait la continuité de la vie, sourde, elle, avec ses métamorphoses, ses cruautés, aux rumeurs du passé : on eût dit que depuis notre départ le temps m'avait fait la grâce de s'arrêter.

La route forestière, défoncée, ne devait plus être empruntée que par les chargements de bois. A Redortiers, la bergerie encore utilisée pendant la guerre éparpillait ses ardoises comme les écailles d'une bête morte autour de ses os blancs au milieu des genêts. L'entrée dans les paluds : la chaîne était toujours là, brisée, avec son panneau rouillé qui jadis interdisait le passage. A cette altitude – plus de douze cents mètres – l'air devenait vif et argenté. Enfin j'ai débouché sur la vallée et le lac qui miroitait au loin, frisé par la légère brise du nord, bleu foncé, désert. J'ai tout de suite aperçu sur son avancée feutrée comme un gazon anglais la maison forestière.

Vingt minutes après, j'arrêtais la voiture devant la porte. Revernie, la porte, neuves, les écailles du toit, repeints, les volets. Toute la famille au grand complet m'attendait derrière ces murs d'un mètre d'épaisseur. J'allais doucement ouvrir la porte. Il ferait sombre. Quelques pas dans la grande salle à vivre avec sa cheminée où l'on brûlait des troncs de quatre mètres, et tout à coup les volets seraient repoussés par des mains invisibles, des bras m'étreindraient, des joues se colleraient aux miennes, à toute volée j'entendrais au loin sonner la cloche de l'église. Peut-être toutes les églises de la terre sonneraient-elles la fin de la souffrance, du vide, du malheur, fêtant le retour de l'été éternel dont il semblait qu'au plus obscur de sa mémoire chaque être fût issu. J'ai repensé au rêve que j'avais fait à Fez, la veille ou le jour même de mon départ – déjà les dates se brouillaient : « Debout les morts! On rentre à la maison... »

Je suis resté un long moment les mains sur mon volant, plus attentif aux voix de l'espérance qui se levaient en moi qu'à ce décor chargé de tout ce qui m'avait irrévocablement modelé le cœur et l'esprit.

Tout s'est joué en un instant : j'ai eu le pressentiment qu'un piège redoutable m'était tendu par cette fidélité enracinée au cœur d'une minuscule civilisation mourante, perdue dans ses songes et ses déchirements.

Fez. Rentrer à Fez dare-dare et poursuivre une existence à fleur de peau, sans joies ni souffrances, sans relief et sans gouffre, attendre la mort au milieu des livres qui ne m'apprenaient rien mais trompaient mon ennui et me permettaient de vivoter par procuration.

J'ai remis le moteur en marche, effectué un demi-tour sur l'aire gazonnée, et, au moment où je m'apprêtais à quitter ce qui risquait de n'être qu'un tombeau pour retrouver le Maroc et y vivre sans épaisseur, le piège s'est refermé sur moi. J'ai aperçu le lac, en contrebas, et de l'autre côté de sa rive sud, juste en face de la maison forestière, le château des Frises où j'avais distingué en 1940, le premier soir de notre arrivée, une lumière qui tremblotait, me gonflant le cœur de je ne sais quelle joie profonde, et en un instant infinitésimal j'ai retrouvé la perception que j'avais à cette époque-là de la vie et de l'avenir : une durée illimitée sur laquelle ni le temps ni la mort n'avaient prise. Une immensité lumineuse que rien ne menaçait.

J'ai arrêté la voiture, coupé le contact, et mes clés à la main je me suis dirigé vers la porte. Elle s'est ouverte sans bruit, avec une douceur, une souplesse immatérielles : les gonds avaient été graissés avec soin. Sur un guéridon que je connaissais bien, à l'entrée, une feuille de papier quadrillée, retenue par un cendrier, sur laquelle étaient écrits quelques mots de la main de maman : *Tu trouveras des boîtes de conserve, de l'huile, des vivres de toutes sortes rangés dans le cellier. Surveille bien les dates inscrites sur le fond des boîtes de conserve. Au bout de trois ans, il ne faut pas les consommer : attention au botulisme. N'oublie pas que tante Mouraille en est morte. Maman. 15 mai 1985.*

10 août 1985. Je suis debout dès l'aube, lorsque l'intensité de mon désir m'arrache à un sommeil que depuis un mois je ne m'acharne plus à vouloir prolonger artificiellement. Je prends mon café – à l'américaine : noyé – devant la fenêtre dont la vue plonge sur le lac. Cette vaste étendue d'eau paisible m'apporte une sérénité sans égale. J'y vois la raison pour laquelle ce site incarnait pour moi le centre du monde : le lieu privilégié des départs imaginaires, des arrivées définitives. Le lac, dont je n'aperçois pas l'extrémité qui se prolonge à l'ouest en un enchevêtrement de bras morts et de marais parsemés de lagunes et d'îlots chargés de verdures propices aux affûts des chasseurs de canards, constitue une réserve d'espace que ne limitent pas ses rives. J'en ai connu pourtant tous les bords, les labyrinthes où nous allions, mon père, mon grand-père et moi, errer des heures dans notre barque à fond plat. Alors que tant de choses ont perdu leur substance, je suis étonné que soit demeurée intacte cette impression de charge magnétique portée à sa tension la plus élevée, ainsi qu'elle l'est à sa source polaire, comme si le monde s'enracinait ici, qu'il y prît son départ et qu'il y aboutît, neutralisant les désirs d'horizons nouveaux.

Les gens de Sainte-Colombe prétendaient que le lac emplissait le cratère d'un ancien volcan dont on n'avait jamais atteint le fond. Cette profondeur insondable ajoutait à cette surface illimitée une dimension mystérieuse. Je m'y sentais toujours en perpétuel mouvement : quand le vent d'ouest soulevait l'eau du lac contre le petit embarcadère, faisant danser la barque entre les joncs au bout de son amarre, je restais accroupi, silencieux et attentif, pressentant brusquement l'immensité du monde et la variété infinie de ses aventures.

Je me suis astreint, d'abord par un ensemble de résolutions qui paraîtraient puériles, ensuite par un besoin impérieux, à laver mon corps et mon esprit des poisons que j'y avais laissés s'accumuler par lassitude. Mon goût pour la bière, qui agissait sur moi comme un vague anesthésique, avait cessé de se manifester depuis mon retour en France. Les somnifères sont allés au feu : les premières nuits ont été intolérables. Cauchemars, réveils en sursaut, sueurs, longue attente du sommeil. Mon supplice a duré une quinzaine de jours, atténué par les effets de l'altitude qui a incontestablement facilité le sevrage.

Avant l'arrivée du soleil, je prends invariablement le chemin du lac par le sentier qui dévale à travers les pâtures sauvages trempées de rosée. Le sentier, presque effacé par la végétation aquatique, fait le tour du lac et revient à son point de départ après avoir sinué le long des berges pendant une vingtaine de kilomètres et suivi le bord de la forêt sombre qui, sur la rive opposée, vient plonger ses racines dans l'eau : une muraille d'épicéas noirs au milieu desquels on aperçoit la vaste clairière aérée du château des Frises. Fermé en juillet, depuis une semaine j'y aperçois le soir une lumière : entre les mains de qui est-il tombé ? Appartient-il toujours à la famille du colonel Grévin ? Je me suis promis d'y effectuer une visite en barque.

Après deux heures de marche – ou parfois un tour dans la barque prêtée par Roumageon, le garde forestier – je pique une tête dans le lac et en ressort délesté de mon poids. Je retourne dans ma tanière, m'installe dans une pièce où j'ai aménagé un bureau de travail, utilisant une vieille table dénichée au grenier, sur laquelle nous dînions parfois dehors. Mes livres me manquent. Je suis retourné à Sauguet faire un plein de livres de poche, mais c'est une bien maigre bibliothèque auprès de celle dont je disposais à Fez. J'écris, je note, je lis, j'épluche toutes les lettres conservées par ma mère, jusqu'à midi. Cette faim de travail s'accompagne invariablement d'une frugalité monastique : tomates, œufs durs, fromages, fruits... Sieste jusqu'à 4 heures, quand la canicule embrase les prés où crépitent les descendants des insectes dont je faisais autrefois collection sur des rondelles de bouchon piquées d'épingles. Je bricole ensuite dans la maison, repasse à la chaux les pièces qui n'ont pas été terminées – quatre pièces au rez-de-chaussée, quatre au premier étage, et des combles emplis de vieilleries –, cire les meubles, classe photos et documents. Moi qui ai campé pendant vingt-cinq ans dans un aménagement hâtif, je m'entoure ici d'une propreté et d'un ordre tatillons. Le moindre objet qui traîne, papiers, assiette sale, cendre sur le pavé, chaise déplacée me cause un désagrément qui répond à cette volonté d'austérité qui m'a pris comme une conversion subite. Au sentiment ingrat d'avoir raté ma vie, s'oppose aujourd'hui progressivement la certitude que les échecs, si prolongés qu'ils fussent, et peut-être voulus, nous ouvrent le chemin vers des victoires dont on n'aurait eu aucune idée, vainqueur à court terme sur un plan très inférieur à celui où l'échec peut nous hausser.

Quand la chaleur est tombée, je prends le chemin de la forêt. C'est l'heure où toutes les essences résineuses chauffées par des heures de soleil vertical donnent – avec les foins – le meilleur de leur arôme. La forêt se transforme en église tapissée de vitraux où des rayons obliques tombent sur des clairières de contes : herbe fine et rase, d'une verdeur irréelle, échos sonores où s'amplifie le moindre bruit, silence recueilli. Je reviens sur l'aire, retourne le foin que j'ai coupé à la faux dont se servait mon grand-père, pour le seul plaisir d'y retrouver la profondeur de l'été montagnard dans ce parfum tendre et sucré qui exprime le plus profondément l'accord viscéral qui me lie aux montagnes. J'évolue en short et en sandales jusqu'à la tombée de la nuit, quand la fraîcheur monte du lac accompagnée du coassement des grenouilles. Soirée devant la cheminée, où je dialogue avec ceux qui m'ont quitté, où je tente de faire revivre leurs visages, leurs mots, leurs gestes, et si je m'abîme un peu plus tous les soirs dans ce qui fut, c'est pour retrouver ce qui est. Pour que ce qui fut devienne ce qui est : je veux simplement acquérir la possibilité de séjourner dans le monde, d'y reparler ma langue maternelle, celle du soleil, de l'eau, des étoiles, des pierres et du vent. La langue de l'éternité.

Noté sur mon carnet de bord :

1. *Aller à Sauguet (soixante kilomètres) et faire expédier à Belloum les cinq cents dollars que je lui dois, par l'intermédiaire de Me Balestra.*

2. *Téléphoner à Olga et à Paulo pour leur confirmer que je ne me suis ni noyé dans le lac, ni pendu à une poutre du grenier.*

3. *Écrire à l'Institut (prolongation du congé pour maladie ?).*

4. *Envoyer à Paulo le chèque correspondant aux frais de l'enterrement que dans ma précipitation j'avais oublié de lui donner.*

L'été 40 avait été particulièrement long et chaud – à l'image de celui-ci. Pourquoi ces grands étés suggèrent-ils toujours l'approche d'une rupture brutale avec le train du monde : guerre, révolution, cataclysme...

Nous avions mis à profit ces jours limpides et calmes pour aménager plus confortablement la maison forestière, que nous avions découverte en piteux état. Nous avions commencé par passer à la chaux les plafonds et les murs, également repeint les portes et les fenêtres. L'odeur de peinture fraîche, associée à cette ère d'incertitudes et de vacances indéfinies qui s'ouvrait devant moi, était celle d'un bonheur et d'une liberté dont je ne voyais pas la fin. L'école communale de Sainte-Colombe ne constituait aucune menace : je devais entrer en cinquième. Il était entendu que dès la rentrée, chacun mettrait ici la main à la pâte pour me permettre de poursuivre mes études : à ma grand-mère incomberait la tâche de m'apprendre l'anglais, qui m'était déjà familier. A ma mère, le latin et le français. A mon grand-père, les mathématiques et les sciences, délicieusement classées alors sous la rubrique : « leçons de choses ». Le spectre des brimades que je récoltais au collège avait été conjuré grâce aux blindés du général Guderian.

J'étais une sorte d'enfant sauvage pour qui le mot guerre était devenu subitement synonyme de paradis terrestre. Insensiblement, je m'étais mis à concevoir à l'égard des « villes » une haine si violente que les savoir rasées de la surface de la terre n'eût fait que conforter mon sentiment de délivrance : ces pustules qui infectaient le monde méritaient leur sort. On m'avait appris que le dieu d'Israël n'avait pas hésité à réduire en cendres Sodome et Gomorrhe, et cet enseignement, fortifiant mes penchants barbares, levait en moi une souillure bien antérieure à ma naissance. Paradis terrestre. Oui, j'y avais goûté, j'avais respiré l'odeur du jardin interdit, dès le premier printemps que j'avais passé à la Villa des Roses, ou en suivant mon père dans ses randonnées à travers les collines. Souviens-toi de ce soir de mai 1937 où tu as senti pour la première fois l'odeur des lilas en fleur, souviens-toi de cette explosion de joie dans ta poitrine, comme si ce jardin autour de toi, où scintillaient les premières lucioles dans l'herbe humide et cette nuit argentée de lune, te ramenait au commencement du monde, à l'origine des choses avant la chute – une chute qui avait épargné tout ce qui n'était pas l'homme. La porte du jardin n'allait pas tarder à se refermer derrière toi et aussitôt, il serait trop tard pour tout.

Parmi les auteurs qu'on fréquentait à la maison, figuraient en bonne place, entre Malraux, Bernanos, Giono, Hugo, Dostoïevski et Baltasar Gracian, les œuvres complètes de Jules Verne, Jack London, Conrad, Stevenson, Daniel De Foe, et un certain Johann David Wyss, auteur méconnu de ce *Robinson suisse* édifiant et mièvre mais qui peuplait mes rêves de naufrages opportuns : voilà ce que la guerre m'offrait en naufrageant la France. Nous vivions sur une île déserte entourée d'une vague menace qui renforçait mon sentiment de sécurité, comme la tempête de neige fait aux bûcherons dans leur cabane. Il n'y avait pas l'électricité – amenée ici par les Eaux et Forêts aux environs des années 50, quand la maison forestière abritait encore deux gardes et leurs familles. L'eau non plus, du reste : une citerne de quelques mètres cubes bâtie en surélévation derrière le mur de la cuisine récoltait l'eau du toit pour l'amener jusqu'à l'évier. Il s'était vite avéré qu'une sécheresse prolongée pendant la belle saison mettrait promptement notre réserve à sec. Aussi mon père s'était-il lancé dans des travaux auxquels il m'avait associé : amener jusqu'à la citerne par un tuyau flexible l'eau d'une source située à quelque deux cents mètres au-dessus de la maison forestière. Nous avions eu un mal de chien à trouver un tuyau d'une telle longueur. Je crois que mon père avait dû se rendre jusqu'à Saint-Flour pour le dénicher chez un entrepreneur de travaux publics à qui son ami Sauveplane l'avait recommandé.

Saint-Flour : le bout du monde. Je mesure aujourd'hui à quel point l'économie de mouvement, à quoi nous contraignait, plus encore que la pénurie d'essence, le risque de nous faire repérer par la police française à laquelle mon grand-père prêtait toutes les vilenies dont elle devait du reste se montrer capable, je mesure combien notre isolement et le peu d'étendue de notre rayon d'action fournissaient aux distances je ne sais quel sortilège sous l'influence duquel le monde, environnant ou lointain, obtenait le charme d'un no man's land, du terrain vague et sans frontières. Ainsi l'ouest du lac, quand le soleil rouge y sombrait au milieu des brumes du soir, me semblait-il prolonger indéfiniment ses lagunes et ses eaux indécises jusqu'à la Géorgie natale de ma grand-mère Virginie. Cette géographie intérieure a modelé un visage du monde si fascinant que je n'ai jamais pu me résoudre à pousser mes randonnées au-delà des limites du lac aux fins de conserver inviolés les territoires imaginaires et mystérieux que mon désir y projetait.

Mon père avait rapporté son tuyau de Saint-Flour, et nous l'avions contemplé, ce tuyau, avec l'émotion de Robinson Crusoé découvrant des armes, des vivres et des outils dans l'épave de son navire.

Dès le mois de septembre, nous avions commencé à constituer notre provision de bois. La hache et la scie ne chômaient pas et j'avais la tâche de ramener le bois dans une brouette – cinquante kilos par cinquante kilos. Au fur et à mesure que le bûcher s'élevait sous l'auvent à l'arrière de la maison, j'escomptais de cet entassement rassurant les longues soirées qui nous rassembleraient autour de la cheminée tandis que la tempête ferait craquer la mâture de notre vaisseau ancré pour l'hivernage.

Durant tout ce temps, ma mère toussait moins, reprenait des couleurs, Virginie se lançait dans le jardinage et l'élevage des lapins et des poules. Tony, braconnier de haute volée, posait des collets à travers la forêt et presque tous les soirs, nous partions tous les deux munis du matériel adéquat poser des lignes de fond le long des rives du lac. Dès l'aube, nous sautions du lit pour aller récolter notre pêche, et si les collets nous réservaient peu souvent d'heureuses surprises, il était rare que chaque ligne de fond amorcée au ver rouge n'ait trompé le poisson, généralement des truites dont regorgeait le lac, certaines d'entre elles atteignant ou dépassant la livre. Le maire de Sainte-Colombe, un vieux radical humaniste, était sûr : nous comptions sur lui pour le pain et les denrées dont nous avions besoin : sucre, sel, café, charcuterie, viande de porc ou de mouton, dont ces régions n'ont jamais manqué. Quant aux cartouches, Tony les fabriquait lui-même selon une formule qui avait fait ses preuves en Italie – dans des fusils de chasse ou dans des bombes : soufre, chlorate de potasse, écorce de sapin ou de pin finement broyée à coups de marteau dans un bas.

Une fois par semaine, le soir venu, nous nous rendions à pied chez le maire, laissant la voiture à Redortiers; nous empruntions un sentier qui débouchait directement dans le verger-potager situé à l'arrière de sa maison. Tony n'eût manqué à aucun prix ces équipées nocturnes qui lui permettaient d'écouter Londres et de se chamailler sur quelque point dialectique avec le gendre du maire, marxiste orthodoxe dont l'inébranlable foi dans le parti l'exaspérait :

« Cléricaux ! Je suis de votre côté mais je vous combattrai jusqu'à la dernière goutte de mon sang ! Vous n'êtes plus des révolutionnaires : vous êtes de mauvais prêtres ! » Tout ça finissait par une partie de cartes autour d'une bouteille de tord-boyaux. Les quatre coups de la Cinquième de Beethoven arrêtaient les cartes en l'air, et arrivaient par bouffées sur fond de brouillage et de friture les sentences bizarres qu'on eût crues destinées à un jeu radiophonique dont les écrans électroniques auraient eu pour but d'augmenter la difficulté : « Les cigognes n'aiment pas les cheminées qui fument – Les roses s'effeuillent sous la brise du soir – La soupe de Geneviève a le goût de brûlé – Le vent a fait tinter la cloche de l'église – N'oubliez pas de régler la note du menuisier – Le beau temps reste fixe au-dessus des nuages – Georges embrassera dimanche sa cousine... » – formules sans queue ni tête qui venaient échouer dans cette cuisine accompagnées par une rumeur de marée montante.

Parfois, « Conchita » et moi partions cueillir fraises, myrtilles, framboises. C'était toujours vers 5 heures de l'après-midi que nous filions à travers bois, notre panier au bras, après qu'elle eut terminé lessive ou ménage. Elle chantonnait toujours à mi-voix ses complaintes espagnoles où revenaient les mêmes mots qui m'agaçaient, comme si tout le peuple espagnol se caricaturait lui-même en revenant sans cesse aux mêmes clichés : *corazón, mañana, muchachos, soledad...* Elle me jetait parfois de petits regards pointus et en coin qui me piquaient la peau comme des aiguilles : je n'étais pas loin de la croire capable de jeter des sorts, de manigancer je ne sais quel commerce trouble avec l'au-delà. Dans sa chambre, il y avait au-dessus de sa table de chevet un crucifix lugubre et une gravure de la Vierge devant lesquels tous les soirs avant de se coucher elle allumait une bougie. Mais j'avais le sentiment que ses dévotions s'apparentaient davantage aux statuettes percées d'épingles qu'à une ferveur limpide que démentaient son visage d'animal à l'affût, sa démarche toujours traînante et lasse où une femme alanguie transparaissait déjà dans son corps de seize ans.

Tony appréciait ce rituel avec réserve : le père de

Conchita avait été tué en 37 dans les rangs républicains.

– Sais-tu que les fascistes montaient à l'assaut et fusillaient leurs prisonniers en criant : Vive le Christ-Roi ? Ton père attraperait une jaunisse s'il te voyait allumer ta bougie devant des idoles contre lesquelles il a combattu...

Elle secouait négativement la tête et répondait dans son baragouin que c'étaient les rouges qui avaient brûlé les églises et non les phalangistes ou les Maures de Franco. Tony ne résistait pas au plaisir de la pousser dans ses derniers retranchements :

– Ma petite, tu te fais une drôle d'idée du Christ. Il y a longtemps que vous n'adorez plus que des idoles vous autres, catholiques espagnols, et que le Christ a déserté vos couvents et vos églises. Écoute, petite, ce n'est pas difficile de savoir où est le Christ sur la terre : avec les pauvres, même quand ils sont armés de fusils.

La jeune fille ne comprenait qu'à demi cette profession de foi, mais suffisamment pour se signer précipitamment dans le dos de mon grand-père, comme s'il eût été un émissaire de l'Antéchrist.

15 août 1985. Il y a quarante-cinq ans, Tony avait enfin réussi à capturer dans ses collets un lièvre de sept ou huit livres. Nous l'avions fait rôtir à la broche, dehors, au milieu de l'aire. J'ai fini par retrouver la photo de cette scène. On y voit mon père, torse nu, tenant une des extrémités de la broche, souriant de toutes ses dents ; mon grand-père, tenant l'autre bout, coiffé d'un invraisemblable galurin qu'il avait emprunté à un épouvantail, près de Sainte-Colombe. Virginie, ma mère et moi sommes assis à l'ombre d'une tonnelle que mon grand-père avait bricolée contre la maison : branches de hêtres et fougères entrelacées sur des traverses de sapin. Henry Sauveplane se servant un verre de vin. Il paraît noir de peau et ressemble en effet à Ravel, la calvitie en plus. Conchita distribuant des assiettes sur la table devenue aujourd'hui ce bureau où j'écris ces lignes. On voit deux autres personnes

sur la photo mais je ne les reconnais pas : des amis de Sauveplane, sans doute. Enfin, dans un coin, à l'ombre du sorbier qui est toujours là, Marguerite Sauveplane, assise dans un vieux fauteuil de rotin : toujours la même expression dure et lasse sur son visage masculin.

Elle appartenait à la ligne la plus dure du parti. Amie intime de Thorez, d'Aragon, de Vaillant-Couturier, elle gagnait sa vie en recopiant des partitions musicales à la main, travail sous-payé qu'elle accomplissait avec une dextérité stupéfiante. Sa vaillance était légendaire. Elle souffrait avec une violence haineuse de l'exploitation du prolétariat. A quatorze ans, elle avait travaillé dans une filature près de Limoges où les ouvrières restaient debout douze heures par jour : c'était en 1910. Je crois qu'elle eût été capable de mettre le feu à Paris si toute la bourgeoisie française y eût été rassemblée. Parfois elle m'attirait à elle et je sentais passer dans cette main sèche accrochée à mon bras toute la puissance d'une fureur désespérée : « Jean, pour avoir le droit de parler de la condition humaine, il faut travailler quelques années dans une usine. Tout le reste n'est que du verbiage. Ceux qui meurent sans avoir vécu cet enfer auront traversé la bataille une rose à la main » (allusion à une œuvre célèbre de je ne sais plus quel peintre italien, où, tandis que la bataille fait rage, passe un jeune homme à l'air rêveur et qui tient une rose entre ses doigts). Elle me faisait peur. Sa souffrance me faisait peur, sa haine des bourgeois, la violence qu'elle mettait au service de sa volonté de détruire ce qu'elle appelait « la grande nécropole occidentale ». Elle est morte d'un cancer en avril 46. Seule, dans un hôpital de Rennes. On lisait sur son visage que son destin la condamnait à détruire ou à être détruite.

Mais qui a pris cette photo ? On devine l'ombre d'une tête sur le gazon de l'aire. J'ai essayé de me souvenir. Non, cette ombre ne dissimulait aucune menace. Le visage de mon père me dit que la personne qui a pris la photo devait appartenir au clan.

Tous ces visages arrachés au temps par l'instantané finissent par laisser transparaître, quelle que soit leur expression, quelque chose de trouble, de résigné, de lointain, suggérant l'unique secret que leur masque triste ou souriant dissimule, et qui est celui de leur mort. Grands animaux rêveurs, dressés sur leurs pattes arrière, munis de bras illusoires par cette posture, affublés de peaux artificielles et dotés d'une béance infinie dont rien n'explique la raison d'être.

21 août. Rêve poignant, cette nuit. Mon père, toujours lui, à mon chevet, me secouant par l'épaule, penchant sur moi son visage transfiguré : « Vite, debout... Écoute... Non... Tu ne peux pas savoir... » Il balbutiait, comme sous le coup d'une révélation cruciale. Je me lève, l'accompagne dehors. Matinée d'avril, grand soleil et vent. Autour de nous, garrigues à perte de vue. Des ifs et quelques ruines blanches confirment l'antiquité du paysage – son intemporalité. Une voie romaine, dallée, s'élève au flanc d'une colline. Nous la gravissons. Elle se poursuit dans l'azur (il n'y a pas d'autre mot), à perte de vue, à travers un ciel que ne limitent plus l'obscurité ni le froid sidéral. Nous poursuivons notre ascension dans le soleil aveuglant et le grand vent de printemps. Je devine que cette voie – pourquoi romaine ? – poursuit sa course à l'infini, un infini inaccessible et pourtant vers lequel nous sommes contraints de nous diriger. Mon père se retourne, une joie enfantine lui éblouit le visage. Il a des larmes dans les yeux, comme le vent les lui mettait : « Tu vois, nous ne nous étions pas trompés. Maintenant, nous y sommes. Tout était vrai. Tout. »

Réveil en sursaut : l'Éternité... Et je comprends ce que je n'avais saisi que confusément jusqu'ici. Toutes ces errances qui pendant des années nous avaient jetés à travers bois, sur les chemins blancs du Sud ou à travers les landes sans âge du Haut Pays, cet appel venu de profondeurs inaccessibles à l'intelligence traduit en longues marches d'où nous revenions harassés et heureux, cette passion animale d'étendre toujours plus loin le rayon de cette quête dont nous ignorions l'objet, c'est peut-être tout cela qui donne au mot « espérance » son poids effrayant.

Sainte-Colombe-de-Sagnerousse
Ce 26 août 1985

Monsieur le Directeur,

J'ai l'honneur de porter à votre connaissance que des événements indépendants de ma volonté m'obligent à quitter définitivement le Maroc, et par conséquent mon poste à l'Institut.

Veuillez avoir l'amabilité de m'indiquer quelles sont les démarches à suivre pour régulariser ma situation et obtenir mon droit à la retraite anticipée.

Je suis tout à fait désolé de ne pouvoir venir sur place régler tous ces problèmes, mais mon état de santé m'interdit pour l'instant de me déplacer. Vous voudrez bien transmettre mon bon souvenir à tous vos collaborateurs.

Je vous prie de croire, Monsieur le Directeur, à l'assurance de ma considération distinguée.

Jean Mouraille
48140 Paulhac-en-Margeride

Sainte-Colombe-de-Sagnerousse
Ce 26 août 1985

Mon cher Belloum,

Je t'ai fait adresser par l'intermédiaire de mon notaire, Me Balestra, la somme que je te devais et qui te sera remise en francs, compte tenu de l'écart du change entre la monnaie française et le dollar. Je suis contraint pour raison de santé de demeurer en France et de prendre dès lors ma retraite. Je ne pense pas revenir au Maroc, sinon un jour, peut-être, en touriste, et je ne manquerai pour rien au monde de venir te voir. Tu voudras bien faire expédier à l'adresse qui suit les caisses qui se trouvent dans une des pièces de mon appartement (en port dû) avec tous les vêtements que tu trouveras dans la penderie, et les livres qui pourraient traîner ici ou là. En ce qui concerne les meubles, fais-moi l'amitié de les conserver en souvenir de moi : ils n'ont du reste pas grande valeur. Ceci fait, tu remettras les clés que je t'ai confiées à l'agence immobilière Casa del Sol. Le loyer était réglé jusqu'à la fin de l'année. Qu'ils envoient à Me Balestra, dont tu trouveras également l'adresse au verso, la caution de deux mille francs que je leur ai versée lors de la signature de mon contrat de location.

Pardonne à un vieil ami tous les tracas qu'il te cause ; tu es la seule personne que je regrette après vingt-cinq ans de vie au Maroc : je tenais à te le faire savoir, et je te serre fraternellement dans mes bras.

Embrasse toute la famille pour moi.

Jean Mouraille.
Sainte-Colombe-de-Sagnerousse
48140 Paulhac-en-Margeride

Me Balestra, notaire
Résidence de la Tour du Pin
30130 Pont-sur-Rhône.

Bientôt septembre. Ma provision de bois est achevée. J'attends avec impatience les caisses de livres que Belloum doit m'expédier. J'ai passé commande d'une centaine d'ouvrages au libraire de Sauguet. Je me suis offert un appareil à cassette et radio F.M. J'ai complété mon confort par l'acquisition d'un gros poêle, beaucoup moins gourmand de bois qu'une cheminée, et d'un congélateur qui m'épargnera cet hiver bien des déconvenues. Me voici comme Thoreau retiré au bord de son lac à Walden Pond, mais ce n'est pas pour observer la nature et m'y fondre que j'appareille mon vaisseau.

Tous les soirs, lorsque je referme les volets de ma chambre, j'aperçois une lumière qui tremble de l'autre côté du lac, indiquant l'emplacement du château des Frises. Je me suis promis de traverser le lac en barque une de ces nuits – six ou sept kilomètres aller et retour à la rame, c'est ce qui m'a découragé jusqu'ici – et de me glisser jusqu'au perron où s'ouvre la véranda derrière laquelle brille cette lumière. Dans la journée, j'ai maintes fois braqué sur le château les jumelles de marine à fort grossissement que mon grand-père avait ramenées des États-Unis, mais je n'ai jamais décelé le moindre signe de vie, ni même perçu un aboiement de chien. Les fenêtres, du moins sur la façade, demeurent closes. La personne qui occupe le château a-t-elle aperçu ma propre lumière ? Se pose-t-elle les mêmes questions que moi ? Quelques kilomètres d'eau nous séparent, et quarante ans d'oubli.

1er septembre. Les deux premières choses – le terme « événement » conviendrait mieux – qui m'avaient frappé à notre arrivée en juin 40, ce fut cette lueur entrevue dès le premier soir de l'autre côté du lac, et, quelques heures auparavant, au moment où nous empruntions la petite route qui grimpe en lacet au flanc de la montagne, la brève vision d'une charrette postée non loin d'une ferme, et dans laquelle sept ou huit personnes aux vêtements de couleurs vives et variées paraissaient attendre qu'on les transportât à pied d'œuvre, au milieu d'un grand verger dont on apercevait à quelque distance de là les rangées d'arbres rectilignes. Ferme, charrette pleine de paysans (ou de paysannes), verger au flanc de cette montagne bleuie par la lumière matinale m'avaient procuré un instant d'émotion intense, mêlée de curiosité. Pourquoi ces deux visions apparemment insignifiantes m'avaient-elles troublé à ce point ?

– Je croyais votre maison forestière à l'abri des regards indiscrets. A qui appartient ce château ?

– Comment voulez-vous que je le sache ? répondit mon père en haussant les épaules. De toute façon, l'idée de ficher le camp comme des malpropres n'est pas de mon fait. Il n'y avait pas le feu...

– Vous trouvez qu'il n'y avait pas le feu ? Allez dire ça aux Bloch, dont la vitrine a volé en éclats la veille de notre départ...

– Les jalousies...

– Vous appelez jalousies le fait que la moitié de la France attend son heure pour mettre l'autre plus bas que terre ? Vous savez très bien que l'antiparlementarisme est une composante de la vie politique française depuis la Révolution. Je ne vous donne pas six mois pour que la racaille parade dans les rues. On va gratter sur nos écoles et nos mairies la devise de la République. Hitler est une bonne affaire pour les revanchards de 36, de 34, de... de Dreyfus... Les Français vont devoir passer par où les chats s'étranglent pour connaître la valeur de la démocratie. Des millions d'imbéciles crachent dans la soupe et profitent en parasites d'une liberté conquise par une aristocratie du sang. Et il y a des salauds pour discréditer le droit à la parole de l'Assemblée nationale par un terme insultant : « parlotte ». Le Christ aussi était pour les pharisiens de l'époque un « homme à parlotte ».

– Entre payer de son sang et se payer de mots il y a tout de même une nuance...

– J'ai l'impression que ça va changer. Ceux qui ont parlé vont le payer cher : les communistes, les socialistes, les francs-maçons, les mouvements antifascistes, les syndicalistes... Les gaullistes aujourd'hui... Ce vieillard lubrique et gâteux qu'on nous a foutu à Vichy se venge de vingt ans d'obscurité : la gloire de Verdun ne lui suffisait pas. Il estimait que le peuple français lui devait davantage. Ça vaut bien une poignée de main à Montoire. C'est la haine du Front populaire qui est en partie responsable de notre honte actuelle. Rappelez-vous l'attitude de vos cousins... comment s'appellent-ils déjà ?

– Paradis.

Mon grand-père avait ricané entre ses dents : « Paradis... ça leur va comme un gant... »

– Ils sont trop cons pour être dangereux.

– L'idée que vous vous faites de la connerie n'est pas la mienne. La connerie est une vocation, une espèce de choix, pas une fatalité. C'est pourquoi elle est dangereuse.

Nous avions appris qu'en 36, au moment de la victoire du Front populaire, nos cousins Paradis – le père, la mère, deux filles et un garçon de vingt ans – avaient passé plusieurs jours bouclés chez eux, volets fermés, priant devant des cierges, persuadés que l'Antéchrist, en la personne de Léon Blum, venait de prendre le pouvoir. Le plus fort, c'est qu'ils n'étaient même pas des bourgeois : le père travaillait comme manutentionnaire dans une fabrique de ciment, à Bourg-Saint-Andéol.

Tony observait le château avec ses jumelles.

– Ce serait drôle, d'y voir débarquer un de ces quatre matins la police ou les « verts ».

– La ligne de démarcation passe à plus de cent kilomètres au nord. Je ne vois vraiment pas Hitler rompre ses engagements avec Vichy et envoyer des troupes dans le coin le plus retiré du Massif central. Il a d'autres chats à fouetter...

– Nous sommes aux premières loges...

– De toute façon, nous n'allons pas croupir ici pendant des années. Il faudra bien que je me remette au travail.

Avant la déclaration de la guerre, mon père était sur le point de signer un engagement avec l'orchestre de Radio-Montpellier.

– Laissons passer l'hiver. Nous verrons bien ce que nous réservent les premières hirondelles. Mais je n'ai pas confiance.

L'hiver 40-41 reste flou dans ma mémoire. Je sais qu'il fit très froid. Tous les matins, j'entendais chanter les pelles devant la porte où la neige s'était amassée pendant la nuit. Des orgues de glace pendaient du toit, la forêt était blanche, le lac gelé, et toujours cette lumière, là-bas, aussi mystérieuse.

Tony profitait de la neige pour chasser. Il partait à la pointe de l'aube, rentrait à la fin de la matinée, rouge et fourbu, sa musette pleine de grives. Mon père travaillait alors à la composition d'un poème symphonique auquel il n'avait pas encore donné de titre. Il composait à l'oreille, mais son piano lui manquait.

Les Sauveplane vinrent passer avec nous une semaine au moment des fêtes de fin d'année. Ils transportaient de très lourdes valises qui devaient contenir peut-être des armes, sûrement des tracts, un ou deux postes émetteurs, des documents destinés aux chefs des réseaux communistes qui commençaient à s'organiser. Quelques jours avant Noël, Henry Sauveplane composa en mon honneur un « Noël » que ma mère et ma grand-mère chantèrent le soir du 24 décembre. Ce Noël dédié à Jean Mouraille devait être édité après la guerre par « le Chant du Monde », et pénétrer en Union soviétique. Très influencé par Debussy, il rappelle son *Noël pour les petits enfants qui n'ont plus de maison*.

Une scène me reste en mémoire : mon père et ma mère, enlacés, descendant l'escalier en bois qui donne directement dans la salle. Marguerite Sauveplane se réchauffait les mains devant la cheminée. Je me tenais accroupi près d'elle. J'étais surpris, vaguement choqué, de voir mes parents se laisser aller ainsi devant des témoins à des manifestations de tendresse auxquelles le caractère rogue de mon père et la pudeur de ma mère ne m'avaient guère habitué. Marguerite s'était penchée vers moi : « Ils ont l'air con, tous les deux, tu ne trouves pas ? »

– ... ?

– Pfut... L'amour, le mariage. Tout ça un jour disparaîtra.

D'un geste mécanique et sec, elle tisonnait les braises.

– Tu t'en fous, toi. Qu'est-ce que tu veux faire de ta vie, plus tard ? Te marier, faire des gosses, mener le petit train bourgeois ?

– Je veux rester ici.

Interloquée, elle m'avait observé de ses yeux durs où la curiosité mettait une pointe d'amusement.

– Ici ? et pour quoi faire ? Tu veux élever des vaches ? Garder des moutons ? Le retour à la terre ? Ton père t'a fourré la tête d'histoires à la Giono.

– Non. Je serai garde forestier. Je ne veux pas me marier. Je ne veux plus retourner en ville. Ni en bas. Je ne veux pas retourner au collège. Je ne veux pas devenir une grande personne. Je ne veux pas devenir vieux. Je veux rester ici, c'est tout.

La dureté avait disparu de son regard. Elle avait posé sa main maigre sur ma tête et m'avait observé un instant pensivement.

– Tu aimes Ravel ? Il paraît que tu as mis son portrait dans ta chambre ?

– Oui.

– Qu'est-ce que tu aimes de Ravel ?

Elle devait redouter que je lui cite le *Boléro,* que je n'aimais pas.

– Le *Quatuor en* fa, la *Sonatine, Entre-cloches, Gaspard*

de la nuit, Le Tombeau de Couperin, Daphnis et Chloé, L'Enfant et les sortilèges, le *Concerto pour la main gauche,* le *Trio*...

– Tu connais vraiment tout ça ?

Je lui ai fredonné différents passages de ces œuvres, en entremêlant des parties d'accompagnement au thème mélodique.

– Dis donc, tu as encore plus d'oreille que ton père... Sais-tu pourquoi je t'ai demandé si tu aimais Ravel ?

– Non.

– Parce que Ravel est resté un enfant toute sa vie. Mais ça, mon petit, c'est le privilège de son génie. S'il n'avait pas composé ses œuvres, il serait probablement devenu fou. Alors, si tu veux rester un enfant toute ta vie, tu sais ce qui te reste à faire.

J'écrivais déjà des poèmes : je n'avais pas encore treize ans. Je les lui ai fait lire. Que sont-ils devenus ?

Marguerite Sauveplane m'avait affirmé que j'avais sûrement des dons, mais que plus on était doué, plus il fallait travailler pour être à la hauteur de ses aptitudes. Elle m'avait cité la célèbre maxime de Valéry : « La facilité est le plus grand de tous les dons quand on ne s'en sert pas. »

Sa réflexion sur mon père et ma mère descendant l'escalier enlacés m'avait d'autant plus offusqué que je me demandais dans quelle mesure il n'y avait pas, venant de mon père, une certaine part de comédie dans cette démonstration. Comédie est peut-être un mot un peu fort : disons que je me méfiais de lui, sans pour cela lui en vouloir, car les relations auxquelles j'étais accoutumé entre ma mère et lui me laissaient douter de leur bonne entente. Ils ne se disputaient jamais, mais mon père passait plus de temps devant son piano, ou retiré derrière son journal pendant les repas, qu'empressé à entourer ma mère des marques d'une affection pourtant réelle.

Le piano loué à Saint-Flour – toujours grâce à Sauveplane – était arrivé dans une camionnette à gazogène, en avril 41. J'emportais dans ma tête la *Sonatine* de Ravel que travaillait ma mère, à travers des prés blanchis de pâquerettes où ondulait l'herbe sous l'ombre des nuages rapides. La musique fixait le monde en images indélébiles, elle raflait tout ce que mes sens recueillaient pour en démesurer la portée, y ajouter ses harmoniques, sans lesquelles une note – ou une perception – n'est qu'une outre remplie de vent. Il n'y avait plus ni monde ni musique, mais une nouvelle galaxie née de leur fusion et de leur accroissement réciproque, dans laquelle il n'y aurait jamais plus de place ni pour l'un, ni pour l'autre, puisque le monde était devenu musique et la musique monde.

Mon père composait son poème symphonique : la maison et l'aire étaient traversées de sonorités grêles dont je ne recueillais que les miettes, pièces d'un puzzle qui se constituait peu à peu, laissant apparaître de nouveaux paysages intérieurs où je me faufilais et qui me livraient le véritable portrait de mon père : il incarnait le royaume du matin. Il l'incarnait avec cet éloignement poignant d'un homme qui se sentirait infiniment séparé de sa quête : *La Mer, Daphnis et Chloé* disaient-ils autre chose ? *Pelléas* ou *Schéhérazade ?* C'est à cause de cette distance ressentie comme infranchissable, parce que l'instant n'est qu'un passé sur le point de surgir, que chaque note de ces œuvres se prolongeait d'harmonies qui anticipaient leur disparition. Leur mode, qu'il fût majeur, mineur ou modal, n'était que celui du jamais plus. La mort de Debussy d'un cancer à l'anus, celle de Ravel d'une tumeur au cerveau confirmaient le caractère du mal inéluctable dont cette musique était frappée : Sauveplane affirmait que le cancer parlait en eux depuis leur naissance, qu'il fût celui du temps ou celui des cellules.

Ce printemps 41 n'avait été marqué par aucun fait notable : la musique et les parties de pêche avec mon père et mon grand-père. Souvent nous partions en barque explorer les marais de l'ouest aux mille tentacules que le printemps avait peuplés d'oiseaux. Nous y passions la journée, faisant griller la saucisse sur un îlot perdu au milieu de ses joncs et de ses roseaux. Mon père et moi somnolions sur le sable à l'ombre d'un fourré pendant que Tony dans ses grandes bottes de caoutchouc s'attaquait au poisson.

Les jours s'arrondissaient autour des premières chaleurs, lents, interminables, grésillant de tous leurs insectes. Le château des Frises conservait son mystère, quoiqu'on eût appris par le maire de Sainte-Colombe qu'il appartenait depuis une quinzaine d'années à un colonel aujourd'hui à la retraite : expression malheureuse dont le vieux radical ne se privait pas de souligner la dérision :

– Il a gagné ses galons dans les bureaux, en préparant la guerre des tranchées. La France crève, et ses officiers se gobergent dans des châteaux. Il n'y a que Londres, la Russie ou les stalags pour justifier l'existence des militaires. Les autres devraient être écroués comme traîtres.

Août 41, ou 42, je ne me souviens plus.

Chaleur extrême. Tout le monde fait la sieste, sauf ma grand-mère Virginie, qui tricote dans la pénombre de la salle fraîche. Les foins de l'été remplissent d'un parfum caressant et subtil la maison où bourdonnent les mouches. Conchita a terminé sa vaisselle, donné un coup de balai. Elle file dans sa chambre. Son lit craque. Silence : elle a dû s'endormir. Un moment après, je l'entends aller et venir. Bruit d'eau dans sa cuvette. Elle fait sa toilette. Enfin elle ressort, vêtue d'une jupe courte et d'un chemisier léger où gonfle sa poitrine. Un parfum de lavande l'enveloppe. Elle me jette un coup d'œil hostile et me demande de l'accompagner dans le bois pour cueillir des myrtilles : la tarte aux myrtilles est sa spécialité.

L'air chaud tremble sur l'aire. Je suffoque et respire sur ses talons ce parfum de lavande qu'elle n'utilise que rarement. Dès que nous entrons dans le bois, elle m'entraîne par la main. Nous suivons un sentier au bord duquel abondent les myrtilles. Non, il faut aller plus loin, celles-ci sont trop petites. Après une demi-heure de marche, plus de sentier. Il n'y a plus de myrtilles non plus, mais des clairières gazonnées où nous errons, toujours ma main dans la sienne, moite et chaude, souple, vivante comme une petite bête. On dirait qu'elle m'attire à elle et qu'elle me repousse à la fois. Brusquement, elle se laisse tomber sur l'herbe, écarte son panier du pied, croise ses mains derrière sa nuque, observe la voûte fraîche que les hêtres forment au-dessus du gazon. Elle me fait comprendre qu'elle a chaud, qu'elle est fatiguée; des perles de sueur minuscules brillent sur son front de communiante, légèrement bombé et encadré de lourds cheveux bruns.

Je m'allonge à mon tour, le dos sur un tapis de mousse souple – loin d'elle, parce que sa proximité me gêne et que je ne veux pas croiser son regard hargneux. Nous restons ainsi un long moment, immobiles, dans un bois silencieux où je n'entends que les battements de mon sang dans les oreilles.

Elle pivote et se place sur le ventre, puis rampe vers moi. Elle appuie son menton sur ses deux paumes, m'observe. Elle baragouine une phrase en espagnol mêlée de quelques mots français et je crois comprendre qu'elle veut m'apprendre un jeu. Quel jeu? Elle me fait signe d'ôter ma chemisette. J'obtempère. Elle se dresse sur les genoux devant moi et j'aperçois ses cuisses à travers sa jupe. Elle me bande les yeux avec ma chemisette: ce doit être un genre de colin-maillard. Je vais pour me lever, ses deux mains me plaquent au sol. Je sens la mousse sèche et fraîche contre la peau de mon dos. C'est alors que ses genoux remontent de chaque côté de ma tête. Puis une bouche bizarrement molle et baveuse, velue, légèrement parfumée, s'appuie sur mes lèvres pétrifiées, se meut doucement de bas en haut, en me barbouillant le bas du visage d'une salive acide. Ses cuisses fraîches se referment brusquement autour de mon visage, elle se met à trembler, émet une sorte de gloussement plaintif, s'immobilise; puis elle se relève et me caresse la poitrine de sa main chaude.

Je n'ai pas osé faire le moindre mouvement, et c'est elle qui au bout d'un moment m'a ôté le bandeau des yeux. Elle m'a essuyé la bouche avec le bas de sa jupe. J'ai aperçu, plus loin, sa culotte rose jetée en boule. Elle s'est penchée vers moi, a tiré la croix qui pendait à son cou, me l'a placée dans la paume de la main. Son haleine courait sur ma figure comme une toile d'araignée. J'ai du reste pensé qu'elle était une sorte d'araignée et qu'elle venait de m'envelopper comme une proie de sa soie acide.

– *Jurame por la cruz : no digas nada. Jurame. Jurame!*

Je n'avais pas besoin d'entendre l'espagnol pour comprendre que je devais me taire.

– Je jure sur la croix que je ne dirai rien.

– *Nada.*

– Rien, je te dis. A personne.

Elle m'a effleuré rapidement la bouche de ses lèvres. J'ai deviné qu'elle y traquait une odeur suspecte. Puis elle s'est mise debout et a renfilé sa culotte en me tournant le dos.

Nous avons ramené un plein panier de myrtilles.

De retour, je me suis savonné le visage et je l'ai frictionné à l'eau de Cologne. Je craignais qu'en m'embrassant, ma mère ou ma grand-mère ne flairât le parfum de Conchita sur mon visage. Je n'éprouvais pas de dégoût, plutôt un sentiment de profanation : les égouts du corps sur la bouche... Est-ce que c'était une coutume espagnole, ou ma mère et ma grand-mère se livraient-elles aussi à de telles acrobaties ? Lorsque j'ai revécu la scène, le soir, dans mon lit, tout à coup une sorte de chaleur légèrement putride (je ne sais pourquoi s'est imposée à moi l'image d'une fleur corrompue) a pris naissance entre mes cuisses, comme le prolongement aigu du bien-être apporté par la satisfaction des besoins naturels. Les jours suivants, je n'ai pu m'empêcher d'éprouver une certaine répulsion dès que l'un des miens m'embrassait et que je sentais une haleine, une tiédeur de peau me frôler le visage.

10 octobre. Mes caisses de livres sont enfin arrivées. Le transport m'a coûté une petite fortune.

J'ai disposé mes compagnons de route sur des rayonnages sommaires, constitués de planches que j'ai trouvées dans le grenier. J'en ai classé plus d'un millier. Le soir même, comme la brume avait envahi tout le pays, je me suis plongé avec délices dans *La Désobéissance civile* de Thoreau, que je n'avais pas relu depuis de longues années. Noté dans mon carnet quelques citations que nos bouffons enragés de pouvoir devraient utiliser tous les matins comme purgatif.

12 octobre. Retrouvé dans mes caisses un vieux carnet appartenant à Virginie. Elle y notait de sa minuscule écriture tous les secrets de bord d'une ménagère qui tient la barre : recettes de cuisine, onguents, dates de semaisons des différentes espèces de fleurs, traitement des arbres atteints de maladie, formules pour venir à bout des taches rebelles, tisanes miraculeuses, maximes, mille façons de prévoir le temps, modèles d'ouvrages au crochet, le comportement des animaux, parfois celui des êtres humains : sa simplicité d'âme lui permettait de comprendre tout et de ne juger personne. Elle possédait cette aristocratie du cœur qui l'accordait à la vie comme une fleur : elle embaumait; elle savait tout faire, ne se plaignait jamais, guérissait les bêtes, conjurait mes cauchemars d'enfant rien qu'en posant sa main sur mon front. Mon grand-père disait que lorsqu'il l'avait connue, elle lui paraissait d'une espèce si délicate qu'il avait l'impression de proférer une grossièreté lorsqu'il lui disait simplement bonjour. Elle était née douze ans après la fin de la guerre de Sécession; elle en connaissait par les siens toutes les péripéties, et m'avait nourri dès ma petite enfance des récits de cette vieille Amérique du Deeph South dont je devais plus tard retrouver l'atmosphère dans les romans de Faulkner et de Caldwell.

Quand nous passions l'été à Saint-Just, et que dès l'aube elle soignait son jardin, portant des gants pour manier le sécateur ou aérer le pied des arbustes, un panier à son bras, comme dans les films, son petit bruit d'insecte, paisible et régulier, venait jusqu'à ma chambre me cueillir dans mon sommeil. Lorsque j'entendais crisser les gravillons des allées sous ses pas menus et précautionneux, une paix surnaturelle m'envahissait, et je stationnais de longs moments, accoudé à ma fenêtre, à contempler ses mouvements, ses gestes délicats sous son chapeau de paille à large bord qui battait des ailes comme un immense papillon. Elle était si légère, si attentive à tout ce qui l'environnait, qu'elle percevait le poids de mon regard, et levant la tête, elle m'adressait ce sourire lumineux, toujours un peu triste, qui m'enfonçait une pointe dans le cœur, comme si je m'attendais toujours à la voir disparaître aussi discrètement qu'une bulle qui éclate au soleil. Je descendais quatre à quatre jusqu'au jardin et je l'embrassais, sentant son petit nez de chat froid ou humide se poser contre ma joue, et j'emportais cette minuscule impression de froid sur ma peau jusqu'à la salle de bains, où ma dévotion pour elle m'interdisait de laver l'emplacement sur ma joue marqué par ses lèvres fines et ce nez de petite fille aux yeux toujours inquiets, comme brillants de fièvre.

En feuilletant le carnet, je suis tombé sur une recette de daube de faux sanglier – « Stewed false wild boar » – dont Virginie nous régalait tous autrefois.

Mettre à bouillir dans un litre de vinaigre de vin à l'estragon de la palette de porc coupée en gros cubes. Retirer au bout d'un quart d'heure. Flamber à l'eau-de-vie. Faire revenir à l'huile avec une livre d'échalotes épluchées et laissées entières. Ajouter un morceau de couenne, trois quarts de litre de vin rouge corsé, bouquet garni, ail et laisser mitonner quatre heures à petit feu. Écraser 250 grammes de foie de porc, ajouter un bol de sang de porc frais que vous pourrez vous procurer chez un charcutier. Lier la sauce avec ce mélange dix minutes avant la fin de la cuisson. Poivrer. Disposer croûtons frits et une poignée de cresson dans chaque assiette et servir.

L'envie m'est venue de m'en mitonner une, la lecture de la recette m'avait mis l'eau à la bouche et je suis parti pour Sauguet me munir des denrées nécessaires. Un curieux réflexe m'est venu au moment de partir : je me suis demandé si mes papiers d'identité étaient en règle, comme si je risquais de buter sur une patrouille allemande dans les rues de Sauguet...

Le soir même, j'ai installé ma table devant la cheminée où avait mitonné la daube – à laquelle il ne manquait que le sang de porc, remplacé par de la farine. Je n'avais pas trouvé non plus de cresson. Elle n'était pas mauvaise; j'y goûtais une douce amertume. Une mémoire affamée tolère mal les simulacres. Allais-je bluffer ainsi tout un hiver? Passer mon temps à remuer des cendres froides? L'espoir absurde qui m'avait pris au ventre – me reprenait par instants, quand je reconnaissais une odeur, le détour d'une sente, le craquement d'une marche de l'escalier – l'espoir de me guérir de cette érosion qui avait fait en moi le désert me semblait vain, voué à l'échec. Les mots que j'alignais sur mon carnet ne plongeaient leurs racines que dans ma volonté d'arracher le passé au néant, non dans sa présence vivace. L'exercice de l'écriture ne suffit pas à satisfaire ce besoin crucial de la « présence réelle ». Il n'était pas douteux que c'était à la mort de ma mère que je devais cette soif de résurrection. Allais-je voir les années passer, comme elles l'avaient fait à Fez, sans que reverdissent jamais les branches de mai? Allais-je disparaître sans avoir remporté sur le temps cette victoire fictive qui eût pourtant justifié une existence de larve?

Raconter n'est pas revivre. Cette besogne ingrate de paléontologue consistant à recréer le mastodonte à partir d'un morceau d'os ne correspondait en rien à l'exigence impérieuse qui m'avait ramené du Maroc à mon point de départ. Chaque matin, à mon lever, je me sentais comme un naufragé qui attend sur son île déserte l'apparition d'une voile à l'horizon. Lorsque j'ouvrais un livre, il me semblait que les mots alignés à la suite les uns des autres par le talent de leur auteur possédaient le pouvoir de réaliser un miracle. Mais j'avais noté cette remarque, qui m'avait frappé : « J'ai la certitude improuvable que Proust lui-même, quand il semble ressusciter le mouvement qui liait des impressions d'enfance, invente un mouvement neuf, propre à son roman [1]. » Le but que je m'étais fixé n'était pas de créer un ouvrage où l'artifice conjurerait les obsessions de la mémoire. C'était cette crainte de me résigner à la fatalité de l'oubli qui me retenait ici, à l'affût de la moindre réminiscence comme un chasseur derrière son fourré.

Je n'avais certes pas épuisé la joie amère et précieuse de me retrouver à mon point de départ. Le temps avait épargné

1. Jacques Laurent (*Le Roman du roman,* Gallimard).

ce site, et j'avais repris goût à vivre, en oubliant mon âge, grâce à une existence d'espace et de grand vent, et surtout grâce à ce retour précipité, ce saut en arrière d'une quarantaine d'années qui m'avait brutalement replongé dans ce que j'avais cru ne jamais revoir. Chaque pierre des murs de la maison m'était familière. Il m'arrivait par instants d'y sentir la présence du passé, comme prêt à me sauter à la gorge et à m'entraîner vers ses territoires perdus. Mais le présent inerte immergeait aussitôt sous ses eaux mortes ces alluvions à peine entrevues, et je me lançais dans des randonnées sans fin, comme si la marche, le déplacement dans l'espace, eût seule été capable de me délivrer de la dictature du temps : sentiers autrefois parcourus en compagnie de mon père ou de mon grand-père, aujourd'hui inconnus par la force de l'oubli, et où il me semblait retrouver un peu ce magnétisme qui fait battre le cœur et ravive cet espoir sans objet dont il n'est pas aisé de tenir quitte le monde.

11 novembre 1942 : jusqu'à cette date, l'ombre portée de la guerre ne nous avait pas vraiment atteints. Ni du danger. Nous avions fini par nous assoupir dans notre clandestinité, comme si l'état de guerre dût se prolonger indéfiniment, nous laissant à l'écart de ses horreurs et de ses fronts dont Tony, sur un grand planisphère punaisé contre le mur, suivait les mouvements à l'aide d'autres punaises reliées d'un fil rouge. Le débarquement avorté des Anglo-Canadiens à Dieppe, le 17 août, avait passablement assombri sa confiance dans les capacités militaires des alliés. La Wehrmacht avait atteint en septembre les faubourgs ouest de Stalingrad. Mon grand-père contemplait pensivement cette pointe avancée qui, menaçant un des points stratégiques les plus cruciaux de l'Union soviétique, menaçait en même temps l'équilibre des fronts. Il pensait que si le monstre russe tombait, Hitler ramènerait ses forces sur l'ouest et le sud de l'Europe, et que nous n'étions pas près de revoir flotter le drapeau français sur l'arc de triomphe. Selon ses prévisions, la zone libre serait occupée, le « ventre mou » de l'Europe – la Méditerranée –, hérissé de défenses, et nous resterions au mieux comme des naufragés, à attendre que Dieu voulût bien sortir de sa neutralité.

Je m'étais installé dans ces temps incertains et vagues avec un bonheur que je savourais sans honte. La guerre m'invitait à croire que la vie pouvait me laisser indéfiniment en marge de tout ce que j'exécrais. Chaque fois qu'on annonçait le bombardement d'une ville, sans la moindre vergogne je sentais en moi quelque chose de vengé. Mon père, qui, s'il n'eût été musicien de métier, se serait fait cultivateur comme ses parents, avait eu l'imprudence de conforter mon aversion en me citant un jour Bossuet, selon lequel c'était Caïn qui avait créé la première ville à seule fin d'y dissiper ses remords.

Je n'imaginais pas que cette parenthèse hors du temps pût jamais voir sa fin. Robinson nous étions, Robinson nous resterions jusqu'à la consommation des siècles, puisque, à cette époque-là, tout était encore éternel, même ceux qui m'entouraient, comme nos frères les arbres, le lac millénaire, le ciel dont le bleu des beaux jours préfigurait une immortalité qui nous enveloppait sans qu'il fût nécessaire de mourir pour y accéder. Peut-être appartenions-nous à cette « génération qui ne passerait pas sans voir ces choses s'accomplir ». Hitler et ses séides incarnaient une assez colossale figure de l'Antéchrist pour qu'un jeune garçon naïf et attentif aux signes pût espérer voir le Messie revenir sur la terre et les morts sortir de leurs tombeaux.

Le 10 novembre 42, mon grand-père avait été contraint de descendre jusqu'à Saint-Just et Pont-sur-Rhône pour régler une difficulté administrative concernant sa retraite. Depuis plus de deux ans, nous n'avions eu des nouvelles de Saint-Just que par téléphone : il avait été entendu que les Reboul ne nous écriraient pas pour que notre adresse demeurât ignorée. Tony était parti le soir dans une camionnette à gazogène en compagnie du maire de Sainte-Colombe. Tous deux, vêtus en bûcherons, étaient censés descendre un voyage de bois pour les Reboul. Nous avions passé la journée du lendemain à nous ronger les ongles. Il devait arriver dans la soirée. Enfin, vers minuit, on cognait à la porte. Nous avions vu tout de suite à sa mine qu'il ne ramenait pas de bonnes nouvelles : les Allemands venaient de franchir la ligne de démarcation et allaient occuper la zone libre. Le 8 novembre, les Alliés avaient débarqué au Maroc et en Algérie, se heurtant aux forces françaises. Darlan avait immédiatement fait cesser les combats. Hitler, devant le danger qui se précisait en Méditerranée, avait tout de suite réagi. La Wehrmarcht et ses blindés descendaient déjà la vallée du Rhône.

Après avoir réglé son contentieux administratif à Pont-sur-Rhône, où sévissait une pénurie inimaginable dans le Haut Pays, il était revenu à Saint-Just pour s'assurer que la Villa des Roses n'avait pas subi d'actes de vandalisme comme il arrivait souvent dans ces temps de haines ravivées. Tout était en ordre. Le jardin s'était transformé en jungle. D'immenses passe-roses avaient tout envahi, créant autour de la maison une atmosphère inquiétante et fantomatique qui lui avait rappelé l'exotisme funèbre des légations de Pékin à l'abandon. Il était allé aux nouvelles chez les Reboul. Les bruits les plus extravagants avaient couru après notre départ : les uns nous disaient réfugiés en Amérique, ou au Portugal. D'autres croyaient que mon grand-père avait été emprisonné par les Italiens et passé par les armes. Les Reboul lui avaient affirmé que nul ne savait où nous étions. Notre refuge était sûr, mais les nazis et la Gestapo étaient à pied d'œuvre, prêts à ratisser tout le Sud et à expédier dans les camps tous ceux qui s'inscrivaient, actifs ou non, dans la ligne des ennemis du IIIe Reich. Tony avait déballé devant nous des liasses de billets : mon père lui avait donné une procuration pour retirer une bonne partie de son argent de la banque. Je ne me souviens plus exactement de la somme, mais je crois qu'elle approchait le million.

Pendant qu'il enfournait dans son sac les liasses que le caissier lui glissait par l'orifice de sa cage, un type grisâtre, imperméable mastic et chapeau mou, avait observé la scène, assis dans un fauteuil, feignant de consulter des journaux financiers, mais son œil oblique n'avait rien perdu de ce transfert d'argent. Dès que mon grand-père était sorti de la banque, il avait bifurqué dans une ruelle et couru jusqu'au lieu de rendez-vous fixé par le maire de Sainte-Colombe, à la sortie du bourg. Il était persuadé que le type appartenait à la police de Vichy. L'important était qu'il n'ait pu le suivre jusqu'à la camionnette pour relever son numéro. A Saint-Just, ils avaient dissimulé celle-ci derrière la maison des Reboul, qui, en échange du bois, leur avaient fourni quelques barriques de vin. Ils avaient attendu la tombée de la nuit pour repartir.

Cette nuit du 11 au 12 novembre 42, la guerre avait pris un nouveau versant. Dès le lendemain, les forêts qui cernaient notre refuge semblèrent moins assurer notre protection que dissimuler une menace imprécise qui amenait brusquement la guerre à portée de nos craintes.

15 novembre 85. Cet après-midi, vers 3 ou 4 heures, j'étais en train de fendre du bois devant mon bûcher. Il faisait froid sous un ciel vitreux. Comme je m'apprêtais à rentrer mon bois, un martèlement sourd m'est parvenu, et à l'angle de la maison, un cheval à la robe marron, le flanc maculé de boue, a débouché sur l'aire. Une jeune femme qui avançait en sautillant sur une jambe le tenait par la bride. Elle était coiffée d'un casque de motard rouge, vêtue d'un blouson de cuir, d'un jean et d'une paire de bottes. Elle était également tout éclaboussée de boue. Sans doute était-elle tombée avec sa monture sur le sentier qui suit la berge du lac. J'ai immédiatement déposé mon bois et je me suis avancé vers elle. Chaque pas lui arrachait une grimace.

– Il vient de buter sur une souche, juste à la verticale de votre maison. J'ai mis plus d'une heure pour me traîner jusque chez vous...

Elle était toute pâle et, sous l'effet du choc, s'exprimait avec peine, d'une voix blanche.

– Je peux vous demander un verre d'eau ?

J'ai cru qu'elle allait tomber dans les pommes. Je lui ai pris la bride des mains et l'ai accrochée à l'espagnolette du volet le plus proche. Ensuite, je l'ai soutenue par les aisselles et nous sommes entrés dans la grande salle où je l'ai aidée à s'allonger sur le canapé, près du poêle où chantait ma bouilloire.

– Je suis tout à fait désolée de vous déranger, mais je

crois que j'aurais été incapable de faire un pas de plus.

– Vous devriez enlever votre casque. Je vais vous donner de quoi vous remonter.

Je suis allé chercher une bouteille d'eau-de-vie, c'était le seul alcool que je possédais, et je lui en ai servi une rasade dans le premier récipient qui m'est tombé sous la main, un gobelet en plastique rouge qui traînait dans l'évier. Elle avait ôté son casque et son blouson, et malgré la douleur – elle avait une main crispée sur la jambe gauche, cassée ou fracturée ? –, elle faisait de l'autre main gonfler ses cheveux châtains, longs et bouclés, et ce geste de coquetterie, quoiqu'il fût sans doute machinal, me troubla plus que de raison.

Elle a avalé l'alcool d'un trait et s'est immédiatement dressée sur les coudes en suffoquant, les yeux remplis de larmes. Elle ne parvenait pas à reprendre son souffle.

Déjà le sang lui montait aux joues. L'absence du casque, libérant toute cette masse de cheveux, révélait un nouveau visage, incomparablement plus séduisant qu'on n'aurait pu le supposer : elle avait les traits d'une extraordinaire finesse et de grands yeux sombres qui lui mangeaient tout le haut du visage. J'ai pensé qu'elle ne devait guère avoir plus de vingt-quatre ou vingt-cinq ans.

– Est-ce que vous souffrez ?

– Beaucoup moins depuis que je suis allongée.

– Essayez de plier la jambe.

Elle a esquissé un mouvement pour remonter son genou, mais ses traits se sont immédiatement crispés et elle m'a accroché le poignet avec sa main, de toutes ses forces.

– Je crois bien que j'ai quelque chose de cassé.

Elle s'est laissée retomber sur le dos et a fermé les yeux.

– Ne nous affolons pas. Il faut que je vous retire cette botte.

A peine lui avais-je soulevé le talon qu'elle poussait un cri étouffé :

– Oh non, pas comme ça... Je ne suis pas spécialement douillette, mais vraiment, c'est insupportable.

– Il faut dire adieu à vos bottes.

A l'aide d'une paire de « snips » que je n'avais pas encore utilisée, j'ai découpé la botte des deux côtés de sa jambe et j'ai pu la lui retirer sans réveiller la douleur.

– Bougez votre pied. Allez-y doucement.

Elle l'a fait pivoter de droite à gauche et de haut en bas.

– Le pied et la cheville n'ont rien. C'est plus haut que ça se passe. Il va falloir découper ou retirer votre jean.

– Essayons de le retirer. C'est un vieux jean mais j'y tiens parce qu'il est souple et que je m'y sens bien.

– Bon. Pouvez-vous soulever vos... Votre derrière ?

En repliant l'autre jambe, elle y parvenait. Elle a débouclé son ceinturon et baissé la fermeture Éclair.

– Prenez cette couverture et couvrez-vous.

La couverture embarrassait ses mouvements et elle l'a rejetée sur le dossier du canapé.

– Ne faisons pas tant d'histoires. Ce n'est pas la première paire de cuisses que vous voyez, j'imagine.

En prenant beaucoup de précautions, je suis parvenu à lui retirer son jean. Elle portait un slip blanc. A mi-hauteur du tibia, la jambe déjà enflée portait la trace d'un hématome. Pas de fracture ouverte. Ses cuisses étaient agitées d'un léger tremblement convulsif.

– Je vais vous appliquer une compresse d'eau sédative. C'est un vieux remède qu'on utilisait chez moi quand je dégringolais les escaliers sur la tête. Vous allez prendre deux cachets d'aspirine et rester là bien sagement sous votre couverture.

J'ai appliqué la compresse et elle a avalé ses deux cachets avec un verre d'eau. Elle a essayé de me remercier d'un sourire, mais le cœur n'y était pas et ses lèvres obéissaient mal.

– Bon. Maintenant je pars d'un coup de voiture téléphoner à Sainte-Colombe. Vous connaissez un médecin ?

Elle a secoué la tête négativement.

– On dit beaucoup de bien du Dr Brachet, de Sauguet. Je lui décrirai votre accident. Il jugera lui-même s'il est nécessaire de se déplacer immédiatement ou si l'on peut attendre demain. Je ne crois pas que ce soit très grave. Tout au plus une fracture. Je vais vous enfermer dans la maison. Vous n'avez rien à craindre.

Elle s'est dressée sur un coude.

– Vraiment, je ne sais comment vous exprimer ma reconnaissance. Je suis confuse de vous causer tous ces désagréments.

– Le seul désagrément est pour vous. A tout à l'heure.

Au moment de tirer la porte derrière moi, je me suis retourné : elle ne m'avait pas quitté des yeux.

– Comment se fait-il que vous soyez venue vous perdre ici ?

– Mais je ne me suis pas perdue. J'avais décidé de faire le tour du lac. J'habite juste en face de chez vous.

D'un geste de la main elle indiquait le château des Frises.

– Avez-vous le téléphone ? Il faudrait prévenir...

– Mais non, il n'y a personne à prévenir. Je suis toute seule.

– Ainsi, la lumière que j'aperçois depuis le mois d'août, c'est vous.

– C'est moi. J'ai observé aussi votre lumière. Je croyais cette maison forestière à l'abandon... Vous appartenez à l'O.N.F. ?

– Non. J'aurais pu. A tout à l'heure.

Vingt minutes plus tard, j'étais chez Roumageon, à Sainte-Colombe. Par délicatesse, il m'a laissé seul dans la pièce où se trouvait le téléphone. J'ai appelé le Dr Brachet. Par bonheur, il était chez lui.

– D'après vos explications, il ne semble pas qu'il y ait urgence. Pouvez-vous m'amener la malade demain matin à la première heure ? Il faut lui prendre une radio.

– Je vais me débrouiller comme je pourrai. Elle éprouve des difficultés à plier la jambe.

– Installez-la sur le siège arrière de votre voiture et ôtez le siège avant. Disposez des coussins à la place pour atténuer les secousses.

– Je vous remercie, docteur. A demain.

J'ai appelé le garde pour lui payer ma communication.

– Rien de grave, monsieur Mouraille ?

– Pas vraiment. C'est une jeune fille qui s'est blessée en tombant de cheval.

– La jeune fille du château?
– Oui; vous la connaissez?
– Non. Quelquefois, elle traverse le village en voiture, quand elle va faire ses courses à Sauguet. Le mois dernier, une camionnette lui a amené son cheval dans un van. J'ai pensé qu'elle avait l'intention de passer l'hiver ici.
– Vous êtes certain que le château n'a pas changé de propriétaire?
– Pas à ma connaissance. Mais je ne sais pas tout. Je n'ai été affecté à ce poste qu'en 83.

J'ai fait le trajet de retour à toute vitesse. Je ne pensais qu'à retrouver ma locataire, comme si je craignais qu'elle ne se soit évanouie en fumée pendant mon absence.

J'ai ouvert doucement la porte. La pièce n'était éclairée que par la petite lampe que j'avais laissée éclairée. Je me suis approché du canapé. Elle dormait à poings fermés. Je suis allé chercher une autre couverture dans ma chambre et après avoir bourré le poêle en glissant doucement les bûches pour ne pas la réveiller, je me suis installé sur un fauteuil, la couverture dépliée sur mes jambes. J'ai passé toute une partie de la soirée à tourner toutes sortes d'idées dans ma tête. Une hypothèse se présentait à mon esprit, mais elle me paraissait absurde. J'ai dû m'endormir vers 2 heures du matin. Quand j'ai ouvert les yeux, le jour était levé. La jeune fille ne dormait plus. J'apercevais son visage dans la pénombre, tourné vers moi, et j'ai eu l'impression qu'elle m'observait depuis un bon moment.

Je me suis immédiatement levé et approché d'elle.
– Comment vous sentez-vous?
– Beaucoup mieux. Mais j'ai essayé tout à l'heure d'appuyer mon pied par terre. C'est très douloureux.
J'ai poussé les volets. Dehors, il neigeotait.
– Vous avez passé la nuit dans ce fauteuil?
– Je voulais rester près de vous pour le cas où vous auriez eu besoin de quelque chose. Je vous assure que j'ai très bien dormi.
– L'alcool et l'aspirine m'ont littéralement assommée. J'étais bien au chaud sous cette couverture; je me suis endormie comme un enfant.

– Il y a longtemps que vous êtes réveillée ?

– Je ne sais pas. Depuis une heure peut-être. J'étais vraiment confuse de vous voir installé aussi inconfortablement.

– Vous n'avez pas à vous sentir gênée pour aussi peu de chose. Nous devons filer le plus tôt possible à Sauguet, où le Dr Brachet nous attend.

– Il faut que j'aille aux toilettes. Comment va-t-on s'y prendre ?

– La salle de bains est là, juste à côté de ma chambre. Vous allez vous appuyer sur moi jusqu'à la porte. Ensuite, vous vous débrouillerez comme vous pourrez. Il y a une chaise qui vous servira de béquille. Je ne vois pas d'autre solution. Vous trouverez des serviettes propres, savonnettes, eau de Cologne, enfin tout ce qu'il faut. Pendant ce temps, je vais préparer le petit déjeuner. Vous prenez du thé ou du café ?

– Du café, comme tout le monde.

– Je n'ai que du café en poudre. Je suis un vieux célibataire et je vais au plus simple. Faites voir votre jambe.

Durant la nuit, l'hématome avait mûri : une longue boursouflure lie-de-vin remontait jusqu'au genou.

– Mon Dieu quelle horreur !

– C'est très spectaculaire mais dans une semaine ou deux il n'y paraîtra plus. Lorsque vous aurez terminé votre toilette, je vous placerai une nouvelle compresse d'eau sédative et je vous banderai la jambe sans trop serrer. Le Dr Brachet va me prendre pour un piètre infirmier.

Je l'ai soulevée par les aisselles. Elle avait légèrement transpiré, je sentais cette chaleur moite sur mes mains, et ses cheveux épais me frôlaient le visage. Elle devait utiliser un shampoing aux algues : ils dégageaient une odeur de plage et de mer. Avec quelle force tous ces détails s'imprimaient en moi : je n'avais plus touché de femme depuis le début de l'année. Ma dernière aventure remontait au jour de l'an, avec une Européenne qui faisait un stage à l'Institut, et dont je n'avais conservé aucun souvenir, sinon la sensation infiniment désagréable d'avoir flotté sans résultat dans une moiteur inconsistante dont un surhomme aurait peut-être pu tirer profit.

Pendant qu'elle faisait sa toilette, je suis allé déverrouiller le siège avant droit de la BM. J'ai installé des coussins et des couvertures à la place du siège et lorsque je suis revenu dans la pièce, elle sortait de la salle de bains en utilisant la chaise comme béquille. Quand elle s'est dressée pour s'appuyer sur moi, je me suis rendu compte qu'elle était très grande, presque de la même taille que moi. Cela m'a fortement troublé, comme je l'ai toujours été par les filles de cette génération aux hanches minces et aux épaules de basketteuses, de taille à vous clouer le bec et à vous renverser au tapis.

Une fois le pansement terminé, nous avons avalé notre café, je l'ai aidée à enfiler son jean et son blouson et je lui ai prêté une paire de socques, sinon il eût fallu la porter dans mes bras jusqu'à la voiture, et je ne voulais pas me donner le ridicule de tituber sous son poids dans la neige en soufflant comme un phoque.

Après toutes sortes de manœuvres, j'ai réussi à l'installer sur le siège arrière; elle pouvait allonger ses jambes jusqu'à la hauteur de la portière avant.

– Il faut nous dépêcher de filer. Cette neige commence à s'épaissir; plus tôt nous serons partis et revenus, mieux cela vaudra.

Jusqu'à Sainte-Colombe, j'ai été contraint d'avancer à petite allure, à cause de la piste toute bosselée. Une fois sur la route, j'ai pu conduire assez vite. La neige tombait maintenant à gros flocons et je craignais pour le retour.

Nous échangions des banalités. J'avais disposé le rétroviseur de façon à voir son visage. La lumière blanche blêmissait son teint et lui agrandissait encore les yeux.

– Le château des Frises appartient toujours à la famille Grévin ?

– Oui. Je suis Hélène Grévin, la fille de Louise.

L'hypothèse qui m'avait traversé l'esprit pendant la nuit se révélait juste. J'ai incliné la tête sur le volant afin que ma passagère ne puisse lire sur mon visage le trouble que me causait cette déclaration. Ainsi, depuis hier, j'avais à mes côtés la fille d'une femme à laquelle je n'avais cessé de penser durant des années. Une femme que j'avais tenu longtemps pour responsable du gâchis dont nous avions tous été victimes.

Mais que connaissait cette fille du passé de sa mère ? Elle devait être née une bonne dizaine d'années après la fin d'une vilaine affaire qui ne représentait rien pour elle.

– Au point où nous en sommes, il semble que vous pourriez à votre tour décliner votre identité. J'ai été intriguée hier par ce que vous m'avez dit au moment de partir quand je vous ai demandé si vous apparteniez à l'Office national des forêts : « J'aurais pu... » Qu'est-ce que cela signifiait ?

– Cela signifiait que je suis un bûcheron raté. J'ai vécu toute ma vie au milieu des livres, faute de mieux.

– Vous êtes professeur ?

– Non, j'ai travaillé pendant vingt-cinq ans à l'institut de la Culture française, à Fez. Désormais, c'est fini.

– Mais vous êtes bien jeune pour être déjà à la retraite.

– Quand on est jeune, disait mon père, c'est pour la vie. Il prétendait que la vieillesse est une opinion. C'est là le genre d'aphorismes avec lesquels on se console lorsqu'on franchit le cap de la cinquantaine.

– Et vous avez décidé de vous retirer à La Foux ?

– C'est un peu ça.

– Mais comment occupez-vous vos journées ?

– C'est une bien longue histoire. J'ai passé quatre années de ma vie dans ce refuge, pendant la guerre, avec toute ma famille. Ma mère vient de décéder début juillet. Cette disparition, qui me laissait seul au monde, a provoqué en moi une sorte de... de séisme. Je suis revenu sur les lieux du crime.

– Du crime ?

– Manière de parler : tout ce qui a compté pour moi dans ma vie s'est passé ici.

Elle regardait le paysage blanc défiler de l'autre côté de la vitre. Sans tourner la tête, elle a dit : « Comment vous appelez-vous ? »

– Jean Mouraille. Cela vous dit quelque chose ?

Nous nous sommes regardés par l'intermédiaire du rétroviseur. Elle paraissait plus amusée que troublée.

– Il y a, chez ma mère, à Paris, une boîte à chaussures pleine de vieilles photographies. Sur l'une d'elles, on voit un mince jeune garçon de quatorze ou quinze ans appuyé contre la balustre de la terrasse des Frises. Derrière la photo, ma mère avait écrit au crayon : Jeannot Mouraille, août 43. Vous tenez à la main une canne à pêche.

– Votre mère, comment va-t-elle ? Elle poursuit ses tournées à travers le monde ?

– Oh, ma mère...

Vague haussement d'épaules.

– Elle n'a que deux raisons de vivre : son press-book et sa balance. J'exagère à peine.

– Sa balance ?

– Oui, son poids, son régime, quoi. Pour le reste...

Elle tapotait la vitre du bout de ses doigts et observait les flocons de neige qui tourbillonnaient sur la route.

– Je ne l'ai pas vue depuis six mois et je ne m'en porte pas plus mal.

– Mon dernier souvenir d'elle remonte au 23 septembre 44. Cette date ne vous dit rien ?

– Non. Vous savez, elle n'est pas du genre à échanger des confidences avec sa fille. Je ne sais trop ce qu'elle représente pour moi, ni moi pour elle. D'ailleurs, j'ai été élevée par ma grand-mère. Elle, je ne l'ai jamais vue qu'entre deux représentations, qu'entre deux trains, deux avions, et lorsqu'elle restait quelque temps à la maison, c'était pour reprocher à sa mère de me laisser faire tout ce que je voulais.

– Vous n'avez ni frères ni sœurs ?

– Non. J'ai plutôt l'impression d'être un accident.

– Et votre papa ?

– Mon père est mort quand j'avais neuf ans. Elle s'est remariée quelques années plus tard avec un chef d'orchestre allemand qui lui sert de répétiteur et la suit partout comme un petit chien.

– Que faisait votre père ?

– Il était professeur au conservatoire de Paris. C'était un type épatant. Je l'adorais. Il est mort d'un cancer généralisé. Mon Dieu, mon cheval, qu'en avez-vous fait ?

– Rassurez-vous. Il est bien au chaud dans le hangar où j'entrepose du foin.

– Vous élevez des bêtes ?

– Non. C'est pour l'odeur.

– Vous êtes du genre retour aux sources, patois et compagnie ?

– Pas du tout. Je suis du genre retour à la maison. Et il se trouve que l'odeur du foin est un de mes vices préférés.

– Je sais que ma mère a passé les deux dernières années de la guerre aux Frises. Votre famille était assez liée avec elle, je crois. C'est une période de sa vie dont elle ne parle jamais.

– Peut-être en a-t-elle conservé de mauvais souvenirs. Moi je me souviens très bien d'elle. Elle n'avait même pas vingt ans. Vous lui ressemblez un peu, mais votre visage est... comment dire... plus délicat, plus italien.

Nous arrivions à Sauguet.

J'ai stoppé la voiture juste devant la porte du cabinet du Dr Brachet.

– Pourvu que tout ça ne finisse pas en clinique, avec des broches et des tuyaux dans le nez.

– Vous ne voulez pas avertir votre famille ?

– Surtout pas. Je suis venue ici pour peindre et avoir la paix. Allons-y.

Sa main était brûlante, comme si elle avait la fièvre. Je l'ai soutenue de nouveau par les aisselles. Et toujours cette odeur de goémon que son épaisse chevelure me lançait au visage lorsqu'elle bougeait la tête.

Fracture du péroné. Pas d'intervention chirurgicale. A 11 heures, nous quittions le cabinet du médecin. Hélène avait la jambe (c'était la gauche) plâtrée du pied jusqu'au-dessus du genou. Il avait bien fallu couper le jean à mi-cuisse. « Je le recoudrai », avait chuchoté Hélène à mon oreille, en récupérant la chute. Trois ou quatre semaines d'immobilisation. Je l'ai installée dans la BM et suis allé en courses. J'ai fait le plein de vivres, crainte d'un enneigement durable. A la pharmacie, j'ai loué une béquille, ainsi que nous l'avait conseillé le Dr Brachet. Il ne lui avait prescrit pour tout traitement que des ampoules de calcium : « A son âge, c'est pour la forme, m'avait-il soufflé sur le seuil du cabinet. Si je ne prescris rien, on me prend pour un charlatan... » Nous devions revenir vers le 20 décembre pour débarrasser la jeune femme de son plâtre.

A midi, nous prenions le chemin du retour. La neige tombait si dru que je ne pouvais dépasser le cinquante à l'heure. A vingt mètres devant moi, je ne distinguais rien. Une question sournoise me rôdait en tête : Comment allait-elle se débrouiller toute seule dans cette caserne glaciale que la neige assiégeait ? Comment transporter son bois, allumer poêles et cheminées, etc. ? Je n'osais pas et n'avais pas envie de lui proposer de jouer les gardes-malades dans ce sépulcre que je n'aimais guère et où je ne me voyais pas continuer mon travail – cette quête si délicate que le moindre tracas paralyserait. Elle ne possédait même pas de congélateur et partait faire ses emplettes une fois ou deux par semaine à Sauguet.

Je lui ai exposé ces évidences et elle s'est rendue à mes raisons avec le minimum de réticences que son éducation exigeait.

– Vous êtes mon invitée pendant trois ou quatre semaines. Nous ne nous gênerons pas et votre présence ne changera rien à ma façon de vivre. Avouez que vous vous sentez déjà plus rassurée.

– Je ne vous cache pas que je n'ai cessé de penser à mon sort dès que le Dr Brachet à décelé la fracture. Mais je suis suffisamment égoïste moi-même pour redouter par-dessus tout d'empoisonner la vie des gens. Nous ne nous connaissons que depuis hier. Avouez que la situation est assez scabreuse.

– Peut-être... mais le choix est simple. Ou bien vous téléphonez à Paris et on dépêche un geôlier pour venir vous chercher, ou bien vous acceptez mon offre. Vous n'avez qu'à vous dire que vous vous payez un séjour dans une auberge de montagne nommée La Foux, et vos scrupules s'évanouiront.

– Tout de même, j'aurais pu louer les services d'une infimière pour éviter de vous imposer la présence d'une étrangère...

– Nous ne sommes pas tout à fait des étrangers l'un pour l'autre...

J'étais conscient de la rapidité avec laquelle sa présence prenait de l'importance : mes malices me paraissaient cousues du fil blanc. J'ai ajouté, hypocritement :

– Je pense à cette photo dont vous m'avez parlé...

Comme si elle avait lu dans mes pensées, elle a souri légèrement.

– Mais il n'y a pas que la photo. Ma mère est très avare de confidences, surtout sur cette période-là, mais je ne sais pas pourquoi elle m'a parlé quelquefois de vous... Elle disait que vous étiez musicien comme la musique, et elle était étonnée que vous n'ayez pas suivi les traces de votre père. Je crois avoir compris qu'il était compositeur et chef d'orchestre.

– Oui. Mais la musique, c'était plutôt une manière de vivre. Je ne me voyais pas en faire un métier. Alors les livres ont pris le relais. Bien mal, du reste, parce que là où la musique est passée, l'herbe ne repousse plus.

Elle contemplait les petites fermes disséminées au flanc de la montagne, et dont la neige soulignait les moindres détails avec une naïveté, une saveur de *Riches Heures*. Elle a dit tout à coup :

– Je me sens en sécurité avec vous. Avez-vous une cigarette ?

J'ai ouvert la boîte à gants. Il y avait un paquet de Pall Mall entamé. J'en ai également allumé une : son aveu me prenait de court et je ne savais quelle contenance adopter. Ce qui m'intriguait, chez cette fille – « jeune femme » ne collait pas à sa dégaine, au casque de motard, ni à cette limpidité insolente des traits sur lesquels à cet âge glissent les détresses sans laisser de traces – c'était cette manière directe de s'exprimer, cette aisance, ce naturel, cette gentillesse assez rares chez une jeunesse toujours prête à montrer les dents ou à divaguer : peut-être était-elle tout simplement bien élevée et équipée d'un esprit et d'un cœur ouverts.

– Dieu sait quelle idée vous devez vous faire de moi... Je me flanque par terre, et me voilà sur vos bras...

– Le propos est flatteur pour un homme de mon âge, mais, hélas! excessif. Je vous prends pour quelqu'un qui juge des événements et des êtres avec un naturel qui précisément me surprend. Vous me faites penser à ces jeunes filles dont me parlait ma grand-mère, qui était américaine, et qui avait fréquenté la bonne société de Savannah durant sa jeunesse : elles quittent le collège avec des airs à voler les confitures, mais ce sont elles qui les font...

Hélène a éclaté de rire : on eût dit que cette expression venait à l'instant d'être inventée pour elle. Rares sont les êtres, à l'exception de certains enfants, qui lâchent la bride à leur gaieté et la laissent aussi librement caracoler sur leurs traits.

– Vous êtes bon public.

– Oh oui! Et ça me joue parfois des tours si je tombe sur des frigides qui s'imaginent que je me paie leur tête. Tenez, une fois...

Nous avons fait le tour des situations scabreuses où le rire est exclu : mon père, pendant une messe à corps présent, un corps qui ne nous était rien, ne commentant à l'oreille les ascendances huppées du prêtre en train d'encenser le cercueil, et concluant, sans sourciller, ni même réaliser sa bévue : « Ce sont des gens très bien, curés de père en fils... » Nous avions dû fuir la cérémonie pour, une fois hors de l'église, pleurer non le mort, mais de rire...

– Mettons les choses au net : je tiens à participer aux frais, puisque vous me parlez d'auberge...

– Je vous présenterai la note une fois que vous serez sur pied.

– Vous allez vraiment penser que j'exagère. Mais je ne me vois pas rester un mois à me tourner les pouces. Je suis venue pour travailler. Est-ce que nous ne pourrions pas faire un détour par les Frises pour que je prenne le minimum de matériel nécessaire à mon travail ? J'aimerais exposer à la fin du printemps...

– Tout dépend de l'épaisseur de neige que nous allons trouver à partir de Sainte-Colombe. Ainsi, vous êtes peintre ?

– Je m'y suis mise après bien des déboires, mais je ne peux plus m'en passer.

– Quel style de peinture avez-vous adopté ?

– Je n'ai rien adopté du tout. J'essaie de me débrouiller avec mes démons. Mais je suis assez lucide pour comprendre que les démons ne suffisent pas à donner du talent. Je connais des peintres qui n'ont aucun démon mais un talent fou. Ils peignent comme on rempaille les chaises. Ils ont le coup. Et moi je trouve que c'est un mauvais coup, mais qu'y faire ?

– Je ne suis pas plus mal placé qu'un autre pour savoir qu'en art, rien n'est pire conseillère que la sincérité. C'est la reine des illusionnistes. Une sincérité, une voix, un ton, la chair et le sang sous les mots, oui, mais que de ruses, pour la rendre honorable, quel boulot de forçat. Il faut être naïf – question de nature – et posséder en soi le démon inverse – auquel je ne sais trop donner quel nom. C'est de cette bataille entre un candide et un malfaiteur que surgit l'étincelle, à condition que ce soit le premier qui ait le dernier mot. Un innocent doit passer par où les chats s'étranglent pour triompher des deux anges qui se le disputent : l'empoté et l'astucieux. Et puis, tous ces calculs... Je ne suis pas certain que les très bons y songent. Ce qui les guide, c'est le désir. Et le désir sait faire ses comptes tout seul, à condition qu'il soit forcené, prêt à tuer père et mère pour obtenir satisfaction.

C'était moins à elle que je m'adressais qu'à mes errements, mes lacunes, mon impuissance. Le mot écrit m'a toujours paru condamner son homme à perpétuité. Est-il un écrivain au monde pour ne pas se jeter dans un nouveau livre à seule fin d'échapper à la honte du précédent ? Comment, considérant *les moments de faiblesse* dont tout livre est le bâtard, ne pas lâcher avec un laconisme écœuré le

« oh ! tout ça... » de Rimbaud commentant sa jeunesse loquace ? Est-ce pour cette raison que les romans – et français plus que tout autre – ne sont plus que les commentaires d'une œuvre devant laquelle l'auteur s'est refusé à comparaître ? Traquer du gibier vivant, c'est un risque qu'on ne prend plus guère que dans les régions du monde où les routes sont défoncées et les récoltes détruites par la sécheresse. Du moins je me plaisais à le croire, sans être certain que notre mal n'avait pas gagné toute la planète.

Je ne sais plus à quel moment j'ai interrompu mon monologue intérieur.

– Vous me glacez le sang, dit-elle. Faut-il à tout instant passer devant la cour martiale ?

– En ce qui concerne la peinture, je suis frappé d'une tare honteuse : elle me laisse de marbre. Je regarde une toile, je la trouve moche, bien venue, ça ne va pas plus loin. J'aime certains peintres, mais j'ai bien peur de les aimer comme on aime le poulet – pour des raisons qui n'ont certainement pas grand-chose à voir avec la peinture. Bosch, Bruegel, Goya, Vermeer... valeurs sûres, je ne prends aucun risque. Quant aux peintres actuels, mieux vaut que je me taise, sinon...

– Sinon... ?

– Eh bien, je déteste éprouver ce soupçon qui me rabaisse au rang d'un cul-terreux passant brusquement de *L'Angélus* de Millet aux toiles sur lesquelles on dirait qu'on a vomi, ou cassé des œufs, ou accompli des actes inavouables. Quand une œuvre d'art me donne l'impression de *surenchère* – musique, littérature, peinture, n'importe – j'ai le sentiment de me faire avoir par la rue, le siècle. Combien de fois ai-je eu envie de crier que le roi était nu, je n'ose l'avouer. Il l'est pour moi. Il est vrai qu'il l'est dans tellement de domaines que j'ai peur de passer pour un mauvais coucheur quand je ne suis que le survivant de mes enchantements naufragés. Je crois que la musique m'a joué un très mauvais tour. J'y suis né. Elle était ma patrie. J'y ai vécu comme un poisson dans l'eau. A un certain niveau d'intoxication – et à un âge où l'on n'a pas le loisir de prendre du recul mais où les effets de la drogue sont irréversibles – la musique tolère mal d'autres extases que les siennes. J'ai aggravé mon cas en utilisant – inconsciemment, la musique comme un instrument de révélation du monde – non le contraire, comme il arrive le plus souvent lorsqu'on projette des images, des états d'âme sur des œuvres musicales qui ne servent que de toiles de fond ou d'accélérateur à des débats intimes, rôle qu'on lui destine au cinéma, pour prêter main-forte aux sanglots, aux dangers, aux étreintes... Non, dans mon cas, la musique créait un monde à partir de matériaux bruts que je lui fournissais... C'était elle qui prenait la parole – la parole de l'indicible – et non les sentiments plus ou moins douteux qu'elle aurait pu m'inspirer.

J'ai ajouté, mais entre mes dents (cela m'a échappé) : « Je me demande si ce n'est pas à cause d'elle que j'ai raté ma vie... »

– Je vous demande pardon ?

– Non, je me parlais. Je me demandais si, étant né dans une famille de plumitifs, les choses n'auraient pas mieux tourné pour moi. Très jeune, j'ai voulu, avec des mots, poursuivre le chemin sur lequel certains musiciens m'avaient poussé : naturellement le chemin ne menait nulle part. Dire l'indicible... Il fallait être sans jugeotte. Je me souviens de l'effet que m'avait produit le *Quatuor en fa* de Maurice Ravel. Et la *Sonatine*, plus encore. Ravel vous surprend, vous précipite dans le fil d'un discours déjà commencé, comme si vous ouvriez une porte sur une personne en pleine confidence fiévreuse – et vous savez immédiatement de quoi il est question, vous savez que quelque chose de grave et d'irréparable est déjà arrivé, le musicien n'a pris ni la peine ni le temps de vous y préparer. Ce début « en l'air », qui vous arrache au vol sur le quai comme un train lancé en pleine vitesse, me... m'empoignait avec la force d'une terrible découverte. Je crois, avec le recul, que c'était la découverte du Temps, dans son effrayante volatilité, et cette hâte déchirante avec laquelle une personne sur le point de mourir vous agripperait par le col pour vous dire : vite, vite, je n'ai que peu de temps pour vous raconter mon histoire, qui est aussi la vôtre... Tout est perdu, tout est perdu, mais je ne peux disparaître sans l'avoir dit, sans avoir parlé...

Pourquoi cet essoufflement soudain, pourquoi ces aveux hachés, devant une fille dont j'ignorais tout, ou presque? N'était-ce pas de moi que je parlais maintenant? L'évocation de cet « état d'urgence » à propos de la *Sonatine* de Ravel ne m'échappait-elle pas comme un appel au secours?

Hélène m'observait, ses grands yeux sombres fixés sur le rétroviseur, et il me semblait que mon propos, si décousu qu'il fût, touchait en elle une blessure cachée, ou descendait même – quelle prétention! – à des profondeurs où personne ne l'avait jamais encore accompagnée.

– C'est la première fois que je rencontre quelqu'un qui me donne l'impression de se battre en première ligne.

Elle a avancé son buste et j'ai senti sa main se poser sur mon épaule droite. J'ai immédiatement posé ma main sur la sienne. Elle m'a serré le bout des doigts et s'est renversée contre son siège avec une grimace.

– La jambe?

Elle m'a fait oui de la tête, et après un silence où nous savourions cet instant de grâce :

– Promettez-moi de ne pas regarder les toiles que nous emporterons et sur lesquelles je travaille actuellement. Sachant ce que je sais de vous maintenant, je serais capable de tout brûler... J'ai déjà suffisamment de peine à supporter mon propre regard sur mes croûtes...

– J'admets que ce serait pire qu'un viol. Je vais vous installer dans la chambre de mes parents. Il y a un vieux Mirus qui suffira à vous chauffer. Vous serez tranquille comme Baptiste. Est-ce que vous suivez un régime particulier? Je veux dire céréales, steaks aux algues, pâtés végétaux, cœurs de chardons?

– Ai-je une tête à ça? Je mange tout ce qui me tombe sous la main. J'aime le chocolat noir et le bœuf en daube. Je ne suis qu'une petite bourgeoise, vous savez. Mais d'un autre côté, je ne cesse de me fuir comme si j'étais ma pire ennemie, et il me manque toujours un sou pour en faire vingt. C'est peut-être la meilleure façon de rester sans domicile fixe, a-t-elle conclu, en considérant la blancheur qui nous entourait, comme si elle y trouvait une réponse à des interrogations antérieures.

A Sainte-Colombe, la couche atteignait déjà une vingtaine de centimètres d'épaisseur, les roues commençaient à patiner. Le village terré sous la neige avec son clocher tordu et ses voûtes crevées semblait complètement abandonné. Cela faisait finalement plus de quarante ans que j'avais oublié l'existence de la neige. Je la voyais sans la voir, alors que le mot « neige » soulevait au-delà du temps une charge de souvenirs étincelants. Il y avait cette fille et sa jambe cassée, elle en chair et en os et l'inconfortable sentiment que j'étais tout de même vivant, qu'il fallait faire face, paraître sur la scène du présent, y jouer mon rôle et renoncer pour l'instant à mon labeur de taupe.

– Il faut nous dépêcher si nous ne voulons pas rester en carafe dans la forêt. Dans une heure, les pistes seront impraticables et je ne suis pas équipé pour rouler dans la neige.

Nous avons mis plus d'un quart d'heure pour arriver au château des Frises, qui n'est qu'à quatre kilomètres de Sainte-Colombe.

Rien n'avait changé, et tout. C'était toujours la même bâtisse grisâtre, glaciale, juchée au sommet d'une vaste prairie en pente encadrée par les murs noirs de la forêt. Elle datait de la Révolution, et avait été conçue par un architecte suédois. Le style était indécis, plutôt sinistre, genre famille exsangue décimée par des maux incurables. Il paraît qu'alentour des années 1830, on avait découvert des squelettes cloués aux murs des caves – mise en scène jamais éclaircie propre à garantir le frisson dans ces grandes salles où du reste le froid mordait toujours aux épaules pour peu qu'on s'écartât des cheminées.

Je la contemplais comme j'eusse regardé une carte postale qui eût mis quarante ans à me parvenir. Toujours cette sensation, devenue si coutumière qu'elle ne m'affligeait même plus, d'être extérieur à tout, d'être *dehors*, c'est-à-dire nulle part, quand je revoyais des lieux connus autrefois.

J'ai accompagné Hélène et sa béquille jusqu'au grand salon prolongé par une véranda qui donnait sur la terrasse à balustres, et emplissait la pièce, par le temps qu'il faisait, d'une lumière d'outre-tombe. Le Pleyel noir quart de queue était toujours dans un coin. Pendant qu'Hélène préparait son bagage, j'ai soulevé le couvercle du clavier et joué quelques mesures du menuet du *Tombeau de Couperin*. L'instrument, mangé par l'humidité, n'avait pas été accordé depuis des décennies, et le résultat était effrayant.

J'ai entassé dans le coffre de la BM, déjà toute blanche, l'attirail d'Hélène. Il y avait une douzaine de toiles enveloppées deux par deux dans de vieilles couvertures. Le chevalet nous a donné du fil à retordre, et il a fallu le démonter pour qu'il consente à prendre place à l'arrière de la voiture. Hélène a complété son déménagement par un long sac de voyage, façon grandes lignes, où elle avait entassé à la hâte des vêtements de rechange et ses affaires de toilette.

La neige prenait possession du pays avec une détermination paisible. Déjà les épicéas pliaient leurs bras sous de lourdes housses qu'ils conserveraient peut-être jusqu'au printemps, si l'hiver se montrait rude, chose fréquente en haute Margeride. Jadis, ce spectacle m'embrasait le sang. Aujourd'hui, cette magie me parvenait de si loin qu'elle avait perdu durant le voyage tout son pouvoir.

Nous avons mis trois heures pour effectuer un trajet qui en temps ordinaire n'en eût pas réclamé une. J'ai failli plusieurs fois m'enliser dans les trous de la piste dissimulés sous la neige. Je savais que si par malheur la voiture s'arrêtait, patinait, je ne repartirais plus. Il fallait tenir le vingt à l'heure en seconde, et n'en pas démordre, sinon l'aventure se transformerait en désastre, et j'imaginais les accablantes complications que j'aurais à affronter si nous restions coincés sur la piste entre Sainte-Colombe et La Foux. Mais les dieux ce jour-là étaient avec nous, et consentirent à nous laisser regagner notre gîte avant que la neige n'ait rendu toute circulation impossible.

Une fois tout l'attirail rentré, les affaires d'Hélène installées dans sa chambre, j'ai repris souffle devant une luxueuse flambée que nous nous sommes offerte dans la cheminée, accompagnée d'un grog à la cannelle, Hélène Grévin ayant jugé bon d'emporter dans son bagage quelques alcools plus civilisés que le mien.

On eût dit que la vie à La Foux avait trouvé son nouveau rythme une fois pour toutes. Je me levais de bonne heure, bien avant le jour. Je dégageais à la pelle le passage qui conduisait au bûcher, rentrais ma provision de bois pour la journée, bourrais le poêle, prenais mon café, et gagnais mon bureau chauffé par le tuyau de ce poêle qui traversait le plancher et rejoignait par un coude la gaine de la cheminée dans les combles. Je travaillais, prenais des notes, lisais jusqu'à 11 heures.

Dès que le jour paraissait, j'entendais, depuis mon bureau, Hélène se lever, l'eau qui coulait dans la salle de bains, un petit bruit de vaisselle quand elle préparait son déjeuner, puis elle regagnait sa chambre et à son tour se mettait au travail. Le silence studieux qui emplissait la maison était celui des cloîtres. Il me semblait désormais n'avoir jamais quitté ce lieu, et la présence d'Hélène me semblait aussi naturelle que l'eût été celle d'un membre de ma famille.

Nous nous retrouvions en fin de matinée, quand le soleil faisait étinceler le paysage en fête, le lac gelé, blanc, et les hauts versants au-dessus des forêts, nus comme le sont les alpages. Nous nous étions aisément habitués l'un à l'autre, et nous nous embrassions le matin et le soir comme font les familles gérées par les bonnes manières.

C'était toujours un moment de fraîcheur renouvelé lorsque, descendant l'escalier à la fin de la matinée, je la voyais sortir de sa chambre et boitiller vers moi avec sa béquille, son visage frais touchant mes joues, et m'envoyant une bouffée de goémon dont restait imprégnée son épaisse toison bouclée.

Nous déjeunions rapidement. Le congélateur ne me permettait guère de varier les repas, qui passaient du filet de poisson au steak haché agrémenté d'un œuf. Une fois par semaine, je me rendais à skis jusqu'à Sainte-Colombe, d'où je ramenais dans mon sac à dos la provision de pain de montagne, qui conservait sa fraîcheur pourvu qu'une fois entamé on l'enveloppât d'un linge, et des denrées dont je passais commande au garde forestier, comme les œufs, le fromage, le beurre, parfois des légumes qu'il ramenait de Sauguet, sans oublier les cigarettes et quelques magazines.

Nous prenions le café, les pieds étendus devant l'âtre. C'était le moment où nous échangions des confidences sur les progrès du travail que nous menions chacun de notre côté.

– Je piétine un peu ces temps-ci, lui disais-je. Je ne parviens pas à me glisser « là-bas ». Il m'arrive de penser que, dans un temps parallèle, cette période de ma vie attend quelque part sa résurrection. Tenez, je vais vous lire un des propos les plus mystérieux qu'un philosophe ait jamais tenus – un philosophe qui n'était ni religieux ni mystique, et avec lequel j'ai entretenu une correspondance pendant quelques années (il est mort l'an dernier). Voici : « Celui qui a été ne peut plus désormais ne pas avoir été : désormais ce fait mystérieux et profondément obscur d'avoir vécu est son viatique pour l'éternité. » Et il ajoute : « Tout est perdu, tout est donc sauvé. Qui sait ? L'unicité d'une vie irréversible et irrévocablement révolue est justement ce qui, à l'instant de la mort, nous sauve du non-être; elle nous repêche elle-même dans les eaux noires du néant, elle nous retient au bord de la nuit, elle nous donne enfin de n'être pas engloutis à jamais dans le lac des ténèbres. »

Elle me prit le livre des mains et le feuilleta.

– Jankélévitch. J'ai assisté une fois à une conférence qu'il avait donnée, je ne me souviens plus où, sur la musique et l'ineffable. On aurait dit un écureuil malicieux. Une sorte de farfadet. J'avais été très touchée par ce qu'il avait dit à propos de Ravel : « Depuis qu'il est mort, c'est notre innocence qui est morte. »

– Ses étudiants l'idolâtraient. Il leur disait : « Oubliez ce que je vous apprends. Faites le chemin vous-mêmes. » C'est lui qui a montré mieux que quiconque que l'irréversibilité du temps était la loi universelle d'où procèdent toutes les autres fatalités. D'un autre côté, je n'ai pas perdu l'espoir qu'une résurrection du passé soit possible par la grâce de l'écriture. Je répugne à sacrifier à la convention qui consiste à recomposer le passé comme un puzzle, ou à utiliser son imagination plus que sa mémoire. Tenez, je viens de relire *L'Île au trésor*. Quel livre épatant ! On y est, on marche à fond. Quelle leçon ! Dire que Stevenson a tout inventé... Le malheur, c'est que je n'ai rien à inventer...

Je ne voulais pas me découvrir davantage. Étaler mes entrailles au grand jour, exposer sans les dénaturer les raisons de mon brusque départ de Fez, de mon retour à La Foux, c'était prendre le risque de passer pour un illuminé, une espèce de malade – était-ce exclu ? –, et comment expliquer ce trouble espoir qui m'avait envahi et dont j'aurais été bien incapable de déterminer moi-même le contenu et les limites...

– Je crains, en vous écoutant, que ma présence, si légère soit-elle, ne pèse encore trop lourd dans la solitude que vous avez choisie pour mener à bien cette entreprise hasardeuse.

– Détrompez-vous. J'aime la solitude, c'est vrai, mais votre présence ajoute quelque chose à mon travail, une chose à laquelle je ne m'attendais guère...

– Je vois mal...

– Une espèce de stimulation. Peut-être a-t-on besoin de s'adresser à quelqu'un lorsqu'on écrit un livre. Je m'imagine mal stimulé par le regard des comités de lecture ou des critiques qui, dans l'hypothèse où ce livre serait mené à bonne fin et publié, vont pratiquer son autopsie en trois coups de couteau. Je suis seul au monde. J'écris pour mes morts, peut-être aussi pour l'éternel absent qui cache si bien son jeu dans l'univers. Vous êtes le seul être vivant à qui je ressens le besoin de m'adresser. Il est vrai qu'il y a quand même quelque raison à cela.

– Vous pensez à ma mère ?
– Entre autres.
Pouvais-je lui avouer que sa présence m'enfiévrait ? Fouettait mon indolence – vieille habitude à laquelle je m'arrachais avec peine, en dépit de l'acharnement que je mettais à rechercher mon propre trésor dans cette île perdue sur l'océan impraticable du temps ?
Je n'imaginais pas un instant le moindre dérapage dans une quelconque aventure qui à mes yeux aurait très vite épaissi nos relations, et aux siens – si elle y avait consenti – réduit notre rencontre à l'éternel gâchis du lit et des mauvaises habitudes qu'on y attrape, des risques que j'y aurais pris, des lassitudes qu'elle n'aurait pas manqué d'y trouver, compte tenu de son âge et du mien.
Je la savais blessée, à peine rescapée d'un mariage bâclé qui avait tout de même épuisé en quatre ans sa faculté de croire qu'on peut changer le plomb en or : le velléitaire qu'elle avait épousé – comme on épouse une cause perdue – lui avait laissé une belle ardoise de déceptions, de dégoûts, mais par bonheur pas d'enfant. Je soupçonnais même des brutalités, voire des pratiques dont le spectacle ne lui aurait pas été épargné : elle quittait en pleine nuit son appartement livrée à la stupeur de convives affalés sur les moquettes, herbes et poudres à portée de main, ou mise en fuite par des gymnastiques qui l'horrifiaient. S'attardaient par instants dans ses yeux des fixités, des vides qui disaient toutes ces cicatrices mal recousues. Le divorce prononcé, elle avait sauté dans un train pour les Frises, encombrée d'un attirail dont elle espérait le salut. Je la manipulais comme un père sa fille après un viol.
Au bout de trois semaines, j'étais une espèce de grand frère, de tuteur surgi à point, et elle, si désirable, l'objet précieux d'une convoitise convertie en tendresse, qui me laissait toujours sur ma faim, situation idéale pour quelqu'un qu'aucune satiété n'aurait pu satisfaire : j'ai toujours été l'homme qui ne vide pas son verre, n'achève pas son repas, se lève avant le dessert, saute par la fenêtre pour filer vers des conciliabules sans interlocuteur.
Je songeais, une pointe au cœur, à l'instant où, l'os

recollé, la jambe libre, elle regagnerait les Frises, et où, le matin, depuis mon bureau, je n'entendrais plus vivre ce corps jeune et sain où je puisais une partie de mon allant.

Nous n'abordions jamais ce sujet. J'imaginais des complications opportunes, la fracture mal ressoudée, que sais-je encore. Nous avions rendez-vous chez le Dr Brachet le 20 décembre en fin de matinée – si le chemin était dégagé. Dans le cas inverse, le médecin laisserait sa voiture à Sainte-Colombe, le garde nous l'amènerait dans sa vieille Land Rover tout terrain. La température s'était radoucie – les chutes de neige les plus abondantes surviennent généralement en janvier-février. La veille de la visite, j'avais tenté et réussi le parcours jusqu'à Sainte-Colombe sans difficulté.

Le soir même, nous bavardions comme à l'accoutumée devant la cheminée que nous n'allumions qu'en fin de journée, pour le spectacle. J'amenai prudemment la conversation sur l'opération du lendemain, les coups de cisaille qui la délivreraient de ce qu'elle appelait son « blindage », sa « cuissarde », son « armure », son « carcan » – ou parfois, plus subtilement, son « lest » : j'y voyais complaisamment une allusion à cette retraite en ma compagnie qui lui avait offert une amarre où retenir sa dérive.

– Ne comptez pas sauter comme un cabri ou vous remettre au cheval avant plusieurs semaines. Vous serez certainement obligée d'utiliser pendant quelque temps encore votre béquille.

– Qui vous dit d'abord que j'ai envie de sauter comme un cabri ?

Elle tisonnait le feu d'un air très maîtresse de maison.

– L'aubergiste ne me donne pas encore congé ?

– L'aubergiste trouverait bien vide son auberge : en cette saison, la clientèle se fait rare. Et puis ce serait bête que nous passions les fêtes chacun de notre côté. A moins que vous n'ayez des projets, et le contraire me paraîtrait anormal.

– Non seulement je n'ai aucun projet, mais je suis venue m'installer ici pour faire le vide autour de moi. Vous m'imaginez réveillonnant au milieu d'une bande de fêtards ? J'accepte l'invitation. Cela me fait très plaisir que vous n'ayez pas envie de me flanquer à la porte au bout d'un mois de cohabitation. Je suis très heureuse de passer cette fin d'année en votre compagnie.

Loin de flatter ma cinquantaine déclinante, ces marques de confiance la confirmaient sans appel : je me suis senti vieux tout à coup. Adorablement vieux. J'étais confirmé dans mes fonctions de protecteur. Elle pouvait jeter ses béquilles, j'assurerais la relève. Je lui servais d'oreille, bientôt ce serait d'œil dès qu'elle aurait besoin d'un autre regard que le sien pour examiner ses toiles. Quand je suis monté dans ma chambre, après la fricassée de museaux rituelle, j'avais l'âme un peu rance de celui qui a sauvé une fille de la noyade, l'a tenue dans ses bras et reçoit, en guise d'abandon, la médaille du sauveteur.

Hélène délivrée de son plâtre, non de sa béquille ainsi que je l'avais prédit, nous avons fait toutes les boutiques de Sauguet, nous séparant pour quelques achats clandestins. Nous avions décidé de célébrer dans les règles ces fêtes de fin d'année : confit d'oie accompagné de cardons (mon régal), pieds de porc farcis – spécialité du pays –, pâtisseries aux mousses de fruits multicolores, champagne noble – délaissant la grenaille de lump et le saumon fumé garni de staphylocoques. Hélène avait fait le plein de bougies torsadées, guirlandes électriques, étoiles, boules décoratives, papier à crèche et la douzaine de santons format puce, le plus recherché, dont il me plaisait qu'elle s'enchantât, petite lueur d'enfance qui avait résisté aux épreuves du standing familial et de la pétaudière sordide qui l'attendait à la sortie de la mairie. Nous quittions les boutiques sous les regards pincés que ces provinciaux à larges fesses et à couperose réservent aux couples litigieux dont Paris souille la France profonde.

– J'ai toujours l'impression que ça sent la naphtaline et la cuisine au beurre, me soufflait Hélène à l'oreille en glissant ostensiblement sa main dans la mienne.

Déambulant dans les rues, midi passé, en quête d'un

bistroquet où casser la croûte, je remuais des pensées du genre : « Le sexe et la table ont-ils ici partie liée ? Le coup de fourchette me semble plutôt aller au détriment du coup de reins... » Enfin, toute chose qu'on remue dans sa tête quand la bise cingle, que le ciel est sale, que les façades se pétrifient, que les pavés luisent et qu'on tombe à chaque coin de rue sur des crucifix noirâtres ou des vierges d'hospice pour incurables.

Pendant que nous dégustions des ris de veau à la crème, je lui ai demandé tout à coup :

– Que se passerait-il si votre mère prenait fantaisie de descendre aux Frises pour vous surprendre en plein travail ?

– Je ne sais à quel genre de travail vous faites allusion, mais elle se moque bien de qui partage ma vie pourvu que rien ne transpire dans son entourage. Sa maxime favorite : chacun est libre de satisfaire toutes ses lubies à condition de ne pas faire cabrer les chevaux dans la rue. Vous voyez le genre.

– Mais que penserait-elle si elle vous savait installée chez moi à demeure ?

– J'avoue que ce serait assez cocasse.

J'ai intérieurement – s'il est possible – sursauté. Cette réflexion pouvait me donner à croire qu'Hélène en savait plus qu'elle ne voulait bien me l'avouer sur les années obscures de la vie de sa mère. Jusqu'où allait ce « plus » ? Hélène m'était devenue trop précieuse pour que je détraque par des inquisitions intempestives le fragile équilibre et la confiance qu'elle paraissait avoir trouvés à La Foux.

Durant ces trois jours qui précédaient Noël, je n'ai pas fait grand-chose : j'avais la tête ailleurs. Je restais comme à l'accoutumée cloîtré dans mon bureau toute la matinée, Hélène travaillait en silence, mais de mon côté le cœur n'y était pas. D'autres soucis l'accaparaient. Après avoir marché à reculons toute ma vie, pour une fois, je regardais l'avenir. Il m'apparaissait comme une impasse dont je mesurais l'exiguïté. L'an prochain, à pareille époque, me disais-je... et ma gorge se nouait. J'avais appris à me recroqueviller dans l'instant, et désormais l'instant ne me suffisait plus, j'y tournais en rond comme un poisson dans son bocal – cette image me harcelait –, mais le poisson maintenant avait entendu une vaste rumeur maritime qui rétrécissait les parois de sa prison.

Je m'étais fixé une tâche d'archéologue en ce site riche en filons où étaient réduits peut-être à l'état de cendres les débris de ma jeunesse. La vie était devenue plus légère, plus fluide, et je tenais des comptes qui n'avaient plus grand-chose à voir avec ce besoin animal qui m'avait arraché au Maroc. La soixantaine – et son ombre sale – approchait : encore trois ans à figurer dans la tranche honorable des acteurs performants, trois ans dont je pouvais espérer repousser l'échéance si j'avais hérité du clan familial une sorte de robustesse enfantine et de vitalité du cœur que les années n'entamaient pas. Je quittais mon bureau, filais jusqu'au bateau et, sur le lac dégelé, ramais sauvagement jusqu'à ce que le cœur me vienne dans la bouche, rentrais fourbu, observais d'un œil dur les effets sur mes traits d'une oxygénation intensive. Pas encore au placard, estimais-je. Maigreur noueuse, denture intègre, toison drue, l'animal pouvait donner le change quelque temps encore. Je me harcelais de questions sur l'opportunité d'une « liaison » avec elle. L'entreprise me paraissait vouée à toutes les vicissitudes qui guettent ces situations aléatoires. Allais-je brûler en deux ou trois ans une vie que j'avais laissée charbonner quand je pouvais faire face honorablement aux propositions du hasard ? Et d'abord, avais-je envie de cette fille ? Hélas ! non. J'essayais de m'imaginer besognant Hélène. Il me semblait profaner ce que j'éprouvais pour elle, et jusqu'à la beauté de ses yeux, la profondeur de sa sensibilité, tout conspirait à laisser dans l'abstrait une intimité que je n'avais nulle envie de violer. J'étais amoureux, tout bêtement, et je l'étais pour la première fois de ma vie, c'est-à-dire comme je l'avais été à quinze ans. Rien ne me paraissait plus niais, plus irritant, mais je n'aurais pas échangé ma place contre un empire.

La veille de Noël il s'est mis à neiger.

Hélène et moi avons décoré la salle pendant toute la matinée. J'avais trouvé du houx dans la forêt, et sacrifié un sapin de trois mètres qui végétait sous ses énormes géniteurs – excuse présentée à Hélène, qui, amie des plantes et des bêtes, m'avait reproché de ne pas m'être contenté d'une branche.

A midi, nous avons grignoté des sandwichs. Hélène installait sa crèche entre le poêle et la cheminée. Je lui ai demandé si elle était croyante. Elle m'a répondu qu'elle ne se posait pas la question en ces termes.

– Mettons que je sois fidèle à ce que le Christ représentait pour moi autrefois. La religion n'a pas grand-chose à voir avec ce que j'éprouve.

Quand on sait que le mot foi ne veut rien dire d'autre que « fidélité », le mot « croyant » vous pourrit brusquement dans la bouche comme un fruit blet.

Elle me parla de son père. Sa mémoire conservait l'image d'un homme au visage fin, aux yeux rêveurs, au caractère doux et plutôt effacé bien qu'il eût, selon sa légende, des dons éblouissants.

– Il était capable de réduire à vue au piano la partition d'orchestre du *Sacre du printemps*.

Tour de force, en effet : mon père, qui avait plusieurs fois dirigé *Le Sacre*, disait de cette partition qu'elle ressemblait à des échalas couverts de grappes de raisin.

– Nous allions nous promener tous les deux dans les jardins du Luxembourg. Il avait l'air d'un homme écrasé – écrasé par la forte personnalité de ma mère, écrasé par le mal dont il se savait atteint depuis de nombreuses années sans en avoir jamais rien dit à personne. Un jour d'automne, alors que nous marchions tous les deux sur un tapis de feuilles jaunes et mouillées, il avait laissé échapper : « Tu sais, ma petite Hélène, la mort n'est pas derrière la montagne, elle se tient dans notre dos. » Ce qui me rend affreusement triste, c'est moins sa disparition que la certitude qu'il avait que je ne me souviendrais pas de lui. Déjà il pensait que les êtres ne vivent que grâce à leur faculté d'oubli. Le temps, guérisseur... on connaît l'atroce rengaine. Il me dévisageait douloureusement. J'ai compris plus tard ce que signifiait ce que je croyais être la photographie de mes traits : ce n'était pas mon visage d'enfant qu'il voulait emporter dans la mort, qui selon toutes les apparences nous déleste de tout bagage. C'était le sien qu'il espérait fixer dans ma tête. Il y a réussi plus qu'il ne l'espérait, mais il ne le saura jamais. A moins que...

Elle observait le lac par la fenêtre et, au-delà, la masse grisâtre et froide des Frises.

– A moins que les morts soient peut-être devant nous, à nous attendre, et non derrière nous, perdus à tout jamais. L'espérance est capable de tout, du meilleur comme du pire. Entre elle et rien, je préfère prendre ce risque...

– Mon propre père eût soutenu cette profession de foi. Je le vois très bien lui ajoutant sa conclusion favorite, avec une drôlerie inimitable : « De toute façon, nous serons aux premières loges... »

Cette veille de Noël, comme Hélène, une fois la salle décorée, m'en avait interdit l'accès jusqu'à l'heure où tinterait la cloche de brebis suspendue à la cheminée (elle voulait me faire la surprise du repas et dresser la table elle-même), j'ai beaucoup songé aux miens.

Je me souvenais du Noël de l'année 1942 : une auto blindée allemande avait fait son apparition à Sauguet. L'officier de la Wehrmacht qui commandait la patrouille avait interrogé le maire sur les activités des terroristes dans la région. « Monsieur l'officier, avait répondu celui-ci, ayant ceint pour l'occasion son écharpe tricolore, ici vous ne trouverez pas de “ terroristes ”; il n'y a que des êtres humains terrifiés par les violences de la guerre et les représailles, et qui ne demandent qu'à vivre en paix. » Le maire portait également la croix de guerre 14-18 : l'officier l'avait salué en claquant les talons et l'auto blindée était repartie alors qu'à peu de distance de Sauguet les premiers groupes de résistants s'organisaient dans les forêts du Gévaudan. J'ai dit Noël 42; c'était peut-être Noël 43 : qui viendra me contredire?

Stalingrad : la Wehrmacht avait subi la plus grande défaite de toute la guerre. En juillet 43, les Alliés avaient débarqué en Sicile. Un peu plus tard, c'était à leur tour les Français qui libéraient la Corse et, en décembre, les Forces françaises libres étaient engagées dans la campagne d'Italie. Le 24 décembre 43, nous avions fêté tous ces événements en compagnie du maire de Sainte-Colombe et de toute sa famille. Les Sauveplane étaient présents. Après force libations, ils avaient chanté *La Marseillaise*. Après quoi on avait entendu la voix frêle de ma grand-mère entonner l'hymne américain. L'enthousiasme et le vin aidant, tout le monde avait applaudi, à l'exception de Marguerite Sauveplane, qui disait des Américains qu'ils étaient la poubelle de la démocratie. A quoi mon grand-père rétorquait que l'Union soviétique en était le tombeau. Il surnommait Staline, Molotov et Beria les « Bloody Karl Marx's Brothers ».

A l'époque, malgré mon inexpérience, les propos de mon grand-père me paraissaient exprimer l'évidence, tant la brutalité avec laquelle Marguerite Sauveplane exposait ses propres convictions me choquait. Quand je songe à tous les errements des intellectuels depuis un demi-siècle, à leurs volte-face, à leurs palinodies, je mesure aujourd'hui l'avance que pouvait avoir sur son temps mon grand-père, grâce à son dégoût des doctrines, à l'expérience que lui avait apportée l'action politique antérieure à son arrivée en France, et surtout à une intelligence qui ne cédait jamais aux tentations de l'impérialisme intellectuel. En somme, j'ai appris de bonne heure que les idées n'avaient qu'un tort, c'est de se croire seules au monde.

Tous ces débris du passé affleuraient à la surface de ma mémoire lorsque la cloche de brebis a tinté : déjà 8 heures. La nuit était tombée depuis longtemps sans que j'y prête attention. J'ai fermé les volets de mon bureau et de ma chambre : les flocons, d'une grosseur inhabituelle, continuaient à ensevelir paisiblement le Haut Pays sous un silence qui évoquait une sorte de surdité étoffée.

Dans l'après-midi, j'avais passé je ne sais combien de temps à combiner entre eux tous les vêtements de ma garde-robe. De guerre lasse, j'avais fini par me décider pour un pantalon de velours noir, accompagné d'une chemise blanche et d'un pull-over gris clair, acheté à Sauguet lors de notre dernière sortie.

Malgré sa discrétion, l'ensemble me semblait refléter le style du tombeur chevronné à qui l'âge n'a pas fait déposer les armes, et cette image m'indisposait d'autant plus qu'elle ne correspondait en rien à la réalité.

Comme je descendais l'escalier, de la musique s'est élevée, un chant que je connaissais par cœur pour l'avoir maintes fois entendu et accompagné de la voix à l'occasion de tous les Noëls dont je me souvenais, une de ces mélodies mélancoliques et tendres dont l'Amérique a toujours eu le secret : *White Christmas.* Comment Hélène s'était-elle débrouillée pour se procurer cette cassette à Sauguet ? Pourquoi ce Noël plutôt qu'un autre ? Oui, je lui avais beaucoup parlé de ma grand-mère, et elle avait retenu ce détail...

L'interprétation correspondait exactement aux images que je m'étais formées autrefois, rêveuses et romanesques, celles d'un chœur de jeunes filles de la bonne société, assemblées devant le perron enneigé d'un collège de Nouvelle-Angleterre, les pelouses et les arbres saupoudrés de sucre étincelant, le ciel gris et bas, les gâteaux au gingembre, les beignets en forme de couronne qui attendent sur des tables parmi les toddies et le chocolat fumants, les voix claires et les bottines, les limousines stationnées sous les sapins : déjà ma jeunesse regrettait des époques qu'elle n'avait pas connues, et qui alourdiraient plus tard le poids de mes propres souvenirs.

Dressée devant une grande flambée, près du sapin illuminé de guirlandes et d'ampoules multicolores, la table couverte d'une nappe blanche scintillait de cristaux et d'argenterie, sortis pour l'occasion du vieux buffet de ma grand-mère : verres à pied ciselés, couverts qui provenaient de Savannah, porcelaines de Limoges, offertes par mon grand-père à Virginie, et où s'entrelaçaient les initiales de celle-ci, luxe qu'avaient concédé ses habitudes frugales au culte qu'il lui vouait. Hélène avait également disposé sur la table des bougies roses fixées sur des morceaux d'écorce de sapin blanche de givre artificiel.

Mon attention a tout de suite été attirée par les portraits qui garnissaient les murs : Hélène les avaient exhumés des malles entassées dans le grenier où nous avions souvent fureté ensemble. Tous ces messieurs de la famille étaient présents : Debussy, avec sa frange et sa barbiche, faunesque, florentin; Ravel, photographié de profil devant son piano à Monfort-l'Amaury, tiré à quatre épingles, comme de coutume; Stravinski, dessiné par Picasso, épure de théoricien révolutionnaire à lunettes rondes; Fauré, moustache et front neigeux; Albert Roussel, genre inspecteur des poids et mesures; Wagner et son bec d'aigle, son couvre-chef à la Médicis; Honegger et Darius Milhaud, que mon père avait rencontrés à diverses reprises... Moussorgski, Scriabine, de Falla, Respighi, Balakirev... Pas un des compositeurs que je vénérais autrefois ne manquait à l'appel.

La présence de tous ces portraits auxquels les miens et leur destin étaient si étroitement associés rendait leur absence plus sensible qu'elle ne l'avait jamais été. Les morts finissent par nous échapper au point de nous apparaître par instants comme des personnes étrangères, et il m'était arrivé quelquefois d'éprouver un pénible sentiment de détachement, comme si mon histoire personnelle était sur le point de s'anéantir au profit d'une conscience anonyme, vidée de son identité. C'était peut-être la voie du salut, peut-être y avait-il tout à gagner dans cette destitution des origines, mais c'était un salut dont je ne voulais pas. L'enfant que j'avais été mènerait sa bataille contre le temps jusqu'à ce que mort s'ensuive : c'était du moins ce que je croyais avant de rencontrer Hélène.

C'est à cet instant qu'Hélène est sortie de sa chambre, et son apparition me laissa médusé. Elle portait une robe longue couleur vieux rose agrémentée de broderies, serrée aux poignets et au cou, une de ces tenues traditionnelles qu'on voit aux héroïnes puritaines et intrépides de John Ford. Elle l'avait empruntée à la garde-robe de ma grand-mère, qui avait dû porter cette tenue dans les bals qu'on donnait en Géorgie ou en Caroline au début du siècle. Ses cheveux relevés par un chignon lui amincissait le visage, et j'ai cru, un instant, voir surgir devant moi la jeune fille que mon grand-père avait promenée à son bras dans les rues chaudes de Savannah.

Elle s'est avancée vers moi; elle tenait à la main un rectangle d'assez grande taille enveloppé d'un papier bleu nuit décoré d'étoiles dorées. Je lisais dans ses yeux une interrogation inquiète.

– Je n'aurais peut-être pas dû... Je l'ai trouvée si belle. Je sais que j'aurais mieux fait de vous demander votre avis. Pardonnez-moi si j'ai manqué de tact. Je vais la retirer tout de suite si vous le désirez. Tenez, c'est pour vous.

D'un geste brusque et gauche, elle m'a tendu le rectangle.

– Pourquoi me regardez-vous ainsi ? Vous devez vous dire que je suis la reine des gaffeuses... J'ai pensé simplement que cela vous ferait plaisir... Je suis la dernière des idiotes... Je vous en prie, dites quelque chose...

Par contenance, elle avait croisé ses mains, et je la sentais près de fondre en larmes.

– J'avoue que vous m'avez coupé le souffle.

J'ai ajouté précipitamment :

– Mais c'est une idée merveilleuse. Vous êtes ravissante. Je suis sûr que ma grand-mère aurait été très heureuse de vous voir porter cette robe. Elle n'aurait certainement pas hésité à vous l'offrir. Je vous remercie pour les tableaux que vous avez accrochés aux murs. Vous savez faire ce qu'il faut au moment où il faut.

Elle m'a répondu par un petit sourire crispé.

– Vous n'ouvrez pas le paquet ?

Le papier bleu nuit contenait, comme je m'en doutais, une toile qui sentait encore la peinture fraîche. J'ai posé le tableau contre un fauteuil et je me suis reculé pour l'examiner. De près, j'aurais été incapable de distinguer ce qu'il représentait. Une sorte de brouillard grisâtre parsemé de taches plus claires ou plus foncées, mais il n'y avait aucune trace de dessin, ni la moindre couleur.

Hélène se tenait immobile derrière moi, retenant son souffle. Je devinais l'épreuve qu'elle était en train de subir, bien que mes aptitudes à juger la peinture fussent très limitées, je l'en avais prévenue. Une petite scène m'est revenue subitement à l'esprit : Marguerite Sauveplane, tenant entre ses mains celles de maman, qui s'était plainte jusqu'aux larmes que mon père ne l'eût pas encouragée à poursuivre une carrière de pianiste : « Mon petit, il faut vous accrocher toute seule. Une vocation artistique ratée, c'est une croix dont la vie ne vous débarrasse jamais. »

Peu à peu, comme il se passe lorsqu'on met au point un objectif, je vis apparaître un visage, le visage d'une jeune femme qu'on distinguait à peine du brouillard gris dont elle semblait l'émanation fugitive : observé trop fixement, le tableau refusait de livrer son secret, noyé dans la fumée d'un songe. C'était en les caressant du regard, comme à la dérobée, que ces nuées indécises consentaient à prendre forme. Visage au regard vide, complètement dénué d'expression, qu'on eût dit provenant de bien plus loin que tout ce qui est humain, comme si – me projetais-je dans cette absence, ou faisions-nous l'un vers l'autre la moitié du même chemin... ? –, comme si c'était la conscience d'exister qui nous exilait de l'existence, irréparablement.

– Vous aimez ? Naturellement, vous n'allez pas me dire le contraire. Mais je crois que c'est ce que j'ai fait de moins mal jusqu'ici. Regardez derrière le tableau.

J'ai fait pivoter la toile. Sur le cadre, tracés au feutre noir, ces mots : *L'Absente*. Pour Jean Mouraille, affectueusement. Noël 1985.

J'ai replacé le tableau sur le fauteuil et je me suis reculé pour l'observer plus attentivement. Impossible d'y distinguer le moindre coup de pinceau. Les teintes, mélange de gris à l'exclusion de toute autre couleur, étaient posées sur le support de la toile comme une vapeur, une fumée éphémère. Je me suis souvenu de ce que m'avait confié Hélène, les premiers temps de notre rencontre : « J'ai plutôt l'impression d'être un accident. »

Dès cet instant, j'ai eu la certitude que cette fille tenait entre ses mains une destinée qu'il ne tenait qu'à elle d'accomplir. Que ses œuvres voyageraient à travers les pays et les continents. Je me suis senti heureux et découragé.

– Votre silence m'inquiète.

Comment lui avouer ce que signifiait mon silence? Je m'étais fabriqué une espèce d'avenir, et la qualité de ce que j'avais sous les yeux venait de tout remettre en question.

– Mon silence est à la mesure de ma surprise. Je dois reconnaître que je ne m'attendais pas à... à une telle maturité. Le résultat me confond. Écoutez, pas de phrases entre nous : vous avez du talent, c'est l'évidence même. D'ailleurs, il faut absolument que ce tableau figure dans votre première exposition : bien entendu il sera marqué d'un point rouge. Mais il doit être exposé.

Elle se tenait devant moi, son visage à la hauteur du mien, face à face qui ne laissait pas de me subjuguer invariablement, comme si cette égalité des tailles excitait en moi je ne sais quel vice caché. Si proche de moi que son odeur de varech légèrement sucrée m'enveloppait. Tout à coup, elle s'est jetée dans mes bras et ses cheveux m'ont inondé le visage. Nous sommes restés ainsi un assez long moment sans bouger. J'avais enfoui ma main dans ses cheveux et je lui maintenais la tête dans mon cou, par un réflexe de pudeur et de crainte, parce que j'avais honte de mon apparence, honte des trente ans qui nous séparaient, honte de ces petites fleurs de cimetière qui commençaient à envahir mes mains.

Je crois que je tremblais des pieds à la tête, et mon cœur cognait si fort qu'il semblait près de s'échapper du grillage de mes côtes où il n'avait jamais battu qu'au rythme de mes marches funèbres.

Je l'ai doucement repoussée : elle avait les yeux brillants – un peu trop brillants peut-être, et elle s'est hâtée d'aller jeter une bûche dans l'âtre.

– C'est à vous que je dois ce tableau. Quand je vous montrerai mes toiles antérieures...

– Je crois que c'est plutôt à votre jambe cassée. Elle vous a mise au pied du mur. Dieu sait depuis combien de temps vous portez en vous cette Mélisande.

– Mélisande ?

– Mélisande. Une buée sur une vitre. On ne sait qui elle est, ni d'où elle vient. De nulle part, sans doute. Elle disparaît comme elle est venue : sans laisser de trace. Exilée dans la vie. Pas d'état civil. L'Absente.

– L'Absente a envie de sabler le champagne avec son garde du corps.

Elle sortit du réfrigérateur une bouteille de champagne Germain. « Du Germain Nouveau, si j'en crois la date », dit-elle sans sourciller. J'ai ri du bout des lèvres; une voix me chuchotait à l'oreille : te voilà fait comme un rat.

C'est à peine si j'ai touché aux plats. J'avais l'estomac noué par une espèce de trac, de faim abstraite, de distraction vertigineuse. Hélène ne montrait guère plus d'appétit que moi. Les encouragements que je venais de lui prodiguer avaient réveillé en elle un besoin d'épanchements où elle déversait pêle-mêle tout ce qui lui pesait sur le cœur, les espérances qui l'emplissaient. Je l'écoutais se raconter avec une volubilité qui témoignait de l'isolement dont elle avait souffert parmi son entourage. Mais j'avais beau prêter beaucoup d'attention à ce qu'elle me disait, en moi se tenait à l'affût l'autre personnage, celui qui tout à l'heure avait tenu Hélène contre lui, le visage inondé de cheveux, les bras encore pleins d'une étreinte inapaisée.

Oui, j'aurais voulu te garder dans mes bras pendant toute cette soirée, parce que j'avais faim de toi, mais c'était une faim presque douloureuse que la seule satisfaction du lit n'aurait pu assouvir.

Et qu'est-ce que le désir ? Je n'en sais rien. J'ai toujours eu le pressentiment que le désir s'encanaillait, s'embourbait dans des régions qui n'étaient pas les siennes, qui lui rognaient les ailes, limitaient son exigence infinie.

Bizarrement – sans doute parce que c'était Noël –, j'ai pensé à l'Eucharistie, pratique insensée quand on y songe, acte de cannibalisme métaphysique qui, à première vue, ramène le christianisme aux origines troubles de notre espèce – à des instincts dont je ne sais trop s'ils sont un effet de la nature ou sa cause première. Manger le Christ, boire son sang : on peut voir au contraire dans cette assimilation risible, scandaleuse aux yeux de la raison, l'aboutissement absolu de ce que le sexe ne fait peut-être qu'effleurer. Car, après tout, ce que cette religion dénaturée par ses institutions nous cache, c'est qu'elle demeure fondée en dépit de ses errements sur un acte d'amour suprême, et que la chair y joue un rôle fondamental, à l'encontre de ce que l'on pourrait croire : j'ai, le temps d'un éclair, et bien au-delà des territoires arides de la logique, entrevu le Nazaréen non comme une sublimation négative du sexe, mais comme son accomplissement absolu. Certes, il fallait pas mal de déraison pour admettre pareille hypothèse, mais j'ai appris également que la folie n'est jamais que l'héroïsme de la raison, et non sa capitulation.

Pourquoi ces réflexions scabreuses, ces amalgames si mal reçus par les esprits les plus émancipés dans cet hexagone garrotté par son obsession de l'exactitude ? C'est que je te dévorais du regard, me disant que j'aurais aimé te manger les yeux, avaler ton visage, sentir tes cheveux glisser le long de mon gosier, t'engloutir tout entière, ou que tu me réserves le même sort. Durant ma jeunesse, j'ai eu ainsi envie de manger quantité de choses, et probablement ne m'en suis pas privé, ce qui explique en partie la pénurie actuelle : arbres, prairies ensoleillées, montagnes veloutées comme le flanc des vaches, chats onctueux, douceur d'une main, langueur d'une démarche, regards lumineux, nuques perlières, tout était fruit dans le vaste verger du monde, jusqu'à l'odeur délectable du purin dans les cours boueuses des fermes.

Nous avons passé le reste de la soirée à écouter de la musique et à parler, assis l'un près de l'autre sur le vieux canapé que nous avions tiré devant la cheminée. De temps à autre nous buvions une coupe de champagne, ou nous croquions un chocolat. Nous avions éteint toutes les lumières, même les guirlandes électriques du sapin, et la pièce n'était éclairée que par les coups d'aile rougeâtres des flammes qui révélaient parfois sur le visage d'Hélène une étrangère au profil volontaire que je ne reconnaissais pas.

Je lui ai demandé la raison pour laquelle elle signait ses toiles du nom de jeune fille de sa mère : Grévin. Je venais de réaliser que j'ignorais le véritable patronyme d'Hélène.

– Comment s'appelait votre père ?

– Sarnette. Olivier Sarnette.

Sarnette. Il me semblait que ce nom me disait vaguement quelque chose. Je l'avais peut-être entendu prononcer autrefois dans l'entourage de Louise Grévin.

– Ma mère a toujours conservé son nom de jeune fille, ce que je comprends parfaitement. Elle s'est mis dans la tête que c'est un avantage pour moi. Vous savez, le genre : à toi de te faire un prénom. Mais j'ai décidé de changer tout ça. Désormais, je signerai mes toiles Hélène Sarnette. C'est bien le moins que je puisse faire pour le souvenir de mon père. Je suis certaine que ma mère en sera vexée, mais ça m'est complètement égal. Et si vous me parliez un peu de votre travail ? Est-ce un roman autobiographique, comme j'ai cru le comprendre ?

Elle avait replié ses jambes sur le canapé et me faisait face, une main posée sur la cuisse, l'autre sur le dossier du canapé.

– A dire vrai, je n'en sais trop rien. Mais je n'ai pas envie d'en parler ce soir.

J'ai ajouté – et cela m'a paru le comble de l'audace :

– Je suis avec vous et cela me suffit.

Sa main était à la hauteur de mon visage. Il n'était pas encore minuit. J'ai tout à coup décidé qu'avant que sonnent les douze coups à la vieille horloge de ma grand-mère je prendrais cette main dans les miennes pour attirer Hélène contre moi et l'embrasser. Mais la fameuse scène entre Julien Sorel et Mme de Rénal dans le jardin de Verrières m'est revenue à l'esprit, et cela m'a paralysé. Je me sentais ridicule, et j'avais peur de l'être doublement : en ne faisant rien, ou en risquant un geste dont rien après tout ne m'assurait qu'il serait bienvenu.

J'ai pensé à ce qu'Hélène m'avait déclaré dans la voiture, lorsque nous revenions de Sauguet après qu'on lui eut plâtré la jambe : « Je me sens en sécurité avec vous. » Le respect de cette sécurité qui lui était devenue si précieuse exigeait de ma part un minimum de prudence. Je me suis juré sur l'instant de ne rien tenter qui pût la décevoir ou la choquer. Rien ne m'assurait qu'elle attendît davantage de moi, même si elle s'était jetée à mon cou tout à l'heure. Ce qui se passait derrière ce beau visage éclairé par les flammes me paraissait trop imprévisible, trop délicat pour que je sorte de mon rôle de protecteur. Le plus curieux, c'est que ce rôle apparemment ingrat devait m'aller comme un gant, car j'y trouvais une espèce de volupté inquiète, d'incertitude qui m'exaltait.

Elle a déplacé sa main et l'a posée sur mon épaule.

– Moi aussi, cela me suffit.

J'avais la gorge serrée et regardais fixement les flammes, sans oser faire le moindre mouvement. J'ai pensé, distraitement, qu'elle devait me prendre pour un idiot ou pour un type qui n'aimait pas les femmes.

Tout à coup, avec la souplesse d'un animal, elle s'est pelotonnée sur le canapé et a posé sa tête sur mes jambes. J'ai enfoui mes mains dans ses cheveux et nous sommes restés ainsi sans bouger, à contempler les cavernes roses qui palpitaient au cœur des braises. J'avais l'impression que mon corps s'était vidé de tout son sang. La musique s'est arrêtée et le silence a empli la pièce, avec pour seuls complices le bruit régulier de l'horloge et les soupirs du feu. Combien d'heures se sont écoulées ainsi ?

Quand j'ai ouvert les yeux, un jour blême filtrait par les cœurs des volets et Hélène dormait la tête contre mon ventre. Je me suis penché sur elle et j'ai posé mes lèvres sur sa tempe tiède où battait doucement son pouls.

Aussitôt, elle a tourné la tête et j'ai eu sa bouche sur la mienne. Et puis elle a dit :

– Joyeux Noël.

Elle s'est dressée et m'a regardé avec les grands yeux étonnés qu'ont les enfants pour les cadeaux déposés dans leurs chaussures, comme si j'étais descendu par la cheminée.

La neige avait partiellement fondu. Le temps s'était radouci. Les sentiers, redevenus praticables, nous offraient de courtes promenades, Hélène clopinant à mon bras dans des bottes de caoutchouc trop grandes pour elle.

Souvent, nous nous reposions sur un rocher à nu, ou un vieux tronc d'arbre effondré que nous débarrassions de sa neige. Il faisait presque chaud, malgré l'air plus vif que l'eau des sources, et nous écoutions glousser autour de nous la neige sur laquelle marchait légèrement le soleil.

Je ne m'étais pas encore résolu à « passer aux actes ». J'aimais pour la première fois, et je devais à cet amour le respect de tous ses préambules qui, en ne brûlant pas les étapes, en respectant le temps de sa maturation, sont à son accomplissement ce que le printemps est à l'été. J'étais retenu par le pressentiment que ce qui se passait dans un lit entre deux personnes qui s'aimaient réclamait un certain nombre de conditions sans lesquelles je redoutais que le plaisir ne devînt cette arme à double tranchant qui relâche les liens plus qu'elle ne les resserre.

Ma réserve, mes gestes prudents et sobres ne semblaient plus intimider Hélène, au contraire; non qu'elle me provoquât, mais elle jouait avec moi comme font les très jeunes enfants entre eux. Parfois, elle se jetait sur moi et nous roulions enlacés dans la neige, collés l'un contre l'autre, jambes emmêlées, ses lèvres glacées dans mon cou, et la morsure légère de ses dents, là où battait l'artère, me laissait inerte, livré à cette possession trouble, comme si j'attendais qu'elle s'abreuvât de mon sang.

Je lui prenais le visage à pleine main, la regardait, m'abîmait dans cette contemplation jusqu'au vertige. Une poussée de joie violente que je n'avais connue qu'au pays de l'enfance me montait au cœur. Oui, nous ne quitterions plus La Foux; elle accomplirait une œuvre, s'y livrerait tout entière, loin du siècle et de ses marécages, loin de tout ce que je haïssais. J'avais la possibilité de subvenir à nos besoins; Hélène de son côté touchait une petite rente provenant du capital que lui avait laissé son père. Nous vivions retranchés dans une forteresse, étions à l'abri du besoin, libres comme l'air : tout me semblait possible au point que je n'avais plus d'âge. De mon côté, je poursuivrais mon travail en réalisant de vieux projets qui n'avaient jamais vu le jour, notamment la mise en chantier de cette « Odyssée du *Mayflower* » pour laquelle j'avais réuni de nombreux documents grâce à des relations que j'avais au Canada et dans le Maine.

Ici, le temps ne s'écoulait pas comme il le fait ailleurs. On eût dit qu'il s'étalait paisiblement autour de nous, maîtrisé par la proximité des saisons, comme s'il se confondait avec la permanence du paysage, ces forêts centenaires, et ce lac qui semblait dans son immobilité même en juguler le cours. Nous demeurions à l'écart des turbulences et des mauvais coups, protégés des dangers du monde comme nous l'avions été pendant la guerre. Par instants, je croyais être revenu à mon point de départ, ou plus exactement ne jamais l'avoir quitté. J'avais connu Hélène enfant. Je l'avais promenée dans les bois, en barque sur le lac, elle s'était attachée à moi, et, après avoir connu la vie et ses amertumes loin de son protecteur, elle m'était revenue blessée, meurtrie, je l'avais aidée à guérir, et maintenant nous nous aimions, comme dans les romans à l'eau de rose ou les contes de fées.

Un matin, alors que nous venions de prendre notre petit déjeuner, j'observais de l'autre côté du lac gelé le bloc grisâtre des Frises. Tout avait commencé là et tout finissait là : cette symétrie me laissait rêveur. J'y voyais comme une sorte de clin d'œil ironique du destin. Et un geste m'échappa

– un geste si familier à mon père qu'un bref instant j'eus l'impression saisissante qu'il s'était substitué à moi et que je me retrouvais dans une situation presque comparable à celle qu'il avait vécue une quarantaine d'années auparavant : j'ai claqué bruyamment mes mains l'une contre l'autre en les agitant de haut en bas, comme il avait coutume de le faire lorsque se présentaient à son esprit des situations ou des événements déconcertants ou inattendus, de celles et de ceux dont on dit qu'ils dépassent l'imagination.

Hélène se tenait sur le seuil de sa chambre : je ne m'en étais pas aperçu. Elle est venue vers moi et m'a posé ses deux mains sur les épaules, dans une attitude pleine de tendresse.

– Il y avait d'autres photos dans la boîte à chaussures dont je t'ai parlé. La tienne, avec ton nom et une date, je te l'ai dit.

– Quelles photos ?

– Comment veux-tu que je reconnaisse des gens que je n'ai jamais vus ? dont j'ignore tout, jusqu'à leurs noms ? Sur ce chapitre-là, notre diva nationale est un véritable coffre-fort. Elle n'en lâche pas une. Je me suis posé beaucoup de questions et je m'en pose de plus en plus. Pourquoi cette réaction, à l'instant, pendant que tu observes les Frises ? On aurait dit que tu regardais le lac comme si on t'avait ordonné de le boire. Tu sais, je te connais comme si je t'avais fait, a-t-elle ajouté en effleurant mes lèvres d'un baiser.

Elle ignorait à quel point elle disait vrai : c'était elle le moule, moi la pâte qui sous ses doigts avait retrouvé toute sa malléabilité.

Jusqu'à présent, j'avais jugé préférable de la laisser dans l'ignorance de ce qui liait le destin de ma famille à la sienne. Je craignais de la troubler, de la mettre mal à l'aise. Mais après tout, c'était bien ce passé-là qui m'avait fait plus ou moins cadeau d'Hélène.

– Tu n'éprouves peut-être pas pour moi la confiance que j'ai en toi.

Je l'ai attrapée brusquement par la main.

– Viens dans mon bureau.

Tout ce que j'avais écrit depuis la réception du télégramme annonçant le décès de ma mère – moins ces dernières lignes, tracées peu de temps après cette scène – se trouvait dans un classeur ouvert sur mon bureau. J'ai refermé celui-ci et je le lui ai tendu.

– Plonge-toi là-dedans si le cœur t'en dit. Je te raconterai la suite plus tard. Tu es tombée sur moi comme la foudre au moment où je pataugeais dans mes souvenirs. Je crois qu'il est temps de régler son compte à toute cette histoire. C'est grâce à toi que j'ai pu m'arracher à...

Je me suis arrêté brusquement parce que tout ça me paraissait n'avoir plus d'importance.

– Est-ce que je t'ai dit que je t'aimais ?

– Non, tu ne me l'as pas dit, du moins pas expressément.

– Je t'aime, Hélène.

C'était la première fois que je disais à une femme que je l'aimais. Toute ma vie, j'avais eu la certitude que cela ne m'arriverait jamais. Trois mots qui m'avaient toujours dégoûté.

– Je t'aime aussi. Je me demande même si je ne t'aime pas depuis le premier jour. J'en ai pris conscience lorsque nous sommes revenus de Sauguet avec ma jambe dans le plâtre. J'ai posé ma main sur ton épaule. Cela voulait dire : je vous aime.

Elle est sortie tout de suite de mon bureau en emportant mon manuscrit. J'étais comme pris d'une poussée de fièvre qui m'écorchait la peau. Je suis descendu me servir un whisky. Mon cœur me faisait mal dans ma poitrine. J'ai quitté la maison et me suis mis à courir de toutes mes forces dans la neige, jusqu'à en perdre le souffle.

Je suis allé déblayer le sentier jusqu'au bûcher. La neige, qui s'était remise à tomber, le comblait presque toutes les nuits, et la tranchée atteignait un bon mètre de profondeur. J'aimais cet exercice. Chaque coup de pelle me semblait assurer le présent en même temps que le terrain sous mes pieds, comme chaque coup de hache lorsque je fendais les bûches. A midi, ayant rentré ma provision de bois pour plusieurs jours, je toquai du doigt à la porte d'Hélène, j'entrebâillai : allongée sur son lit, elle en était déjà à la moitié du manuscrit.

– Veux-tu m'apporter un sandwich et un verre de lait ?

J'ai disposé le tout sur un plateau et suis allé le déposer discrètement sur son lit.

– Embrasse-moi et file.

Ce que je me suis empressé de faire : mon corps m'embarrassait. Ou le manuscrit, ou moi. Il me semblait que les deux à la fois c'était trop. Ces lignes rendaient indécente ma présence physique. Une sorte de redondance insupportable.

J'ai passé mon après-midi à bricoler, à lire, mais le cœur n'y était pas. La musique seule m'a permis de tromper mon inquiétude et mon attente. Je ne redoutais pas la sentence d'une lectrice, mais je ne sais quel malaise provoqué chez Hélène par cette lecture. Je n'avais pas relu le manuscrit. Je l'imaginais souillé d'aveux inutiles, de défaillances, de contradictions, d'emphases, de tout ce que j'exècre chez autrui. Je pensais en avoir trop dit, ou pas assez. La radiographie que je lui avais confiée correspondrait-elle dans son esprit à l'idée qu'elle s'était formée de moi ? Mon supplice augmentait à mesure qu'approchait la nuit et que le silence se faisait plus épais. Je trouvais qu'elle consacrait beaucoup trop de temps à cette lecture, et j'en concluais qu'elle y butait à chaque instant sur des confusions, des platitudes ou des obstacles de nature à décourager l'attention.

Enfin, vers 7 heures du soir, elle m'a appelé. J'ai poussé timidement la porte de sa chambre. Le manuscrit refermé gisait au pied du lit. Hélène était allongée, fumant une cigarette dans la pénombre. Le halo de la lampe n'éclairait que le chevet et le plafond, laissant le reste de la chambre plongé dans un brouillard rose. Elle m'a fait signe de me placer à son côté en tapotant sur le lit avec sa main et elle a écrasé sa cigarette dans un cendrier.

Elle a pris aussitôt ce qui allait devenir sa position favorite : une jambe étendue contre la mienne, l'autre repliée jusqu'au niveau de mon ventre, son bras refermé autour de ma poitrine, son varech dans mon cou. Cette possession m'inspirerait toujours des métaphores végétales désobligeantes à mon égard : liane autour d'un tronc mort, lierre enlaçant des ruines, glycine embrassant un vieux mur, etc.

– Mon chéri.

– Répète.

– Mon chéri, mon chéri, mon chéri.

Aucune femme ne m'avait jamais appelé ainsi, et j'avais tout fait pour qu'il en soit ainsi. Ce jeune corps m'enveloppait à travers ces deux mots de son intimité bouleversante. J'étais sa propriété. La propriété de la jeunesse et de la beauté. La mort pouvait bien grimacer ses rappels à l'ordre dans tous les miroirs où je m'observais, il n'y avait plus de connivence entre nous. Le vieil arbre tiendrait bon. Pour la première fois de ma vie, je trompais la mort, comme on plaque une vieille liaison.

« L'ironie du sort » : j'étais revenu ici comme un animal pourchassé se réfugie dans sa tanière, j'avais espéré un miracle, je ne sais quelle résurrection, et ce miracle s'était produit, j'avais retrouvé l'espoir dans la vie, et cette jeunesse que je m'étais acharné à poursuivre, je la tenais maintenant dans mes bras, en chair et en os. Qui a dit : on n'est jamais sauvé par ce qu'on croit, ni même par ce qu'on attend ?

– Alors, ce manuscrit ? De 11 heures du matin à 7 heures du soir, tu avais le temps d'en lire une demi-douzaine. J'ai l'impression que j'ai loupé mon coup.

– Je l'ai relu trois fois.

– *Parce que c'est toi et parce que c'est moi*, comme dit la vieille chanson...

– Tu m'as flanqué le cafard. Je n'ai jamais entendu crier au secours de façon si désabusée.

– Mais il y a nous, maintenant.

– Oui, il y a nous. Mais je veux tout savoir. Il faut me dire ce qui s'est passé. Ton séjour en clinique. Cette longue maladie. Ton père : on ne sait même pas s'il est vivant ou mort. Et ma mère. Je devine. Mais je veux des détails. Raconte.

– Pas ce soir.

Nous sommes restés un moment silencieux à écouter le vent qui gémissait contre les fenêtres, le vent de ces hautes landes celtes dont la musique aigrelette me touchait tant autrefois, le printemps revenu.

– Veux-tu que je t'apporte quelque chose à manger ?

– Je n'ai pas faim. Je ne sais pas pourquoi cette lecture m'a rendue si triste. Peut-être parce que nous nous ressemblons trop. Je me reconnais dans tout ce que tu dis. Cela me fait un peu peur.

Elle s'est dressée sur un coude, m'a caressé le visage.

– Je veux te garder. J'ai besoin de toi. *I need you.* Alors j'ai peur.

Elle s'est penchée sur moi et m'a dévisagé de façon étrange. Puis elle a dit : « Attends-moi un instant. »

Elle s'est attardée une dizaine de minutes dans la salle de bains. Quand elle est ressortie, elle ne portait qu'une nuisette blanche, si courte qu'elle essayait en marchant de la maintenir de ses deux mains contre le haut de ses cuisses.

– Déshabille-toi.

Je lui ai obéi, et j'ai posé mon pull-over sur la lampe, pour atténuer la lumière.

Une fois sur le lit, je lui ai demandé de s'allonger sur moi. Je voulais être traversé par son poids. J'étais dans de telles dispositions d'esprit que cela m'aurait suffi et que je serais resté ainsi toute la nuit, sans en désirer davantage. Cette pression de son corps sur le mien ne me semblait pas le préambule de l'amour, mais son accomplissement incomparable.

Longtemps après, comme elle s'était endormie, sa tête dans mon cou, et que j'écoutais le bruit paisible de sa respiration, j'ai pensé à des instants que j'avais vécus au Maroc après l'amour, tous plus détestables les uns que les autres : je n'avais jamais rencontré une seule femme dont je ne me sois lassé sur-le-champ, pas une qui n'ait obtenu de moi autre chose qu'un bref assaut qui me laissait la tête ailleurs et le cœur désœuvré. Je n'avais jamais passé la nuit avec une partenaire. Consommée, je la laissais à ses ablutions, sa perplexité, sa somnolence, ou mariée, déjà en main, à ses mensonges, et je déguerpissais dans la nuit, plus triste qu'un Arabe sur son âne, un arrière-goût de trahison dans la bouche. Trahison de qui, ou plutôt de quoi ? Je ne l'ai jamais très bien éclairci. Peut-être de l'idée gravissime que je m'étais formée de l'amour et que le temps et les coups de reins hygiéniques auxquels parfois je succombais n'avaient fait que fortifier. J'errais longuement dans les rues, observais le ciel nocturne, en quête de je ne sais quelle absolution, déambulais jusqu'à l'aube comme pour me punir, me laver, livrer mon corps à une fatigue rédemptrice, mon esprit à sa vacuité habituelle.

Très jeune, j'avais été ce qu'on appelle un « exagéré sentimental ». Qu'une fille me donnât sa main était déjà toute une affaire, sa bouche, un serment, son ventre, un destin. J'étais à mille lieues d'imaginer la légèreté avec laquelle pouvaient s'accomplir ces échanges de salive et de sève. Malgré l'indifférence dans laquelle j'avais fini par me réfugier, n'ayant jamais rencontré quiconque avec qui une seule nuit n'épuisât pas le désir de poursuivre une exploration dont j'avais pour ma part atteint aussitôt les limites, j'avais conservé sous ma vieille écorce la tendresse des pousses de mai.

Je me suis réveillé tard, ce matin-là. Il y avait un rai de soleil sur le lit, si lumineux qu'on eût dit l'été revenu. J'ai pensé aux alouettes qui grésillent au-dessus des chaumes, aux chemins qui partent dans le vent. Cette légèreté intérieure, cette perception aiguë de l'espace, l'envie de me replonger dans le monde, la faim de sa diversité, depuis combien de temps n'avais-je éprouvé de telles sensations? C'était comme si j'étais redevenu le chemin de ma propre vie, comme à l'époque où mon cœur était plus vaste que le monde qu'il aspirait à contenir.

Elle me tournait le dos, dormait à poings fermés. Cette masse de cheveux lourds et pourtant souples comme des algues, leur odeur de plage et de mer. C'était toi, l'été revenu. Hélène. Ton corps pesant de tout son poids sur le mien, tes seins écrasés sur ma poitrine jusqu'à ce que la sueur nous colle l'un à l'autre, ta salive dans ma bouche, que j'aspirais goulûment : le baiser le plus long du siècle, m'as-tu murmuré, à bout de souffle. Des audaces, des variations dans le plaisir? Non, aucune. Le pain et le vin de l'amour, sa consécration la plus simple, sans fin, et mon désir de ne jamais quitter des yeux ton regard, ton visage, par refus de l'anonymat du plaisir, qui fait l'obscurité sur les personnes et consomme déjà je ne sais quel malentendu. Hélène, Hélène, Hélène, et mon inexpérience, voilà tout. Ton éclat de rire, après, longtemps après. Moi : « Je parie que tu penses à ta mère... » Toi : « Mais non. Sais-tu que je ne prends jamais la pilule ? » Sans blague ? Eh bien, recommençons, ne ratons pas l'occasion. Tu m'as répété plusieurs fois : « Il faudra que tu me fasses un enfant. Je suis presque vieille, tu sais. »

Les vérités retrouvent leur simplicité, leur évidence inattaquables, lorsqu'on souhaite en subir les ultimes conséquences. Les aurais-je désirées trente ans plus tôt, ces conséquences ? Rien n'est moins sûr. Il avait fallu que la vie m'écrase pour que je découvre, à l'âge où l'on dételle, ces vérités premières qu'on admet les yeux fermés à l'âge où tout va de soi.

Faire un gosse, même avec une fille dont j'aurais été vaguement amoureux, cela m'aurait alors complètement dégoûté. Je ne vois pas comment donner la vie lorsqu'en nous tout la réfute. Mais tu es Hélène. Ton ventre, tes poumons, tes viscères, Hélène. Pas un atome de ton corps qui ne porte ton nom. Comment te vouloir tout entière, vivre en toi, faute de mieux, sans utiliser ce moyen que tout le monde trouve naturel et que je jugeais, selon mes propres lois, scabreux, absurde, répugnant, inconséquent ? L'ordre accidentel du monde n'a pas à être ratifié par ses propres victimes, c'est alors ce que je croyais, et que la race humaine finisse par s'éteindre était bien le dernier de mes soucis, tant me faisait horreur sa présence superflue sur la terre. La vie considérée comme un scandale ne pouvait guère m'inciter à lui donner un prolongement personnel. Mais te voilà, tombée de je ne sais quel ciel, et mon désir de toi ne trouve d'autre issue que dans ce moyen bien simple et bien pratique. J'espère que notre rejeton héritera tes yeux et sera exonéré du passif de son père.

J'ai sauté du lit, ouvert la fenêtre et poussé les volets à grand fracas : « Mais laissez donc entrer le soleil et l'été dans la maison, bon Dieu ! On ne vous dirait pas native de Savannah ! » L'air était presque tiède. Le soleil éclatait dans un ciel qui avait la pureté inhumaine de l'éternité. Non, ce n'est plus dans la nécropole de ma mémoire que vous retrouverez vie, chers absents. C'est dans les bras d'Hélène que vous allez revivre, et je ferai tout pour vous associer à ma résurrection.

Elle s'est tournée vers moi et m'a tendu les bras. J'ai noué ses cheveux autour de mon cou et lui ai fredonné à l'oreille un des plus beaux poèmes qu'on ait jamais écrits : je ne le connaissais par cœur que pour avoir entendu maintes fois ma mère le chanter, elle qui adorait Duparc : « *Mon enfant, ma sœur, songe à la douceur d'aller là-bas vivre ensemble, aimer à loisir, aimer à mourir, au pays qui te ressemble...* »

– Sais-tu qu'avec *Schéhérazade,* de Ravel, c'est une des mélodies préférées de ma mère ? Je crois qu'il y a aux Frises tous les enregistrements qu'elle a faits de Duparc, de Fauré, de Ravel, de Debussy... Nous irons les chercher si tu veux et nous embarquerons également mon vieil électrophone.

Schéhérazade. Et dire que tout avait commencé par là, le soir où, depuis notre barque, comme nous dérivions à la hauteur des Frises, nous avions entendu, mon père et moi, s'élever une voix admirable, d'un velouté incomparable : « *Je voudrais m'en aller avec la goélette qui se berce ce soir dans le port, mystérieux et solitaire...* »

Cet acharnement du destin à me ramener sans cesse à mon point de départ, à tisser autour de moi autant de fils qui liaient mon avenir à mon passé avait de quoi me laisser perplexe.

J'ai longuement contemplé le visage d'Hélène, ses yeux immenses qui avaient dû faire pas mal de ravages – la jalousie m'en mordait au cœur, mais j'avais fait serment avec moi-même de ne jamais me laisser entraîner dans d'odieuses enquêtes...

– Pourquoi t'ai-je rencontrée ? Pourquoi toi ?

– Qui voulais-tu rencontrer d'autre, du moins ici ?

C'était d'une logique irréfutable.

Rien n'est plus fâcheux, on le sait, que d'infliger le contenu de nos rêves à autrui : plus le rêve est significatif, plus on donne l'impression de mentir. Pourtant, celui-ci mérite que je lui consacre quelques lignes. Il vint enchanter ma nuit juste après celle que nous avions passée à nous aimer, Hélène et moi. Ce fut, je crois, le premier rêve heureux de ma vie, tous les autres ayant été marqués de près ou de loin par la mort. Avec celui où mon père et moi gravissions cette voie romaine dans un ciel d'un bleu violent de désert, il était le seul également auquel mon imagination onirique ait consenti à donner les couleurs de la vie.

Je me trouvais dans une immense vallée ensoleillée, bordée de montagnes à pâturages au-dessus desquels s'élevaient de profondes forêts noires, une de ces vallées opulentes, tirées au cordeau, d'une propreté irréelle, dont la Suisse paraît avoir l'exclusivité. Je descendais l'escalier d'un chalet faisant office d'auberge et j'empruntais le chemin qui traversait la vallée de bout en bout entre des champs de blé éclatant de santé. Et, à mesure que j'avançais, surgissaient de ces blés, fraîches comme des fleurs, de très jeunes femmes qui me rejoignaient, se groupaient autour de moi pour me manifester leur bienveillance et leur sympathie. Toutes ces jeunes femmes étaient aussi blondes que les blés dont elles semblaient une émanation naturelle, et toutes, ventres bombés, attendaient un enfant.

Longtemps après mon réveil, ce rêve laissa persister en moi un bien-être que je crois n'avoir jamais ressenti, du moins au cours de mon existence d'homme. Il me semblait que la vie m'offrait à travers ces images de fécondité une sorte d'assentiment. Cependant, je me sentais un peu froissé dans mon honneur par la banalité excessive et la signification un peu trop évidente de cette scène qui aurait pu servir de spot publicitaire à la maison Nestlé pour vanter les mérites de je ne sais quel nouveau produit sorti de ses usines.

Il m'eût été facile de maquiller la vérité, d'enrichir mon rêve de symboles astucieux et controuvés, mais la vérité est ici de rigueur et tricher avec elle m'irriterait, pour la bonne raison que je n'ai pas à tenir compte d'un manque d'originalité, préférant rester sans malice dans un contexte où celle-ci ne serait pas de mise.

Pendant ces semaines de janvier, Hélène et moi avons vécu comme retranchés dans notre bonheur, à l'affût de tout ce qui pouvait apparaître comme une menace, un mauvais présage, et nous ne nous quittions pas d'une semelle, comme si nous avions peur de vivre un rêve, et que l'absence de l'un de nous deux y mît fin. J'avais même renoncé à me rendre à skis à Sainte-Colombe, où j'avais demandé au facteur de déposer notre courrier chez le garde de l'O.N.F. Toute lettre ou télégramme adressé à Hélène m'aurait causé une anxiété insupportable avant qu'elle n'ait pris connaissance de son contenu, sans compter la matinée pendant laquelle j'aurais été forcé de la laisser seule à La Foux.

Au cours de nos ébats de jeunes chiens dans la neige, elle avait égaré le Dupont en or que je lui avais offert le soir de Noël et qui, du reste, à mes yeux, jurait grossièrement auprès des briquets Bic qu'elle achetait, égarait par douzaines.

Nous avions retourné la neige avec une pelle, avec nos mains, dans les deux ou trois endroits où nous nous étions vautrés : le briquet restait introuvable.

– Il ne s'est pas envolé; le printemps nous le rendra.

A genoux dans la neige, Hélène jetait autour d'elle des regards désolés.

– C'est le premier cadeau que tu m'as fait. Tu ne sais pas que ça porte malheur ?

Si l'amour devait fournir des preuves, nul doute que la superstition ne fût la plus convaincante d'entre elles.

– Je veux que tu m'offres une bague tout de suite. Une croix. Un pendentif. N'importe quoi pourvu que ce soit en or.

– Pourquoi diable en or ? Parce que l'or est indestructible ? Tu ne trouves pas ça un peu couillon ?

– Si. D'ailleurs, je préfère l'argent à l'or. Mais il existe une légende maya selon laquelle l'or détient le pouvoir de repousser les forces malfaisantes qui s'acharnent à séparer ceux qui s'aiment. C'est mon père qui m'a raconté cette légende lorsque j'étais toute petite.

– Et tu y crois dur comme fer ?

– Mais non, ce n'est pas si simple. Ce n'est pas à toi que je vais apprendre que nous avons tous besoin de nous raccrocher à un peu d'irrationnel. Sinon, lorsqu'on songe à tout ce qui pourrait arriver, on ne vivrait plus.

Dans le petit coffret qui contenait de vieux bijoux de famille sans grande valeur, elle a choisi la bague de fiançailles de ma grand-mère, dont le chaton représentait une sorte de myosotis orné d'une perle minuscule. Elle a passé la bague à son doigt ; celle-ci s'y ajustait parfaitement.

– *Eu gusto dela!*

– Qu'est-ce que c'est que cette langue ?

– Du portugais.

– Tu parles le portugais ?

– Oui. Quand quelque chose me plaît vraiment. Une sorte de réflexe. Je viens de te dire que cette bague me plaisait beaucoup.

– C'est à l'école que tu as appris à le parler ?

– Non. J'ai des amis au Brésil qui m'ont invitée plusieurs fois. Le portugais est une langue douce, merveilleuse, chaude...

– Ceux qui le parlent aussi, j'imagine ?

Cela m'a échappé malgré moi. Avais-je l'air si innocent qu'elle n'ait pas relevé la pointe ?

– Oh oui ! Tu ne peux pas savoir comme on rencontre des gens délicieux au Brésil.

Hélène promenant au Brésil ses beaux yeux, sa silhouette, sa toison magnifiques. « Des amis. » Invitée plusieurs fois. Gens délicieux. J'ai dû me composer un visage impassible pour dissimuler le vif désagrément que me causaient toutes ces précisions. Rien n'est plus dégradant que de feuilleter dans le passé de quelqu'un qu'on aime. Rien n'est pire que de ne pas le faire.

Nous avons sorti le cheval, qui périssait d'ennui dans son sépulcre malgré les soins dont Hélène l'entourait depuis qu'elle avait retrouvé l'usage de sa jambe. Lorsque la neige n'était pas trop épaisse, il galopait à travers la prairie de La Foux, ivre d'espace et d'air, puis revenait vers nous et semblait attendre qu'Hélène l'enfourchât.

– Non, pas encore, mon petit Négus, lui disait-elle en lui caressant le chanfrein, en lui flattant le cou. Nous attendrons le printemps et tu pourras galoper toute la journée à travers le pré si ça te chante – elle se tournait vers moi. Il est beau, n'est-ce pas ?

– Superbe. Je lui dois beaucoup. Je le considère comme un émissaire du destin.

Ce matin-là, nous avons nettoyé l'écurie, changé la paille sans que je parvienne à desserrer les lèvres. Mon imagination galopait au Brésil, dans les festivités hallucinantes de Rio, les quartiers chauds et populeux, les jardins languides, les plages dorées où l'internationale de la drague se donnait rendez-vous.

Hélène planta sa fourche dans le foin.

– Jean, tu n'as pas l'air dans ton assiette.

– Je suis un peu fatigué ce matin. J'ai quelque chose sur l'estomac qui ne passe pas.

On ne pouvait mieux dire.

– Tu me racontes des histoires.

– Je te jure que je te dis la vérité.

– Le tout est de savoir de quelle vérité il s'agit. Je te sens tracassé. Je ne t'ai jamais vu ainsi.

J'ai aspiré un bon coup d'air et l'ai prise dans mes bras.

– Eh bien, oui. J'aimerais que nous allions au Brésil ensemble, connaître tes amis, traîner dans les rues de Rio, me baigner avec toi à Copacabana, faire avec toi tout ce que tu as fait là-bas sans moi.

Elle s'est reculée pour me dévisager d'un drôle d'air.

– Rio ? Qui t'a parlé de Rio ?

– J'ai dit Rio comme j'aurais dit São Paulo ou Salvador.

– Je crois surtout que tu as dit n'importe quoi parce que tu t'es figuré Dieu sait quoi. Je me trompe ?

– Non. Oui. Peut-être. Quand je te contemple, je ne peux m'empêcher de penser à tous les regards qui se sont posés sur toi, qui t'ont déshabillée, qui t'ont...

– Ça suffit. Tu devrais avoir honte. Je vois que je te connais mieux que tu ne me connais.

Elle m'a caressé les cheveux comme on fait à un enfant.

– Je ne t'en veux pas, tu sais. Mais cette histoire de Brésil mérite tout de même quelques explications. Suis-moi.

Elle m'a entraîné dans ce qui était devenu notre chambre commune, a ouvert le placard qui lui était réservé, fouillé dans un sac de voyage d'où elle a tiré une serviette en cuir toute fripée. Elle en a vidé le contenu sur le lit. Il y avait des lettres, des photos, toutes sortes de documents, ainsi qu'un collier constitué de petites boules rougeâtres qui ressemblaient à des graines.

Après avoir trié les photos, elle m'a tendu la première : le cadavre d'un enfant, déjà couvert de mouches, contre un mur grossièrement chaulé. Autres photos : squelettes morts ou vivants, comme sortis d'Auschwitz, cortège de paysans faméliques en guenilles le long d'une route défoncée, d'autres cadavres écrasés sur le sol craquelé par la sécheresse, camions distribuant de l'eau, des sacs de grain, probablement, ou de farine, au milieu de villages d'une misère innommable. Elle a gardé deux ou trois photos dans sa main.

– Tu veux toujours faire avec moi ce que j'ai fait là-bas sans toi ?

Que lui répondre ? J'étais sans voix.

– Tu as entendu parler de Terre des Hommes? du Nord-Est? des cinq ou six années de sécheresse consécutives qui ont causé des milliers de morts?

Les dernières photos montraient Hélène vêtue d'une blouse blanche, ou d'un pantalon et d'une chemisette kaki, tenant un enfant à demi déshydraté dans ses bras, ou transportant des bidons d'eau, ou assise devant une table, entourée d'une famille de loqueteux, ou désinfectant une plaie sur le bras d'une femme au visage couleur de cendres. Une autre jeune fille en blouse ou en survêtement se tenait en arrière-plan, parfois à son côté, une brune, de type brésilien.

– Mon amie Amalia. Elle appartient également à un mouvement humanitaire comparable à Terre des Hommes. Elle est native de Salgueiro. Ses parents m'ont hébergée chaque fois que je suis partie là-bas. Quant à ce collier, il m'a été offert par cette famille de paysans que tu vois là. Ce sont eux qui l'ont fabriqué avec les graines d'une plante provenant du centre de l'Amazonie.

– Je me sens au-dessous de tout. Comment deviner... Pourquoi ne m'avoir jamais raconté tout ça?

– L'occasion ne s'est pas présentée. Tu parles comme si nous vivions ensemble depuis des années. Et puis je n'ai pas à me vanter d'une expérience que je n'ai pas eu le courage de poursuivre. C'était effrayant. Je suis partie là-bas trois fois. Au bout de deux ou trois semaines, je n'en pouvais plus. Heureusement, il y avait Amalia et ses parents. Il faudrait n'avoir pas de nerfs pour tenir le coup devant cette monstruosité. J'ai peint là-bas quelques toiles. Quand je suis revenue à Paris, un simple coup d'œil sur les vitrines depuis le taxi qui me ramenait de Roissy a provoqué chez moi un tel dégoût que j'ai brûlé toutes ces toiles dès mon arrivée à la maison.

– Comment t'étais-tu lancée dans cette aventure?

Au cours d'une réception organisée par sa mère, qui rentrait d'Amérique après un triomphe au Metropolitan Opera – c'était une wagnérienne célébrée dans le monde entier lorsque à Paris il arrivait qu'on la boudât –, une de ces femmes-crocodiles qu'on rencontre chez les coiffeurs huppés, toutes coassantes de bijoux, l'œil sur la balance à longueur de journée, s'imposant des régimes concentrationnaires, s'était plainte des programmes de la télévision française. Productions ringardes, comédiens, réalisateurs besogneux, thèmes franchouillards dont aucun public étranger ne voulait, etc. Hélène n'aurait rien retenu de ces propos ni de cette réception où l'on courtisait sa mère, si cette créature, qui ramenait du ski et de ses soirées rougeâtres un hâle agressif, n'avait conclu ses dénigrements, un toast au caviar et une coupe de champagne dans les mains, par une perle de fort calibre, vraiment trop lourde pour les oreilles d'Hélène : « Et puis, toutes ces horreurs sur l'Éthiopie, le Sahel, le Brésil, qu'on nous exhibe à l'heure des repas... » Hélène lui avait flanqué sa coupe de champagne à la figure et s'était enfuie dans un silence de mort.

Dès le lendemain, elle se renseignait auprès de tous les organismes humanitaires et, quelque temps plus tard, se voyait expédiée au Brésil par Terre des Hommes, où elle avait offert ses services et obtenu cette mission grâce à l'appui d'un médecin ami de sa mère, et qui appartenait lui-même à cet organisme : je venais de me fourvoyer de la façon la plus vulgaire, la plus sotte, dans des fantasmes de conjoint aigri ou de collégien pusillanime.

J'ai passé le reste de la journée à me reprocher amèrement mon absence de sérénité et cette tare honteuse que constitue le manque de confiance, vertu divine, comme on sait. J'avais toujours été persuadé que la beauté, la séduction, chez une femme, la supposaient facile, et lui offraient à tout instant la tentation de se lancer dans des aventures sans lendemain qui en se multipliant altéraient non la vertu, dont je me fichais éperdument, mais la fraîcheur, qualité que j'ai toujours placée, avec la générosité, au-dessus de tout.

J'ai été un enfant, je n'ai jamais été jeune : sans doute cette lacune m'a-t-elle laissé plus défiant que de raison, pour n'avoir pu puiser à pleines mains dans la vie, m'être livré à elle et à ses étreintes – tant de bras, tant de lèvres gâchées... – en oubliant les enchantements vénéneux qui portaient en eux le germe et l'odeur de la mort.

Était-ce la vue de ces cadavres collés au sol sous le poids d'un soleil effrayant ? le fait que ces photos aient été prises par Hélène ou sa compagne, alors que nous ne recevons habituellement de telles images que noyées dans le flux de l'actualité ? Était-ce son témoignage, les scènes atroces auxquelles elle avait assisté et m'avait relatées le soir même, encore toutes fraîches dans sa mémoire, sans ce recul, cette neutralité que la pure information leur aurait infligée dans les colonnes d'un journal où le compte rendu des pires horreurs demeure plus ou moins abstrait, privé de cette force que leur fournit un témoin qui n'en fait pas métier et nous touche de près ? Cette nuit-là, mes vieilles hantises, que j'avais mis trente ans à neutraliser, ressurgirent, intactes, aussi virulentes qu'à l'époque où elles m'avaient expédié en clinique. Ces squelettes entre la vie et la mort, ces ossements humains éparpillés par les rapaces, sur lesquels Hélène était tombée en transportant dans une jeep des médicaments destinés à une tribu de paysans perdue dans ce désert sans espoir et frappée par une malédiction d'une ampleur apocalyptique, avaient réveillé en moi ce sentiment accablant de l'absurdité du vivant que j'avais éprouvé très jeune devant la mort d'un quelconque animal, et jusqu'à celle du moindre insecte.

Vers le milieu de la nuit, arraché à mon sommeil comme si je tombais dans un trou avec une brutalité inouïe, je me suis dressé dans l'obscurité, le cœur en déroute, moite d'une mauvaise sueur, et pendant quelques instants qu'à contrario je peux bien appeler privilégiés j'ai vu, embrassé d'un coup de conscience comme on dit d'un coup d'œil, le monde et sa terrifiante réalité comme si je les découvrais depuis un lieu de l'esprit vierge de toute expérience, le plus inaccessible à nos accoutumances, sans doute.

Malaise, angoisse, non, ces mots sont bien pauvres pour exprimer ce que j'ai ressenti cette nuit-là. Folie, peut-être, folie de voir les choses comme elles sont, quand leurs masques tombent, quand les catégories lénifiantes s'effacent, quand l'équilibre, le pacte qui nous permet de survivre avec elles et de les accepter est rompu.

C'était bien les mêmes symptômes qu'autrefois : sensation de vertige, de nausée au niveau le plus profond, comme si l'esprit vomissait le corps, le corps l'esprit, ce divorce violent entraînant un dérèglement des sens qui défigurent les sensations habituelles.

Je me suis retrouvé dans la salle de séjour, buvant de l'eau glacée à même le robinet, puis recroquevillé sur le canapé, incapable d'interpréter mes perceptions jusqu'à hésiter s'il régnait dans la pièce une température torride ou glaciale. Je sentais mon corps m'échapper, flotter hors de ce qu'il me restait de conscience. Il me venait dans la bouche des goûts que l'impossibilité où j'étais de les déchiffrer rendait horribles, comme les odeurs devenaient terrifiantes. Tout se passait comme si une conscience étrangère à tout, venue d'un autre monde, rejetait celui-ci en bloc.

Je me suis souvenu que dans la pochette extérieure de ma trousse de toilette il y avait un tube de Témesta que je n'utilisais plus depuis des années, depuis que je m'étais aperçu que, consommé pendant trop longtemps, ce neuroleptique rongeait lentement mes capacités intellectuelles, notamment la mémoire immédiate. J'ai titubé jusqu'à la salle de bains : oui, le tube était toujours là. J'ai avalé deux comprimés. En relevant la tête, je me suis aperçu dans le miroir. J'étais livide. Une tête. Une bouche. Des yeux. Manger, marcher, pisser, dormir. Les viscères, machine infernale.

– Ça ne tient pas debout, tout ça...

Voilà que tu recommences à parler seul.

Nouvelle nausée, nouveau rejet de la tête par le corps, du corps par la tête. Goût de sang dans la bouche. Ou de fer. Oui, le fer du glaive qui vient encore une fois de te couper en deux. J'ai observé mes pieds, mes jambes, mon sexe avec hébétude. Inutile d'ajouter la stupidité d'un commentaire au délire de la réalité. Le rêve précédant cette dislocation des nerfs que ma chute avait provoquée me revenait par bouffées. Ma mère me disait, parlant du corps de mon père, déjà enseveli : « Il faut le faire *verder.* » Verder : mot inventé pour les besoins de la cause, par quelle mystérieuse alchimie... Intraduisible. Très approximativement, c'était à l'embaumement ce que l'ondoiement est au baptême. Une sorte de timide ébauche de conservation des cadavres. Ce mot m'a hanté pendant plusieurs jours sans que je parvienne à en éclaircir l'origine, à déceler la signification secrète qu'il devait sans nul doute dissimuler, si ce n'est que j'y reconnaissais bien le caractère de maman, ce que j'appelais son côté « homéopathique », sa crainte « d'aller trop loin », de braver je ne sais quels interdits, dans n'importe quel domaine. Verder : terme à la fois liturgique et médical, légèrement écœurant, à goût d'encens et de formol, qui hésitait entre spiritualité et matérialisme, et en tout cas impliquait de troubles manigances entre la vie et la mort, avec la bénédiction modérée de l'Église.

Le vertige me reprenait, et j'aurais été bien incapable de dire à quel niveau il se situait, puisque je n'avais pas la tête qui tournait, mais le sol semblait près de se dérober sous mes pieds, comme si tout mon corps ressentait la lente rotation du globe terrestre dans le vide et un silence tonitruant.

Je me suis subitement souvenu des homélies que nous infligeaient les prêtres qui m'ont enseigné : c'était une espèce de mise au tombeau permanente qui laissait la plupart des élèves de marbre, mais me glaçait le sang.

« Le corps de ceux que vous aimez sera livré à la vermine. Il y avait une jeune fille de quinze ans qui un matin s'est réveillée avec une petite tache noire dans le creux de la main. Huit jours plus tard, elle était morte. On l'a mise dans une boîte, et la boîte dans un trou noir. Sa beauté en moins de quinze jours deviendra par le travail de la décomposition et des vers cette “ chose qui n’a pas de nom dans aucune langue ” dont nous parle Bossuet. Le démon vous fait apparaître la vie sous des couleurs chatoyantes et comme une aventure interminable : il n’en est rien. Vous êtes dans une prison. Aujourd’hui, vous n’en voyez ni les murs ni les barreaux, mais à mesure que le temps passe, vous vous apercevez de la rapidité avec laquelle les murs vont se refermer autour de vous. En prison par le péché et condamné à mort par le péché, vous ignorez le jour où la sentence sera exécutée : cela peut être dans cinquante ans, peut-être demain, mais écoutez bien ceci : plus les jours passent, plus vous risquez de voir s’appliquer cette sentence. Le mal, c’est le monde. Le démon y règne à l’affût des âmes. Le salut, c’est la croix, cette croix qui vous tend les bras au fond de toutes les tombes chrétiennes. C’est par elle que vous accéderez au royaume de Dieu. Un jour, le soleil deviendra noir, et toute vie s’éteindra sur la terre. Que subsistera-t-il des œuvres glorieuses de l’homme ? néant, poussière. Refermez vos cahiers. *Veni sancte spiritu...* »

Je suis sorti dans la nuit froide. J’ai marché dans l’obscurité en espérant semer ces démons lancés à ma poursuite. Je suis tombé au milieu d’un roncier. J’ai erré à travers bois en me heurtant aux arbres, en me prenant les pieds dans des racines, tâtonnant les bras tendus comme un aveugle. Maman, papa, vous tous, pourquoi m’avez-vous abandonné ? Mon Dieu, pourquoi m’as-tu abandonné, toi qui devais rester présent parmi nous jusqu’à la fin du monde ?

L’enfer, s’il existait, c’était le monde. On nous a mystifiés. Nous sommes en enfer depuis la chute. On ne peut en imaginer un de pire, puisque l’aboutissement de celui-ci est une exécution capitale avec, pour unique certitude, le néant. Vous pouvez mélanger tous les mots de toutes les langues, les placer dans un ordre ou dans un autre, c’est bonnet blanc et blanc bonnet. Les jeux du vent dans la poussière. Une occupation INUTILE. Nous sommes en enfer. La santé n’est qu'un état d'ébriété mentale. Les os de Lucie. Ses yeux ont contemplé pour rien le soleil couchant voilà deux millions d'années. Plus nous savons d'où nous venons et comment, moins nous savons où nous allons et pourquoi. Triomphe de Lucifer : tout expliquer pour que rien n'ait de sens.

– Calme-toi, calme-toi, Jean, mon chéri, tu as fait un cauchemar.

Oui, un cauchemar. Odeur d'eau de Cologne. Le temps est là où ma mère m'en inondait le corps devant la fenêtre ouverte, emplie de soleil, tandis qu'à la volée sonnaient les cloches de l'église, le matin de Pâques.

Ses mains autour de mon visage, qu'elle m'essuyait avec un gant de toilette trempé dans l'eau tiède. Le gant était maculé de sang. Maman. Hélène.

– Mon chéri, mon chéri, je t'en supplie, regarde-moi, parle-moi... Tu aurais pu te défigurer, mon amour. Une épine s'est enfoncée à quelques millimètres de ton œil.

Sa bouche sur mes yeux, son souffle ramenant mon visage à la vie. L'effet du Témesta me restitue à mon corps et à celui d'Hélène.

– Tes cheveux. Donne-moi tes cheveux.

Plonger mes mains, m'y enfouir dedans, comme au cœur de l'été.

La crise et les deux comprimés m'avaient purgé de mon poids et je me sentais faible, exsangue, l'esprit plat, plat comme il le fut sans doute au début du monde, quand le Verbe flottait à la surface des eaux.

– Hélène. Hélène. Hélène.

Elle me berçait contre elle, me caressait la poitrine, le cou, la bouche du bout des doigts.

– C'est fini, mon petit. Tu n'as plus rien à craindre. Je suis là, contre toi. Endors-toi. Veux-tu que je laisse la lampe allumée ?

– Non. Tiens-moi dans tes bras. Pose ta bouche sur moi.

L'odeur d'Hélène. La respiration d'Hélène. La mer suave dans ses cheveux, son sein victorieux dans ma main, mes jambes entre les siennes. Un peu de vertige, encore, comme si mon corps n'avait pas oublié sa chute dans ce qu'un imbécile appellerait : un abîme métaphysique.

Tout en me gorgeant de cette vie que je sentais battre contre moi, comme si elle eût pu me transfuser sa fraîcheur, sa force, sa victoire renouvelée sur la mort à chaque mouvement du sang, une pensée m'a traversé distraitement l'esprit, une pensée ironique et désabusée, me disant qu'en fin de compte tout était plus ou moins entaché de métaphysique, c'est-à-dire de fumée – sauf un mutisme absolu : imposer à nos méninges la loi du silence.

Nous avions perdu la notion du temps au point que la France avait changé de gouvernement, que le printemps était là, que la neige avait disparu et que le lac avait retrouvé son éclat et sa mobilité sans que nous ayons vu tourner les heures, couler les jours.

Ce jour-là – très peu de temps après cette crise nocturne –, tandis qu'Hélène travaillait dans sa chambre et que j'écoutais *La Sérénade interrompue*, de Claude Debussy, œuvre que j'avais laissée dans l'oubli depuis plus de quarante ans pour les blessures insupportables qu'elle m'aurait infligées, je laissais mon regard se perdre par la fenêtre vers l'horizon illimité, et je comprenais que Kant ait le premier été tenté de voir dans la musique le seul langage capable de déchiffrer la signification de l'univers, d'en exprimer le secret. Je songeais également, à cause de la nostalgie poignante qui imprégnait cette pièce pour piano, une des plus belles peut-être que Debussy ait composées, à la dernière lettre que Vladimir Jankélévitch m'avait adressée deux ans avant sa mort, en réponse à celle où je lui disais mon admiration pour *L'Irréversible et la nostalgie*, lettre que je retranscris ici aux fins de rendre hommage à l'humilité et au doute dont seuls les grands esprits détiennent le privilège :

Cher Monsieur, je suis très ému et touché par votre lettre. Ce que vous voulez bien me dire sur L'Irréversible et la nostalgie *m'encourage à poursuivre un travail que, faute d'écho et de lecteurs, je suis tous les jours tenté d'abandonner. Je continuerai donc, tant que je le pourrai. Un seul lecteur compréhensif et attentif, vous le savez mieux que moi puisque vous êtes écrivain, suffit à justifier un long effort solitaire.*

J'attends avec impatience de pouvoir lire votre dernière œuvre. En attendant l'heureuse occasion qui me permettra, je l'espère, de vous rencontrer, je vous assure de ma gratitude pour ce témoignage, et je vous dis ma sincère et attentive sympathie.

Je m'étais prévalu de mes fonctions à l'Institut et lui avais adressé un exemplaire d'une modeste *Anthologie de la poésie arabe* que j'avais préfacée; je lui avais également parlé de mon projet d'écrire une « Odyssée du *Mayflower* », et il avait pensé avoir affaire à un écrivain de métier.

En face de la fenêtre, je regardais distraitement un jeune épicéa éclairé par la lumière rouge du couchant. J'ai eu l'impression que nous étions déjà en été, au moment où les jours déclinent et où les crépuscules s'enflamment, alors que la neige, l'hiver étincelant et cette protection, ce suspens qu'il offre venaient à peine de s'achever. Comme tout passait vite, maintenant, et comme il me restait peu de temps pour être heureux. Un coup de cafard m'a pris, et un instant ce site auquel j'étais si attaché a perdu l'espèce d'immunité que je lui prêtais; je me suis sérieusement interrogé sur l'opportunité d'y demeurer plus longtemps. Pour aller où? Je n'avais nulle envie de m'installer avec Hélène dans une ville quelconque, y régnât-il un climat idéal. Il n'existait aucun endroit au monde où, mieux qu'ici, je pourrais donner le change au temps. Je ne m'étais jamais guéri de ce malaise que me provoquaient les changements de saison, comme je supportais aussi mal qu'autrefois, peut-être de plus en plus mal, qu'elles eussent de moins en moins de temps pour affirmer leur présence. De fait, je n'ai jamais aimé les saisons, sauf sans doute à l'époque où tout était immobile, où elles tournaient lentement autour de moi, me ramenant à mon point de départ sans que j'y perçoive de changement ou d'altération. C'était une des raisons pour lesquelles j'avais espéré trouver en Afrique ce que l'Europe m'eût refusé, ce sentiment absurde et précieux de sécurité indéfinie qu'apporte la permanence de la chaleur et de la lumière. Ce en quoi j'avais été fort mal inspiré, car le climat de Fez, torride six mois par an, pluvieux le reste de l'année, était loin de satisfaire à mes souhaits.

Il n'était que 5 heures du soir. Pour échapper à ce coup de cafard, j'ai éprouvé brusquement le besoin de bouger, de sortir, de me trouver à l'air libre. Pourquoi pas une balade en barque avec Hélène, comme nous la projetions pour les premiers beaux jours ? Le temps s'y prêtait, l'heure d'été, en vigueur depuis le dimanche précédent, éternisait les soirées, il faisait doux, il n'y avait pas de vent, le lac était d'une immobilité si parfaite qu'on pouvait y lire le paysage à l'envers. Dès ma proposition exprimée, Hélène a lâché ses pinceaux et s'est jetée à mon cou : ses réactions d'enfant m'émerveillaient toujours et je me demandais sans cesse par quel miracle son physique ne l'avait pas très tôt blasée sur tout, comme il est de bon ton qu'il en soit ainsi chez tous les fortunés de la nature qui n'ont qu'à tendre la main. Le miracle, c'est que sa beauté en cachait une autre, dont elle était en somme l'exacte réplique. J'ai vu de jolies filles devenir laides à force d'égoïsme ou de lâcheté, alors que la beauté intérieure multiplie les grâces du physique comme elle en transfigure les ingratitudes. Hélène parvenait à me communiquer son enthousiasme, enthousiasme, mot défiguré dont on oublie qu'il signifie : « posséder Dieu en soi ». Je veillais dans la mesure du possible à aller au-devant de tout ce que je savais pouvoir lui plaire (elle m'avait élevé au grade « d'inspirateur des grands enchantements », ce qui me paraissait très excessif, compte tenu de mes défaillances, mais quelle femme à la recherche d'une épaule n'éprouve également le besoin d'offrir parfois la sienne ? – Tu sais ce que j'aime en toi ? – Taisez-vous, Marquise, ou je suis perdu [1]... – J'aime ta fragilité, ton exil, ta rage de te mesurer à l'insoluble, ton goût pour les confins... Si tu savais combien

1. Chamfort (je crois), à une marquise qui lui disait : « Ah, chevalier, je sais enfin pourquoi je vous aime. »

je déteste les gens qui se croient propriétaires de leur destin...).

Ainsi, la semaine précédente, étions-nous partis passer trois jours à Clermont-Ferrand, trois jours consacrés à fureter dans toutes les boutiques, à aller voir plusieurs films, à nous goberger dans les restaurants les plus réputés, à traîner dans les hypermarchés pour y garnir nos caddies de l'utile et de l'inutile, à faire provision de livres et de cassettes : ma retraite tombait régulièrement ; je venais de toucher mes coupons trimestriels et les avais joyeusement dilapidés, flatté de promener à mon bras une créature qui accrochait tous les regards où je lisais la même question : ce visage m'est connu, mais qui est-ce ?

Hélène avait décidé que nous pique-niquerions sur le lac. Pendant qu'elle pansait et avoinait son cheval, j'entassai dans un sac sandwichs, fruits, vin, couvertures, et me munis d'une lampe à pétrole, me souvenant tout à coup que mon père et moi en emportions toujours une, celle-ci du reste, lorsque nous embarquions le soir pour passer la nuit sur le lac, dans ses confins marécageux.

Le jour s'attardait sur la crête des montagnes et le lac était rose lorsque notre embarcation se trouva à la hauteur des Frises, juste en face de son petit embarcadère au bout duquel autrefois se balançait un petit bateau de pêche à moteur. C'est là que nous avons grignoté nos sandwichs et j'en profitai pour demander à Hélène si ce château d'aspect sinistre évoquait pour elle d'heureux souvenirs d'enfance.

– Aucun. Nous n'y venions pour ainsi dire jamais. Ma mère semblait répugner à y séjourner. Au point que mon père lui avait suggéré de le mettre en vente. Elle n'avait dit ni oui ni non, comme si quelque chose d'elle y tenait encore. J'y ai passé épisodiquement quelques jours de vacances en compagnie de mon père et de mes grands-parents. Ma mère s'est toujours débrouillée pour ne pas nous y rejoindre.

Au cours de ces semaines de neige et d'isolement, Hélène avait reçu de sa mère une dizaine de cartes postales provenant des quatre coins du monde : Australie, Japon, Nouvelle-Zélande, Corée du Sud, Los Angeles, San Francisco, New York, Boston, Montréal, Londres, Berlin, Vienne, Genève... Louise Grévin effectuait une tournée où elle triomphait – nous l'apprîmes par la suite – dans le rôle de la Maréchale du *Chevalier à la rose* de Richard Strauss. Ces cartes étaient d'une froideur et d'un laconisme consternants : « J'espère pour toi – comme ce “ pour toi ” me semblait lourd de signification – que tu ne meurs pas d'ennui dans ce caveau glacial. » Ou encore : « Ne crois-tu pas qu'il est temps pour toi – décidément ! elle tenait sa fille à distance, malgré elle peut-être, avec un acharnement dont je ne parvenais pas à m'expliquer la raison – de rentrer à Paris et de te frotter à d'autres peintres... »

Te frotter à d'autres peintres... Cette seule expression avait suffi à raviver mon antipathie à l'égard de Louise Grévin, et Hélène, qui avait décelé ma réaction, avait immédiatement jeté ces cartes dans le poêle.

Le soir tombait, l'embarcation demeurait immobile, comme retenue par une ancre, tant était calme le lac, surface si parfaitement lisse qu'on eût cru flotter sur de la lumière pure. Hélène, enveloppée dans une couverture, la tête posée sur mes cuisses, contemplait ce ciel immense que les hauts lieux développent autour d'eux, et où ce besoin d'espace intérieur qu'éprouvent les cœurs épris de liberté trouvent une réponse à sa mesure. Elle s'est mise à chanter à mi-voix une mélodie qui m'était d'autant plus chère que c'était elle qui s'ouvrait peut-être comme une fenêtre secrète sur *l'édifice immense du souvenir* : « Je voudrais m'en aller avec la goélette qui se berce ce soir dans le port mystérieux et solitaire... »

Je n'ai pas eu de peine à poursuivre, une fine aiguille plantée dans le cœur, la longue phrase mélodique que le poème désuet de Tristan Klingsor avait inspirée à Ravel : « et qui déploie enfin ses voiles violettes comme un immense oiseau de nuit dans le ciel d'or... ».

– Tu es une véritable anthologie musicale...

– Tu n'es pas mal non plus.

– Le plus curieux, c'est que nous connaissons, que nous aimons les mêmes œuvres...

Était-ce si étrange ? A Hélène, qui ignorait presque tout

des débuts obscurs et orageux de la vie de sa mère, ces goûts communs apparaissaient comme des affinités dues à la providence, alors qu'à mes yeux ils ne pouvaient qu'être la conséquence logique de ce que notre « diva nationale » lui avait toujours caché.

Était-ce l'incomparable puissance d'évocation de la musique qui soudain entrebâilla en moi cette porte bloquée depuis si longtemps, et ce besoin de tout partager avec Hélène, qui ne m'avait rien dissimulé de sa vie ? Était-ce un de ces moments de grâce qui tout à coup nous mettent de plain-pied avec un passé rebuté par les laborieux efforts de la mémoire, et d'autant plus inaccessible que notre désespoir nous rend inapte à y accéder, puisque notre passé se situe non pas derrière nous, perdu au-delà des temps, mais devant nous, dans un présent à venir où nous avons la seule possibilité de l'atteindre à travers nos sens restaurés, un cœur remis à neuf et disposé à battre pour la vie, comme il le fit autrefois ?

En outre, la scène que je vivais en cet instant avec la femme que j'aimais et qui avait insensiblement rendu ses couleurs au monde, je l'avais vécue ici même, dans une embarcation semblable à celle-ci, un soir comparable à celui-ci – qui sentait inexplicablement la réglisse : quelque floraison inconnue de nous, sans doute... –, aux alentours de mai 43, alors que mon père et moi dérivions lentement à la hauteur des Frises et qu'une voix d'un velouté incomparable s'élevait au loin depuis les portes-fenêtres grandes ouvertes du château, accompagnée par un piano aux sonorités grêles : « Je voudrais m'en aller avec la goélette... »

J'ai revu, avec une précision hallucinante, le visage stupéfait de mon père son doigt sur les lèvres pour m'imposer silence, son geste pour m'intimer l'ordre de ne plus toucher aux rames, son expression de surprise, d'une émotion bizarre, à la fois tendue et rêveuse, qui me troubla, me gêna, comme si une présence étrangère terriblement indiscrète venait brusquement de s'interposer entre lui et moi.

Je me suis penché sur le visage d'Hélène, m'inondant de ses yeux immenses, de ce regard qui me broyait toujours délicieusement le cœur. Ce fut comme si quelque chose cédait en moi, comme si crevait un barrage, et que déferlât soudain un flot de souvenirs remis au présent avec une effarante acuité.

– C'est ici que tout a commencé, lui dis-je.

Le lui ai-je vraiment dit ainsi ? Je n'étais plus moi-même, c'était le jeune garçon de quatorze ou quinze ans qui parlait à ma place, tenant dans ses bras la fille d'une jeune personne de dix-huit ans dont il entendait encore la voix s'élever dans l'air calme.

Nous étions tous les deux allongés sous la même couverture, dans le fond de la barque immobile au milieu du lac, enveloppés par une nuit qui eût pu être d'été. On entendait de temps à autre la flûte d'une chouette trompée par la douceur de la nuit, et qui en révélait la profondeur avec une douceur poignante, une chouette ravélienne surgie de *L'Enfant et les sortilèges* (je ne me souvenais pas avoir entendu chanter une chouette avant le mois de mai ou de juin) ; et un bref clapotement lorsqu'un poisson fouettait la surface impassible du lac. Lisibles d'un bout à l'autre du ciel, toutes les constellations luisaient d'un éclat qu'elles n'obtiennent qu'à cette altitude. Elles paraissaient d'une grosseur surprenante, donnaient l'impression d'être vivantes, comme si elles profitaient de ces hautes solitudes pour observer la Terre de plus près, pareilles aux bêtes de la forêt après le départ de l'homme. Les innombrables nuits que j'avais passées en compagnie de mon père sur le lac, à observer les étoiles, semblaient en ces instants n'en former qu'une – comme le bonheur nous donne vite l'illusion de récupérer nos pertes... – et je ressentais à peu près la même impression que lorsque la vue des géraniums phosphorescents qui accompagnaient la montée d'escalier chez Olga Reboul avait dilaté en moi un de ces moments privilégiés et rarissimes qui embrassent, rassemblent toutes les étapes d'une vie pour nous en offrir l'essence. Et j'ai parlé jusqu'à l'aube, jusqu'au moment où je m'aperçus, au bruit régulier de sa respiration, qu'Hélène s'était endormie.

Il faut que je te parle longuement de mon père.

La nature l'avait doté d'un avantage considérable : il se méfiait du langage par un vieux réflexe terrien qu'il tenait de ses ascendances paysannes, et il voyait, dans la bataille de mots à laquelle se livre jusqu'à l'hystérie l'Occident depuis notamment trois siècles, la conséquence logique du divorce prononcé entre l'homme et le monde, et dès lors entre l'homme et lui-même, puisque l'homme est du monde et doit le rester s'il veut s'affronter au grand large, aborder l'outre-monde à quoi son désir aspire; à partir du moment où l'homme a voulu conquérir le monde, le conquérir par la force – n'importe quel mot comporte toujours un *abus de langage*, me disait-il –, le langage lui a donné l'illusion d'avoir arraché le monde à l'insignifiance, à son opacité première, jusqu'à croire que l'univers avait besoin de l'homme pour exister, pirouette, jeu de l'esprit de cet animal rusé, opiniâtre et finalement assez vaniteux pour désirer avoir en tout *le dernier mot*.

Il pensait, certes, que la réalité a besoin de mots pour nous être révélée, mais que les mots ont tendance à sécréter une réalité coupée de l'original : on connaît la belle formule : « La carte n'est pas le territoire. » Les mots ont besoin à leur tour d'une référence suprême sans laquelle ils broient du vide et s'anéantissent les uns les autres au point que l'homme contemporain « n'a plus assez de pensée pour être, ni d'être pour se penser ».

Référence suprême? facile à dire... Il y a là de quoi faire hausser les épaules au premier philosophaillon venu. Où dénicher cette référence suprême? Dans le langage lui-même? Évidemment non : cela reviendrait à tomber dans le cercle vicieux du pape qui valide les Écritures, lesquelles valident le pape. Mon père adorait cette boutade de Bertrand Russel : « Pendant les soixante et dix premières années de ma vie, je me suis occupé de philosophie. Pendant les soixante et dix prochaines, je m'occuperai également d'une autre fiction. »

Mon père était un Provençal dont les racines plongeaient dans ce que Mistral appelait superbement : « la vido vidante » : la vie vivante. Ainsi les mots trouvaient-ils pour lui leur référence suprême dans une... valeur (je n'aime pas ce terme) disqualifiée, éventée, dévaluée, et qui pourtant demeure aussi active que l'oxygène l'est pour nos poumons. Ici se manifeste à nouveau l'impérialisme des intellectuels : même haussement d'épaules du clerc de service. L'amour? Quel est ce langage ringard, truqué, mythologique? L'amour n'existe pas. En effet, c'est un terme à qui on a fait faire le trottoir trop longtemps pour qu'il ne soulève pas le cœur de dégoût. On ne peut connaître l'amour par d'autres moyens que ceux qu'il nous offre lui-même : un goût effronté et total de l'existence en soi. De cette grâce, mon père était pénétré de naissance, avec une plénitude insolente. « On dirait, me disait-il, que beaucoup d'hommes de pensée éprouvent une rancœur irrépressible à l'égard d'un système qui les a mis au monde sans leur consentement. »

Mon père appartenait à la race de ceux qui ont envie de dire merci à chaque battement de cœur, tant il se sentait du monde, tout en connaissant très bien la fêlure qui l'en séparait, et qui fait de l'homme un animal à part, un peu rétif et encombrant, blessé, mais capable d'utiliser sa blessure non comme un moyen de revendication, mais comme une possibilité de promotion infinie. Il m'avait maintes fois cité la maxime d'un grand rabbin de je ne sais plus quelle époque : « Dieu, dans sa perfection, a fait l'univers imparfait pour que l'homme y trouve toute sa dimension. »

Oh, il ne m'a rien appris : il m'a donné l'exemple en

respirant la vie comme on dit d'un homme qui respire la santé. Du reste, lui-même savait tout sans avoir rien appris. On eût dit que la science de la vie était innée chez lui, comme elle l'est probablement chez tous les êtres vivants auxquels sont épargnées les persécutions de la pensée.

Avant la guerre, lorsque nous partions tous les deux en balade dans les garrigues autour de Saint-Just, il jetait immédiatement aux orties tout l'inutile : rien dans les mains, rien dans les poches. Dès que nous avions dépassé les dernières maisons de Pont-sur-Rhône en voiture – qu'il laissait à Saint-Just –, il poussait un énorme soupir de soulagement, comme s'il se délestait subitement de tout ce qui lui pesait aux épaules, un soupir de soulagement qui ressemblait à ce cri de délivrance viscéral du prisonnier qui aspire l'air et le ciel à pleins poumons, à pleins regards, après des années d'incarcération. Et nous partions pour l'aventure, à l'aventure, vers des destinations incertaines, par des sentiers et des chemins qui en étaient la promesse, et qui s'enracinaient dans ce désir mystérieux à l'affût au plus secret du cœur. Désir de quoi ? Je n'en sais rien, tant la quête se confondait avec son indicible objet, tant le chemin à faire s'identifiait à sa destination. Je le vois s'accroupir, arracher quelques brins de lavande ou de thym et les porter à ses narines avec le respect dû aux *Saintes Espèces*. Je le revois, lorsque au printemps nous ramenions notre sac de salades des champs, préparant lui-même la sauce selon tout un rituel qui sacralisait cette nourriture à laquelle il prêtait des vertus souveraines.

Il rayonnait la vie avec l'humilité d'une plante – parfois la turbulence d'un cheval lâché dans la prairie. Il aimait les insectes, lié à eux comme à tous les animaux et aux arbres et plantes par une fraternité obscure qui se passait fort bien des lourds échafaudages du commentaire. Il manifestait ses sensations avec une telle candeur, une telle vigueur que j'avais l'impression de respirer les odeurs à travers lui, de vivre sous la protection légère et infaillible d'un enchanteur. Il absorbait le monde comme une éponge boit l'eau. Il était perméable à tout, et sa démarche se résumait en quelques mots : « J'en sais suffisamment pour savoir que je n'en saurai pas davantage; c'est dans cet espace nul que la foi doit trouver sa place», me disait-il.

Son physique? Trapu, moins grand que moi, un visage de buis, une mâchoire puissante, la toison drue, sans que la cinquantaine y ait mis un poil de gris, un charme irrésistible, et quelque chose du masque de Beethoven dans ses moments de mauvaise humeur, nombreux devant les orchestres de deuxième ordre qu'il dirigeait au début de sa carrière.

Ma mère m'a enfanté et entouré d'une tendresse excessive qui craignait tout pour ma santé. Elle m'a refilé ses penchants mélancoliques et une mauvaise gestion de ses angoisses. C'est lui qui m'a donné le coup de pouce, mais comme le jardinier le fait pour l'arbre, en me laissant libre d'envoyer mes surgeons et mes branches dans les directions qui convenaient à ma nature. Son autorité sur moi venait uniquement de son prestige et de l'amour qu'il m'inspirait. En un mot : j'avais en lui une confiance illimitée, et je me demande aujourd'hui s'il a jamais mesuré à quel point j'avais misé toutes mes vérités sur les siennes, et mon bonheur d'être sur sa phénoménale confiance dans la vie. Vers mes quinze ans, je lui avais demandé quel était le sentiment fondamental qui lui inspirait la mort; il m'avait répondu : « la curiosité ».

La nuit entrait par la fenêtre de la chambre, et les odeurs de plantes que réveillait l'humidité. Hélène m'écoutait sans m'interrompre, ou rarement, et je n'avais plus éprouvé depuis ma jeunesse une telle impression de légèreté, comme si le lit sur lequel nous étions allongés flottait dans un esquif à la surface du temps. Il n'y avait plus ni passé ni avenir, mais cette griserie causée par l'illusion que nous procurent des moments, des époques de bonheur où nous embrassons notre vie d'un coup d'œil comme un paysage au milieu duquel nous aurions le loisir d'aller et venir, où la sensation d'espace se substitue à celle du temps et nous habite avec un pouvoir d'évocation et de réminiscence qui s'apparente au bruissement de l'orchestre accordant ses instruments avant que se lève la baguette du chef. Je sentais se réveiller en moi une multitude de souvenirs précis qui, en me restituant ce passé jusqu'ici inaccessible, remettaient tout au présent et effaçaient cette distance entre lui et moi dont j'avais si longtemps souffert. Maintenant, aujourd'hui : ces mots retrouvaient leur sens grâce à un passé que ce présent vécu si intensément à son tour revitalisait, l'un et l'autre confondus dans ce sentiment si précieux de la présence réelle des choses et des êtres : s'achevait là où elle avait commencé cette longue traversée d'un désert dont j'avais cru ne jamais voir la fin.

Tout le monde était à table lorsque nous sommes arrivés, bardés de nos sacs vides et cannes à pêche à la main.

– Vous avez bien tardé, dit ma mère. Qu'est-ce que vous fabriquiez, plantés là-bas ?

Soucieuse, elle avait dû nous observer avec les jumelles.

– Nous examinions la situation, répliqua d'un air guilleret mon père en s'asseyant devant son assiette.

– De quoi veux-tu parler ? dit ma mère, que l'humour de mon père prenait toujours à contre-pied.

Il se mit à chanter, caricaturant une voix de baryton :

– Ça n'a pas mordu ce soir, mais je rapporte une rare émotion...

Nous n'avions pas quitté Ravel, passant de *Schéhérazade* au *Histoires naturelles,* de Jules Renard.

Et il lui raconta la scène, notre surprise, quand s'était élevée depuis le château des Frises cette voix admirable, irréelle dans cette solitude. Lorsque mon père parlait musique avec ma mère, et que la conversation abordait le sujet du chant, il y avait toujours chez elle une réaction de lassitude résignée qu'elle parvenait mal à dissimuler. Outre ses dons de pianiste, elle était douée d'une voix de soprano léger qui aurait pu faire son chemin, et elle admettait mal que mon père y prêtât si peu d'attention. On avait l'impression que ce terrain-là était pour lui chasse gardée. Pourtant, peu après leur mariage, à l'époque où mon père avait monté avec une troupe d'amateurs *Les Noces de Figaro,* il avait confié à ma mère le rôle de Chérubin, dans lequel elle s'était montrée si inspirée que Pierre Harvard, le directeur pour la France de la His Master's Voice, qui avait assisté à la première à titre d'ami, n'avait pas hésité à faire monter ma mère à Paris pour l'enregistrer dans les deux airs de Chérubin, « Mon cœur soupire » et « Je ne sais quelle ardeur me pénètre », et à commercialiser le disque vers les années 35. La carrière « publique » de ma mère s'était arrêtée là, elle continuait à chanter pour son propre bien-être, s'accompagnant au piano le plus souvent elle-même, mais la défection professionnelle de mon père lui était restée sur le cœur. A la fin de la conversation, ma mère émit – bien naïvement – le désir de chanter le deuxième morceau de *Schéhérazade*, « La Flûte enchantée », qui convenait mieux à sa tessiture : « L'ombre est douce et mon maître dort... »

– Qu'est-ce qui te prend, de vouloir chanter du Ravel ce soir ?

Le ton n'était pas de nature à approuver son souhait, et la conversation en resta là. Blessée, ma mère fila dans sa chambre tandis que mon père et moi nous allongions comme chaque soir sur la pelouse qui dominait le lac. Avec les premières étoiles, une autre étoile s'alluma ponctuellement comme elle le faisait depuis trois ans à l'emplacement de ce château des Frises devenu désormais celui des Mille et Une Nuits, de Simbad le marin, et de la Chine aux grottes phosphorescentes.

– Eh oui, c'est comme ça, murmura mon père, dialoguant avec lui-même et laissant échapper des conclusions qui coupaient court à ses rêveries interminables avec une espèce de fatalisme serein.

– Nous retournerons là-bas bientôt ?

Le château et sa lumière me hantait depuis notre arrivée à La Foux. Son aspect impénétrable me laissait imaginer un monde de merveilles, d'étrangetés : toute demeure isolée, à l'écart de toute vie, diffuse toujours on ne sait quel sortilège puissant, quel magnétisme dont le « château » est l'expression la plus obsédante. Depuis que j'avais pu contempler de près, sans le secours des jumelles, l'embarcadère, le bateau de pêche, l'immense clairière veloutée qui montait du lac jusqu'aux balustres de la terrasse garnie de géraniums et de capucines, et surtout depuis que cette voix d'or et de satin avait ajouté son sceau un peu magique à ce décor auquel la proximité de l'épaisse forêt ajoutait une note d'exotisme subtil, je mourais d'envie d'en savoir davantage, de pénétrer dans ce mystérieux sanctuaire. J'imaginais la vue dont on devait jouir depuis les lucarnes dominant le moutonnement immense des bois, et, avec une volupté pénétrante et grave, j'entendais par analogie la première partie des *Nocturnes* de Debussy, « Nuages ». J'en frissonnais dans mes moindres fibres.

– Où, là-bas ? fit mon père d'un ton bourru.

Et je ne sais ce qui me poussa à mentir :

– Dans les marécages.

– Oui, dit-il. Allons nous coucher.

Quelques jours plus tard débarquèrent les Sauveplane, avec leur barda habituel. Un troisième personnage les accompagnait, un chauve de petite taille, au visage maigre, portant des lunettes rondes, qui promena autour de lui et sur nous un regard complètement dépourvu d'expression. A table, il ne desserra pas les lèvres. Lorsque à la fin du repas il se leva pour aller s'asseoir avec les autres devant la cheminée, je m'aperçus qu'il boitait légèrement. On m'envoya coucher sur l'heure. Dans mon lit, j'entendais monter jusqu'à moi une voix basse et sèche qui crépitait à toute vitesse, ponctuée par instants d'un bref claquement sec sur la table. Je me levai sans faire de bruit, entrebâillai ma porte, et, accroupi derrière la balustrade du palier, j'observai la scène en retenant ma respiration. Autour de la table, sur laquelle était déployée une grande carte d'état-major, tous les hommes étaient réunis avec Marguerite Sauveplane. Ma mère, ma grand-mère et Conchita s'étaient éclipsées. Le chauve tenait un gros crayon à la main, à l'aide duquel il indiquait des sites repérés par un cercle rouge. Je parvenais à saisir quelques mots dans son exposé, débité d'un ton sans réplique : zones de parachutage, refuges, points de ralliement... Il ponctuait ses conclusions par un claquement du crayon sur la table, ce qui lui conférait une autorité que nul ne semblait oser lui contester.

– Tony, qu'en pensez-vous ? demanda Henry Sauveplane à mon grand-père.

Celui-ci croisa ses larges mains et, ignorant le chauve, s'adressa à Henry.

– J'en pense qu'il faut éviter à tout prix les actions dont la population risque de faire les frais.

– On ne fait pas d'omelette sans casser des œufs, laissa tomber le chauve assez sèchement.

– Il est toujours aisé de parler des œufs lorsqu'on n'est pas du nombre, dit Tony. Je n'accepte de prendre des risques qu'à condition que des gens qui ne sont pas dans le coup ne payent pas la casse à ma place.

– Idéalisme bourgeois, répliqua Marguerite Sauveplane en haussant les épaules. Vous savez très bien que nous évitons dans la mesure du possible de mettre en danger la vie des femmes et des enfants. Les hommes, eux, sont dans le coup, que ça leur plaise ou non. Ils n'avaient qu'à se battre avant que nous en soyons arrivés où nous en sommes.

– Nous n'allons pas nous avancer sur ce terrain marécageux, dit mon grand-père. J'ai toujours prêché le désarmement, sauf après Munich. Que tout le monde batte sa coulpe.

Il y eut une de ces plages de silence qui généralement précèdent les sérieux coups de tabac.

Brusquement, toutes sortes d'images et de pensées scabreuses me sont venues à l'esprit : Marguerite Sauveplane allait empoigner un long couteau de cuisine et trancher la tête de son époux. Mon père urinerait au beau milieu de la table. Le chauve allait se mettre nu et inviter mon grand-père à danser un tango. Depuis quelque temps, une irrévérence irrépressible me poussait à ridiculiser les grandes personnes, à leur prêter des actions grotesques et absurdes, quel que fût l'amour que je leur portais. C'était comme si le monde dans lequel elles vivaient se lézardait, comme si quelque instinct, plus fort que l'habitude, me permettait d'y déceler je ne sais quelle imposture.

Le chauve leva la main qui tenait le crayon rouge.

– Nous ne sommes pas ici pour nous lancer dans l'analyse de la défaite : vous prendriez tous des éclats dans la figure. Il s'agit avant tout de coordonner les actions et de frapper l'ennemi là où il est le plus sensible : son moral. Il faut le battre sur son propre terrain. Ce n'est pas d'un camion de plus ou de moins que dépendra l'issue de la guerre. En revanche, des actions ponctuelles, déclenchées en même temps, et à de grandes distances les unes des autres, indiquent à l'occupant nazi une volonté d'action unitaire, une discipline qui l'atteignent en effet plus durement que l'exécution d'un soldat à la sauvette. Il ne faut jamais perdre de vue ce qui s'est passé en Espagne. D'un côté, des tueurs professionnels, de l'autre, un amalgame de passions rebelles à toute forme d'organisation. Nous nous battons pour retrouver notre liberté et notre dignité, mais pas de fleurs au chapeau : nous devons faire la guerre, rien que la guerre, toute la guerre...

Une main se posa sur mon épaule et me fit sursauter. C'était ma grand-mère, pieds nus, en chemise de nuit. Elle me fit lever et me poussa doucement dans ma chambre.

– Veux-tu te coucher tout de suite, petit espion, me glissa-t-elle à l'oreille – elle me borda et posa ses lèvres sur mon front. Oublie ce que tu as entendu, tu me le promets ? Et surtout n'en dis rien à personne. Il y a des vies en jeu, tu comprends cela dans ta jolie petite tête ?

– Oui, grand-mère. Je ne veux pas que Tony se fasse tuer.

– Et pourquoi veux-tu que Tony se fasse tuer ? Il ne s'intéresse à ces choses qu'à titre de... conseiller. Allez, dors. Et prie Dieu avant de t'endormir de nous protéger tous. Dieu exauce toujours les prières des enfants qui lui demandent sa protection.

Elle laissa derrière elle son parfum de verveine si particulier, et je m'endormis en m'imaginant que mon lit flottait sur le lac comme un esquif et dérivait vers les Frises.

Le lendemain, lorsque je descendis prendre mon petit déjeuner, Tony et mon père étaient accoudés à la fenêtre donnant sur le lac. Il faisait un temps splendide. Ils parlaient à voix basse. Les Sauveplane et le boiteux nous avaient quittés à l'aube, pour je ne savais quelle destination.

J'entendis mon père bougonner : « Je veux bien tenir la chandelle. Pour le reste, rien à faire. Il y en a suffisamment qui adorent ça... »

– Personne ne vous oblige, répondit mon grand-père. Je sais que vous avez du cran et je respecte vos convictions.

Ils se turent un instant, contemplant le paysage plein d'une lumière jeune et fraîche qui s'étendait devant eux. Mon père hocha la tête, et le sentiment qu'il manifestait ainsi devait englober tant de choses que tout son corps semblait emporté par le même élan d'indignation impuissante.

– Et dire que dans cinquante ans ces arbres et ce lac seront toujours là et qu'il ne restera plus de toutes ces violences qu'un murmure confus qu'aucune oreille ne reconnaîtra plus.

Il ajouta sans le savoir une parole historique, celle que je devais retrouver trente ans plus tard, avec un étonnement mélancolique mêlé d'une espèce de rancœur, dans *Les Chênes qu'on abat* de Malraux : « Un arbre est plus important que Hitler. »

Ce jugement appartenait à mon père, son respect de la vie le lui avait dicté, et je trouvais injuste que la littérature ratifiât ce que l'anonymat et l'oubli avaient laissé s'évaporer. Sans doute avait dû lui revenir à l'esprit le célèbre poème de Mistral où celui-ci évoque la vanité des armées romaines qui avaient franchi les Alpes dont les cimes impassibles conféraient à l'Histoire ce caractère de néant et de dérision que les lagunes de la Camargue avaient, dans leur torpeur, inspiré à Barrès au pied des murailles d'Aigues-Mortes.

– Ne nous prenons pas les pieds dans l'éternité, dit mon grand-père avec beaucoup de gravité, nous risquerions de nous y enliser.

Ils remarquèrent ma présence et la conversation prit un autre tour.

– Le colonel Grévin, enchaîna mon père, de quel côté le croyez-vous ?

– D'après mes derniers renseignements, c'est un gaulliste.

– Comment en êtes-vous certain ?

– Le maire de Sainte-Colombe. Le colonel l'a invité un soir chez lui et ils ont écouté Londres. Le colonel cacherait au château un couple de juifs. C'est une bonne garantie, il me semble.

– Je crois que nous devrions lui rendre visite, dit mon père. En tant que voisins. Nous tâterions le terrain.

– C'est une bonne idée. On ne prend jamais assez de précautions dans la situation où nous sommes.

– Nous emmènerons le gosse. Ça fera plus naturel.

– Vous allez vous crever, objecta ma mère, qui venait de se joindre à nous. Encore des heures sur ce lac...

– On se relaiera. Tu nous prends pour des mauviettes ?

– Je me fais toujours du souci quand vous partez sur ce lac.

– Tu n'as qu'à nous suivre avec les jumelles. Que veux-tu qu'il nous arrive, avec un temps pareil ?

Ma mère se pencha à la fenêtre et observa le ciel limpide, puis son regard s'attarda un instant sur le château des Frises.

– On ne sait jamais de quel côté vont arriver les orages, dit-elle.

– Quels orages ? Il n'y a pas un nuage dans le ciel et le temps est au nord. Regarde donc le baromètre : beau fixe.

– Souhaitons qu'il le reste, dit-elle en soupirant : le soupir était aussi nécessaire à ma mère que sa respiration ; elle s'y délivrait sans cesse de ses grandes ou petites hantises, de telle sorte que nul n'y prêtait plus attention. En passant près de moi, elle posa sur mon front un doigt vaguement accusateur.

– Vous vous amusez toujours mieux quand je ne suis pas là, n'est-ce pas ? Oh, je sais ce que vous pensez. Je suis une rabat-joie. Mais je n'ai pas toujours été ainsi, tu sais. Maintenant, je passe à côté de tout. Allez, tâche de ne pas oublier ton chapeau.

J'aurais eu tort de l'oublier, ce bonnet blanc en tissu éponge confectionné par ma grand-mère, tant le soleil de cette fin de mai inondait le lac frisé par la brise de tous les ultraviolets dont l'altitude exaspérait la morsure. En dépit de cette brise, nous ruisselions, et souvent je trempais mes mains dans l'eau pour rafraîchir mon visage et mon cou. Mon père ne savait pas très bien manœuvrer les rames et Tony les lui prit des mains. « Laissez-moi diriger cet orchestre-là à ma façon », lui dit-il. Et en effet, malgré ses soixante-cinq ans bien sonnés, il maniait les rames avec une régularité, une force qui nous permirent d'atteindre l'embarcadère des Frises en un peu plus d'une heure à peine.

Nous arrimâmes notre barque à l'embarcadère, près du petit bateau qui dansait sur la houle et portait, peint en lettres rouges, ce nom bizarre : *L'Arlésienne*. Nous traversâmes le vaste pré sans déceler autour du château le moindre signe de vie, sauf qu'à notre approche, près du perron, un chien qui devait somnoler sur la terrasse se mit à aboyer bruyamment. C'était un boxer au poil luisant de santé, au poitrail musclé, mais on devinait que ses intentions se bornaient à donner l'alarme.

Parut au sommet des marches une dame aux cheveux gris dont la présence eut pour effet d'imposer silence immédiatement au chien. Elle s'adressa à nous avec un léger accent étranger dont nous fûmes incapables de déceler l'origine.

– Que désirez-vous, messieurs ?

– Nous sommes vos voisins, madame, dit mon grand-père en indiquant de la main la direction de La Foux. Nous faisions une balade en barque, et nous avons pensé rendre visite au colonel Grévin. Est-il chez lui ?

– Voulez-vous attendre un instant, je vous prie.

La dame regagna le château en emmenant le chien avec elle par le collier.

Notre attente nous laissa à peine le temps d'observer les lieux, de détailler la façade revêche du château, sur laquelle j'aperçus, à droite, sous l'acrotère bordant la toiture, un cadran solaire où l'on distinguait une devise. La dame revint sans le chien et nous annonça que le colonel Grévin se faisait un plaisir de nous recevoir. Nous gravîmes les marches du perron et traversâmes une grande terrasse sur laquelle étaient disposés des tables et des chaises de jardin de couleur verte, ainsi que deux parasols aux raies blanches et rouges qui tranchaient étrangement par leur note de gaieté estivale sur l'aspect glabre et peu hospitalier du bâtiment édifié en moellons massifs de granit vert-de-grisés de plaques de lichen. J'eus juste le temps de déchiffrer les mots gravés sous le style du cadran solaire :

UT TERRA ARIDA ET SITIENS
SINE AQUA

Je n'étais pas mauvais en latin, les pères du collège me l'avaient inculqué à coups de règle sur les doigts, et il me fut aisé de traduire cette étrange devise – dont j'ignorais alors qu'elle était extraite d'un psaume – que je n'ai rencontrée nulle part ailleurs, les cadrans solaires étant d'habitude illustrés par le banal adage : « *Omnia vulnerant, ultima neccat.* »

Ut terra arida et sitiens, sine aqua signifiait : « comme une terre aride et assoiffée, sans eau... ». Curieuse initiative, devant ce lac et au cœur de ces forêts opulentes... Les explications que le colonel Grévin devait nous fournir par la suite jetèrent une lumière particulièrement étrange sur la devise, et le château n'en parut à mes yeux que plus mystérieux, frappé d'un mutisme qui emprisonnait dans ses murs de forteresse un secret vénéneux.

La salle dans laquelle nous pénétrâmes me parut immense, et, sans les baies vitrées qui donnaient sur la terrasse, elle eût été aussi lugubre qu'une crypte.

Un homme brun de haute taille, en tenue de cavalier, se tenait immobile à l'entrée de la pière. Il nous souhaita la bienvenue.

– Colonel, dit mon grand-père – je constatai avec satisfaction qu'il était aussi grand que son interlocuteur –, nous sommes vos voisins depuis bientôt trois ans et nous avons pensé profiter de l'occasion pour venir vous présenter nos respects. Je me présente : Antony Fieschi, et voici mon gendre, Edmond Mouraille, ainsi que mon petit-fils Jean.

Mon père inclina cérémonieusement son buste lorsque le

colonel lui tendit la main, et bredouilla : « Mon colonel... »

– Voici donc le jeune garçon grand pêcheur devant l'éternel, dit le colonel en appuyant sa main ornée d'une chevalière sur mon épaule. Je n'ai pas l'impression que tu es suffisamment bien équipé pour tirer du lac autre chose que des vairons. Il faudra que nous voyions cela ensemble de plus près. Je vous prie, messieurs, asseyez-vous. Puis-je vous offrir des rafraîchissements ?

– J'avoue que ce ne sera pas de refus, dit mon grand-père. Cette traversée en pleine chaleur a été une rude épreuve.

Le colonel agita une sonnette et la dame aux cheveux gris parut presque aussitôt.

– Madame Brunel, lui dit-il, soyez assez aimable pour nous apporter des boissons bien glacées. Figurez-vous, fit-il à l'adresse de mon grand-père, que je m'apprêtais un de ces quatre matins à vous rendre visite. Je me disais que c'était vraiment trop bête d'avoir laissé passer tant de temps sans nous rencontrer. Je vous suis reconnaissant de m'avoir devancé.

– Ne pensez-vous pas que l'heure était venue ? dit mon grand-père en haussant les sourcils : cette expression le faisait ressembler à Johnn Carradine, si remarquable dans le rôle du pasteur révolté des *Raisins de la colère*.

– Sans doute, sans doute, fit le colonel, et son regard nous examina rapidement chacun à notre tour.

– Nous avons certainement pas mal de choses à nous dire, ajouta mon grand-père, n'est-ce pas, Edmond ?

– Peut-être plus que nous ne le pensons, répondit mon père d'un air énigmatique et malicieux.

La conversation fut interrompue par l'arrivée de l'orangeade et de la citronnade dans des pichets de cristal embués.

– Madame Brunel, dit le colonel, ayez l'amabilité de dire à Béchard de nous rejoindre.

– Il panse les chevaux et nettoie l'écurie, répondit la dame avec son accent indéfinissable. Mais je crois qu'il a terminé.

Ces messieurs échangèrent des banalités sur le beau temps dont nous gratifiait cette fin de printemps et sur les intempéries de l'Histoire. Un homme parut, chaussé de bottes de caoutchouc, tenant sa casquette à la main.

– A vos ordres, mon colonel.

Il avait la tête d'un baroudeur calciné par le soleil et les vents du large ou du désert. Ses épais cheveux bouclés grisonnaient, et il me parut très vieux, bien qu'il eût à peu près l'âge de mon père, d'après ce que j'appris par la suite de sa propre bouche.

– Sortez notre attirail de pêche et trouvez-moi un lancer léger pour ce jeune homme qui semble bien mal outillé pour tromper nos truites. Vous irez tous les deux jusqu'à l'embarcadère et vous lui donnerez une petite leçon.

– Bien reçu, mon colonel. Si vous voulez me suivre, me dit-il.

Munis d'un stock de cannes et de lancers, légers comme des plumes, nous nous installâmes au bout de l'embarcadère, et pendant une bonne heure le factotum du château, tout à la dévotion du colonel, m'enseigna les rudiments de cet art délicat, manipulant mon poignet aux fins de m'indiquer la souplesse requise pour lancer le leurre, fatiguer le poisson, tendre l'épuisette une fois celui-ci à bonne portée, etc. Dès que nous nous étions trouvés seuls, il s'était mis à me tutoyer.

– Tu apprends vite. Je t'emmènerai avec moi un de ces jours, à l'aube. Tu n'auras qu'à te tenir prêt une fois que nous aurons décidé du jour, et je passerai te prendre avec notre bachot.

Il m'indiquait du menton la barque qui se balançait doucement au bout de son amarre.

– Pourquoi s'appelle-t-il *L'Arlésienne* ?

– C'est le nom que Mlle Louise, la fille du colonel, a tenu à lui donner. Quand elle était toute petite, le colonel lui avait promis de lui acheter un bateau et toujours il remettait de peur qu'elle se noie. Le colonel s'est résigné à en faire l'acquisition l'an dernier, mais Mlle Louise ne veut pas y mettre le pied. Elle reproche à son père d'avoir parlé de ce bateau pendant quinze ans sans qu'elle en voie jamais la couleur, et de l'avoir fait lanterner jusqu'au moment où il savait qu'elle aurait d'autres chats à fouetter qu'à aller pêcher ou se promener sur le lac.

Il ajouta, baissant le ton comme s'il redoutait d'être entendu, ou que cette nouvelle fût toute fraîche :

– Le colonel a perdu sa première femme en 1922 ; elle s'est noyée dans le lac Léman, en se promenant en barque, précisément.

Lorsque nous sommes revenus au château, j'étais propriétaire d'un superbe lancer à moulinet et c'était probablement le plus beau cadeau que j'eusse jamais reçu. Le doux cliquetis qu'émettait l'appareil lorsqu'on tournait la manivelle me mettait en extase. La légèreté du lancer me paraissait surnaturelle, sa flexibilité, sa finesse, sa solidité à l'épreuve des « pièces les plus lourdes », avait dit Béchard.

Quand je suis entré dans le grand salon, mes yeux ont mis un certain temps à s'habituer à la pénombre après toutes ces éclaboussures d'un soleil violent sur le lac. De nouvelles personnes étaient présentes : une jeune femme brune, élancée, très jolie, et qui, au lieu de serrer la main que je lui tendais, m'attira à elle et m'embrassa sur les deux joues en s'étonnant que je sois si grand pour mon âge (je dépassais déjà mon père d'une bonne demi-tête) : c'était Geneviève Grévin, la femme du colonel, et j'étais surpris qu'une femme aussi jeune eût une fille qui aurait pu passer pour sa sœur cadette. « Est-il musicien, ce beau jeune homme ? – Comme le diable, répondit mon père, mais devant le solfège, il triche grâce à son oreille. » Une autre femme plutôt mûre, mûre comme l'eût été un melon, boudinée dans une robe à grosses fleurs, et qu'on me présenta pour être la « marraine » de Mlle Louise. Un homme effacé, sans âge, au visage triste. Un autre homme, jeune celui-là, d'allure sportive, et qui me demanda en me broyant les doigts dans sa main noire de soleil si je comptais dépeupler le lac. Et enfin Louise Grévin, qui se tenait debout, accoudée au piano.

J'ai tout de suite été frappé par ses yeux immenses, ses cheveux châtains et bouclés qui lui descendaient jusqu'aux épaules, une jeune personne dont on venait de fêter les dix-huit ans mais qui semblait beaucoup plus mûre que la plupart des filles de cet âge (« En voilà une au moins qui sait ce qu'elle veut », commenta ma mère une fois qu'elle l'eut rencontrée). Dès que je l'entendis parler, cela ne fit qu'accentuer mon impression, tant le timbre de sa voix évoquait une sorte de perfection instrumentale. Nos propres voix paraissaient sourdes, ternes, grises, comparées à ces perles lumineuses et satinées qui s'échappaient de sa bouche lorsqu'elle riait. Et elle riait beaucoup, ainsi que sa mère, car mon père s'était lancé dans ces improvisations où il excellait, histoires de théâtre récoltées sur les scènes provinciales fertiles en incidents ridicules ou désastreux. Le colonel Grévin semblait également apprécier beaucoup la verve de mon père, et il nous invita à déjeuner pour le dimanche suivant. Mon père lui déclara que nous possédions bien un véhicule – la vieille B 14 que nos amis Sauveplane avaient fini par nous céder pour une somme symbolique –, mais que celui-ci n'était pas équipé d'un gazogène et que nous conservions l'essence que son réservoir contenait pour un cas d'urgence éventuel.

– Qu'à cela ne tienne, dit le colonel. J'enverrai Béchard vous chercher avec ma Talbot ; il vous apportera également vingt litres d'essence qui pourront vous dépanner à l'occasion...

Il ajouta, en regardant tour à tour mon grand-père et l'homme à l'allure sportive :

– En ce qui concerne notre petite battue, messieurs, il faut conserver notre sang-froid. Ce ne sont pas les gardes champêtres qui nous mettront des bâtons dans les roues. Mais il faut tout de même prévoir les zèles intempestifs. Nous reparlerons de tout cela dimanche si vous le voulez bien.

– Mon colonel, dit mon père, me permettez-vous, avant de prendre congé, de jeter un coup d'œil sur votre piano ?

– Je vous en prie, dit le colonel.

Mon père alla s'asseoir devant l'instrument et plaqua quelques accords. Le son était grêle, sans profondeur, et sa justesse laissait à désirer.

– Votre Pleyel a grand besoin d'être accordé, dit-il. Les

pianos supportent très mal les écarts de température.

– La dernière fois qu'il a été accordé, c'était en 1940, dit le colonel. Depuis... Où dénicher un accordeur dans ce bout du monde ?

– Vous l'avez devant vous. Dimanche, puisque vous nous avez fait l'amitié de nous inviter, j'apporterai ma trousse et nous essaierons de rendre à ce vénérable instrument un peu de sa jeunesse.

Il souleva la grande aile noire du Pleyel et releva la tige qui la maintenait ouverte. Une fois son aile déployée, le piano me fit bizarrement penser, tandis que mon père se penchait sur ses entrailles, à un énorme cercueil prêt à engloutir sa proie. Il examina les feutres de la mécanique, toqua du doigt contre la table d'harmonie, inspecta le cadre en bronze.

– Parfait, dit-il. L'animal est en bonne santé. Les feutres des marteaux auraient besoin d'être remplacés, mais je ne dispose pas ici du matériel nécessaire. Je me contenterai de les égaliser au papier de verre. Le son sera plus souple, plus ample.

– Je ne veux pas abuser, dit le colonel. Rien n'est pire que ces convives harcelant un médecin de leurs petites coliques au cours d'une soirée...

– La voix de votre fille mérite ce grand sacrifice, dit mon père sur ce ton impassible qu'il prenait lorsqu'il s'amusait de ses propres répliques. Faute d'orchestre, mademoiselle, vous aurez un piano convenable.

– Mon Dieu, maître, vous parlez déjà d'orchestre pour une débutante qui n'a derrière elle qu'un an de conservatoire, dit Mme Grévin. N'allez-vous pas un peu vite en besogne ? Louise va déjà se voir devant le trou des souffleurs...

– Je ne me vois nulle part, répliqua Louise Grévin. Je sais que j'ai tout à apprendre. C'est inutile, maman, de me le répéter à chaque instant.

– Madame, dit mon père, je ne crois pas m'avancer beaucoup en vous disant que votre fille a reçu du ciel un don où les conservatoires n'ont pas grand-chose à voir.

– Quoi qu'il en soit, maître, vos encouragements lui seront très précieux. Qui aurait pensé, dit-elle à l'adresse de sa fille, que nous rencontrerions ici un musicien de la qualité de notre voisin...

– Les catastrophes font parfois merveille, dit le colonel. Elles ont même l'art de faire surgir des états-majors séniles des patriotes qui le sont suffisamment pour avoir envie de désobéir.

– Il faut toujours désobéir, dit mon père. Appuyons-nous sur les principes : ils finiront bien par céder.

Mon grand-père tira sa montre de sa poche et en indiqua le cadran à son gendre en tapotant de l'ongle dessus.

Après avoir serré la main de toutes les personnes présentes, mon père s'inclina cérémonieusement devant Mme Grévin et lui baisa le bout des doigts. Sa petite taille conférait à ce mouvement je ne sais quoi d'irrésistiblement drôle, comme si mon père avait emprunté une tenue qui ne lui eût pas convenu. Béchard nous accompagna jusqu'à l'embarcadère.

– Le colonel m'a ordonné de vous ramener dans mon *Arlésienne,* pour vous épargner l'épreuve des rames. Nous allons remorquer votre coquille de noix et vous serez rendus dans vingt minutes tout au plus.

Durant la traversée, qui en effet fut brève, Béchard nous abreuva d'indications et de détails circonstanciés sur les « bons coins » où le poisson abondait. Il nous proposa de nous y conduire et de nous familiariser avec le réseau de bras infiniment complexe où se perdait en marécages l'extrémité du lac. Au moment où nous arrivions à portée de vue de La Foux, j'aperçus ma grand-mère qui se tenait à la fenêtre et qui nous fit un signe de la main. Elle s'inquiétait toujours pendant nos absences, quoique, à la différence de ma mère qui nous harcelait de ses anxiétés, elle n'en laissât jamais rien paraître.

Au moment où nous allions pénétrer dans La Foux, mon grand-père retint mon père par le bras et je m'arrêtai sur le seuil. Il agita la main dans ma direction :

– Allez, file. Dis à ta grand-mère que nous arrivons.

J'étais si fier d'exhiber mon lancer, et si démangé de l'utiliser, que le repas se déroula sans que je prêtasse la moindre attention à ce qui se disait à table.

Papa et moi, comme d'habitude, allâmes nous allonger sur l'herbe, devant la maison, pour savourer l'instant où la nuit allumait ses constellations une à une. Une étoile filante traversa la voûte du ciel, juste entre les Frises et nous, laissant derrière elle une traînée épaisse et rougeâtre comme je n'en avais jamais vu, et qui mit plusieurs secondes à s'éteindre.

– *Oh, oh,* chantonna mon père à mi-voix, *toutes les étoiles tombent...*

– *Sur moi aussi, sur moi aussi* [1]...

Je sentis sa main se glisser sous mes épaules et il m'attira à lui. L'odeur m'enveloppa de son eau de toilette favorite : Chypre, de Sauzé.

– Tu possèdes une mémoire musicale comme il y en a peu, tu sais. Ce serait dommage de ne pas utiliser de tels dons... Tu ne sais toujours pas ce que tu aimerais faire dans la vie ?

– Non.

– Quand tu étais tout petit, tu voulais être jardinier de campagne, tu te souviens ? Pourquoi jardinier *de campagne* ? Il n'y a pas de jardinier de ville, que je sache...

– J'aimerais travailler dans les Eaux et Forêts. Et puis écrire des poésies. Papa...

– Oui ?

– Tu crois que la guerre va durer longtemps ?

– Personne ne peut répondre à cette question, mon pauvre petit... Pourquoi me demandes-tu ça ?

– Parce que je ne veux plus retourner en bas. Je veux habiter ici toute ma vie.

Nous écoutâmes le silence auquel le chant des insectes donnait une douceur incomparable. Mon cœur dilaté s'emplissait avec recueillement des odeurs et des émerveillements de la nuit.

– Pourquoi pas... dit-il au bout d'un moment, et il semblait s'adresser à lui-même lorsqu'il ajouta : Je ne sais pas ce que l'avenir nous réserve, mais ce que je peux te dire, c'est que rien n'est pire, pour un homme, que d'avoir le

---

1. *Pelléas et Mélisande,* acte IV, scène IV.

sentiment de gâcher sa vie. Quand on a le bonheur d'avoir goûté à la vie, à la vraie vie, c'est un péché contre l'esprit que de ne pas en assumer la responsabilité jusqu'au bout.

Une chouette, au loin, dans la forêt, lança son appel, semblable à deux notes de flûte, et je sentis se creuser en moi un vide délicieux et poignant. Ce fut comme si une interrogation mystérieuse m'était posée par la nuit, comme si un secret m'était confié, un secret plus important que tout, un secret lié à la profondeur de la nuit, à cet espace infranchissable qui me séparait de cette hulotte, infranchissable comme si la mélancolie de cette note de flûte lointaine appartenait déjà au monde du souvenir.

La Talbot arriva le dimanche vers 11 heures du matin. Il avait fait si chaud pendant ces derniers jours que nous nous étions réveillés dans un brouillard épais qui pouvait tout aussi bien tourner à la pluie ou se dissiper pour céder la place au soleil.

– Le colonel, dit Béchard à mon père, a pensé que votre fils serait plus heureux si je l'emmenais à Bout-du-Lac, du côté de la mine abandonnée, là où on trouve beaucoup d'anguilles, plutôt que de rester cloîtré toute la journée avec des grandes personnes. Vous n'y voyez pas d'inconvénient ?

– Aucun, dit mon père. Je vous le confie les yeux fermés.

– Vous ne craignez pas qu'il pleuve ? demanda ma mère.

– Non, madame, il ne pleuvra pas. De toute façon, il y a toujours des cirés à bord de *L'Arlésienne*. N'ayez aucune crainte.

Et tout le monde s'embarqua dans l'énorme limousine où deux sièges arrière se faisaient face, permettant d'accueillir en se serrant un peu huit passagers. Entre chaque portière, il y avait un petit vase de verre contenant quelques fleurs. Je demandai à Béchard la permission de monter avec lui à l'avant pour admirer le tableau de bord en bois verni et les compteurs de la Talbot, et parce que aussi la place avant avec Béchard, c'était l'aventure, tandis qu'à l'arrière, il y avait les recommandations incessantes de ma mère, l'énervement de mon père qui, le matin, avait fouillé en vain sa sacoche à la recherche de son tourne-à-gauche, un instrument permettant de régler l'échappement des touches, c'est-à-dire la frappe du marteau sur les cordes, le mutisme de mon grand-père, absorbé dans des méditations dont je doutais qu'elles fussent de tout repos, rien qu'à voir la mine inquiète et pensive de ma grand-mère.

Une glace coulissante permettait d'isoler le chauffeur et son passager, de sorte que pendant le trajet, j'eus tout le loisir d'en apprendre davantage sur la pêche aux anguilles, sans avoir à essuyer la mauvaise humeur de mon père, qui en pareille circonstance en faisait profiter tout le monde, ni les gémissements de ma mère, qui à cette époque-là, et pour des raisons que je n'ai éclaircies que beaucoup plus âgé, ne voyait partout que drames et accidents, dangers, maux incurables, j'en passe, et des meilleurs.

Le brouillard était si épais, du côté des Frises, que la silhouette spectrale du château ne nous apparut qu'au moment où nous franchissions la lisière de la forêt. Nous n'étions plus en haute Margeride, mais dans les Highlands d'Écosse où pouvaient surgir à tout instant les trois sorcières de *Macbeth* – œuvre qui m'inspirait beaucoup à cette époque-là.

En sortant de la Talbot, j'entendis ma mère murmurer à l'adresse de mon père : « Tu ne me ferais pas habiter là-dedans pour tout l'or du monde. » Je pressentis que la journée prenait décidément un mauvais tour, et je fus soulagé d'apprendre, une fois dans le château et les présentations faites, que la corvée du repas me serait évitée, Béchard ayant prévu avec la bénédiction du colonel que nous partirions sur l'heure en emportant un repas froid déjà préparé dans un panier où l'on voyait dépasser de la serviette immaculée qui protégeait la nourriture une bouteille de vin et un thermos empli de café bouillant. J'épiai malgré moi ma mère lorsqu'on la présenta à Geneviève Grévin. Cette femme d'une beauté à couper le souffle ne pouvait manquer, quelle que fût l'impression de franchise et de spontanéité qu'elle inspirât, de réveiller en elle des méfiances dont je commençais à peine à prendre conscience. Son : « Je suis enchantée, madame », accompagné d'un sourire de circonstance, faisait peut-être illusion à tout le monde, mais je sentais ma mère mal à l'aise, et ce sourire me semblait aussi faux que la volubilité avec laquelle mon père essayait de camoufler la gêne et la tension qu'inspire à un homme un peu flou sur ses frontières cet instant où l'on ne sait si la rencontre va tourner en sympathies partagées ou faire long feu. La cordialité du colonel, la gaieté et le naturel de son épouse, la réserve de leur fille Louise, la bonhomie de la « marraine » à grosses fleurs et à la poitrine de pâtissière, les manières carrées et directes du garçon aux allures de tennisman, tout cela devait faire pencher la balance du bon côté, à l'image du ciel qui vers midi se dégagea lentement de ses brumes pour laisser la place à un soleil qui sécha rapidement nos vêtements humides et ne tarda pas à nous délester de nos vestes et de nos pull-overs au moment où Béchard et moi atteignions les premiers marécages.

– Nous allons pousser jusqu'à Bout-du-Lac, me dit-il. Nous déjeunerons au bord de la lagune, ensuite, quand la chaleur sera un peu tombée, nous commencerons par visiter mes nasses, ce qui ne t'empêchera pas de sortir quelques anguilles à la ligne. Tu verras, c'est un poisson difficile à tromper et je suis certain que tu rapporteras ce soir suffisamment d'anguilles pour que ta grand-mère vous prépare une bonne matelote.

Comment avait-il deviné à sa seule vue dans la Talbot pendant le bref trajet que ma mère à cette époque-là ne touchait jamais à un couteau et que le rôle de ménagère restait presque entièrement tenu par ma grand-mère ? Il n'avait pas fini de m'étonner par la subtilité de ses intuitions, et c'est lui qui devait, plus tard, en diverses circonstances, voir avant tout le monde s'avancer l'ombre des événements auxquels nous allions être mêlés. Il jouissait de ces dons impartis aux animaux qui sentent l'imminence de l'orage, de l'éruption volcanique, du cyclone, du tremblement de terre, dons qu'on s'emploie à étouffer chez tant de nos semblables sous les lourdes draperies de la rhétorique, ainsi que le dénonçait souvent mon père, qui ne jurait que par l'intuition et l'instinct. Je crois que si je m'étais si rapidement attaché à Béchard, c'est parce que, d'une certaine façon, il y avait entre lui et mon père pas mal de points communs.

Nous avons abordé le rivage de la lagune, où trois sorbiers surgis là par on ne sait quel caprice, au milieu d'une vaste étendue désertique, sablonneuse et rougeâtre, mettaient une petite oasis où avait poussé une herbe rase. J'aidai Béchard à tirer le bachot sur le sable, et nous nous dirigeâmes, non pas vers les sorbiers comme je l'avais pensé, mais du côté de grandes dunes encore plus rouges que l'étendue sablonneuse, et qui ne portaient aucune trace de végétation.

Après une vingtaine de minutes de marche, apparurent sur une longue digue parfaitement rectiligne les bâtiments délabrés d'une sorte d'usine prolongés de hangars en brique d'où sortait une voie ferrée étroite sur laquelle rouillaient de vieux wagons.

– Une vieille mine abandonnée depuis vingt ans, m'expliqua Béchard.

Il y avait de l'autre côté des bâtiments aux vitres crevées et de la tour d'extraction à demi détruite les anciens baraquements en bois qui abritaient jadis le personnel de la mine. Arrivé sur la voie ferrée, il déposa le panier contenant notre repas à l'ombre d'un wagon et me pria de l'attendre là. Je pensai qu'il avait un besoin naturel à satisfaire, et je m'accroupis devant le dernier wagon, de façon à voir filer devant moi les deux rails de la voie ferrée dont on ne distinguait pas la fin. La chaleur exaspérait de vieilles odeurs de cambouis, celle d'une plante qui avait envahi le ballast, âcre et aromatique, semblable à ces espèces qui poussent au bord de la Méditerranée. Cette chaleur mettait comme des flaques de métal en fusion qui tremblaient à perte de vue entre les rails. Le silence et la torpeur de ce lieu déménagé et en ruine, entouré de ces dunes rouges d'une nudité d'astre mort, réveillaient en moi une sensation très étrange, comme si je me trouvais au bord de la mer, une mer inconnue et vide vers laquelle glissait cette voie ferrée à l'abandon.

Magnétisé par cette fuite immobile des rails où dormaient toujours des promesses de départ, je savourai un instant d'exaltation bizarre, comme du reste m'en ont toujours inspiré ces sites désertés par l'homme où peu à peu la nature reprend ses droits, où l'herbe pousse sur les routes, où les arbres glissent leurs racines à travers les murs, où les bêtes reconquièrent les territoires que l'homme avait momentanément usurpés. Je perçus tout à coup une autre odeur, dépaysante dans cette solitude absolue : celle du bois brûlé. Je me levai et fis quelques pas du côté des baraquements vers lesquels s'était dirigé Béchard, sans oser m'avancer davantage par crainte de le surprendre le derrière à l'air : depuis une de ces baraques en piteux état, aux vitrages brisés, aux fenêtres dégondées, un fil de fumée bleuâtre s'échappait d'un tuyau en tôle coiffé d'un cône, qui émergeait du toit. A cet instant, la porte s'entrouvrit et Béchard parut, jetant un coup d'œil autour de lui. Je me reculai précipitamment derrière le wagon et observai son manège sans me faire voir. Par la porte entrebâillée, il adressa quelques mots à quelqu'un qui se trouvait dans la baraque. La porte se referma et il revint vers moi en faisant crisser sous ses bottes le sol couvert de concassé rougeâtre. Je me dépêchai de reprendre ma position, assis près du panier, à l'ombre du wagon.

– Je t'ai fait attendre, me dit-il. Après avoir posé culotte derrière les baraques, je me suis aperçu que j'avais égaré mon couteau, et au milieu de ces broussailles, je n'arrivais pas à y mettre la main dessus.

Il mentait. Et de quelles broussailles me parlait-il, alors qu'il n'y avait partout que ce sable rougeâtre, et que les premiers pins, aux troncs rougeâtres eux aussi – c'étaient des pins sylvestres –, se touvaient à une bonne demi-heure de marche de l'endroit où nous étions, comme si toute végétation, à l'exception des trois sorbiers aperçus tout à l'heure, répugnait à s'aventurer en des lieux aussi inhospitaliers et probablement impropres à sa survie ? Je fis celui qui ne se doutait de rien et nous allâmes nous installer pour déjeuner sur le minuscule gazon ras qui avait réussi à s'implanter à l'ombre de ces trois arbres intrépides.

Quelqu'un vivait ici, se cachait, peut-être un assassin ou un « terroriste » recherché par la police. La question me brûlait les lèvres mais je ne voulais pas lui dévoiler mon indiscrétion, par peur qu'il ne m'accorde plus sa confiance et ne m'emmène plus avec lui à la pêche. L'abondance des anguilles que nous récoltâmes, lui dans ses nasses, moi au bout de ma ligne (j'en sortis une bonne douzaine) relégua l'incident au dernier rang de mes préoccupations, et le soir, de retour au château, j'étais si fier de présenter le contenu de mon sac de pêche à toute cette compagnie qui prenait le frais sur la terrasse, que je finis par n'y plus songer.

A l'image du temps qui s'était levé, l'atmosphère au château, je l'avais vu du premier coup d'œil, s'était également mise au beau. Mon père débitait ses bonnes histoires, installé dans un fauteuil entre le colonel et sa femme, Tony et Marc Teyssèdre, le musclé à mâchoire carrée comme on en voit sur les affiches de recrutement militaire, s'entretenaient à voix basse, accoudés à la balustrade. Ma grand-mère échangeait des recettes de cuisine avec Thérèse Laborie, la marraine engoncée dans ses fleurs et ses ramages comme une grosse potiche, et que mon père baptisa le soir même : « Dame Marthe Schwerlein [1]. » Quant à ma mère, elle était au piano – accordé et réglé dans l'après-midi, il avait retrouvé une sonorité plus profonde – et faisait faire des vocalises à la jeune Louise Grévin. Elle se recommandait des leçons qu'elle avait reçues avant la guerre de Ninon Valin, qui lui avait appris avant toute chose à respirer et à maîtriser son souffle, de cette magnifique cantatrice qu'était Élisabeth Schumann, et de la méthode de Lilli Lehmann. L'homme au visage triste lisait un magazine, tout seul dans son coin.

Au retour, dans la Talbot, j'entendis ma mère avouer à mon père l'émerveillement que lui avait apporté une voix au timbre aussi chaud, d'une souplesse remarquable – qu'elle compara à un « somptueux velours moiré ». Elle avait proposé à la jeune fille de la faire travailler, et il avait été entendu que la Talbot emmènerait tantôt ma mère au château, tantôt Louise à La Foux. Loin de jalouser chez autrui ce qu'elle eût pu considérer comme une injustice du

1. Personnage du *Faust* de Gounod.

sort, maman était si profondément musicienne et d'un cœur si dépourvu de malice qu'elle eût été capable (et je crois qu'elle l'avait fait) de manifester son admiration à sa pire ennemie, la reconnaissance du talent l'emportant chez elle sur les déconvenues sentimentales.

C'est ainsi que tout l'été 43 et même l'automne furent placés sous le signe de la musique et du chant. Mon père s'était attelé avec une nouvelle ardeur à la composition de son poème symphonique dont la première phrase, une fois qu'il me l'eut jouée au piano, me tarauda comme un fer rouge : c'était l'essence d'un matin d'été, la paix lumineuse des collines latines au moment où leur sévérité cède devant la promesse que le jour naissant met au cœur de toute chose. Ligne mélodique à la fois grave, légère, au lyrisme retenu, limpidité harmonique, et toujours cette morsure que la conscience introduit au cœur de ce qui est et ne sera plus.

la-a ré mi fa-a ♯ *do sol-o-ol la-a-a*
ré-é-é ré-é-é
sol-o-ol la-a-a

C'était ce *do* naturel, qu'on appelle en l'occurrence un « accident », qui introduisait insidieusement dans la phrase ce pincement, comme une goutte de poison dans l'air calme d'une matinée d'été où le « déjà » vénéneux et mortel de l'automne pince au cœur dans une décantation subtile de l'atmosphère. Ce *do*-fêlure, c'était lui qui donnait le ton à tout le poème symphonique auquel mon père travailla pendant tout cet été 43, entre les leçons de chant que venait prendre Louise, mes parties de pêche avec lui ou avec Jérémie qui ne tolérait plus le « Monsieur Béchard » que je lui destinais auparavant, et venait parfois me cueillir le soir pour de longues virées nocturnes dans les marais, et nos réunions au château où nous étions ponctuellement invités à passer la journée une fois par semaine.

Un dimanche de la mi-septembre, tous les hôtes du château se trouvaient réunis à La Foux, à l'exception de Jérémie, que j'avais vu passer à l'aube à bord de *L'Arlésienne*, se dirigeant vers Bout-du-Lac et ses mines mystérieuses, et de la dame aux cheveux gris qui faisait office de gouvernante, et dont notre intimité avec le colonel Grévin nous avait permis d'apprendre qu'elle ne se nommait pas Brunel, mais Cohen, Édith Cohen : je crois qu'à l'exception de la famille Grévin, tous les noms des personnes qui les entouraient étaient faux, faux leurs papiers, faux leurs liens de parenté avec les Grévin, fausses les raisons invoquées pour justifier leur présence au château, faux leur passé, les raisons de santé exigeant un séjour prolongé à la montagne. Je me demandais jusqu'à quel point le colonel, sa femme et sa fille n'étaient eux-mêmes des créatures de passage échouées dans ce château comme des réfugiés dont un matin il ne resterait aucune trace. Et Jérémie Béchard, quel était son vrai nom ? Ce « Jérémie » détonnait devant un patronyme très répandu dans nos régions. Eh bien non, c'était sa véritable identité, il avait servi sous les drapeaux en qualité d'ordonnance du colonel qui, après la défaite, n'avait pas souffert de se séparer de lui.

Je m'étais ouvert à mon père du secret qui s'était remis à me démanger, une fois les anguilles admirées, cuisinées, dégustées, digérées. Cette fumée dont j'avais respiré l'odeur, que j'avais vue s'échapper d'un des baraquements délabrés, hantait mon esprit d'un mystère alléchant, un peu inquiétant aussi dans la mesure où Jérémie avait menti.

– Ton Jérémie est un braconnier de haute volée, m'avait-il répondu. Ce bâtiment doit abriter quelque berger ou clochard qui lui sert de rabatteur. Garde ça pour toi et tout le monde s'en portera bien.

Il faisait beau et doux; le soleil donnait aux montagnes et au lac des reflets abricot. Nous avions déjeuné sous la tonnelle où, en dépit des hivers rudes, l'ampélopsis planté par ma grand-mère dès notre arrivée en juin 40 avait fini par tresser un plafond ombreux et frais. Le repas avait été particulièrement copieux : charcuteries, truites, écrevisses, gigot de mouton offert par le colonel, et ma grand-mère se désolait, alors que la quasi-totalité des Français dansaient devant le buffet, de voir le gigot dédaigné par des convives repus jusqu'aux oreilles.

– Qu'à cela ne tienne, dit mon père, nous le mangerons froid ce soir avec des cornichons et de la moutarde.

– Nous ne voudrions pas abuser, répondit pour la forme Geneviève Grévin.

– C'est nous qui abusons depuis des mois, insista mon père. Et se tournant brusquement vers le colonel : cher ami, je me vois contraint de vous faire un aveu.

– Il ne faut jamais rien avouer, dit le colonel, sous la torture comme dans le plaisir.

– Précisément, c'est sous une torture délicieuse que je passe aux aveux : je suis amoureux de votre femme.

Il se leva et, à travers la table, saisit la main de Geneviève Grévin sur laquelle il posa ses lèvres. Il y eut un minuscule instant de flottement parmi l'assemblée, mais mon père, après un bref coup de tête à l'adresse de Louise Grévin, qui le regardait d'un air stupéfait, tendit sa main au colonel Grévin, dont le visage avait conservé son impassibilité coutumière :

– Tel est mon crime, mon cher ami, et j'espère bien obtenir votre absolution.

– Je vous l'accorde bien volontiers, dit le colonel, et j'y voudrais même ajouter l'accolade de circonstance.

Les deux hommes s'acquittèrent de ce vœu le plus sérieusement du monde sous les applaudissements et les éclats de rire de tous les convives. Puis mon père, retournant à sa place, embrassa au passage ma mère, qui un instant m'avait donné l'impression de ne pas trop savoir sur quel pied danser, et dès lors, le colonel devint pour nous « Robert ».

Après le dessert, j'interceptai un signe d'intelligence entre ma mère et Louise. Elles se levèrent discrètement et disparurent dans la maison sans que personne n'y prêtât attention. Quelques instants plus tard, par la porte et les fenêtres restées grandes ouvertes, les premières notes de *Schéhérazade* nous parvinrent et la voix chaude et souple de Louise s'éleva, plus belle qu'elle ne l'avait jamais été : « Asie,

Asie, Asie, vieux pays merveilleux des contes de l'Aunis... »

Mon père écoutait en regardant fixement son verre, tapotant distraitement la table du bout des doigts, et une fois la mélodie achevée et que tout le monde eut applaudi, il hocha la tête, et se penchant vers le colonel :

– Elle ira loin, très loin. Nous avons là une voix comme il en surgit tous les quarts de siècle. En êtes-vous conscient ?

– Je suis mal placé... Mais il me semble, en effet... D'après les encouragements que Louise a reçus de ses deux professeurs...

– C'est une wagnérienne idéale. En France, ce n'est pas le genre de voix qu'on trouve sous le pas d'un cheval. Il faut qu'elle prenne confiance en elle, qu'elle continue à travailler d'arrache-pied, et qu'elle s'attelle dès que possible au grand répertoire. Je lui donne moins de cinq ans pour incendier le public. Et avec le physique qu'elle a...

– J'avoue que Louise a beaucoup d'atouts dans les mains, dit Geneviève Grévin. Mais elle manque parfois de patience. Elle sait ce qu'elle veut, mais je crains... Comment dirais-je... Est-elle capable de surmonter des échecs éventuels ? Elle est orgueilleuse et son caractère est trop entier. Avec elle, c'est tout ou rien. Vous savez, cher maître...

– Je vous en prie, interrompit mon père, finissons-en avec les cols cassés...

– Edmond, je bénis le ciel que les événements aient permis notre rencontre. Votre femme et vous-même pouvez beaucoup pour Louise. Je ne saurai jamais comment vous exprimer ma reconnaissance.

– En somme, vive la guerre, dit le colonel.

– Presque, dit mon père. J'ai toujours pensé que les catastrophes possédaient des vertus secrètes...

– N'était le prix à payer pour certains, répondit le colonel en jetant un regard à l'homme au visage triste dont la présence semblait toujours aussi improbable, je souscrirais à cette levée d'orages désirés. Il arrive qu'une guerre remette un pays sur ses rails. La civilisation du champagne et du soutien-gorge est terminée. Maintenant, fini de rire... Il faut serrer les dents.

– Un certain général n'en est-il pas la démonstration, répliqua Marc Teyssèdre, souriant de toutes ses dents.

Mais le concert n'était pas terminé, et ma mère, s'accompagnant elle-même, nous interpréta *la Flûte enchantée.* Sa voix claire et jeune était loin de démériter, même après la superbe démonstration que Louise venait de nous offrir de son talent.

Nouveaux applaudissements. Ma mère et Louise nous rejoignirent. Une chose me toucha plus que tout : les yeux de Geneviève Grévin brillants de larmes. Elle se leva et embrassa ma mère avec un élan de tendresse et de reconnaissance si spontané que la légère défiance que m'avait jusqu'ici inspirée cette jeune et belle femme s'évanouit instantanément.

L'après-midi dorait les bois et la prairie autour de nous.

– Un petit îlot de paix et de civilisation, dit tout à coup rêveusement le colonel. Comme la vie est étrange! Faut-il qu'elle soit menacée dans son essence même pour nous offrir le meilleur de ce qu'elle recèle?

– Peut-être, approuva mon père. La paix est avare de ces états de grâce. Nous bricolons dans les bêtises, et c'est en effet lorsque tout s'écroule autour de nous que nous prenons conscience de la valeur des choses. Une simple fleur...

Il fit un geste de la main qui désignait la prairie ensoleillée où le soleil s'attardait en allongeant démesurément les ombres des arbres.

Oui, nous étions tous ici réunis comme des naufragés sur un îlot cernés par un océan où pesaient sans cesse de sinistres menaces, d'où pouvaient surgir à tout instant la torture, la déportation, la mort, j'en étais maintenant parfaitement conscient. Et je sentis ce que cet instant avait d'unique, je savais qu'il ne se reproduirait plus. L'Histoire était en train de tourner une page pleine de fureur et de bruit, nous ne pouvions pas déchiffrer le message que l'avenir inscrivait, avait peut-être déjà inscrit sur la page suivante. Toutes les personnes ici présentes devinaient, chacune dans leur for intérieur, que le monde ne serait plus ce qu'il avait été. La terre avait brûlé, et rien n'y repousserait plus, nous étions tous condamnés à un exil futur, où les printemps ne fleuriraient plus avec leur naïveté d'autrefois, où les étés seraient arides, avares de leurs propres splendeurs. Je suis certain que toutes les personnes présentes à La Foux vécurent cette journée comme la fin d'une époque, la floraison tardive et pathétique d'un ensemble de valeurs et d'enchantements condamnés à disparaître sans appel.

Le soir arriva, tiède, paisible comme au cœur de l'été. Nous savourions sa douceur autour des deux lampes à pétrole que ma grand-mère avait posées sur la table et autour desquelles venaient tourbillonner les derniers moustiques et papillons de l'été. L'air était immobile, pas une feuille ne bougeait, au point qu'on eût dit que nous nous trouvions sous une immense serre. Rien ne me touchait davantage depuis mon enfance que cette heure nocturne où le plein air offre une intimité irréelle, comme seuls en proposent les murs du foyer.

– Est-ce que le passé n'est pas une fabrication du futur ? murmura Hélène dans l'obscurité de la chambre.

Je lui caressais les cheveux toujours avec la même faim, comme si ce simple contact me livrait son corps plus profondément que les curieuses gymnastiques imposées par l'amour. « Es-tu certain que les choses se sont passées réellement ainsi ? Un garçon de ton âge, même sensible comme tu l'étais déjà, pouvait-il pressentir avec une telle acuité ce que représentait ce que tu appelles ces instants de grâce et leur précarité ?

– Oui et non. Je n'aurais sûrement pas été capable de l'expliquer aussi clairement que je le fais aujourd'hui – grâce à toi, mon regain, ma prairie... Mais dans les poèmes que j'écrivais alors, dans celui que j'écrivis dès le lendemain de cette journée heureuse, il y avait déjà le germe de tout ce qu'aujourd'hui je suis bien obligé de tirer au clair.

Oh oui, quelque chose en moi savait ce soir-là que nous vivions en marge d'un abîme qui allait tout engloutir.

Plus de quarante ans après, tout est présent, de cette journée, de cette soirée blottie quelque part, comme une douce et poignante clairière, dans le coin le plus reculé, le moins visité de ma mémoire. Ce que j'ajoute aujourd'hui n'est qu'une traduction différée d'un bonheur et d'une mélancolie dont je suis toujours le contemporain. Peut-être existe-t-il des moments privilégiés où les événements, une atmosphère, une rencontre, nous font toucher du doigt ce qu'une époque a d'irremplaçable. Ainsi devais-je conserver comme un souvenir à la radioactivité inépuisable celui du jour où les Sauveplane nous amenèrent, au cœur du printemps 44, Francis Poulenc, qui nous donna la primeur au piano de quelques passages des *Mamelles de Tirésias*. Il en fut ainsi de la fête improvisée – dont j'ai déjà parlé et dont je reparlerai plus loin – à laquelle mon père et moi devions participer au moment où les Allemands déguerpissaient, talonnés par la 7e armée du général Patch, qui avait débarqué dans la baie de Cavalaire le 15 août 44.

La fascination exercée sur la mémoire par ces moments de grâce met en lumière une légende fondamentale dont je ne suis qu'un témoin parmi d'autres. Jusqu'à la rupture provoquée par la guerre dans le cours de notre histoire, il me semble que l'Occident a permis à une fleur au parfum exquis et fascinant, aussi équivoque que celui de la chair au bord de la décomposition, de pousser sur deux millénaires du terreau le plus fertile qui ait jamais existé, une fleur d'arrière-saison, défraîchie avant d'avoir pu atteindre à l'épanouissement de la maturité : c'est la personne humaine portée à son plus haut degré de sensibilité et de fragilité, l'individu livré aux fantasmes et aux exquis poisons de la subjectivité. Et rien n'a jamais mieux exprimé le lieu idéal où ont fleuri ces espèces tardives et dévitalisées que la *Maison de Vacances*.

Elle attendait ses hôtes, dans la fraîcheur surie de ses

murs livrés aux mauvaises saisons, au cœur du jardin défendu de grilles, parcs moussus et tendres des pays de Loire, résineux et funèbres du Sud... Pelouses piquetées de passe-roses où ont joué plusieurs générations d'enfants sous le trait noir impassible et inexorable du cadran solaire – où ils ont grandi, mûri, vieilli, disparu pour reparaître encadrés sur les murs, dans une chaîne ininterrompue de naissances liées à la mort d'un trait plus bref que celui des étoiles filantes... pianos désaccordés dont le son s'accordait aux personnages et aux motifs défraîchis des toiles de Jouy tapissant les murs, *Adieu pastourelles, pastoureaux adieu* [1].

Au cours d'étés de plus en plus hâtifs à mesure que s'ajoutaient des centimètres aux traits de crayon sur les portes de cuisine où l'on notait, datait les croissances plus ou moins rapides, parfois interrompues pour toujours, de la progéniture, toutes les illusions de la condition humaine et ses fatalités venaient sous les tonnelles opulentes ou les grands cèdres aux essences majeures s'épanouir et jeter aux nuits d'été la lueur éphémère et incertaine des lucioles voletant sous les voûtes de verdure où les déchirements succédaient aux étreintes, les résignations aux élans, les lèvres chaudes aux bouches scellées par l'approche de la mort. Rien n'a jamais obtenu, de l'homme et de ses secrets vains et graves, un son aussi cristallin, où l'oreille malgré elle guette la brusque dissonance de la fêlure. Les portes des collèges et des écoles fermées de juillet à octobre, il semblait que celles du malheur le fussent aussi : on franchissait de nouveau la porte du paradis défunt dont l'ange exterminateur n'interdisait plus momentanément l'accès. Matins glorieux et soirs interminables donnaient un goût d'éternité, sous des ciels sans sillage, aux jeux immobiles des enfants dans la riche poussière de l'été. Les horloges tournaient dans le vide, la saison sur elle-même, pour ceux qui n'avaient pas franchi la zone marquée d'une tête de mort où le destin guette ses proies. Dans les têtes vieillissantes, où les années traçaient leurs sillons tâtés du bout d'un doigt perplexe devant les miroirs au tain grêlé, le goutte-à-goutte de la mort

1. *L'Enfant et les sortilèges* (Ravel-Colette).

agrandissait sa tache d'une année sur l'autre. Et dans le mécanisme aveugle entraînant les planètes vers une extinction inexorable, devant l'impassibilité de la pierre, de l'étoile et du vent, au cœur du grouillement révoltant et superbe de la vie indifférente des plantes et des insectes, ces îlots protégés, plus fugitifs que le fleurissement des roses, une race échouée au bout de sa course, exsangue, liée par toutes ses fibres tendres au triomphe dérisoire et enivrant de l'instant, a peut-être poussé jusqu'à ses limites où la folie se tenait à l'affût, l'illusion perverse de l'existence donnée, reçue comme une promesse infinie dont il ne reste que quelques débris de fleurs séchées entre les pages d'un livre mangé d'humidité. Rien de plus convenu, de plus artificiel, de plus précaire que ce royaume désuet et friable, et pourtant ses racines plongeaient au cœur de ce qui fait la vie exquise et lumineuse, à l'extrême pointe d'une société exténuée, blessée à mort et perdant doucement son sang par toutes ses plaies vives.

Il ne sera plus temps désormais pour les hommes de rêver qu'ils existent, ni de se repaître des moisissures délicates, exquises jusqu'au funèbre, qui germaient sur ce néant paré de toutes les couleurs de l'espoir et de tous les enchantements volatils que ces lieux clos protégeaient entre leurs murs effrités par la douce marée du temps.

– Nous nous souviendrons longtemps de ces années sauvages, un peu hors du temps, n'est-ce pas, mon cher Edmond, dit rêveusement le colonel en suivant de l'œil le vol des pipistrelles autour de la tonnelle.

Mon père le regarda d'un air stupéfait.

– Voulez-vous répéter ce que vous venez de dire ?

– Rien d'extraordinaire : j'ai dit que nous nous souviendrons longtemps de cette époque un peu hors du temps...

– Non, non, ce ne sont pas exactement les mots que vous avez prononcés...

– Ces années sauvages, un peu hors du temps...

– Les années sauvages... Je crois que vous venez de me

fournir le titre de mon poème symphonique. Les années sauvages, les années sauvages, répétait-il comme s'il éprouvait la sonorité des mots, les liens subtils en train de se tisser entre eux et sa musique.

– Il s'agit de l'œuvre symphonique à laquelle vous travaillez en ce moment ?

– Oui, oui. Je n'avais pas de titre en tête; j'étais surtout inspiré par le climat d'incertitude dans lequel nous vivons. Par cet été sans nuage, dans tous les sens du mot. Les Années sauvages!

Il pénétra rapidement dans la maison et revint avec une feuille de partition à la main et un crayon rouge. Il écrivit, au centre de la feuille, en caractères romains :

LES ANNÉES SAUVAGES
Poème symphonique
Edmond Mouraille

hésita un instant, vida son verre, puis ajouta au bas de la page :

A Robert et Geneviève Grévin,
en témoignage de gratitude et d'amitié.

– C'est une journée à marquer d'une pierre blanche dans nos mémoires, dit le colonel.

J'étais assis près de Louise, et je ne voyais que de biais son visage enfoui dans la masse bouclée de ses cheveux; de temps à autre elle les repoussait de la main en arrière, et me parvenait une bouffée de parfum légèrement vanillé, un parfum de chair jeune et de propreté qui m'atteignait droit au cœur. J'aurais volontiers enfoui mon visage dans cette tendre chevelure, mon corps s'en serait nourri, et je sentais le long de mes bras et jusqu'à mes tempes comme le picotement velouté de la fièvre.

La fin de l'année arriva sans que changeât notre rythme de vie. Les réserves d'essence du colonel s'étant épuisées, Jérémie avait équipé la Talbot d'un gazogène qui ressemblait à un énorme poêle planté à l'arrière de la limousine, et lui infligeait l'allure insolite d'un engin surréaliste comme on en voyait dans ces catalogues provocateurs où les objets s'insurgent contre la fonction utilitaire à laquelle ils sont destinés, et se vengent de l'homme en prenant une vie propre et insoumise.

Trois ou quatre jours avant Noël, il s'était produit un incident, en pleine nuit, qui m'avait arraché à mon lit, au moment où j'allais m'endormir : un avion survolait le lac. C'était bien la première fois de ma vie que j'entendais ce grondement de basse caverneux. Je me précipitai à la fenêtre et repoussai les volets. C'était une nuit d'hiver d'une limpidité extraordinaire; il n'y avait pas de lune, mais les étoiles brillaient d'un tel éclat qu'une légère phosphorescence tremblait sur les forêts et la surface laquée du lac. L'avion revint, tourna, reprit le lac dans toute sa longueur, et tout à coup, là-bas, vers Bout-du-Lac, des lueurs rougeâtres s'allumèrent au moment où le grondement de l'avion arrivait à la hauteur des mines abandonnées. L'avion s'éloigna, le bruit des moteurs devint imperceptible, je dis *des* moteurs car le son grave parfois se dédoublait, produisant un effet de résonance amplifié par les montagnes.

Quelques minutes s'écoulèrent et les lueurs rougeâtres

s'éteignirent. Je refermai les volets, la fenêtre et me remis au lit en frissonnant. Je remuais dans ma tête toutes sortes d'hypothèses, mais je savais bien ce dont il s'agissait, et ma réaction fut celle d'un animal qui sent son territoire menacé par une présence étrangère, une présence impure. C'était la première fois en somme que Robinson découvrait sur son île la trace d'un pied humain. La guerre violait mon sanctuaire. Je me fichais pas mal des enjeux de cette guerre qui m'avait offert ce qu'il y avait de plus précieux pour moi : une liberté sans borne, les grands espaces, les matins brumeux sur le lac où nous restions, entre les joncs, à l'affût de longues heures, Jérémie des vols de canards ou autres volatiles, moi du poisson, ou peut-être tout simplement des odeurs de vase ou du silence bercé de clapotis de l'eau contre la coque du bachot, un silence des premiers âges de la terre que rien n'avait jamais souillé et qui réveillait en moi, comblait je ne sais quel désir indéracinable d'une planète nettoyée de l'homme et de ses lourdes œuvres. L'arrivée nocturne de cet avion – un DC-3 venu d'Angleterre – sonna le glas du sentiment d'isolement et d'invulnérabilité que j'avais éprouvé pendant ces trois dernières années, et jusqu'à l'extrémité la plus fine de mes nerfs, j'eus tout à coup la perception aiguë de tout ce qui se tramait à des milliers de kilomètres à la ronde, comme si ces hautes terres désancrées et flottant entre ciel et terre, pareilles à un royaume interdit, se voyaient subitement convoitées par des pirates.

Guère plus d'une demi-heure après, j'entendis le teuf-teuf de *L'Arlésienne* qui revenait de Bout-du-Lac, et je m'endormis dans un songe de grands oiseaux noirs qui s'abattaient au milieu des forêts et jusque sur les pelouses de La Foux dans d'énormes gerbes de flammes et de fumée.

Le lendemain matin, lorsque je me levai, ce fut pour constater l'absence de mon grand-père. La Talbot était venue le chercher de bonne heure. J'essayai de tirer les vers du nez à mon père et j'en fus pour mes frais.

– Occupe-toi de tes affaires et ne te mêle pas de tout ça. Je comprends que tu sois excité, mais nous nous serons mis au courant assez tôt de toutes ces histoires.

Il n'avait vraiment pas l'air dans son assiette.

– C'est à cause de l'avion que grand-père est parti. J'ai vu les feux s'allumer, à Bout-du-Lac.

– Bon, écoute. L'avion, c'est une chose, ton grand-père, c'en est une autre. Le colonel avait besoin de lui pour réparer sa broche (mon grand-père était expert en soudure, grâce à son métier) : le soir du 31 décembre, tu sais que nous sommes invités au château et Robert s'est mis en tête de nous préparer un chevreuil à la broche. Maintenant, file travailler dans ta chambre.

Je n'en crus pas un mot et je sentis, avec un frisson désagréable dans le dos, que l'année nouvelle allait prendre un nouveau versant, que de vilaines affaires se préparaient, et que les choses ne seraient plus comme avant.

Conchita nous avait quittés au début de l'automne pour rejoindre son oncle et sa tante, réfugiés dans un camp près d'Argelès-sur-Mer ; nous n'avions pas eu le courage de lui apprendre la mort de ses parents, préférant laisser ce soin à ses proches, ce qui nous paraissait moins brutal. Nous avions fini par nous attacher à elle, en dépit de son caractère bizarre et renfermé, mais depuis la séance de galop sur mon visage, elle ne m'adressait plus la parole ni le moindre regard, comme si j'étais devenu à ses yeux une pièce à conviction compromettante.

La première neige de l'année avait fait son apparition entre Noël et jour de l'an, mais la couche n'était pas si épaisse que la Talbot ne pût se frayer son chemin jusqu'à nous, d'autant plus que Jérémie avait équipé ses roues de chaînes. La traversée de la forêt éclairée faiblement par les phares de la Talbot, semblables à des yeux à peine entrouverts sous le badigeon bleu nuit obligatoire, cette traversée à petite allure sous les légers flocons qui dansaient dans le fin pinceau lumineux me causa un sentiment d'enchantement comme jamais la neige ne m'en avait procuré : nous allions, voyageurs égarés dans la vaste nuit du monde, vers une forteresse où m'attendait ce visage limpide encadré de cheveux dont je rêvais de m'inonder comme Pelléas au pied de la tour lorsque la chevelure de Mélisande penchée à la fenêtre s'écroule sur lui. Je me chantais à moi-même, intérieurement : « Je les tiens dans mes mains, je les tiens dans ma bouche, je les tiens dans mes bras, je les mets autour de mon cou [1] »...

Lorsque nous pénétrâmes dans la grande salle où flambaient d'énormes souches de hêtres devant lesquelles tournait lentement le chevreuil déjà tout craquelé et caramélisé, la table était dressée, étincelante de cristaux et d'argenterie, éclaboussés de lueurs roses par les hautes flammes. Un arbre de Noël illuminait de ses bougies le fond de la salle, contre la baie vitrée par laquelle on voyait danser la neige.

– Pourvu que nous puissions repartir cette nuit, dit mon père en serrant la main du colonel.

– Qu'à cela ne tienne. Vous êtes nos hôtes jusqu'à ce que les routes soient praticables. Il y a dans cette caserne suffisamment de chambres pour loger un régiment...

– Ne bravez pas le sort, cher ami... commenta mon père sans sourciller.

– C'est vrai, répliqua le colonel. Le vert n'irait pas bien avec la couleur des tapisseries.

– Mais nous n'avions pas prévu, fit ma mère.

– Ma femme vous prêtera tout ce qu'il faut. Ne vous mettez pas martel en tête pour des choses qui n'en valent pas la peine.

– Robert a raison, dit Geneviève Grévin en embrassant ma mère. Personne ne vous attend et nous sommes ravis de vous garder plus longtemps que prévu. Nous allons nous amuser comme des fous.

Les hôtes habituels du château parurent, accompagnés de deux nouveaux personnages qui « tombaient du ciel », ainsi que le déclara Robert Grévin en nous les présentant : un certain Marcel Ferrand, voyageur de commerce de son état, qui devait s'appeler Durand ou Machin-Chouette et « vendait » sûrement des choses qu'on ne trouvait pas dans le commerce, et un garçon engoncé dans un costume visiblement trop étroit pour lui, qui ne pouvait cacher qu'il se nommait Seymour, avec son accent anglais à couper au couteau.

– La nuit des masques, dit mon père en lui serrant la

1. *Pelléas,* acte III, scène I.

main, et tout le monde éclata de rire, y compris M. « Guérin », l'homme au visage triste qui était professeur de piano au conservatoire de Lyon il me semble, j'ai oublié de le préciser : c'était lui qui accompagnait Louise le soir où nous l'avions entendue chanter *Schéhérazade* depuis notre barque. Il avait à peine une trentaine d'années, mais paraissait plus âgé, replié qu'il était toujours sur lui-même, comme rongé par un « secret douloureux qui le faisait languir », ainsi que plaisantait mon père lorsqu'il évoquait ses yeux de chien battu, son visage désertique de jeune prêtre rongé par la foi, ses épaules tombantes, ses mains toujours croisées, repliées frileusement entre ses genoux, comme quelqu'un qui craint d'occuper trop de place, toujours à l'affût d'un trou où se fourrer.

Le champagne coula dans les verres, si généreusement que ne tardèrent pas à résonner sous les voûtes du château *La Marseillaise* et le *God save the King*, après quoi nous eûmes droit à l'hymne américain, que seuls connaissaient mes grands-parents et le jeune Anglais. Mon père se mit au piano et Louise nous interpréta avec beaucoup d'émotion le *Noël des petits enfants qui n'ont plus de maison*, de Claude Debussy, que nous appelions tendrement « Claude de France », nom que lui avait donné Gabriel d'Annunzio quand Debussy avait composé *Le Martyre de saint Sébastien* sur le poème de l'homme à la cape et au monocle auquel Tony pardonnait mal son flirt avec le fascisme.

Je me tenais près de Louise, sous prétexte de tourner les pages de la partition, et m'abreuvais de sa voix faute de pouvoir le faire de ses cheveux, mais celle-ci et ceux-là me paraissaient formés de la même matière onctueuse, souple, chaude, comme une prairie sous le vent d'été. Je m'imbibais de sa personne. Boire les paroles de quelqu'un, manger des yeux, il ne faisait aucun doute que ces expressions avaient été inventées pour moi.

Vers la fin du repas, on en vint à évoquer la devise gravée sur le cadran solaire, ce fameux « Ut terra arida et sitiens, sine aqua » qui nous avait tellement intrigués.

Robert Grévin nous raconta que, à la fin du siècle dernier, le château des Frises appartenait à une famille de petite noblesse qui s'était peu à peu appauvrie, au point que vers les années 1870, le dernier descendant de la lignée, une fois marié, décida de partir faire fortune « aux Amériques ». C'était en pleine ruée vers l'or, au moment où Suter faisait parler de lui en Californie. Le jeune couple était persuadé que deux ou trois ans suffiraient à renflouer la trésorerie exsangue de la tribu, mais l'aventure leur paraissait trop périlleuse pour leur petite fille de six ans qu'ils confièrent à ses grands-parents. Deux ou trois jours avant leur départ, une violente tempête avait abattu des arbres sur la route qui reliait le château à Sainte-Colombe, et ils avaient été contraints de s'embarquer sur une sorte de tartane qu'utilisaient à l'époque les verriers pour transporter le bois jusqu'à leurs fours.

La petite fille, nommée Céline, avait assisté au départ de ses parents depuis l'embarcadère, se débattant et sanglotant dans les bras de sa grande-mère incapable de la consoler. On lui avait pourtant fait accroire que son père et sa mère ne s'absentaient que pour peu de temps et seraient de retour avant qu'elle n'en soit à compter les jours. Mais les années passèrent, Céline grandit, des lettres arrivèrent d'Amérique, mettant deux ou trois mois pour parvenir à destination. Parti de New York, le jeune couple traversait lentement le continent américain, allant de déboires en déboires, errant de bourgade en bourgade pour gagner de quoi poursuivre son chemin vers des pépites aléatoires. Pendant ce temps, au château des Frises, la petite Céline descendait tous les jours que Dieu faisait jusqu'à l'embarcadère, où elle s'asseyait, guettant durant des heures le retour de ses parents, les yeux fixés sur l'horizon où pointait le clocher de Sainte-Colombe. On avait beau la surveiller, elle finissait toujours par échapper à la vigilance de sa gouvernante, et on la retrouvait toujours postée sur l'embarcadère, interrogeant le lac désert. « Quand reviendront-ils ? », ne cessait-elle de répéter en pleurant. Les consolations mensongères que lui prodiguaient son grand-père et sa grand-mère ne servaient à rien.

Le temps s'écoulait dans une affreuse monotonie, Céline était devenue une jeune fille, les nouvelles d'Amérique se faisaient de plus en plus rares, et lorsqu'elle eut atteint sa dix-huitième année, une lettre arriva au château, celle-là signée d'un certain révérend Coleen, qui annonçait la mort des parents de Céline dans l'incendie d'un entrepôt où travaillait et vivait le couple. On cacha le désastre à la jeune fille. Le vieux patriarche brûla la lettre le jour même et mourut de chagrin peu de temps après. La grand-mère vécut quelques années encore, flanquée d'une jeune muette qui passait le plus clair de son temps au bord du lac. Jusque sur son lit de mort, la vieille dame se garda bien de dire la vérité à sa petite-fille. Le jour de sa majorité, celle-ci renvoya le couple de vieux serviteurs qui avait veillé sur elle depuis son enfance, et s'enferma dans le château, ne recevant personne, vivotant de la petite rente que lui avait assurée son grand-père avant de rendre l'âme. Les paysans des alentours la voyaient parfois passer à cheval, mais lorsqu'ils lui adressaient la parole, ou que le curé de la petite paroisse lui rendait visite, elle se contentait d'écouter, muette au fond d'elle-même, assassinée à l'âge de six ans par le départ et la disparition de ses parents.

Elle mena une vie de plus en plus retirée, n'assistant même plus à aucun office religieux. Le curé tenta de l'arracher à sa prison et à son mutisme; il n'obtint pour toute réponse qu'un : « Dieu se moque de nous » qui l'atterra. Les habitants du pays s'étaient tellement habitués à sa séquestration volontaire que nul ne s'inquiétait plus de « la demoiselle du château », dont les signes de vie s'espaçaient de plus en plus; elle avait même fini par se séparer de ses chevaux pour adopter une existence érémitique derrière les volets clos de l'austère bâtisse. C'est de ses propres mains qu'elle grava l'extrait du psaume dans la pierre du cadran solaire. Le jeune vicaire qui avait remplacé le doyen décida de forcer sa réclusion par tous les moyens que sa jeune foi lui dictait. Il cogna à une porte qui ne s'ouvrit pas. Craignant le pire, il alla chercher de l'aide au village. On enfonça la lourde porte à l'aide d'un tronc d'arbre pour découvrir son cadavre où les os crevaient la peau depuis des semaines sur un lit grouillant de vermine. La mort remontait à plus d'un mois. Céline n'avait pas dépassé la trentaine. Le jeune vicaire, mis au fait des événements, bénit les restes de Céline et prononça les prières devant la tombe entourée de quelques villageois, laquelle tombe se trouvait dans le petit cimetière familial situé au sommet des pelouses entre un carré de buis. Il termina son éloge funèbre en disant : « Reçois, Seigneur, dans ton royaume l'âme de ta servante morte à l'âge de six ans », mots qui émurent les uns, choquèrent les âmes plates, et n'auraient assurément pas obtenu l'assentiment de la principale intéressée, qui, peu avant sa mort, avait écrit sur la page de garde de l'*Imitation de Jésus-Christ* posée à son chevet : « Il n'y a personne, pas plus dans cette vie que dans l'autre. »

Longtemps cette histoire me hanta. Elle m'avait inspiré un poème que j'avais intitulé *L'Etrangère.* Je me souviens encore des premiers mots : « Orgues de midi, dans une cour déserte rongée par le soleil, procèdent aux funérailles de notre éternité, et je suis déjà mort puisque je rêve que je le suis. »

Mon père, à qui j'avais lu mon poème, disparu depuis Dieu sait où, m'avait considéré pensivement.

– Tu n'as jamais rien accepté comme allant de soi, hein ?

Et je lui avais répondu laconiquement :

– Non.

– Mon Dieu, Robert, est-ce vraiment le moment bien choisi pour conter cette sinistre histoire ? dit Geneviève Grévin. Nos amis vont faire des cauchemars toute la nuit...

– Dans quelle chambre a-t-on retrouvé le cadavre de cette pauvre fille ? demanda ma mère en explorant du regard les voûtes ombreuses du grand salon.

– Dieu merci, nous n'en savons strictement rien, répondit le colonel. Mais hélas! ma chère Andrée, j'ai une mauvaise nouvelle à vous annoncer : le château n'est pas hanté en dépit de cette malheureuse affaire.

Il observa la pendule : c'était minuit, nous abordions l'année 44, les troupes alliées gagnaient du terrain en Italie, la Wehrmacht en perdait sur le front de l'Est, la résistance entrait dans sa phase active, l'Amérique envoyait des renforts en matériel à l'Union soviétique, et l'on se demandait où et quand les Alliés se décideraient à débarquer sur le sol français.

– L'année du meilleur ou du pire, dit le colonel en vidant une dernière coupe de champagne.

– Les deux, dit mon père.

– Je vous demande pardon?

– L'année du meilleur *et* du pire.

Il jeta dans les braises le bouchon de liège qu'il tripotait depuis un bon moment, et le regarda brûler d'un air lointain, brûlant sans doute en même temps que lui je ne sais quels échafaudages dont il se doutait bien qu'ils ne résisteraient pas aux événements qui se profilaient à l'horizon.

Il était 4 heures du matin quand tout le monde s'alla coucher après avoir tourné et retourné la France comme un bifteck sur un gril.

Ma chambre jouxtait celle où dormait Louise qui avait cédé la sienne, jugée plus confortable et mieux chauffée, à mes parents. Une petite porte peinte en rose séparait les deux pièces. Naturellement, elle était fermée à clé, mais je voyais de la lumière filtrer entre le bas de la porte et le plancher. Je ne sais ce qui me prit et je me demande encore comment j'eus le courage de frapper à cette porte. Louise vint m'ouvrir. Elle était déjà en chemise de nuit et se brossait vigoureusement les cheveux à l'aide d'une brosse à dos nacré.

– Que se passe-t-il? Je parie que tu as la frousse à cause de cette histoire idiote.

– Non, je voulais simplement vous dire que vous avez la plus belle voix du monde.

– Tu es gentil. Tu es un très gentil garçon.

Elle posa ses lèvres sur ma joue et son odeur de vanille m'embrasa jusqu'au cœur. Et comme son visage était encore près du mien, j'avançai la main jusqu'à ses cheveux et j'appuyai ma bouche sur une longue torsade qui lui descendait jusqu'à la poitrine. Elle me repoussa doucement et sourit.

– Bonne nuit, petit prince.

– Bonne nuit, Mélisande.

Elle secoua doucement la tête, un sourire un peu triste sur les lèvres, et referma la porte. On m'avait accordé la permission de boire une coupe de champagne. J'avais trouvé le breuvage tellement à mon goût que j'en avais profité pour vider à la sauvette deux autres coupes laissées à demi pleines sur la table. Sans le culot fourni par ce champagne, il ne se serait rien produit, effarouché comme je l'étais. Je m'endormis d'un coup sans très bien me rendre compte de ce qui se passait en moi, ni de la signification pourtant sans équivoque du geste qui m'avait échappé.

Le lendemain, il était déjà 11 heures du matin lorsque j'ouvris les yeux. Je me précipitai à la fenêtre et repoussai les volets. Tout était blanc à perte de vue, même le lac qui avait gelé pendant la nuit. Et c'est à cet instant que j'entendis s'élever depuis le rez-de-chaussée un chœur accompagné au piano, un chœur où se mêlaient plusieurs voix : celle de Louise, de ma mère, de ma grand-mère et des deux invités tombés du ciel, au sens le plus littéral du terme : *White Christmas*. Je m'habillai en hâte après m'être trempé le museau dans l'eau glacée d'un broc, et descendis quatre à quatre rejoindre la compagnie. Un grand feu flambait dans l'immense cheminée où trois poulets embrochés blondissaient devant l'âtre. Du vin brillait dans les carafes. L'arbre de Noël scintillait de toutes ses paillettes dans cette lumière mate qui emplissait la salle, enveloppant toute chose d'une sorte d'imperceptible vibration. Le jeune répétiteur au visage malheureux épluchait une orange et pinçait chaque morceau d'écorce devant la flamme d'une bougie, parfumant l'atmosphère d'une essence liée de toute éternité à l'esprit de Noël et des fêtes de fin d'année. L'orange de l'Orient, l'orange des Rois Mages, l'orange luxueuse des autrefois impécunieux et tendres. Depuis la cuisine, arrivaient des bruits de vaisselle, des rumeurs ménagères qui ajoutaient à ce chœur improvisé je ne sais quoi de désuet, d'amical et de rassurant, rassurant comme toute cette neige qui bloquait les routes, nous retenait au château, nous isolait du reste du monde, dans un temps qui paraissait lui-même immobilisé, engourdi sous les housses des épicéas, figé sur la surface irréellement lisse du lac poudrée de neige, et je goûtais un de ces instants de bonheur qui me précipitaient – je ne sais trop si je dois dire faute de mieux ou non – sur le tronc des arbres que j'enlaçais, les soirs de mai, ma joue collée contre l'écorce, pour déverser sur le monde toute cette tendresse dont il me faisait don.

Nous ne repartîmes du château que le surlendemain, non sans peine du reste, tant la neige était épaisse par endroits. Nous étions gavés de nourriture, étourdis de musique et de neige – nous nous étions livrés à des batailles rangées sur la terrasse –, de mots et de gestes, ce qui ne m'empêchait pas de conserver sur mes lèvres l'exquise brûlure de cette torsade de cheveux par le moyen de laquelle je rêvais de mourir étranglé.

Maintenant, l'orage grondait à nos portes. Nous apprîmes que les Allemands avaient entrepris de nombreux coups de force dans la région. On parlait d'exécutions sommaires, de prises d'otages, de dénonciations, et nous vivions dans une inquiétude constante. Le maire de Sainte-Colombe nous avait prévenus qu'au cas où l'ennemi surgirait à l'improviste dans le village, par lequel passait la seule voie d'accès menaçant aussi bien La Foux que le château des Frises, il enverrait ses deux gamins nous donner l'alerte sur leurs petites Motobécane.

L'hiver n'avait pas été très long, la neige avait fondu, et avec elle la protection qu'elle nous offrait. Les allées et venues entre le château et La Foux reprirent de plus belle, mais les trajets dans un sens ou dans l'autre s'effectuaient désormais non plus en Talbot mais par bateau. C'était une décision dictée par la prudence, et par ailleurs, il ne fallait que vingt minutes pour traverser le lac, alors qu'en voiture, on mettait près d'une heure pour le contourner par des routes forestières défoncées ou noyées sous la boue.

Désormais, je me débrouillais toujours pour assister aux leçons que mon père ou ma mère donnaient à Louise, feignant de lire dans mon coin lorsqu'elle venait à La Foux, et ne les lâchant pas d'une semelle lorsqu'ils se rendaient aux Frises

Souvent, elle portait autour du cou un foulard de soie

mauve d'une légèreté immatérielle. Elle l'oublia un jour à La Foux. Je m'empressai de le fourrer dans ma poche, puis je le glissai sous la housse de mon oreiller, et quand je me mettais au lit, je le pressais sur mon visage et l'enroulais autour de mon cou, m'endormant dans une odeur de vanille qui me restituait la chevelure d'une Mélisande en chair et en os.

Je redoutais par-dessus tout que quelqu'un surprît mon secret, et je conservais le foulard sur moi quand je savais que le jour approchait où ma grand-mère changeait mes draps. Le manège dura quelque temps, mais je finis par m'embrouiller dans mes calculs, l'habitude endormit ma vigilance, et un beau matin, en enlevant la taie d'oreiller, Virginie découvrit le foulard. Elle eut la délicatesse de ne m'en rien dire, et le soir même, en me mettant au lit et en glissant ma main sous la taie où le foulard se trouvait toujours à sa place, je pris conscience de ma bévue. Une bouffée de honte me monta au visage et mon cœur se mit à galoper dans ma poitrine. Le lendemain, dès mon lever, lorsque j'entendis ma grand-mère préparer le petit déjeuner, je descendis la rejoindre, et lorsque je l'embrassai, ses bras se refermèrent autour de moi et elle me serra tendrement contre elle. « Grand-mère... » balbutiai-je. Elle posa son doigt légèrement parfumé d'ail sur mes lèvres : « Chut... *Darling*, Mon trésor, *your heart is too deep, too fine...* »

Lorsqu'elle était émue, elle me parlait toujours dans sa langue maternelle. C'était une sorte de code entre nous. Savoir qu'elle savait finalement me soulagea : mon secret partagé avec une femme que j'adorais pesa moins lourd dans ma poitrine. Mais être amoureux d'une voix et d'une chevelure à seize ans (j'allais les avoir en août), comme je l'avais été du personnage de Mélisande, c'était jouer avec un feu autrement dangereux, autrement pernicieux que la cavalcade baveuse de la jeune Espagnole sur ma figure.

C'est vers le mois de mai 44 que commencèrent les affaires sérieuses. Il y eut deux autres parachutages nocturnes : cette fois il s'agissait de matériel, d'armes, de postes émetteurs, d'explosifs.

La nuit du 30 mai, les Sauveplane débarquèrent en catastrophe. Hébergés à Lyon chez un membre de leur réseau, ils avaient été dénoncés par un voyou (qui coule aujourd'hui une vieillesse grasse et honorée au sein d'un parti ni plus ni moins dégoûtant que ses adversaires) et avaient dû prendre la fuite par les toits. Marguerite Sauveplane s'était brisé le poignet en sautant du haut d'un mur dans un jardin où ils s'étaient dissimulés toute une nuit. Son mari lui avait fait un pansement de fortune, et elle souffrait horriblement. Nous l'emmenâmes dès l'aube chez le colonel : Jérémie possédait des talents d'infirmier et il lui plâtra le poignet avec une mixture de sa composition.

Ils nous racontèrent des horreurs sur les prisons de Lyon. Ils disposaient également de renseignements très précis concernant le massacre des juifs dans les camps hitlériens.

– Il n'y a que les Soviétiques pour venir à bout du fascisme, dit Marguerite d'un ton dur en regardant mon grand-père.

– Je sais que votre chantre officiel a rêvé de voir les petits chevaux cosaques venir s'abreuver aux bassins de la Concorde, dit-il. Je vous ai déjà dit et répété que je respecte votre courage et vos convictions. Mais je suis contraint de vous avouer ce que j'ai sur le cœur. Partout où l'Armée rouge mettra le pied, elle y restera. Partout où les Américains débarqueront, ils s'en iront. Voilà une différence essentielle qui devrait faire réfléchir des patriotes de votre trempe.

– Vous dites n'importe quoi, dit Marguerite. Votre antisoviétisme vous aveugle.

– Hélas! comme j'aimerais que vous ayez raison.

Il s'approcha de Marguerite, lui mit les deux mains sur les épaules :

– Je donnerais mon bras droit pour que l'U.R.S.S. devienne la plus grande démocratie du monde. Autant demander à Hitler de se faire moine.

Elle haussa les épaules et ne répondit rien. Henry était là, recroquevillé sur son fauteuil; jamais il n'avait ressemblé davantage à Ravel.

– Je suis fatigué de tout ça, dit-il. Les hommes me dégoûtent. S'il n'y avait pas la musique... Son regard était d'une tristesse affreuse.

Il fallut des années pour que j'apprenne que cette tristesse n'était pas due aux seuls événements qui ensanglantaient le monde.

Quand nous apprîmes, dans la matinée du 6 juin, que les forces alliées avaient réussi à débarquer sur les plages de Normandie, il se produisit un phénomène curieux : personne n'y crut. Oui, le fait lui-même n'était pas à mettre en doute. Oui, les débarquements en Sicile et en Italie avaient été couronnés de succès, mais nous n'en restions pas moins littéralement hypnotisés par la propagande entretenue autour du mur de l'Atlantique. Le ventre mou de l'Europe, l'avait-on suffisamment rabâché à Londres, c'était la Méditerranée. Nous pensions les Alliés capables de reprendre aux Allemands toute l'Italie; quant à poursuivre leur avance au-delà des Alpes, c'était une autre paire de manches : une percée vers l'Autriche paraissait impensable – et elle l'était. Il y avait le lamentable précédent de Dieppe, sans compter celui de Norvège, et nous vivions encore sur le souvenir d'opérations de maigre envergure, alors que les moyens utilisés par nos Alliés en Normandie dépassaient l'imaginable. Utah Beach, Omaha Beach, ces noms ne prendraient toute leur signification que plusieurs semaines après.

Nous savions cette côte de la Manche et de l'Atlantique hérissée de défenses dont aucune force au monde ne pourrait venir à bout, et nous accordions aux armées anglo-américaines aussi peu de chance de réussir à s'implanter dans le sol national qu'à un nuage de moustiques de forcer la porte d'un coffre-fort.

Le colonel Grévin eut beau s'évertuer à nous faire entendre que nos doutes étaient sans fondement, qu'une flotte de cinq mille bâtiments et qu'une nuée d'avions avaient été jetés dans la bataille, nous demeurions perplexes. Cinq mille bateaux, c'était une vue de l'esprit : toutes les flottes du monde réunies ne pouvaient même pas rassembler autant de bâtiments. Mon grand-père prédisait qu'avant huit jours, nos libérateurs seraient rejetés à la mer. Je ne sais pourquoi Tony, qui se trompait si rarement, s'acharnait à penser que Churchill et Roosevelt n'étaient pas assez fous pour se lancer dans une opération aussi hasardeuse, et que c'est par le Sud, lorsque l'Armée rouge et les bombardements américains auraient suffisamment affaibli le IIIe Reich, que nos Alliés auraient quelque chance de réussir à enfoncer les fragiles défenses de la côte méditerranéenne. Les Sauveplane étaient du même avis que nous, mais pour des raisons qui n'avaient aucun rapport avec les nôtres : l'effort colossal de l'industrie de guerre américaine, l'aide apportée aux Russes n'allaient pas sans froisser en eux un certain nombre de tabous, et c'était leur aversion pour l'Amérique qui les faisait douter de ses incroyables capacités militaires et industrielles.

Quoi qu'il en soit, nous passions tous complètement à côté d'un événement qui devait transformer la face du monde, moins tant par la réussite du débarquement que par les possibilités infinies dont il n'était que le prélude : le monde entamait une nouvelle ère où la technique dévorerait tout, l'Histoire ayant accouché brutalement d'un monstre qui ne se soumettrait à aucune loi connue, bouleversant jusqu'aux conceptions philosophiques vieilles de deux millénaires, jetant d'énormes champignons vénéneux sur la Terre et propulsant des hommes sur la Lune moins d'un siècle après la disparition de la lampe à huile et de la voiture à cheval. Oui, en cette aube du 6 juin, c'était une ère apocalyptique qui se levait sur notre antique planète, nous renvoyant tous autant que nous étions à nos bricolages et à nos songes d'hommes des cavernes, d'hommes des forêts : ce que l'événement en soi comportait de magique – lorsque nous fûmes assurés que le débarquement avait bel et bien réussi –

dissimulait l'effondrement vertigineux du vieux sol néolithique sur lequel nous poursuivions des quêtes qui n'auraient plus leur place officielle dans la marche du monde, nous condamnant comme tant d'autres à entrer dans l'avenir à reculons.

Ce fut dans la nuit du 10 au 11 juin, vers 1 heure du matin, que la pétrolette dont nous redoutions l'arrivée pétarada sous nos fenêtres. Je me réveillai en sursaut. J'entendis des pas précipités dans l'escalier. C'était mon grand-père, blanc comme un linge. Nous étions tous réunis en liquette sur le palier avec les Sauveplane.

– Il faut foutre le camp tout de suite. Une division allemande se dirige vers le mont Mouchet. Il y a des éléments blindés à Sauguet. Trois camions ont pris la direction de Sainte-Colombe : ils seront là à l'aube.

Je n'eus même pas le temps de me rendre compte que j'avais peur. On entassa pêle-mêle dans la remorque de la B 14 des couvertures, de la nourriture, quelques objets précieux, des vêtements de rechange. Après force jurons et sévices divers, le tacot consentit à démarrer. Nous étions sept personnes empilées parmi des sacs qui nous déversaient leur contenu dans le cou ou entre les jambes.

– Mais où va-t-on ? demanda Henry Sauveplane. Tu nous emmènes tout droit dans la gueule du loup.

– Au château, hurla mon père, agrippé à son volant et le cou tendu, essayant de distinguer le chemin que le mince pinceau des phares n'éclairait guère plus que ne l'eût fait une lampe de poche.

– J'ai oublié mon sac, constata ma mère.

– Qu'est-ce qu'il y a dans ton sac, nom de Dieu ?

– Un peu d'argent. Mes papiers.

– Quels papiers? s'égosilla mon père en plantant un fameux coup de frein qui nous précipita les uns contre les autres.

– Mes papiers d'identité.

– Merde, merde et remerde!

Il fallut revenir en marche arrière jusqu'à La Foux, récupérer le sac : encore heureux que celui-ci n'ait pas pris un malin plaisir à se dissimuler sous un coussin, derrière un placard, ou sous un lit. Mon père était fou de rage, sa façon à lui d'avoir peur. On traversa le village où régnait le noir le plus complet. Mais plus loin, sur le chemin qui menait au château, deux charrettes tirées par des carnes emmenaient des femmes et des enfants. Les hommes marchaient derrière, armés de fusils de chasse ou de pétoires antédiluviennes. Mon père stoppa : il avait reconnu dans la lueur des phares le maire de Sainte-Colombe, qui vint se pencher à la portière.

– Le colonel vous attend. Vous devez tous vous replier à Bout-du-Lac. Les Allemands n'auront peut-être pas l'idée de pousser jusque là-bas. De toute façon, il n'y a aucun chemin pour y aller, à part ce sentier camouflé sous la végétation. Nous autres, nous filons par là-haut, du côté des bergeries. Allez, bonne chance. Serrez les charrettes, serrez les charrettes, fit-il à l'adresse des conducteurs en agitant sa lampe de poche.

Dix minutes après nous étions au château.

Tout le monde était là, à l'exception de Marc Teyssèdre, qui avait gagné le mont Mouchet où s'étaient rassemblés plus de trois mille partisans.

– Mes pauvre amis, dit Geneviève Grévin, je crois que nous avons mangé notre pain blanc.

– *L'Arlésienne* peut emporter au maximum sept personnes, coupa Jérémie. Nous sommes – il nous compta du doigt – quatorze. Une heure aller et retour. Il est 2 heures du matin. Si on se remue le popotin, je suis de retour à 3 heures. Ça vous va, mon colonel?

– Parfait. Emmenez d'abord des femmes et le gosse avec une partie du chargement. Dès que tout sera prêt, le deuxième groupe attendra dans les bois, près de l'embarcadère.

Jérémie avait entassé les ballots sur un charreton déglingué et le poussait sans difficulté sur le pré en pente. Suivaient Geneviève Grévin, ma mère, ma grand-mère, la marraine qui soufflait comme un phoque et menaçait de s'effondrer à chaque pas, Louise et moi. Je me tenais près de Louise. Elle m'avait pris la main.

– Dépêchons, dépêchons, ordonna Jérémie au moment où nous atteignîmes l'embarcadère. On répartit les charges dans le bachot une fois tout le monde monté à bord. Il mit le moteur en marche et *L'Arlésienne* prit le départ péniblement, comme si nous traînions une ancre.

– Tu as peur? me glissa Louise à l'oreille. Moi je m'amuse comme une folle.

Elle m'entoura les épaules de son bras et ses cheveux balayés par le vent que le déplacement causait me frôlèrent le visage. Dire que je n'aurais pas donné ma place pour un empire est bien éloigné de la vérité : c'est père et mère que j'aurais allègrement sacrifiés en échange de ce que j'éprouvais. Que ne traversions-nous l'Atlantique dans les mêmes conditions...

– Les marais, avertit Jérémie. Faut que j'allume mon phare, ou nous allons nous planter sur un banc de sable.

J'entendais ma mère claquer des dents, de peur et de froid, quoiqu'il fît tiède dans cette zone du lac. Le phare alimenté par la dynamo du moteur jetait sur l'eau une lueur indécise mais qui nous permit d'aborder à Bout-du-Lac sans incident.

– On décharge tout ici, dit Jérémie. Toi, le grand, fit-il à mon adresse, tu conduis ton monde jusqu'aux baraquements. Il tira un sifflet de sa poche. Une fois de l'autre côté des bâtiments de l'usine, tu files trois coups de sifflet. Trois, pas un de plus, pas un de moins, c'est bien entendu? Je retourne au port.

On marcha un bon quart d'heure à tâtons dans l'obscurité. A gauche apparut la silhouette confuse des trois sorbiers. Devant nous, se profilèrent les grandes dunes entre lesquelles il fallait passer pour atteindre les bâtiments de la mine. Enfin, j'aperçus la tour d'extraction devant moi, qui se découpait sur le ciel criblé d'étoiles géantes. Je tenais toujours la main de Louise. Les autres femmes clopinaient derrière nous en silence.

– Attendez, leur dis-je.

Je me sentais l'âme d'un chef, fier de m'acquitter sans faiblesse de mes responsabilités. Je contournai les bâtiments et donnai trois coups de sifflet. J'entendis grincer une porte, et le crissement du concassé sous les pieds de quelqu'un qui venait à ma rencontre. Une lampe de poche s'alluma, balaya le terrain devant moi, s'arrêta sur mon visage. Je distinguai un homme de petite taille, trapu, qui tenait une Sten sous le bras.

– C'est le château ? dit-il, avec un fort accent espagnol.

– C'est le château.

– Tu es tout seul ?

– Non. Les femmes attendent derrière les bâtiments.

– Va les chercher. Voilà une lampe.

Il me tendit une petite torche et je rejoignis le petit troupeau de femmes qui se tenait frileusement rassemblé contre le mur des bâtiments.

Une fois tout mon monde à l'abri dans la baraque, l'homme referma la porte avec soin et alluma une lampe à acétylène.

– Bonjour, Miguel, fit Geneviève Grévin en lui tendant la main. Qui vous a prévenu de notre arrivée ?

– Le téléphone marche bien, répliqua l'homme à la Sten en désignant du menton un poste qui se trouvait sur une table, parmi des verres et des assiettes sales. Il y a des châlits dans la baraque à côté. Si vous êtes fatiguées, vous pouvez vous y installer tout de suite. Ce n'est pas trop sale. J'ai fait un peu de ménage en prévision. Toi, me dit-il, garde ta lampe et va attendre les autres devant la lagune. Je ne peux pas quitter mon émetteur. Ça risque de barder. Pas le moment de faire les cons.

– Cet enfant, tout seul, dans la nuit, gémit ma mère.

– Je l'accompagne, Andrée, dit Louise, vous n'avez aucun souci à vous faire.

Une fois dehors : « Donne-moi la main et éclaire le sol devant toi, sans quoi je vais me ficher par terre. »

Ce trajet avec Louise à travers cette nuit trouble et

incertaine, piégée comme un champ de mines, constitua un de ces sommets inoubliables que ma rage de bonheur collectionnait alors : je ne savais plus qui j'étais, don suprême que l'existence peut nous offrir, ni où j'étais, ma tête était vide, et mon corps plein de cette main chaude dans la mienne, mes pieds me conduisaient sans que j'y fusse pour quelque chose, le monde et moi ne faisions qu'un – ces bouffées d'air tiède, parfois, sur ma figure, provoquant en moi comme des spasmes de tendresse – et tout était de ma fabrication, jusqu'aux étoiles semées au ras des forêts. Toute cette alchimie, cette transfiguration universelle pour une main dans la mienne, une main au bout de laquelle il y avait une voix et une chevelure bouclée couleur de miel où j'avais élu domicile dès le premier jour comme un innocent petit rapace.

Arrivés là où nous avions laissé les ballots, Louise déplia une couverture et nous nous assîmes l'un près de l'autre. Elle semblait aussi peu inquiète, au cœur de cette nuit muette et menacée, qu'une baigneuse sur une plage pleine de monde par un beau jour d'été. Elle se mit à chanter à mi-voix : « Douce nuit, ô nu-it d'amour... » Je ne sais pourquoi j'avais toujours cordialement détesté la barcarolle des *Contes d'Hoffmann*. Je crois que ce fut cette nuit-là que je ressentis pour la première fois la morsure de la jalousie. Cette musique molle et légèrement putride ne parlait pas d'amour à mes oreilles, mais de plaisirs égoïstes et de balancements très insolents, avoués de la façon la plus éhontée, sans pudeur, avec une légèreté détestable : le sourire entendu des grandes idiotes qui se font sauter pour un oui pour un non. Je l'interrompis.

– Louise...

– Oui ?

– Chantez-moi l'« Indifférent », de *Schéhérazade*.

Elle posa la main sur mes cheveux.

– Comment se fait-il que tu sois fou de Ravel à ce point ?

– Parce que Ravel...

Parce que Ravel, c'était moi : allez formuler ça à seize ans...

– Peu importe, puisque tu l'aimes.

Et tout en me caressant la toison du bout des doigts comme elle l'eût fait sans doute à un petit chien, elle se mit à chanter, accompagnée par tout l'orchestre qui se tenait prêt dans ma tête : « Tes yeux sont doux comme ceux d'une fille, jeune étranger, et la courbe fine de ton beau visage, de duvet ombragé, est plus séduisante encore de lignes... »

Le clapotis de l'eau venait mourir à nos pieds. La nuit – nous le savions tous les deux –, la nuit ne dormait que d'un œil, le fer et le feu menaçaient notre île heureuse perdue au large des forêts, mais nous étions seuls au monde, Louise et moi, naufragés sur une terre vierge, seuls dans un tête-à-tête qui ressemblait – décidément ! – à celui de *L'Enfant et les sortilèges*, avec la princesse dont j'étais le « Chevalier au cimier couleur d'aurore ». Quand elle eut fini de chanter la mélodie, je pris le relais avec une voix qui avait pour seul mérite celui d'être juste : « Toi, le cœur de la rose, toi le parfum du lys blanc, toi, tes mains et ta couronne, tes yeux bleus et tes joyaux... Tu ne m'as laissé, comme un rayon de lune, qu'un cheveu d'or sur mon épaule, un cheveu d'or, et les débris d'un rêve [1]... »

– C'est merveilleux, dit Louise. C'est un très grand musicien. Tu me plais beaucoup, tu sais. Je n'ai jamais rencontré un garçon comme toi. Dommage que tu ne sois pas mon frère : nous ferions bien la paire, tous les deux...

Dommage que je ne sois pas son frère... Je n'eus pas le temps de me triturer les entrailles avec cet aveu empoisonné : une lueur fusa à l'autre bout du lac, du côté de Sainte-Colombe, pour laisser éclater en plein ciel un point du plus beau rouge qui descendit lentement, comme porté par un parachute. Immédiatement, on entendit hoqueter une sorte d'énorme moto qui arracha la nuit à son silence.

Nous nous dressâmes aussitôt.

– Mon Dieu, dit Louise d'une voix étouffée, ils sont là...

Le bruit haché s'interrompit un instant, des coups de feu

---

1. *L'Enfant et les sortilèges* – paroles et livret de Colette.

isolés éclatèrent. C'était une mitrailleuse lourde qui venait de tirer, se remettait à pétarader en réveillant tous les échos de la forêt. Tirer sur qui ? Nous restions agrippés l'un à l'autre, tendant l'oreille au moindre bruit, n'osant penser au pire. Soudain, le doux ronronnement de *L'Arlésienne* nous parvint, soulageant notre anxiété, et quelques minutes plus tard, qui nous parurent une éternité, le bachot vint s'échouer, son phare éteint, là où nous l'attendions au milieu des ballots et des paniers de provisions : j'avais eu l'initiative, comprenant que Jérémie ne pouvait prendre le risque d'allumer son phare, de signaler notre présence par trois petits coups de torche.

Tout le monde débarqua en hâte : Jérémie, mon père, mon grand-père, Edith Cohen, Marguerite et Henry Sauveplane, et le répétiteur.

– Où est papa, où est papa ? interrogea précipitamment Louise.

– Il arrive à cheval par le sentier. Le bachot était trop lourdement chargé. N'ayez pas peur, mademoiselle Louise, votre père est un cavalier de premier ordre, et il connaît le trajet comme sa poche. Au petit pas, il sera là dans moins d'une heure : il a quitté les Frises avant nous.

– Vous avez vu la fusée ?

– Oui. C'est du côté d'Aubaret, au nord de Sainte-Colombe. Des partisans ont dû attaquer le convoi. Miguel doit être au courant. Si c'est une opération pas prévue dans le programme, il va y avoir du foin.

– Qu'est-ce que vous faisiez là tous les deux ? nous demanda mon père.

– Nous chantions, dit Louise. Du Ravel.

– On aura tout vu, dit mon père. Allez, chopez-moi votre part de barda et dansez maintenant.

– Attendez, coupa Jérémie. Il faut planquer le bachot tout de suite au milieu des joncs.

Une fois le bateau déchargé, il remit le moteur en marche et amena doucement *L'Arlésienne* jusqu'à l'extrémité sud de la lagune, tout envahie de grands roseaux et de végétation aquatique. Il nous rejoignit au pas de course.

– Il faudra plusieurs voyages pour emporter ce fourbi,

dit-il. Tout doit être à l'abri avant l'aube. Maintenant, à Dieu vat!

J'eus l'impression qu'il venait de trancher d'un coup de hache la dernière amarre qui nous retenait au monde des hommes. Pendant le trajet de retour, mon imagination se livra à une débauche de catastrophes qui effaçaient la civilisation de la surface de la terre, nous épargnant, naturellement, nous et quelques autres îlots de réfugiés qui se tapiraient dans leurs trous, vivant de chasse et de pêche, guettant les signes, se fondant peu à peu dans l'univers des bêtes et des plantes sur une planète ensauvagée, débarrassée de son locataire encombrant. Telle était mon ivresse : l'ivresse de la fin des temps. Elle me libérait de mes premières hantises, celles contre lesquelles il n'existe pas de remède. Rien de tel que le danger pour retrouver une âme d'enfant, lisse et propre, et claquant au vent du large.

Nous arrivions aux baraquements plongés dans le silence et l'obscurité la plus complète : portes, fenêtres closes ne laissaient pas suinter une seule goutte de lumière ou de bruit : Miguel redoutait les Storch que la Wehrmacht depuis quelque temps envoyait en reconnaissance même la nuit pour déceler la moindre lueur suspecte.

Le colonel nous rejoignit vingt minutes après.

– Ils sont à Sainte-Colombe, dit-il, sans paraître plus troublé que s'il nous annonçait qu'il allait pleuvoir. Il y a de fortes chances qu'ils aillent jusqu'au château. La Foux, non. Ils ne sont pas bêtes au point de croire que des partisans vont attendre d'être cueillis comme des lapins dans une maison forestière, après tout le tabac de cette nuit. J'ai placé un écriteau sur la porte : « A louer. S'adresser à M. Robert Grévin – 219, boulevard Saint-Germain – PARIS. » J'ai même indiqué notre numéro de téléphone. S'ils enfoncent la porte, j'espère qu'ils ne trouveront rien qui dénonce une présence récente. Le maire a emmené les deux autres canassons avec lui.

– Où sont-ils allés ? demanda mon grand-père, que la rencontre en pleine nuit de ces charrettes pleines de femmes et d'enfants avait bouleversé.

– Il y a deux ou trois bergeries sur le mont Chauvet, à une dizaine de kilomètres au nord des Frises. Je pense qu'ils y seront à l'abri. Une fois tous les colis rentrés, on prendra un repos bien mérité.

– Je savais depuis longtemps que ça finirait comme ça, soupira la marraine, défraîchie comme des fleurs épuisées dans un vase. Je me demande si on n'est pas moins en danger dans les villes.

– J'ai toutes les raisons de croire que vous ignorez ce qui se passe dans les villes, répliqua sèchement Marguerite Sauveplane. J'aime autant crever d'une balle que de me retrouver entre les mains de la Gestapo.

– Oui, madame, vous devez avoir certainement raison, répondit timidement Thérèse Laborie. Quands ces choses-là arrivent, on ne se sent en sécurité nulle part.

– Il n'arrivera rien, dit le colonel d'un ton très irrité. Rien, vous entendez ? Il n'a-rri-ve-ra rien !

Dans les deux baraquements qui jouxtaient celui où était installé Miguel, il y avait en effet des châlits sur lesquels nous étendîmes nos couvertures. Pendant ce temps, les hommes étaient tous repartis chercher les derniers ballots. « Surtout pas de lumière », avait recommandé Miguel. Une fois de retour, mon père et mon grand-père, en guise de rideaux, suspendirent des couvertures devant toutes les fenêtres dont les volets déglingués n'étaient pas très hermétiques. Nous disposions de bougies, mais il fallait les économiser.

Les deux bâtiments en planches où nous étions logés communiquaient par une porte branlante qui m'apporta un grand réconfort : Louise dormait à quelques mètres de moi et c'était comme si je dormais dans son rayonnement.

Les hommes, eux, allèrent discuter dans le P.C. Miguel avait décidé que chacun d'eux à leur tour prendrait un tour de veille. Mon père, que toutes ces péripéties avaient énervé, demanda à assurer le premier quart de veille. Le reste de la nuit fut tranquille. Chacun épiait d'une oreille le moindre bruit, et nous en fûmes réduits, cette première nuit, à sursauter aux galopades des mulots qui arpentaient les poutres ou gratouillaient sous le plancher sans se préoccuper de notre intrusion dans ce qui leur servait de capitale. En m'endormant, je me dis que nous appartenions désormais au peuple des mulots et que nous vivrions comme eux au milieu des ruines laissées par une espèce peu fréquentable.

La journée du lendemain ne se distingua par aucun incident notable, si ce n'est que Thérèse Rollin, qui avait repris goût à la vie, manqua de s'enliser par le fait de son poids excessif dans des sables mouvants traîtreusement dissimulés sous dix centimètres d'eau où, à l'abri d'une touffe de joncs, elle se lavait le derrière. Ses glapissements nous ameutèrent, et il fallut s'y mettre à trois pour l'arracher à la tombe visqueuse et glauque qui convoitait cette proie de premier choix. Le point d'eau où nous pouvions nous livrer à nos ablutions se trouvait à une centaine de mètres des baraquements, entre les dunes rouges, de telle sorte que même des guetteurs casqués et armés de jumelles n'auraient pu réussir depuis les crêtes de la montagne à déceler notre présence. Une petite source alimentait cette annexe de la lagune, donnant une eau assez fraîche dont le goût me rappelait désagréablement l'infecte boisson surgie des entrailles de la terre à la station thermale de Luchon, qui parfumait tout ce que je mangeais ou reniflais d'une odeur d'œuf pourri, l'année où une sinusite rebelle m'avait imposé une cure (j'avais six ou sept ans, et la rancune tenace) dont je gardais un souvenir épouvanté : un médecin chauve, grand dégustateur de dames, me glissait dans les narines des espèces de sondes d'une longueur scandaleuse, reliées par des tuyaux en caoutchouc à un engin électrique qui expédiait vers mes sinus avariés des vapeurs sulfureuses par saccades de plus en plus violentes, jusqu'à me rendre sourd, à demi aveugle et hébété pour le reste de la journée. Le médecin en question s'appelait Malleplate, ce qui n'arrangeait pas la situation, et les promenades où ma mère m'emmenait se déroulaient dans une campagne policée de barbelés, au sol juteux et gras constellé de bouses de vaches, qui m'inspirait une franche haine, tant et si bien qu'un jour je perdis la tête et envoyai un coup de pied dans les tibias de ma mère sous prétexte que j'avais été trompé par des promesses mensongères (de là, sans doute, l'aversion assidue que j'ai toujours nourrie à l'égard des Pyrénées).

Nous prenions nos repas sur des tables déglinguées qu'on avait réunies dans la pièce où vivait Miguel, repas uniquement composés de charcuterie et de conserves, quoique Jérémie eût apporté des cageots de tomates et de fruits qui n'avaient pas tardé à pourrir. Il y avait six énormes pains de montagne enveloppés dans un vieux drap et une grosse roue de bleu d'Auvergne, des bonbonnes de vin, et les ripailles se fussent déroulées dans une atmosphère assez rocambolesque si, de temps à autre, l'émetteur récepteur de Miguel ne s'était mis à cliqueter dans son coin pour nous rappeler à l'ordre.

– Londres n'a rien prévu ? demandait le colonel.

– Je n'en sais pas plus que vous, mais si le rassemblement s'est effectué spontanément, ils ont pris un risque énorme. Regardez la carte.

La tache verte du mont Mouchet apparaissait comme un lac de forêts cernées de routes. Au sud, Paulhac ; à l'ouest, Ruines ; à l'est, Sauguet ; au nord, les derniers versants de la Margeride. Et nous n'étions à vol d'oiseau qu'à une quinzaine de kilomètres de cette forteresse sans issue de secours.

– Une division entière, dit Miguel la tête entre les mains. Pas un n'en réchappera, comme aux Glières.

Nous nous taisions tous, rassemblés autour de cette boîte noire dans laquelle se concentrait une puissance infernale dont nous éprouvions le rayonnement au point le plus sensible du ventre. La peur, la mort, la violence et le sang, c'était cette boîte de métal au milieu des soucoupes pleines de mégots, de boîtes de bière américaine et d'une bouteille de trois-six où, de temps à autre, Miguel puisait un vague espoir.

A la nuit tombée, des coups sourds, quoique lointains, nous parvinrent comme si, quelque part au-delà des crêtes, un marteau-pilon s'abattait régulièrement sur une enclume géante. Tapis derrière les fenêtres, tous feux éteints, nous écoutions, les oreilles bourdonnantes à force de tension.

– C'est au nord, murmura Miguel. Les blindés. Canons de 88.

Il se précipita sur son appareil, tripota les boutons, envoya un appel codé.

Silence. Pas de réponse.

– Bon Dieu de bon Dieu de merde.

Il recommença deux fois, trois fois, dix fois : toujours rien.

– Le déménagement a probablement commencé, dit Robert Grévin. Ils ont d'autres chats à fouetter qu'à rester collés à leur P.C. S'ils ont un P.C. La pagaille, comme en Espagne.

– Nous avons appris qu'on ne combat pas le fascisme rien qu'avec du courage et des tripes. Discipline, coordination et des armes, pas des fusils de chasse ou des bâtons de dynamite. Ont-ils seulement des armes lourdes...

– Des F.-M., des mortiers, peut-être quelques tubes antichars, mais ce n'est pas certain. Du plastic en veux-tu en voilà, pour faire sauter les ponts et les voies ferrées... A quoi ça va leur servir ?

– Notre place n'est pas ici, dit Marguerite Sauveplane. Si seulement ce foutu poignet...

Henry ne répondit rien : on voyait battre à toute vitesse les parois du petit cratère qu'il avait au sommet du front.

Miguel écrasa brutalement sa cigarette dans l'assiette aux mégots, attrapa la bouteille et avala une lampée d'alcool. Il reposa la bouteille sans son bouchon, la main toujours crispée sur le goulot. Il regardait fixement l'appareil. Il se leva d'un coup, écarta sa chaise du pied.

– J'y vais, dit-il. Je prends le canasson.

– Vous êtes complètement fou, dit le colonel. A quoi va servir...

– Mon colonel, il faut que je sache. Je ne m'exposerai pas inutilement, vous avez ma parole. Pendant mon absence, ne touchez pas à l'émetteur. On ne sait jamais. Sont foutus d'avoir équipé leurs Storch de détecteurs.

Il fourra sa Sten et des munitions dans un sac à dos, une lampe, et un Mauser avec sa gaine de cuir, récupéré sur un officier S.S. qu'il avait abattu quelques mois plus tôt dans la région de Clermont-Ferrand : sa femme et sa fille avaient été brûlées vives en 38, dans un village proche de Madrid tombé aux mains des fascistes. Il alla seller le cheval qu'on avait mis à l'abri dans un bâtiment de brique où rouillait un vieil excavateur.

– Tu vas croûter à ta faim, dit-il à l'animal auquel on accordait parcimonieusement l'avoine depuis notre arrivée.

– Soyez prudent. Pas d'héroïsme inutile. Nous avons tous besoin de vous. Tout le réseau a besoin de vous.

– Je sais, mon colonel.

– Je comprends vos sentiments, mais ne faites pas l'imbécile.

Les coups sourds ébranlaient toujours les corridors de la nuit.

– Je prends le premier tour de veille, dit le colonel.

Mais personne n'avait sommeil. Une fois Miguel parti, on fit le tour des baraquements pour observer la nuit du côté où frappaient lourdement ces coups. La vue s'étendait de ce côté-ci sur des kilomètres de landes et de forêts. Au loin, sur la gauche, on apercevait la masse obscure du mont Chauvet, pelé comme son nom avait l'air de l'indiquer. De temps à autre, une lueur rougeâtre palpitait au ras de l'horizon des bois.

– Qu'est-ce que c'est ? dit mon père à voix basse, comme si cette lueur contaminait tout à coup l'obscurité autour de nous.

Les explosions étouffées ne semblaient pas provenir du même endroit où cette rougeur alertait la nuit de manière beaucoup plus inquiétante que le bruit.

– Ce sont peut-être des bois qui ont pris feu. Ou ces salauds qui ont incendié des fermes, dit mon grand-père, lui aussi à voix basse. Avez-vous songé que le mont Mouchet est couvert de résineux ? Quatre coups de lance-flammes, et l'affaire est réglée.

– Mon Dieu, quelle horreur, murmura Geneviève Grévin. Comment des hommes peuvent-ils...

– Ce ne sont plus des hommes. Ce sont des machines à détruire et à tuer. Du reste, je pense et j'ai toujours pensé qu'ils se détruiraient eux-mêmes. Cette forme de courage confine au suicide : songez aux Japonais...

Moi excepté, je crois que personne ne ferma l'œil de la nuit. Au petit matin, silence. Pas même de fumée dans la direction des lueurs grasses que nous avions vues voleter au ras des bois.

Nous avons joué à la belote : Louise, Geneviève, mon père et moi. Louise était ma partenaire. Il fallait qu'elle mît du trèfle. J'ai dit que le cheval était probablement en train de se régaler d'avoine fraîche. Je l'ai répété plusieurs fois. Personne n'a intercepté le message, si ce n'est que tout à coup, Louise a attrapé le fou rire et jeté du trèfle sur la table. Elle pleurait de rire. Mon père se mit à branler du chef : « Manque pas de culot, celui-là, avec son avoine... » Nous leur avons flanqué la pile. « On vous revaudra ça demain », a déclaré mon père en ramassant les cartes.

C'est à ce moment-là que nous avons entendu l'avion. Robert et Tony se sont précipités à la fenêtre dont ils ont écarté la couverture : une petite croix qui brillait en plein ciel, et puis une autre.

– La Luftwaffe, dit le colonel.

– Pas sûr, répliqua flegmatiquement mon grand-père. Passez-moi vite les jumelles.

Le bruit des moteurs s'enfla comme une sirène : les deux chasseurs piquaient sur Sainte-Colombe.

– Des Anglais, cria Tony. Deux Spitfire. Il y a des Boches du côté du village.

Le crépitement des mitrailleuses éclata avec une rage inimaginable. Les deux avions reprirent de l'altitude, et après un virage sec, d'une facilité époustouflante, ils fondirent à nouveau vers la terre et crachèrent leurs projectiles sur une cible invisible. Brutalement, une gerbe rouge et noir fusa du sol et quelques secondes plus tard, une formidable explosion secoua tout le ciel.

– En plein dans le mille, hurla Robert Grévin. C'est probablement un convoi de munitions qui vient de sauter. Mais qu'est-ce qu'il foutait par ici ?

Cinq, six fois, les deux moustiques repiquèrent sur leur proie, d'où s'élevaient maintenant des panaches de fumée noire. De nouvelles explosions retentirent. Les deux avions virèrent au-dessus du lac. Maintenant, on voyait à l'œil nu la cocarde anglaise sur le fuselage et les ailes. Ensuite, tout s'est passé si vite que le temps a paru se contracter, changer de vitesse, se décomposer à toute allure comme les séquences d'un film qui s'emballe jusqu'au déchirement final de la pellicule.

Les deux chasseurs ont foncé vers nous. Les tuiles du hangar d'où s'échappait la voie ferrée ont volé en éclats.

– Les cons ! hurla Robert Grévin. Tout le monde à plat ventre...

La bousculade générale m'a projeté contre la porte qui s'est ouverte et j'ai roulé dehors au moment où l'un des deux chasseurs lâchait une rafale en direction de nos baraquements – celui où nous dormions. Des vitres et des cloisons ont explosé sous des cris perçants, j'ai reçu des éclats de bois sur les jambes, le concassé sautait par gerbes dans un énorme vacarme de moteur et de marteau-piqueur. Je me suis dressé, j'ai arraché ma chemise et suis parti en courant à travers l'espace mitraillé où flottait un nuage de poussière qui prenait à la gorge. L'un des deux Spitfire m'a foncé dessus, j'ai agité ma chemise comme un drapeau en continuant à courir dans la poussière et la chaleur aveuglante. L'avion m'a arraché le souffle et secoué jusqu'aux entrailles au moment où il passait au-dessus de ma tête dans un fracas assourdissant. J'ai eu le temps de détailler son ventre, fasciné de distinguer de si près les détails du monstre véloce. J'ai pensé, très vite : un bloc de fer volant. Il y avait là-dedans quelque chose qui tenait à la fois de la magie, et d'un défi pétrifiant lancé à la loi fondamentale de la nature : celle de la pesanteur, et ce défi, cette prouesse technique m'ont procuré une sorte de vertige, comme si mon propre corps se révulsait devant un tel viol de l'ordre des choses. Tout à coup, le Spitfire s'est mis à accuser un roulis, agitant ses ailes, un coup à gauche, un coup à droite...

Des hourras ont éclaté dans mon dos : tout le monde avait jailli de la baraque, agitant qui son chapeau, qui sa chemise, qui une serviette. Les deux avions virèrent, repassèrent au-dessus de nos têtes, nous présentèrent leurs excuses en nous saluant de nouveau de leurs ailes, puis s'éloignèrent vers le Sud, disparurent comme deux minuscules insectes.

J'ai été acclamé comme un matador qui vient d'occire la brute encornée – sauf par ma mère, tombée dans les pommes. Revenue à elle après force claques et administration d'eau-de-vie qui faillit l'expédier *ad patres* pour de bon, l'alcool ayant manqué son estomac et pénétré dans ses bronches, elle finit par retrouver l'usage de la parole :

– Mais qu'est-ce qui t'a pris, qu'est-ce qui t'a pris, tu veux me faire mourir d'un arrêt du cœur...

– Ce gamin nous a sauvé la peau, dit le colonel en me soulevant dans ses bras et en élevant mon visage à la hauteur de son mètre quatre-vingt-dix. Tu es un fameux phénomène.

Ce qui m'avait pris, je n'en savais rien et n'en sais toujours rien : l'ivresse causée par le danger, surtout pas un acte de courage, froussard comme je l'étais. Une sorte de confiance bizarre : ces avions étaient nos amis venus bouter l'ennemi hors de France, il était imposible que le mal nous vînt d'eux (ce qui n'empêchait pas que des villes françaises fussent gentiment bombardées, que des gens mourussent gentiment sous de gentilles bombes américaines ou anglaises). Pendant que tous nos amis ne tarissaient pas d'éloges à mon égard et me prodiguaient toutes sortes de caresses, une idée saugrenue a fait irruption dans mon esprit : Louise allait m'entraîner à part dans un baraquement et soulever sa jupe pour me montrer ses cuisses, en récompense de mon exploit. Ce n'était pas l'expression d'un désir refoulé, mais plutôt de cette tendance bizarre qui s'affirmait de jour en jour à prêter les comportements les plus scabreux même aux personnes que j'aimais et respectais le plus.

Toute la journée, ce fut comme si j'avais perdu une partie

de mon poids. Les choses avaient acquis un relief insolite, tout était beau à regarder : une petite naissance éphémère m'avait comme délivré de moi-même, cela me rappelait ces matins où, après une longue fièvre et la diète, je me réveillais dans cette légère ivresse que procure la faiblesse, redécouvrant tout d'un œil neuf, purgé de la torpeur que nous inflige l'écoulement des jours. Le monde, qui dépérit doucement avec nous, recouvre brusquement fraîcheur et santé en même temps que nos forces nous reviennent, comme si nous ne faisions qu'un avec lui – et le comme si est de trop, puisque le monde, c'est nous.

Nous avions récolté un peu partout une vingtaine de balles de mitrailleuses, précieuses comme des talismans que nous soupesions dans la main, petits obus brillants, d'un métal blanc comme de l'aluminium : je devais par la suite en porter une autour du cou, percée d'un trou où passait un lacet de cuir – trophée de guerre dont je fus amputé dans de pénibles circonstances –, témoignage de moins en moins actif d'un acte d'héroïsme dont le souvenir devint très vite improbable, s'usant aussi vite que les avions étaient repartis, malgré la légende venue prêter main-forte à cet instant volatil qui irait très vite rejoindre d'autres décombres dans les poubelles crevées de la mémoire.

Une de ces balles avait traversé de part en part le bâtiment où tout le groupe rampait au sol – juste à hauteur d'homme, faisant éclater en miettes au passage la bouteille d'eau-de-vie. La magie de la vie et de la mort flottait autour de nous dans l'odeur d'alcool, de bois éclaté, de cette poussière rouge qui saupoudrait jusqu'aux couvertures de nos châlits.

A peine étions-nous remis de nos émotions – ce n'était pas de l'émotion, plutôt un étrange flottement que tout le monde ressentait, comme si tout était brusquement devenu irréel, c'est-à-dire plus réel que jamais –, Miguel arriva sur son cheval au triple galop.

– La bataille fait rage, dit-il à bout de souffle. Ils vont se replier sur la Truyère.

Il avait lui aussi vécu d'étranges et périlleux moments, dissimulé dans une corne de la forêt, à moins de deux kilomètres du théâtre des opérations.

– Beaucoup de morts, dit-il en se laissant tomber sur sa chaise. Filez-moi un coup de trois-six. Il avait les joues et le menton bleus des forçats évadés.

Le colonel lui désigna d'un doigt les débris de verre qui jonchaient la table et le sol et que nous n'avions pas eu encore le temps de balayer, ainsi que les deux planches éclatées de part et d'autre du baraquement.

– Qu'est-ce qui s'est passé ? fit-il avec indifférence.

– Nous avons été mitraillés par deux Spitfire qui ont attaqué un convoi dans la matinée.

On lui montra le sac rempli de balles. Il y plongea la main, en observa quelques-unes, d'un œil lointain, sans plus réagir que s'il s'agissait de capsules de bière.

Le colonel le prit doucement par le bras : « Allez dormir, mon vieux, vous êtes à bout. » Il ne répondit rien et se laissa conduire comme un enfant jusqu'à un de nos châlits où il s'étendit en fermant aussitôt les yeux.

Robert Grévin fit boire le cheval, lui donna une double ration d'avoine, et, vers le soir, déclara subitement qu'il allait pousser jusqu'au château à l'abri du couvert.

– Papa, non, je t'en supplie, implora Louise en s'accrochant à lui. Geneviève éclata en sanglots, ses nerfs lâchaient, et on lui appliqua une compresse d'eau sédative sur le front.

Le colonel Grévin consulta sa montre.

– Il est 8 heures. Je serai de retour à 10.

A 11 heures, il n'était toujours pas là. De temps à autre, dans le lointain, des coups sourds secouaient la terre dans ses profondeurs. Geneviève, à qui l'on avait administré deux comprimés de Gardénal, dormait dans le coin le plus obscur de la pièce où nous grignotions sans appétit du pain et du fromage. Il était près de minuit quand on entendit crisser le concassé sous les sabots du cheval. La torche du colonel s'alluma, s'éteignit.

– Dieu soit loué, murmura Louise, Dieu soit loué, Dieu soit loué.

Elle se précipita à sa rencontre.

– Tout va bien, dit Robert en sautant à terre.

Il nous déballa des nouvelles fraîches en vrac : le château, intact. Il avait poussé à travers bois jusqu'aux abords de Sainte-Colombe. A l'encontre de ce que nous redoutions, le village n'avait subi aucun dégât. C'était sur la route conduisant à Sauguet que les Spitfire avaient attaqué un convoi de trois camions bourrés de munitions dont les conducteurs et les motards qui les précédaient avaient été trompés par les panneaux indicateurs délibérément tournés dans la mauvaise direction. Le convoi : pulvérisé; il ne restait aucun survivant, et le commandement allemand ignorait cette opération éclair qui privait momentanément la division des munitions dont elle avait besoin. Le colonel avait poussé sa reconnaissance jusqu'à La Foux. Là non plus, aucune trace laissée par l'ennemi : notre sanctuaire était demeuré inviolé, épargné par miracle, renforçant en moi ce sentiment de protection magique qu'il m'avait toujours inspiré.

Cette journée riche en événements se termina vers 1 heure du matin. Mais on sentait qu'une main rapide tournait les pages de notre calendrier.

Le lendemain, dans la matinée, sous un soleil de plomb, de lourdes explosions lointaines nous parvinrent – si lointaines qu'il fallait bien tendre l'oreille pour les percevoir. C'était comme une espèce de grondement orageux qui eût concerné plutôt le sol lui-même que l'étendue désertique du ciel.

– Bombes de mille livres, dit le colonel. A vol d'oiseau, nous ne sommes qu'à un peu plus de cent kilomètres du Rhône. (J'avais la sensation que le Rhône se trouvait de l'autre côté de la terre.) C'est bien dans cette direction que ça dégringole : ils sont en train de bombarder les ponts.

Distraitement, j'ai songé à Pont-sur-Rhône, à ses vieux toits de tuiles dévorées par le soleil, presque grises quand on les apercevait depuis les collines autour de Saint-Just : il me semblait qu'une seule bombe au milieu de la ville eût provoqué l'écroulement de toutes ses vieilles bâtisses dans un bruit d'os écrasés. Bon vent, j'ai pensé.

– Pourquoi bombardent-ils le Midi de la France alors que la bataille fait rage en Normandie ? dit mon grand-père.

– Désorganisation des arrières, diversions, que sais-je...

Et puis quoi, les voies du haut commandement sont impénétrables.

Le grondement continuait à remuer les profondeurs de la terre, comme si tout le vieux bastion du Massif central n'était constitué que d'un seul bloc jusqu'au fleuve-dieu qui le longeait.

– Quel jour sommes-nous ? fit tout à coup mon père en regardant sa montre.

– C'est midi, répliqua le colonel.

– Nous devons être le 15, poursuivit mon père, sans tenir compte de cette réponse bizarre.

– Non, le 16, affirma Jérémie.

– Dix jours que ça attaque, là-haut, dit à mon grand-père le colonel. Dix jours : la poche tient, le matériel arrive, les renforts en hommes débarquent. Cinq cent mille hommes dans la bataille, selon Londres. Les fritz sont cuits : pas un avion à croix gammée dans le ciel de Normandie.

– D'où tenez-vous tous ces renseignements ?

– Pas de Radio-Paris, de Londres. Le maire avait laissé un mot à l'endroit convenu, pour le cas où... Nous attendrons ici encore quarante-huit heures ou trois jours. Dès que la division aura évacué les lieux : ils vont avoir d'autres chats à fouetter qu'à courir dans les bois après les maquisards.

– Ce porc de Goering doit crever de rage et de frousse dans sa graisse, dit tout à coup Miguel. Il prononça, geste à l'appui, un certain nombre de jurons en espagnol qui concernait la partie la plus avantageuse du grand veneur du IIIe Reich.

– Les Russes au cul, les Amerloques au-dessus de la tête, trois fronts à soutenir, la Wehrmacht gratte ses fonds de tiroirs, ramasse les vieux de plus de soixante ans, les jeunes de seize ans, ça ne vous suffit pas ? dit Robert Grévin à mon grand-père, dans un langage qui semblait s'être mis au même diapason que celui de Miguel.

– Je vous dirai mes sentiments quand les drapeaux alliés flotteront sur Berlin.

Ces trois derniers jours que nous passâmes à Bout-du-Lac s'écoulèrent dans une atmosphère insolite : brusquement, après tout ce que nous venions de vivre (fuite dans la nuit sur le lac, installation, attente, attaque du mont Mouchet, lueurs rougeâtres, départ de Miguel, attaque du convoi, mitraillage des baraquements, sortie du colonel), nous nous sentions étrangement désœuvrés, un peu vides. J'étais frappé, pour la première fois de ma vie, par la rapidité avec laquelle les grands événements tenaient peu de place dans la durée, une fois passés. Sur l'instant, on les vivait dans une espèce d'éternité intense et mystérieuse, et ensuite, tout ça se se ramenait à quelques mots et à des images fuyantes – comme celles des deux avions anglais qui nous avaient mitraillés, avaient battu des ailes pour signaler leur méprise, et s'étaient évaporés dans le ciel de ma mémoire. Une succession de mirages qu'on croyait gravés dans le granit et qui fondaient ensuite comme neige au soleil. J'ai demandé à Louise si nous chanterions encore tous les deux dans la nuit tiède, et elle m'a répondu : « Bien sûr... » d'un air aussi distrait que l'étaient déjà ce lieu, ces planches d'un gris maladif, ces éclats de bois jaunes, ces bâtiments déserts, cette voie ferrée huilée d'air chaud le long de laquelle j'allais respirer de vieilles odeurs de goudron et de cambouis qui me semblaient provenir d'une autre vie.

Comme tout s'est emballé vite, à partir de là. Jérémie et moi sommes allés pêcher des anguilles qu'on a fricotées comme on a pu, dans une poêle noire toute gondolée qu'on avait dénichée parmi les ruines de ce qui avait dû jadis servir de cuisine. On s'est baignés dans un trou au milieu des marais, mais dès qu'on touchait le fond du pied, on sentait une vase molle nous glisser entre les orteils et de grosses bulles puantes venaient crever à la surface de l'eau. On a encore joué aux cartes et bu du vin, moi, pour la première fois de ma vie. Il faisait de plus en plus chaud, les nuits n'étaient pas fraîches et des escadrons de moustiques commençaient à nous attaquer dès la tombée du jour. Qu'est-ce qu'on a fait, encore... Ah, oui ! Mon père et Louise, Louise qui avait terriblement besoin de se laver les cheveux, ont discuté chant pendant toute la dernière soirée. Mon père lui expliquait que le nez jaune du vieux seigneur de *La Flûte enchantée* était déjà suffisamment jaune pour qu'on ne lui colle pas une couche supplémentaire de peinture « jôôône, en sa barbe blanche »... Vous voyez ce que je veux dire ? Louise opinait de la tête. « Autre chose, encore, notait mon père : ... " Et qui déploie enfin ses voiles violettes comme un IMMMM-MENSE oiseau de nuit dans le ciel d'or. " Là aussi, pédale douce. Pas trop de M dans cet immense immensément immense. Nous ne sommes pas dans *Paillasse,* n'est-ce pas ? Si on n'y prenait garde, l'oiseau de nuit couvrirait la planète entière de ses ailes, écrasant le pauvre Ravel sous son poids. Mais vous avez fait des progrès remarquables. Vous possédiez l'essentiel : une voix. N'importe quel pianiste, pour peu qu'il soit musicien et qu'il ait le courage de travailler six à huit heures par jour, peut devenir un très bon pianiste. La voix, c'est un cadeau de la nature, et celle-ci en est plutôt chiche. »

Je tournais dans ma tête d'abracadabrantes astuces pour me retrouver seul avec Louise sur le sable de la lagune. J'ai parlé d'une dernière promenade dans la nuit, puisque nous rentrions au bercail le lendemain, mais ma proposition a fait « floc » dans l'indifférence générale car chacun débattait en soi-même des drames domestiques du genre : qu'est-ce que nous allons faire à dîner demain, comment nous procurer du pain si l'ambulant de Sauguet a trop la frousse pour pousser sa camionnette jusqu'à Sainte-Colombe, je vais avoir une pile de linge à laver et à repasser, mes jambes sont velues comme les pattes d'une guenon, j'en ai pour une bonne demi-journée à la pince à épiler, enfin, passé le danger, passé la fête, tout le monde était déjà parti et, dans la nuit où s'attardait encore un reste de jour reflété par des petites bandes de nuages sanglants qui indiquaient l'endroit où s'était déroulé le massacre, je suis allé m'asseoir tout seul contre le hangar pour regarder la voie de chemin de fer et me consoler de mes déboires sentimentaux en me repaissant de ce départ immobile qui m'aurait permis de vivre ici pendant des années sans éprouver la nécessité de bouger.

Le lendemain, au moment où le dernier groupe embarquait dans *L'Arlésienne,* dans un ordre différent cette fois, car Louise avait fait partie de la première fournée, je suis resté le dernier sur le rivage sablonneux, observant les dunes rouges, le talus rectiligne de la voie ferrée, mon père m'a demandé qu'est-ce que j'attendais pour monter à bord et qu'est-ce que je regardais : « Rien. On était bien ici... » Il m'a donné pour tout viatique une de ces réponses dont les grandes personnes ont parfois le secret, et qui vous mettent le cœur en marmelade : « A la bonne vôtre... » Je l'ai haï un tout petit instant, parce que j'étais devenu capable, depuis Louise, de haïr n'importe qui, pour peu que ce n'importe qui ne se montrât pas à la hauteur de mes détresses. Je l'ai haï comme j'ai haï Louise qui n'avait même pas salué en moi le héros que j'étais devenu en offrant ma poitrine nue aux balles et en agitant ma chemise sous le nez d'un dragon volant.

Et c'est vrai que le mouvement des jours s'est accéléré sous la cascade d'événements dont cet été 44 a été le témoin. Le 20 juin, les derniers combats dans le réduit de la Truyère avaient cessé. La plupart des maquisards s'étaient enfuis ou avaient été massacrés. Le soir du 23 juin, ma famille avait organisé une petite fête en mon honneur, à laquelle assistaient la famille Grévin et leurs hôtes habituels. Ma grand-mère avait allumé un grand feu, et nous l'avions tous sauté en feignant de nous amuser comme des fous, mais il y avait de la distraction dans l'air, notre petit groupe « fuyait », comme on dit d'un pot fêlé. Les Sauveplane s'étaient déjà évaporés dans la nature. Nous n'avions aucune nouvelle de Marc Teyssèdre. J'ai oublié de dire qu'avant notre équipée à Bout-du-Lac, le boxer de Louise avait disparu un beau matin; son père lui avait affirmé qu'à leur retour aux Frises, le chien serait tranquillement assis devant la porte, car son caractère fantasque l'avait déjà poussé à de telles fugues. Mais cette fugue-là fut sans retour et la perte du chien fit un petit accroc dans la pureté linéaire de ces jours vivifiants et denses.

Un soir de début juillet, mon père et moi faisions comme naguère notre cure d'étoiles sur le gazon de La Foux quand tout à coup il se leva et me dit d'un ton bourru : « Descendons jusqu'au lac. » La lune éclairait la nuit et faisait scintiller les rides de l'eau devant laquelle nous restions accroupis, moi les yeux fixés sur la lumière des Frises, lui jetant mécaniquement de petits cailloux dans le lac. J'eus droit à une de ces conclusions coutumières qui clôturaient à haute et intelligible voix ses intempéries intérieures, message codé que je déchiffrais plus ou moins bien mais qui laissait apparaître un malaise croissant.

– C'est la triste vérité.

Il ponctua sa phrase en jetant un dernier caillou dans l'eau, floc!, et ce floc retentit encore dans ma tête comme le commencement de la fin.

Pourtant, le lendemain, il était gai comme un pinson quand Jérémie vint nous chercher avec *L'Arlésienne* pour déjeuner au château. La journée s'y déroula comme d'habitude, d'abord dans la fraîche salle à manger où nous nous régalâmes d'un plat d'aubergines à la tomate pour lequel mon père aurait vendu père et mère, en Provençal enragé qu'il était, ensuite sur la terrasse où nous écoutions les nouvelles sur un vieux Pathé-Marconi affecté d'une laryngite chronique. En Normandie, les têtes de pont américaines s'élargissaient, péniblement, mais elles s'élargissaient. Selon les communiqués de Londres, les Alliés avaient la complète maîtrise de l'air, et atteindraient Paris avant l'automne.

Paris avant l'automne. Encouragé par le pessimisme incorrigible que mon grand-père nourrissait à l'égard des Alliés, je me berçais d'idées criminelles, imaginant un front entre Paris et l'océan Atlantique où s'éterniserait mollement une guerre de tranchées, comme en 14-18, un coup je te prends Caen, un coup je le reperds, et ainsi jusqu'à la saint-glinglin, à seule fin que ma vie ne changeât pas d'un iota.

Une petite phrase innocente et perverse que j'avais entendue au cours de cette journée dans la bouche de mon père – il parlait avec Geneviève Grévin – me pénétra dans l'oreille comme un poison et fit lentement son chemin à mon insu jusqu'à ce que les faits lui donnent corps et sens, encore que je la tinsse sur l'instant pour une simple boutade : « Ce n'est pas ce qu'on fait qui empêche de dormir, c'est ce qu'on ne fait pas. »

Désormais, la guerre roulait ses tombereaux à portée de nos oreilles, lorsque nous entendions, souvent le matin, le grondement sourd des bombes de mille livres dont les forteresses volantes inondaient ponts et voies ferrées du nord au sud de la vallée du Rhône.

Le 12 juillet, vers midi, par une chaleur africaine qui plâtrait le ciel, un grondement imperceptible prit lentement possession de l'espace, s'enfla, comme si toute la voûte céleste entrait en transe, et apparurent très haut les grands oiseaux porteurs de mort et de liberté – ce lyrisme fâcheux exprime bien ce que nous ressentions alors, et pourquoi ces avions hantèrent-ils longtemps mes rêves sous forme de rapaces invincibles ? Ils avançaient en formation symétrique, comme des vols de migrateurs. On pouvait en compter une bonne centaine, peut-être davantage, et ce qui saisissait le plus aux entrailles, c'était ce grondement large et puissant dont les résonances désaccordées remplissaient l'azur dépoli par la chaleur d'une clameur caverneuse qui semblait prendre pour cible chacun d'entre nous, au point que ma première réaction fut de me plaquer au sol alors que l'attaque de nos baraquements par les Spitfire m'avait projeté hors de moi et fait affronter le danger dans un état d'ivresse incompréhensible. Je me tenais le nez dans l'herbe, écrasé de terreur, comme si toute la puissance de destruction de ces monstres volants allait s'abattre sur La Foux. Je ne repris courage qu'une fois le grondement éteint à l'autre bout du ciel, vers le Sud, encore demeurai-je tapi de longues heures derrière les premiers arbres de la forêt.

Le 20 juillet, en début d'après-midi, Jérémie traversa le lac pour nous apprendre que Hitler était mort dans un attentat à Rastenburg. Il était chargé par le colonel de nous ramener tous au château pour fêter l'événement au champagne. Hélas! les bouchons n'eurent même pas le temps de sauter : la radio nous apprit peu de temps après que le führer n'avait été que légèrement blessé, et le champagne regagna les caves du château. A titre de consolation, le colonel nous garda à souper. Ma mère nous interpréta *Le Tombeau de Couperin*, et Louise chanta *L'Horizon chimérique*. J'étais sorti sur la terrasse, éprouvant le besoin d'être seul. J'avais, ce soir-là, la mort dans l'âme, et j'accordai ma déréliction aux paroles de cette merveilleuse mélodie : « La mer est infinie, et mes rêves sont fous, la mer les a bercés en battant les falaises... »

Longtemps après, comme je demeurais accoudé à la balustrade, je sentis l'odeur de vanille et Louise posa une main sur mon épaule.

– Qu'est-ce que tu fais là tout seul dans ton coin ?

Je lui fis face mais je ne voyais pas son visage qui se découpait dans l'obscurité sur la lueur venue du grand salon. Elle ajouta :

– La vie est longue, tu sais, très longue.

– Je ne comprends pas ce que vous voulez dire.

Oh, si, je comprenais très bien. Je me tenais raide comme un bâton. Elle regardait, me semblait-il, un point situé derrière moi, dans la direction de La Foux.

– Tout ça est vraiment trop bête.

– Quoi ? de quoi parlez-vous ?

Elle eut un geste impatient de la main.

– La guerre... Notre amitié... Tout ce que tes parents ont fait pour moi... Et maintenant... Enfin, plus tard, j'espère que j'aurai l'occasion...

Les « plus tard », les « on verra » entraient dans la collection de mes bêtes noires : l'aveu de soumission à la force des choses. Je lui coupai la parole, la hargne à fleur de peau :

– Plus tard ! Vous savez très bien qu'il n'y aura pas de plus tard. Quand la guerre sera finie, vous rentrerez à Paris, et moi...

Une nausée me retourna le corps et l'âme comme un gant : Pont-sur-Rhône, les sbires du collège, l'éternel automne des trottoirs mouillés, des escaliers visqueux, des murs, des incarcérations mentales, des rendez-vous avec le bonheur manqués – mes propres funérailles, en somme. Mais j'étais fermement résolu à ne plus me laisser garrotter. La décision s'ancra dans ma cervelle entre le moment où j'avais dit « et moi... » et celui, affreux, où Louise me planta un poignard dans le cœur en se jetant brusquement contre moi, m'inondant le visage de ses cheveux, puis elle prit ma tête entre ses mains et posa rapidement ses lèvres au coin des miennes. Sa joue était mouillée de larmes. Aussitôt après, elle s'enfuit, pénétra dans le château par une porte de service pour éviter sans doute d'afficher ses yeux rouges et un désarroi embarrassant.

Une décision burlesque, dérisoire, enfantine. Un de ces coups de tête qui jettent un enfant dans les bois pendant quarante-huit heures. Pouvais-je mesurer que de ce coup de tête toute ma vie dépendrait ? Que j'allais sans le savoir « brûler mes vaisseaux » derrière moi ? *Que le mal était déjà fait*, parce que le petit organe qui bat dans la poitrine d'un adolescent que rien ne dispose à limiter la portée du désir ni l'exigence de vivre sur la plus haute branche de son arbre, ce petit organe-là devient très vite une machine meurtrière que rien n'arrête, sinon la camisole de force ou un exil forcené.

J'ai écrit à la craie (rouge) plus tard, sur un mur, Dieu sait lequel, probablement celui de cette clinique immonde, ou bien celui d'une pissotière, ou d'un commissariat de police, ou d'une église, enfin d'un édifice glorifiant la veulerie d'une espèce qui préfère se rouler dans sa propre fange plutôt que d'affronter les coups de tabac du grand large : « Otez vos culs de mes orages désirés. »

– Drôlement littéraire, ton désespoir, m'a dit Hélène vautrée sur moi. Mais nous avons des comptes à régler.

Les Américains ont pris Avranches le 30 juillet. Les Anglais Florence le 4 août. Oh! la la! que tout allait vite, que le tricot des jours perdait ses mailles par rangs entiers... Louise, toujours Louise, encore Louise, jusqu'à la veille du 15 août, où fut porté le coup de grâce au bastion de mes espérances. Nous nous trouvions encore au château, abonnés par de multiples passions, avouables ou non, à la table de nos hôtes, couvrant les grondements incessants de la guerre par du Fauré, du Ravel, du Debussy, et une voix qu'on applaudirait quelques années plus tard sur toutes les scènes du monde.

C'est vers 4 heures du matin que nous avons été réveillés par un ébranlement de la terre beaucoup plus profond que le grondement orageux des bombardements habituels. On eût dit que tout le Sud tremblait sur son socle. Tony comprit tout de suite que les Alliés avaient débarqué quelque part sur les plages de la Méditerranée, et que seuls des canons de marine pouvaient provoquer de tels effets telluriques dont l'épicentre devait se situer à quelque trois cents kilomètres de notre donjon.

Les Français parlent aux Français : rassemblés autour du Pathé-Marconi, nous buvions les nouvelles par tous nos pores. Nous sommes tous restés au château du 15 août à la mi-septembre : décision de Robert Grévin qui refusait de fêter en notre absence les nouvelles quotidiennes meilleures les unes que les autres pour la plupart des personnes présentes, franchement catastrophiques pour moi. Pas que pour moi, hélas!

Le 25 août, de Gaulle entrait dans Paris, retournement de l'Histoire qui laissait mon grand-père stupéfait, presque honteux de son incapacité à prévoir l'imprévisible. C'est ce jour-là que j'ai pris la première cuite de ma vie, ayant ingurgité à seule fin de noyer mon désespoir une bouteille de champagne entière que je vomis dans le lac, après que Jérémie m'eut emmené à bord de *L'Arlésienne* sous le couvert d'une pêche fictive qui avait pour mission de m'écarter de je ne sais quel complot qu'on tramait dans mon dos.

Complot dont je ne pouvais guère sur le moment débrouiller les fils, mais je devais très vite comprendre les raisons qui exigeaient que mon père descendît seul à bicyclette jusqu'à Pont-sur-Rhône pour y chercher « des papiers ».

Plus vite, toujours vite, crachotait cette cochonnerie de

T.S.F. qui annonçait que Toulon et Marseille étaient libérées. Le soir du 31 août, incapable de dormir, je descendis pour méditer sur mon sort jusqu'à l'embarcadère. Au moment où j'allais traverser la terrasse, je m'arrêtai pile derrière une grande urne où végétait un oranger qui passait le plus clair de l'année au fond de la grande salle, contre la véranda; un murmure de voix me parvint : c'était mon père qui parlait avec le colonel. Je surgissais juste au moment où s'achevait une conversation qui avait l'air de me concerner : « ... beaucoup de précautions pour ne pas le heurter, était en train de dire le colonel. Un bon dérivatif... Vous devriez louer une baraque à Sainte-Colombe... ou même l'acquérir : une bouchée de pain. » « Peut-être, peut-être », disait mon père. Oh, cette voix distraite, je lisais en lui comme dans un livre, je devenais sans trop m'en rendre compte le père de mon père, flairant ses dérobades, ses malaises, ses silences; et lui, quel démon le tenaillait, avait-il toujours le béguin de Geneviève Grévin, était-il mécontent de son poème symphonique, qui menaçait de rester en plan, inachevé, quitterions-nous Pont-sur-Rhône pour vivre à Montpellier, où je n'avais jamais mis les pieds, mais dont le seul nom me provoquait un haut-le-cœur?

La conversation prit soudain un autre tour : « Je vous recommande la plus grande prudence... », à quoi mon père répondit qu'à son arrivée à Pont-sur-Rhône, les Allemands auraient déguerpi : les premiers blindés de la 7e armée avaient déjà atteint Avignon.

– Edith Cohen vous a préparé un en-cas, que vous emporterez dans votre sac à dos. N'oubliez pas la carte sur laquelle j'ai repéré votre itinéraire en rouge.

Le colonel aurait pu utiliser toutes les couleurs de la création, mon père ne savait pas lire les cartes, et lorsque nous partions en voyage ou en balade avant la guerre, c'était ma mère qui faisait office de navigateur, sans quoi mon père eût été capable de passer par Nice pour se rendre à Villard-de-Lans.

Le colonel ajouta : « Je vous ai également préparé de quoi réparer la bécane en cas de crevaison. »

La bécane... voilà qui renfloua d'un coup de baguette

magique mon cœur empalé sur un récif. Il descendait à Pont-sur-Rhône sur deux roues : expédition qui me galvanisait, non pour son but, on s'en doute, mais pour la bonne raison que je berçais en moi depuis des années le rêve d'un grand voyage à bicyclette en compagnie de mon père : fricot sur trois pierres, dormir au creux des fossés, voir défiler de chaque côté de la route des perspectives inconnues, chevaucher le vent, et en ces circonstances troubles, traverser des régions incertaines, hantées par le danger qui transfigure le monde et change le plomb en or.

– A quelle heure comptez-vous partir ?

– Avant le lever du jour, vers 4 heures.

– Je crois qu'il est temps d'aller nous coucher.

Je regagnai immédiatement ma chambre. Mon plan fut très vite établi ; il y avait quatre bicyclettes dans le hangar, dont deux flambant neuves, achetées quand les Grévin s'étaient réfugiés aux Frises, en 40 – 1940, ce n'était plus une date, mais un substantif qui évoquait tout un univers sur le point d'être englouti à jamais de l'autre côté du temps –, et qui n'avaient presque pas été utilisées. Je gribouillai un mot pour ma mère sur une page de garde que j'arrachai à un livre chipé dans la bibliothèque du colonel : *Le Parfum des îles Borromées*, de René Boylesve, lecture qui jetait de l'essence sur mon cœur incendié.

« Ma petite maman, je descends avec papa jusqu'à Pont-sur-Rhône. Tu n'as aucun souci à te faire. Nous coucherons chez les curés des églises qui se trouveront sur notre chemin. Je t'embrasse, et grand-mère, et grand-père. J.M. »

Je réglai la sonnerie de mon réveil sur 3 heures et glissai celui-ci sous mon oreiller. Je m'endormis comme une masse, et une seconde après, le réveil grelotta chétivement à mon oreille : j'avais dormi cinq heures d'une seule traite. Je hasardai un œil dans le couloir après m'être habillé en hâte : de la lumière filtrait sous la porte de la chambre où dormaient mes parents, et un murmure de voix sourdes me parvenait. Enfin mon père sortit de la chambre, referma la porte et descendit au rez-de-chaussée sur la pointe des pieds. Du moins le crus-je, car ayant à mon tour gagné le rez-de-chaussée, et m'étant réfugié dans la souillarde qui jouxtait à la fois la cuisine et le hall d'entrée, je constatai que celle-ci était plongée dans le noir. Allait-il pédaler à jeun, sans avoir pris son sacro-saint café et ses deux tartines de pain beurrées qu'il engloutissait tous les matins à grands coups de mâchoires ?

Une bonne vingtaine de minutes passèrent ; enfin la lampe de la cuisine s'éclaira ; je l'observais par la fente de la porte restée légèrement entrebâillée : jamais je ne lui avais vu une telle expression sur la figure. Il avait des yeux bizarres, deux fois plus grands que d'habitude, me semblait-il, des yeux presque féminins, et pleins d'une douceur impudique qui me mettaient en présence d'un étranger. Oh non, jamais je ne lui avais vu ces yeux-là, jamais je n'avais surpris sur un visage humain pareille langueur, ni cette luminosité mouillée du regard, comme possédé par une supplication hypocrite et tendre.

Pas de tartines : il avala un bol de café, éteignit la lampe et sortit. J'entendis la porte du vestibule qui donnait dans le hangar s'ouvrir et se refermer. Quelques minutes plus tard, j'aperçus par le fenestron de la cuisine la lueur chétive de la bicyclette dont il avait enclenché la dynamo trembloter sur les graviers du chemin. Aussitôt, je me précipitai dans le hangar. J'allumai l'ampoule accrochée à la voûte, et la belle bicyclette bleue de Louise à la main, je sortis à mon tour du château en laissant dans ma précipitation le hangar éclairé : jusqu'à Sainte-Colombe, je ne risquais pas de perdre sa trace, mais j'ignorais l'itinéraire qu'il emprunterait ensuite. La nuit était si noire que je n'eus aucune difficulté à suivre la petite lueur rouge de son feu arrière. Moins de deux cents mètres nous séparaient, et mon cœur cabriolait dans ma poitrine, sous l'effet de mon audace, non des coups de pédale : j'avais l'impression d'être un voleur poursuivant un autre voleur, et de violer les lois élémentaires de la hiérarchie. Arrivé à Sainte-Colombe, il bifurqua vers Sauguet, il n'y avait du reste pas d'autre route, mais je m'étais imaginé que Robert Grévin connaissait l'existence de chemins clandestins enfouis dans l'épaisse toison des forêts. Quand nous atteignîmes Sauguet après trois heures de trajet, le jour se levait dans un ciel couleur de lavande d'une limpidité encourageante : j'avais une peur horrible des orages et la perspective de pédaler sous des éclairs eût mis promptement fin à mon expédition.

Je le vis déposer sa bicyclette contre un tronc d'arbre devant un café dont la porte était entrouverte et les lampes allumées. De mon côté, je croquais un biscuit plâtreux et du sucre que j'avais enfouis dans mes poches avant de quitter la cuisine. La pause ne dura que quelques minutes. Il sortit du café, sauta sur sa bicyclette, et dès cet instant commença une course poursuite échevelée par de tortueuses petites routes qui ne cessaient par bonheur de descendre. Je serais bien incapable de retrouver l'itinéraire que nous avons emprunté. Je m'efforçais de maintenir entre nos deux bicyclettes une distance de quelques centaines de mètres, ce qui, à diverses reprises, manqua de m'expédier dans la mauvaise direction. Vers midi, nous avions dépassé un village dont le nom m'était inconnu – Saint-Étienne-de-Lugdarès ? Mais ce n'est pas certain – l'irréparable se produisit : comme je prenais un virage à la corde, je l'aperçus, assis sur un talus ombreux, dévorant son casse-croûte à belles dents. L'effet de surprise fut tel que moi et ma bicyclette – chère bicyclette que Louise avait enfourchée, et certaines images quand je les évoquais me mettaient le sang à la tête – valsâmes dans le fossé. Je m'en tirai sans une égratignure, ainsi que la bicyclette, tant le sort avait veillé à ce que mon point de chute fût généreusement matelassé d'herbes grasses.

Bouche bée, mon père se dressa, sa tranche de saucisson à la main.

– Mais tu es fou à lier ! Quel petit con tu fais... Merde, tiens, tu mériterais... Ainsi, tu nous as espionnés ? Et ta mère, te rends-tu compte...

J'ai dit précipitamment que je lui avais laissé un mot où j'affirmais que par mesure de précaution, nous nous ferions héberger par les curés.

– Les curés ?

Il me regardait d'un air stupéfait.

– Oui, les églises, enfin, les presbytères.

Et j'ajoutai avec amertume :

– Depuis quelque temps, tu ne fais que m'engueuler. Si ma compagnie te déplaît, je continue tout seul. Rendez-vous à la Villa des Roses.

Il se rassit sur le talus, me tendit un morceau de pain et deux grosses tranches de saucisson.

– Tiens, mange, au lieu de débiter des âneries.

Il but un coup au goulot de sa gourde puis sortit de sa poche un paquet de cigarettes rectangulaire – des anglaises, Players Navy Cut; Seigneur, ce parfum de miel et de pain d'épice ravalait brusquement le tabac noir français au rang des grossièretés nationales dont je dressais depuis quelque temps un bilan féroce – et en alluma une. Depuis quand fumait-il ? Je ne lui avais jamais vu une cigarette au bec. Celle-ci pendue à ses lèvres évoquait je ne sais quelle provocation intérieure, l'ébauche d'une trahison : c'était comme s'il avait mis le pied sur une terre étrangère.

– Tu en veux une ?

Il me tendit une cigarette. Premier échange entre hommes. Pourquoi cette licence ? Il détestait les garçons qui fumaient. Voulait-il me corrompre, comme ces ivrognes qui détestent boire seuls, et ont toujours besoin d'un complice pour conjurer leur culpabilité ?

Je glissai la cigarette dans la poche de mon blouson.

– J'ai soif.

Sa gourde était à demi pleine d'eau et de vin mélangés.

– A quelle heure t'es-tu levé ?

– A 3 heures du matin. J'avais glissé mon réveil sous l'oreiller. J'ai attendu que tu descendes. J'ai filé directement jusqu'au hangar quand j'ai vu s'allumer ton phare.

Je lisais le soulagement sur ses traits : c'était un très mauvais dissimulateur.

– Bon, puisque tu es là... Tu ne me racontes pas d'histoires à propos de ce mot pour ta mère ?

– Je l'ai déposé sur mon oreiller. Elle pensera qu'au dernier moment, tu as été d'accord pour m'emmener.

– Elle va nous faire un cinéma... Allez, il est temps de partir.

Nous avons enfourché nos bécanes et les arbres se sont mis à défiler à toute vitesse de chaque côté de la route, les montagnes, les villages, les vergers, les rivières, des gosses qui jouaient au ballon, des lavoirs où des vieilles tordaient du linge, des choses éblouissantes, des jardins lumineux, des murs lépreux, et la fécondité du soleil se faisait de plus en plus meurtrière à mesure que nous perdions de l'altitude, sa lèpre rongeait tout, aplatissait les villages au sol, dévorait le flanc de montagnes jaunâtres qui montrait l'os autour de carcasses de bergeries et de petits murs décharnés.

A 4 heures de l'après-midi, nous traversions Largentière et tombions, un ou deux kilomètres plus loin, sur un village affublé d'un nom absurde, superbe et immérité, évocateur des « quelques arpents de terre gelée » que la France avait abandonnés aux Anglais avec son manque de jugeote coutumier : « Montréal. » A 5 heures, nous nous arrêtions à Ruoms pour boire un coup dans un bistrot dont la seule clientèle était composée de mouches expertes qui festoyaient sur le comptoir. Il faisait une chaleur lourde, huileuse, qui collait aux narines comme du sirop.

– Où allez-vous comme ça ? nous demanda le tenancier aux bras velus, porteur d'une moustache stalinienne. Ce n'est pas le moment de traîner sur les routes. Il y a plein d'Allemands qui essaient de gagner la vallée du Rhône avant de se trouver coincés par l'avance des forces alliées.

– Il faut que nous soyons ce soir à Pont-sur-Rhône. Quel itinéraire vous conseillez-nous d'emprunter ?

– Évitez la route de Vallon-Pont-d'Arc à Barjac. Les schleus n'arrêtent pas de passer et tirent sur tout ce qui bouge. Ils sont à pied, en camion, à cheval, à bicyclette, le maquis les harcèlent, l'aviation les mitraille – des Anglais : ils ont des couilles, ceux-là, avec leurs chasseurs. Pas comme les Amerloques qui balancent leurs bombes à dix mille mètres d'altitude, et ça tombe n'importe où. Il paraît qu'ils ont trinqué, à Pont-sur-Rhône, il y a trois jours. Je ne sais même pas si les bombardiers ont réussi à « empéguer » le pont.

– Tout ça ne nous dit pas quelle route nous devons prendre.

– Passez au nord des gorges de l'Ardèche, par Lagorce, Saint-Remèze, Bidon, Saint-Marcel-d'Ardèche, Saint-Just...

– Là, nous connaissons, c'est chez nous.

– Vous êtes de par là ? On va arroser ça. Je vous paie ma tournée. Tiens, un pastis. Le jeune, je peux ? fit-il en tenant suspendue la bouteille au-dessus du verre qui m'était destiné.

– Une fois n'est pas coutume. Mais noyez-le-lui.

– Merde, dit le tenancier, je ne suis pas spécialement patriote, mais nous voilà débarrassés d'une sale vermine. Vive la République!

– Vive la liberté! répondit mon père.

Et il siffla son pastis d'un trait.

– Il ne manquait pas d'air, commenta Hélène qui était en train de me couper les cheveux, le manche d'un peigne entre les dents.

– Il parlait comme un type qui va faire la belle. La paix revenue, c'était la prison à vie : il avait déjà rompu l'amarre et pris le large, mais je ne le savais pas encore.

Nous avons suivi une petite route qui sinuait au milieu d'un pays jaunâtre et acariâtre, exténué, d'une sécheresse sinistre. Après Lagorce, nous avons pénétré dans le royaume des plantes métalliques. Quatre années de verdure, de fraîcheur, d'air pétillant et d'eaux vastes avaient irréversiblement altéré les charmes de notre ancien domaine. L'odeur du thym, trouble comme tout ce qui se réfère à l'éternité, s'accordait à cette dessiccation générale, à ce calcaire qui perçait la terre de tous les côtés, comme si nous avancions au milieu d'un gigantesque ossuaire. Une âpre jouissance me venait au cœur, devant ce paysage de bronze et de chaux vive où il n'y avait aucune place pour l'espoir. Ici, deux et deux faisaient irrémédiablement quatre. C'est ce jour-là que je me rendis compte à quel point le royaume de mon enfance dissimulait d'amères évidences : la mort et le soleil, on était condamné à les regarder en face. Je n'éprouvais pas d'aversion, mais plutôt un terrible sentiment d'impuissance et d'étouffement – mêlé tout de même d'une certaine nostalgie : quelque chose de moi appartenait à cette sécheresse, quelque chose dont je resterais désormais séparé à tout jamais : je subissais ma première amputation définitive. Adieu, lilas de mai, cétoines, chèvrefeuilles, adieu l'aube douce et les soirs veloutés sur les collines de Grèce et de Palestine!

Je m'accrochais à la bicyclette de Louise comme un noyé à sa bouée... C'était le seul lien qui me reliait à ma patrie, à *ma première bien-aimée*, distance – cent vingt kilomètres – et temps – une douzaine d'heures – conspiraient à les rendre aussi fragiles, aussi improbables qu'un rêve. Quel démon imbécile m'avait poussé à suivre mon père dans cette zone mangée par les termites, pouilleuse comme l'Orient, mal famée, murée dans la lumière noire de la connaissance de soi-même ? Toutes ces interrogations meurtrières qui m'assaillaient l'esprit, comme des mouches un cadavre...

Nous passions au-dessus de Vallon-Pont-d'Arc quand des coups de feu claquèrent, probablement vers Salavas, de l'autre côté de l'Ardèche. La fusillade prit de l'ampleur, des armes plus lourdes – mortier, tube antichar ? – aboyèrent et on se mit à pédaler de toutes nos forces sur cette route qui montait vers Saint-Remèze par des lacets très durs : nous étions à bout de force. Par bonheur, jusqu'à Saint-Marcel-d'Ardèche, on descendit pratiquement en roue libre.

A l'entrée du village, des vieux jouaient à la pétanque sous des platanes, comme si le monde se limitait pour eux aux frontières fournies par leurs yeux.

– Est-ce qu'il y a du foin par ici ? leur demanda mon père en mettant pied à terre.

– Ici ?

Ils nous toisèrent comme si nous tombions de la lune.

– Où c'est, votre pays, nous demanda un des joueurs de boules au cou recuit, plissé comme la peau d'un pachyderme.

Tous ces vieux avaient la couleur des briques qui festonnaient leurs portes et leurs fenêtres. Race aussi vieille que celle des arbres, à peine plus mobile qu'eux, fixant l'humain dans ses racines comme celles-ci fixent l'eau. L'un des vieux a rigolé en montrant ses gencives édentées, à vif : « Ça barde, sur la 86... » Il se baissa pour ramasser sa paire de boules et les tenant d'une main, il attrapa une poignée de terre au pied d'un micocoulier à l'envergure impressionnante, un des arbres les plus gais de la terre : « Ils décampent, les boches, ils raflent des brouettes, des voitures d'enfants, tout ce qui leur tombe sous la main pour emporter leur barda... Mais ça... – il fit couler la terre entre ses doigts calleux –, ça ils l'emporteront pas... »

Mon père, remué, s'avança pour lui serrer la main. Le vieux la lui tendit après l'avoir soigneusement essuyée contre son pantalon.

– Comment vous appelez-vous? lui demanda mon père.

– Roux, Marcel. Et vous, c'est quoi votre nom?

– Mouraille, dit mon père. Nous sommes de Saint-Just.

Le vieux le regarda sous le nez.

– Toi, tu es le fils d'Alexandre Mouraille.

Et il se mit à lui secouer la main à grands coups de bras. Il voulait nous offrir le couvert et le gîte.

– C'est impossible, nous sommes attendus. Mais on viendra vous faire une petite visite quand tout ça se sera tassé.

– Tu viens de voir la France, me dit-il une fois que nous fûmes remontés sur nos bécanes. Et dire qu'ils jouent aux boules à trois kilomètres des bombes et des mitrailleuses, mais ces trois kilomètres, ils les ont toujours faits à pied... Toute cette chienlit, quelle foutaise...

Son allusion devait certainement embrasser un champ beaucoup plus vaste que celui de cette guerre absurde, de cette lamentable débandade. J'avais tout lieu de soupçonner qu'elle jetait par-dessus bord tous les fardeaux inutiles, comme on fait depuis un aérostat trop lourdement chargé pour s'arracher à la pesanteur.

Les vieux nous avaient recommandé de prendre par Saint-Martin-d'Ardèche, pour éviter cette fameuse 86. Quatre longues années après notre fuite, nous nous retrouvions sur la route que nous avions empruntée ce matin-là – dans un autre monde : un monde aujourd'hui en cendres. L'arrivée à Saint-Just me causa un malaise qui déjà prenait l'ampleur inquiétante d'un trouble mental. La Villa des Roses, son jardin vénéneux, plus aride qu'un cimetière turc où le sable dévore comme de la chaux vive les jolies petites prostituées grecques d'Anna de Noailles, les passe-roses géantes, monstrueuses, postées en sentinelle derrière le portail, ces ifs et ces cèdres exsudant un baume pour conserver les cadavres, les buis devenus fous, maîtres des lieux, obstruant toutes les allées – et cette odeur liturgique, presque macabre, comparée aux senteurs fraîches et légères du Haut Pays... Morte, l'enfance, mon propre cadavre reposait sous les lilas exténués, fripés de sécheresse, comme une poupée au crâne défoncé.

On entendait passer toutes sortes de véhicules sur la grand-route, de lourds engins, des motos, et parfois claquaient de sèches détonations, auxquelles répondaient par instants des rafales de mitrailleuse.

– Attendons la nuit. Nous verrons bien.

– Si nous allions chez les Reboul ?

– Pas question, coupa-t-il sèchement. Pas envie de bavarder ce soir.

Nous sommes allés cueillir des raisins et des abricots à moitié pourris dans un verger qui jouxtait notre jardin. Il ne nous restait qu'un peu de pain et du fromage. Notre estomac était vide mais nous n'avions pas faim.

C'est cette nuit-là que j'ai fumé ma première cigarette, accoudé à la fenêtre avec mon père pour écouter l'incessant trafic qui ferraillait sur la route, à sept ou huit cents mètres de notre logis. Vers 1 heure du matin, des explosions sourdes secouèrent la nuit, au sud de Saint-Just, puis le silence tomba, comme si s'était arrêté net avec ces explosions le brinquebalement d'une armée en déroute. Éreintés, nous avons dormi jusqu'à midi, tous volets clos, rideaux tirés. Dehors, toujours le même silence. Et cette chaleur visqueuse, effroyable, sous un ciel couleur d'étain, éblouissant et livide.

– Attends-moi là, me dit mon père. Je pars en reconnaissance.

Il pédala jusqu'au village, revint une demi-heure après, tandis que je rôdais dans le jardin mortuaire, un bâton à la main, fouettant l'air devant moi par crainte de me plaquer la figure sur une toile d'épeire dont le jardin regorgeait à cette époque de l'année, bête immonde dont la seule vue me révulsait.

– Les blindés de la 7ᵉ armée seraient déjà à Bagnols, me dit-il. Mais rien n'est sûr. Il y a encore des Allemands à Bourg-Saint-Andéol. Nous partirons vers 4 heures. Ce sera plus prudent.

Il avait ramené un pain et du pâté de campagne. Nous avons mangé silencieusement dans la cuisine, et bu l'eau tiède du robinet. Je ne voyais pas arriver le moment de décamper. Tout sentait la mort autour de moi.

Après que nous eûmes fait une petite sieste, chacun de notre côté, il me demanda l'heure : « 3 heures et demie. »

– Allons-y.

Six kilomètres nous séparaient de « Pont ». Nous les avons parcourus à toute allure. La route était déserte, jonchée de part et d'autre d'invraisemblables épaves : vêtements militaires et civils, caissons de munitions vides, vieux téléphones à manivelle, parapluies, toutes sortes d'outils, cartouches de cigarettes allemandes pas même entamées, charrettes les quatre fers en l'air, poussettes d'enfants – comme si un énorme naufrage venait de se produire quelque part, avant que la marée ne se soit retirée, abandonnant sur le rivage de cette route les débris d'un empire sombré corps et biens.

Sous un ciel blafard, désertique, décomposé par la chaleur, le bourg nous apparut comme frappé d'une épidémie de choléra, avec ses rues vides, ses boutiques fermées, ses façades claquemurées. Une odeur bizarre, sucrée, hypocritement douce, javellisée, nous arrivait du centre des vieux quartiers où un chapelet de bombes avait tué une centaine de personnes. Dans la « rue bleuâtre », l'odeur devint franchement infecte. Nous avons rentré nos bicyclettes dans le couloir aux murs visqueux. Nous sommes montés jusqu'à l'appartement sans déceler le moindre bruit : tout le quartier avait été évacué depuis le bombardement, et les travaux de déblayage avaient été interrompus par le passage d'une armée traquée, prête à tout dévaster autour d'elle.

Dans les pièces, régnait une chaleur de four, comme si les plafonds eussent été posés contre les tuiles. Nous avons entrebâillé quelques fenêtres. L'odeur de chair décomposée nous a pris au ventre. Je me tenais immobile, pétrifié au milieu de la salle à manger, n'osant même pas m'asseoir, ni toucher un meuble. Une lumière terne, comme orageuse, entrait par les persiennes : l'une d'elles avait reçu un minuscule éclat de bombe qui avait pulvérisé une latte et brisé une vitre.

J'entendais mon père fouiller dans les tiroirs de son secrétaire. Il glissa divers documents dans son sac à dos.

– Bon. Tu vas m'attendre ici. Je vais voir si la banque est ouverte. Le directeur habite au-dessus. S'il est chez lui, il m'ouvrira.

La fatigue plombait mes jambes, et je m'étendis sur mon lit, non sans répugnance. Les relents de charogne montaient depuis les immeubles effondrés à moins d'une centaine de mètres de notre « 42, rue bleuâtre », substantif inséparable des limbes malsaines de ma petite enfance. Ces relents possédaient une sorte d'horrible gravité sacramentelle. Je me levai pour jeter un coup d'œil à travers les persiennes. J'aperçus un chien qui sortait des décombres, un lambeau noirâtre entre les crocs. Mon front se couvrit instantanément d'une sueur glacée et je vomis le peu de nourriture que j'avais absorbée à midi. J'allai jusqu'à la salle de bains pour me laver la bouche, mais l'eau était coupée, sans doute à cause des canalisations détruites. Jamais je n'avais éprouvé avec une telle violence le sentiment d'être étranger à tout, à ce décor où j'avais grandi, à ces meubles sur lesquels j'aurais pu reconnaître des doigts le moindre défaut. Les toits, le clocher de l'église, la cime des platanes qu'on apercevait au-delà du lacis des ruelles puantes, et l'effrayant soleil dans ce ciel plâtré de chaux vive suggéraient la mort plus encore que ces cadavres en train de pourrir sous les os du bourg. Et pendant que le néant faisait son office, là-haut, le lac frisé de brise reflétait le mur des forêts bleues, les insectes vibraient dans l'éternel printemps des hautes herbes, et Louise...

Louise. Les heures que nous avions passées ensemble dans les baraquements de la mine me paraissaient atrocement lointaines et irréelles, quelques efforts que je fisse pour m'y réfugier en esprit, pour échapper à cet enlisement funèbre dont tout me disait, dans le triomphe de l'instant, que ma vie serait bientôt réduite à subir le règne.

Le jour commençait à décliner, la lumière tamisée par les persiennes prenait cette teinte orageuse qu'elle garderait pour le reste de mon existence, à la tombée du crépuscule. Les mains posées à plat sur la table de notre vieille salle à manger où cafards et araignées semblaient n'avoir même pas survécu à la longue séquestration qui leur avait été imposée, j'écoutais le silence, mes nerfs à vif à l'affût d'une brusque métamorphose du monde, de je ne sais quel événement, naturel ou surnaturel, dont la guerre n'eût été qu'un présage obscur. Cet espoir trouble s'accordait à l'odeur de la décomposition, aux immeubles effondrés, à ces toits indifférents qui parlaient moins le langage de la vie que celui de la mort éternelle camouflée sous les apparences trompeuses que la vie lui concède.

Dans mon cheminement intérieur, j'avais déjà commencé à bifurquer, à m'éloigner des chemins fréquentés pour me glisser le long d'un de ces sentiers embroussaillés qui, ne menant nulle part, et se dissolvant dans les bois à mesure qu'on progresse, jusqu'à ce que l'on perde sa trace, peuvent conduire à tout ce que le cœur s'obstine à désirer. Cette torpeur et ce silence de fin des temps ne faisaient que fortifier en moi la volonté de ne pas m'en remettre aux seuls artifices de l'art ou de l'écriture pour déserter un monde qui deviendrait, une fois la guerre terminée, une mauvaise zone inhabitable, irrespirable, et m'abandonnerait, comme un poisson des grandes profondeurs échoué sur le sable, à mes soubresauts et à l'asphyxie.

Sa serviette sous le bras, il est revenu de la banque, avec l'expression qu'il aurait eue s'il l'avait dévalisée.

– Le directeur était chez lui ?

– Oui, oui, tout est arrangé.

– Mais qu'est-ce que tu lui voulais ?

– C'étaient des histoires de paperasse qui traînaient depuis plusieurs années.

Nous restions tous les deux immobiles devant la fenêtre, à contempler la rue déserte sillonnée d'hirondelles véloces.

– Et s'il ne restait que nous deux de vivants sur la terre, dit-il avec un petit rire sec.

Éprouvait-il le même malaise que moi, à la vue de ces toits prétris de chaleur, déserts, où pesait un silence de nécropole ? Oh, comme ma petite enfance passée dans ce qu'il avait toujours appelé « le caveau de famille » me semblait, par un effet rétrospectif, relever du cauchemar, des délires jaune et noir occasionnés par la fièvre, enfin, de tout ce qui touche aux frontières de la démence. Non, je ne gardais aucun souvenir agréable de cette époque-là, et je tenais en quelque sorte sous les yeux la preuve de ma dissidence congénitale, puisque j'avais pris le large dès que mon grand-père avait acquis la Villa des Roses, et avec elle, la possibilité de mon évasion.

– Oui, pourquoi pas, dit-il encore...

– Je ne remettrai jamais plus les pieds ici. Jamais plus.

Et il me répondit comme s'il s'adressait à son égal, un parent ou un ami qui eût décidé soudain de filer planter sa tente à l'autre bout du monde – sans manifester le moindre signe d'autorité ou de surprise devant ce mouvement de rejet, de révolte qui, seulement quelques mois auparavant, m'eût attiré un cinglant rappel à l'ordre, car en dépit de sa liberté d'esprit, il me tenait tout de même les rênes assez serrées.

– Où comptes-tu aller ?

J'aurais émis le souhait de changer la tapisserie de ma chambre que le ton n'eût pas été plus neutre, plus impassible.

Où aller, moi ? Sur le lac. Au milieu des marécages où le vent d'ouest apportait des nouvelles de l'Atlantique, le vent du sud des oiseaux d'Afrique, celui du nord des reflets argentés, un bruit de ressac, d'éblouissantes explosions de lumière au milieu des joncs. Dans les bras de Louise, mon visage plongé dans ses cheveux. Promener avec elle dans la forêt. A travers les matins givrés où fumait l'eau du lac.

Devant le Pleyel. Dans la chambre rose des Frises où j'avais dormi à quelques mètres de sa tiédeur vanillée. Sur la barque, lorsque nous avions entendu pour la première fois s'élever cette voix soyeuse. Dans les baraquements avec tous mes compagnons d'armes, mes tendres amies, et *ma première bien-aimée*. Blotti dans ces instants plus volatils que l'éther, tel celui où les Spitfire avaient surgi pour nous mitrailler, bloquant pendant quelques secondes le flux écœurant du temps. Là-haut, là-haut, là-haut au milieu des dunes rouges, au bord d'une voie ferrée à destination incertaine, remontant à la source de ces événements dont s'était emparée l'éternité, et je me serais livré à tous les dérèglements pour arracher au temps cette éternité, m'y engouffrer, m'y barricader comme un fou dans son idée fixe. Forcer la main à ce Dieu dément ou pervers qui, reprenant d'une main ce qu'il nous offrait de l'autre, nous subtilisait sans cesse sous le nez les seules nourritures qui permissent de vivre.

Merveilleux souvenir : fallait-il que la plupart des êtres fussent affectés d'une étrange cécité pour ne pas déceler entre ces deux termes une incompatibilité meurtrière ? Ou j'étais fou, ou les autres n'étaient que des légumes attendant joyeusement d'être mangés à toutes les sauces que le destin leur mitonnait. Je prenais conscience d'une vérité qui devait me marquer au front d'un signe aussi repoussant que la clochette du lépreux : la plupart de mes semblables, par l'effet conjugué d'une mémoire défectueuse et d'un cœur stérile, se prélassaient comme d'immondes reptiles parmi les restes de leurs congénères. *Ils collaboraient avec le désastre*. On mangeait de l'ancêtre et du cher disparu à tous les repas, chacun retirant sa part d'os de la soupière pour en déguster la moelle. On se vautrait parmi les décombres accumulés par un cataclysme incessant autrement meurtrier que ces bombes qui, tout compte fait, ne faisaient que mettre les points sur les « i » pour une race dégénérée, s'imaginant que la paix est le contraire de la guerre, l'avenir le prolongement fastueux du passé, lorsque nulle trompette céleste n'a jamais sonné la fin des hostilités. La vie se déroulait comme une opérette parmi les poulets et les fruits en carton-pâte, les décors peints en trompe l'œil, de temps à autre une intervention intempestive du Grand Machiniste ouvrait une trappe sous les pieds d'un pantin ou d'une marionnette susurrant sa romance, le faux champagne continuait à ne pas couler dans des coupes toujours vides, on applaudissait le spectacle et tout le monde repartait content : Quel merveilleux souvenir !

– Eh bien, où comptes-tu aller ?

Nulle part, papa, nulle part. As-tu oublié que l'homme n'a point de place où reposer sa tête ? Qu'il n'y a pas de recours pour ceux qui ont flairé de bonne heure que le rien est maître du jeu, et que Dieu n'est qu'un rêve d'enfant gâté ? Opérette ! Opérette ! Je n'ai à opposer à cette farce sinistre que mon désir d'être tout et ma certitude de n'être rien.

– Foutons le camp d'ici tout de suite, dit le chef d'orchestre en me poussant dans le couloir.

Je ne voulais pas coucher à Saint-Just. Je l'ai dit à mon père. Pas de réactions là non plus. Il m'a simplement répondu :

– Je te trouve bizarre depuis quelque temps.

– J'ai seize ans. Tu ne t'en étais pas aperçu ?

Nous pédalions sur cette petite route inconnue qui contournait par le sud les gorges de l'Ardèche, et la douceur du soir qui tombait sur ces âpres collines m'étreignait le cœur.

– Seize ans !

Il hocha la tête : j'enfonçais sans le savoir le couteau jusqu'à la garde et lui tournais la lame dans la plaie.

– Seize ans... Tout commence pour toi maintenant.

Tiens donc, tout commence ! Le néant paré des oripeaux de ma jeunesse venait de prendre possession des lieux, et ce qu'ils appelaient la vie m'attendait alors que je perdais la mienne comme un jeune arbre tranché net.

– Demain matin, nous passerons un coup de fil au maire de Sainte-Colombe : il ira rassurer ta mère.

Nous avons traversé un village où un café-épicerie comme il en existait à l'époque était encore ouvert. Des vieux jouaient à la belote. Nous avons mangé une omelette et de la salade. Renseignements pris, nous sommes repartis l'esprit tranquille : il n'y avait plus d'Allemands dans la région, si ce n'est sous forme de cadavres qu'on n'avait pas encore eu le temps d'enterrer. On les avait rassemblés çà et là dans des cimetières, et ils attendaient couverts de mouches que les fossoyeurs les missent en terre.

Nous nous sommes arrêtés vers 9 heures du soir ; il y avait une vague clairière couverte d'herbe rase au milieu des chênes kermès. Cure d'étoiles, les mains sous la nuque. Les grillons de l'enfance cliquetaient autour de nous, comme d'insipides petites mécaniques sans raison d'être. Très loin, vers l'est, des coups de feu claquaient, ponctués de détonations plus volumineuses. Une odeur de lavande et de résines tièdes vint réveiller en moi un très vieux souvenir de nuit bercée de grillons et illuminée par un vol de lucioles que je n'avais jamais perdues de vue au plus secret de ma mémoire. Oh, cette brusque poigne au cœur, cette distance infinie entre les choses et moi, entre mon père et moi, cette dérive des instants, ce manque à vivre, ce lent remous des entrailles qui se révoltent contre les ordres d'une machine déréglée... Et pourtant la nuit était là, tendre et inaccessible. Être au monde, un instant – quelques années... – et puis l'arrachement des racines, la sève qui se perd et s'épuise, les perspectives qui s'aplatissent, les parfums dont il ne reste plus pour ainsi dire que le squelette, oh, Hélène, as-tu vécu cette épreuve d'enterré vif, quand le monde commence à blettir comme un fruit, la forêt à se rabougrir, la lune à devenir atroce et le soleil amer ?...

– Papa, je veux vivre à La Foux.

– Vivre de quoi ?

– Je terminerai mes études tout seul. Tu sais que j'en suis capable. Je prendrai des cours par correspondance. Et le moment venu, j'entrerai dans les Eaux et Forêts.

Il tirait sur sa cigarette à petits coups rapides, rejetait aussitôt la fumée comme un novice.

– Tu ne retrouveras jamais ce que tu as perdu. Alors,

invente-le. Nous en sommes tous là. Mais ne suis pas mon exemple. J'ai loupé vingt ans de ma vie. Et maintenant...

Les lointains coups sourds de l'Histoire, explosions ou crépitements d'armes automatiques, venaient s'éteindre dans le perpétuel grésillement d'insectes nocturnes qui défiaient depuis cent millions d'années l'austérité minérale dont ils avaient surgi.

– Et maintenant, il ne reste plus beaucoup de temps. Tu verras. Demain, c'est déjà hier, et après-demain aujourd'hui. Il faut mettre les bouchées doubles. Allez, tâchons de dormir. Bonne nuit.

Réveillé de bonne heure, je guettais l'aube pour l'embrasser mais elle ne serait plus jamais au rendez-vous.

Nous avons repris la route de très bon matin. La montée serait rude, et nous n'avions pas l'intention d'enlever en une seule étape un trajet beaucoup plus facile à parcourir dans l'autre sens. A mesure que les kilomètres s'ajoutaient aux kilomètres entre moi et Pont-sur-Rhône, et que chaque coup de pédale me rapprochait des montagnes, je reprenais du poil de la bête. Si bien que vers la fin de la matinée, après la traversée du Barjac, bourgade tout à fait charmante, aux délicieux ombrages, le cauchemar de cet appartement torride, empoisonné par la pestilence des cadavres et par ma propre putréfaction, perdait de sa virulence et devenait de plus en plus improbable.

Nous avons déjeuné dans un bistroquet au bord de la route, tenu par une mère et sa fille outrageusement parfumées et peinturlurées, nanties d'appas dont il ne faisait aucun doute qu'ils constituaient un gagne-pain plus lucratif que l'infecte tambouille tenant lieu de façade à un autre genre de cuisine. Mon père commit l'imprudence de leur demander si nous pouvions faire un brin de sieste sur une pelouse assez fraîche qu'ombrageaient deux tilleuls gigantesques; il eut toutes les peines du monde à nous arracher aux griffes de ces deux mangoustes qui nous auraient jetés de force sur leur lit moyennant une rallonge exorbitante en regard du dessert proposé.

Nous allions enfourcher nos bécanes lorsqu'une traction avant noire, bourrée d'individus armés jusqu'aux dents, s'arrêta pile dans un nuage de poussière devant le bistrot. Des partisans porteurs d'un brassard rouge se précipitèrent dans l'établissement. Des cris éclatèrent, des jurons, on entendit valser des tables dans un bruit de vaisselle cassée et quelques secondes plus tard, nos deux hôtesses pantelantes et échevelées se voyaient embarquées dans la traction avant, deux justiciers restant sur place pour dénicher des pièces à conviction et probablement vider force bouteilles.

– Qu'est-ce qu'elles ont fait ? cria mon père. Vous n'allez tout de même pas brutaliser des femmes.

– Si tu avais devant toi tous les Boches qu'elles se sont envoyés, ça ferait un sacré régiment, dit un costaud sans cou dont les cheveux s'enracinaient dans les sourcils, façon Mister Hyde.

– Les histoires de cul, dit mon père. Si elles n'ont causé de tort à personne...

– C'est ça qu'on va leur faire cracher.

– Cracher ? Quel langage étrange. Je croyais qu'une fois la France débarrassée de cette vermine, on n'entendrait plus ces mots-là...

– Occupe-toi de tes affaires. Nous ne sommes pas des sauvages.

– Je m'en félicite. Tâchez de faire honneur à notre pays et à la République.

Le costaud haussa les épaules et prit le volant de la traction avant qui repartit en trombe, soulevant un nouveau nuage de poussière, histoire de donner un peu d'éclat à ce fait d'arme.

– Les escargots sortent toujours après l'orage, dit mon père à l'intention d'un des deux sicaires qui demeurait en faction sur le seuil de la gargote.

– Ça, c'est bien vrai, répondit l'australopithèque après avoir ruminé cette flèche sans que l'estomac qui lui tenait lieu de cervelle en parût incommodé. Vous croyez qu'il va pleuvoir ? fit-il en observant le ciel aride.

– J'en suis persuadé, rétorqua mon père. Des vertes et des pas mûres. Allez, salut, bonne continuation.

– Vous auriez pu vous faire embarquer par ces cons, dit Hélène qui pleurait en épluchant des oignons.

– Possible. Toujours est-il que les deux putes ont été tondues et conspuées par la foule, à Alès. Elles s'en sont tirées finalement à bon compte. Maintenant...

Maintenant, mon cœur culbute, se déchire, éclate. La pire chose m'est arrivée, c'est-à-dire la meilleure. Entre le début de l'après-midi et le lendemain matin, j'ai appris ce que pouvaient être le vrai bonheur et la vraie liberté, le vrai bonheur par la vraie liberté. J'y pense aujourd'hui comme à un rendez-vous manqué, un rendez-vous avec le destin qui, ce jour-là, plein de bonnes dispositions à mon égard, m'a tendu une perche que mon esprit tordu n'a pas su saisir. Je ne sais s'il est vrai que la vie ne repasse pas deux fois les plats, mais j'ai la conviction bien enracinée que j'aurais pu sortir de mes sentiers enfoncés au cœur de forêts secrètes condamnées à être englouties sous l'eau glauque et moirée de la mémoire, que j'aurais pu courir sur un chemin qui menait à la mer, aux larges horizons promis par l'avenir, à la fête des sens et du cœur. Les événements survenus après cette journée miraculeuse ont disposé de moi avec une telle brutalité que j'ai fait tout le contraire de ce que j'aurais dû faire. Lâcher la proie pour l'ombre a été, jusqu'à ce que je te rencontre, Hélène, mon divertissement favori. Mais sans doute étais-tu la seule proie capable de vaincre les ombres qui m'ont fait cortège toute ma vie.

Tout s'est passé très vite : un virage en épingle à cheveux, à gauche une carrière abandonnée dont les murailles grisâtres cernaient une assez large esplanade au beau milieu de laquelle une lourde bête préhistorique braquait son canon dans notre direction. Nous avons mis pied à terre, instantanément vidés de notre sang. « Nom de Dieu... » Mon père laissa tomber sa bécane de saisissement et leva les bras. C'est alors que j'aperçus l'étoile blanche du blindé, et l'inscription au pochoir : U.S. Army.

– Les Américains, ce sont les Américains!

Nous nous sommes avancés vers le char en poussant des cris et en agitant les bras. Le couvercle de la tourelle s'ouvrit, et une tête noire en surgit, coiffée d'un casque qui était à celui des Frisés ce qu'une cétoine est à un scarabée rhinocéros. Puis le buste suivit. Enfin la tourelle vomit son occupant qui dégringola lestement à terre et vint à notre rencontre. C'était un Noir long comme un jour sans pain; il se déplaçait en donnant l'impression qu'une bonne partie de la pesanteur terrestre lui était épargnée.

– *Welcome to you! Welcome to America! I am a french boy, but my grandmother is american, an american woman... She was born in the South, Savannah... Il love an american people... Hurrah for America! May I kiss you?*

– *Oh yea*, dit le grand escogriffe en riant de toutes ses dents : mon anglais ne valait pas un clou, et mon accent devait lui paraître épouvantablement comique.

Il me souleva comme une plume et m'embrassa sur les deux joues. Puis il me reposa et tendant sa longue main à la paume rose vers mon père : *Your father?*

– Il te demande si tu es mon père.

– J'ai compris, j'ai compris. *Yes, yes*, dit-il, et les deux hommes se donnèrent l'accolade.

– *Come on, come on,* cria le Noir en se tournant vers le Sherman. *An american boy and his father...*

Le blindé avait poussé une reconnaissance dans la direction d'Aubenas – nous ne savions même pas où nous étions – et attendait une patrouille motorisée qui devait les rejoindre d'un moment à l'autre. Ça a commencé comme dans les films, chewing-gum, cigarettes, chocolats : la caverne d'Ali Baba s'entrouvrait sur des merveilles venues d'outre-Atlantique, des choses colorées, magiques, respirant la jeunesse et l'opulence, un feu d'artifice dont nul aujourd'hui ne saurait se faire une idée : comme on se sentait vieux, défraîchi, un peu toquard, pantouflard, flasque – ringard, dirais-tu aujourd'hui – devant cette jeune Amérique qui nous expédiait ses garçons vigoureux et nonchalants, son cinéma étincelant, sa littérature musclée, et cette musique qui depuis belle lurette avait pris la clé des champs et donnait – combien Sartre l'avait bien exprimé dans *La Nausée* – au mot liberté un sens tout neuf; l'éclatement des carcans européens, la joie folle de s'arracher à la gravitation pour évoluer à toutes les altitudes et défier le temps, la mort, faire parler l'instant, liquider l'immonde divorce entre le corps et la cervelle, accorder son rythme à celui du cœur, du ventre, du sang, des nerfs et des viscères, injecter son délire heureux dans les veines, purger la cervelle de ses torpeurs et de ses miasmes, donner des ailes à tout ce qu'elle touchait, enfin le jazz, quoi, c'était un visa pour mes éternités éphémères, la mise en musique de toutes les pulsions du corps si longtemps évincé, le corps auquel l'Europe abandonnait un strapontin pour hausser des têtes momifiées dans leurs certitudes à la place d'honneur, et mon sexe, et mes cuisses, et mon ventre, et mes tripes, et mes bras étreignant du vide, qu'en faire dans tout ça? Camisole! Ouaouh!

Le sergent noir m'avait fait grimper sur son Sherman et la

radio de bord diffusait un truc : *Air Mail Special*, je crois, qui m'a retourné le sang. Plus question de toits morts et de chairs décomposées, d'aridité et de macération suicidaire. Déménageait sec, l'orchestre du « Duke ». Le Noir qui s'appelait Mike je ne sais plus quoi battait des mains et tapait du pied en fumant Camel sur Camel, je ne m'appartenais plus, bon vent, Jeannot Mouraille, le jazz m'avait kidnappé, Mike m'a filé un coup de whisky – Old Crow, il me semble, la bouteille était planquée sous les obus, drôle d'obus, oui, quand ça m'a dégringolé dans l'estomac, et voilà que la patrouille est arrivée, une jeep suivie d'un G.M.C., en tout une trentaine de types, des juifs, des cathos, des mormons, des Noirs, des Indiens, des Mexico-Californiens, probablement deux ou trois petits truands, une sacrée salade, et tout ça nous tapait dans le dos, balançait des cigarettes et du chocolat pendant que l'orchestre du Duke nous inondait les oreilles de cuivre et d'or, de soie et de velours, de vitrines emplies de cristaux et de porcelaines cassées à coups de pavé, de grandes murailles de lingots d'argent qui s'écroulaient d'un coup, et, au milieu de ce tintamarre qui accouchait d'un nouveau monde où l'oxygène ne manquait plus, et voilà que, de derrière les buissons, les fossés, les bois nains d'alentour, des hommes, des femmes, des jeunes, des enfants ont surgi comme si la musique les avait fait pousser à la vitesse que Wells prêtait aux champignons des Sélénites, mais d'où sortaient-ils, paysans, paysannes, vieillards et vieillardes, garçons et filles de tous calibres, des moches, des bigles, des boutonneuses, des plates comme des punaises, des plantes aux seins dressés, des pouliches noires ou blondes, cinquante ou soixante au-to-chto-nes venus saluer les fils de la riche cousine, et puis un chauve aux mains tatouées de sulfate, son écharpe tricolore en travers du bedon, arriva en bagnole à gazogène, y alla de son speech et de sa larme, et proposa à l'officier commandant la patrouille de fêter l'arrivée des libérateurs par un banquet improvisé. L'officier consulta sa montre, se dirigea vers l'émetteur de la jeep, obtint le contact avec son unité, revint nonchalamment vers le représentant de la République ressuscitée et lui dit : « O.K. » La petite foule applaudit et une vingtaine de personnes filèrent dans le G.M.C. jusqu'au village.

Une heure après, le camion est revenu bourré de victuailles, de tonnelets de vin, de bouteilles, avec des tréteaux, des chaises, une longue toile qui servait de velum les jours de foire, et on s'est mis à table, moi à la droite de Mike que je ne lâchais plus d'une semelle, et qui m'appelait Johnny Frenchie, et à ma gauche une superbe chatte qui sentait le musc et la savonnette, et avait déchaussé son pied pour le poser sur ma cheville. Mon paternel avait disparu de la circulation, il était allé téléphoner dans une gargote voisine pour apaiser les inquiétudes de ma mère. J'en ai profité pour descendre une bouteille de rosé qui flottait dans une cornue pleine d'autres bouteilles et de blocs de glace. Les habitants de ce qui n'était finalement qu'une espèce de hameau perdu au milieu des bois avaient tous puisé dans leurs réserves et la table était abondamment garnie – charcuteries et crudités, confit d'oie, confit de porcelet, fruits et oreillettes, fromages –, et ils avaient occis un mouton pour le mettre à griller à la broche sur un feu de souches de vigne. Entre le pied de la jeune Martine qui s'activait sur ma cheville et la faconde du sergent noir, natif du Bronx, qui me racontait l'Amérique – je parlais un anglais misérable mais je le comprenais fort bien, quoique je lui fisse répéter lentement ses phrases, car il en avalait la moitié comme tous les New-Yorkais –, je ne savais où donner du cœur.

Vers 4 heures de l'après-midi, le mouton était à peu près cuit et le maire de Trissac, Vissec, Russac, Pessac, comment diable n'ai-je pas retenu le nom de ce hameau, leur rosé avait dû m'attaquer la mémoire, le maire fit un petit discours, il était cramoisi, le pinard, le soleil, l'émotion, et un soldat qui avait fait ses études d'architecture à Paris avant la guerre le traduisait en anglais au fur et à mesure. Et puis voilà que des convives déplorent l'absence de musique, la radio de bord ne pouvait faire assez de raffut pour faire danser tout ce monde. A quoi l'Américain qui parlait le français répond que la musique on pouvait en faire à condition d'avoir des instruments. Une demi-douzaine de types se sont entassés dans la jeep et sont repartis pour machin-sac, et une demi-heure après, ils rappliquaient avec une batterie, deux trombones, deux ou trois trompettes, un piston, des saxos, une clarinette, et une vieille contrebasse qu'ils avaient raflée chez un instituteur à la retraite qui collectionnait les instruments à cordes. Parmi la trentaine de militaires, il y en avait une bonne douzaine qui savaient jouer de plusieurs instruments, à croire que l'Amérique jazzait comme on pisse; ils ont attaqué par *la Marseillaise* qui nous a tous fait frissonner, moi le premier je dois le reconnaître, tout le monde s'était levé et chantait à pleine voix, et puis cette *Marseillaise* a pris un tour bizarre, elle s'est mise à galoper dans tous les sens comme une bande de poulains ivres d'air et d'espace, et on est passé insensiblement de Rouget de Lisle à Gershwin, Coole Porter, David Rose, Irving Berlin, « Duke », Satchmo, Hampton, Glenn Miller, on sautait dans la poussière en tapant des mains, les Ricains avaient empoigné les filles les moins farouches et leur apprenaient le swing, l'ancêtre du rock, moi je ne savais danser que le slow, la danse qui a repeuplé les pays saignés par la guerre, Martine m'a collé sa joue contre la mienne, j'ai dû faire du surplace avec ses cuisses et ses seins pendant une bonne demi-heure, et puis les musiciens ont attaqué *In the Mood*, un air qu'on avait tous déjà plus ou moins entendu à la radio américaine depuis le débarquement ou sur Londres, et ça s'est mis à gigoter sous un vigoureux soleil qui collait robes et chemises à la peau.

Le mouton était cuit et recuit, et chacun allait tirer sa lichette avec un couteau pendant que les musiciens s'énervaient sur leurs instruments : ils étaient bourrés comme des canons, et dissipaient leur ivresse à travers des improvisations de plus en plus ahurissantes; ils les ont lâchés un moment pour se farcir la panse autour du mouton, et puis le type qui tenait la batterie, grimpé sur une chaise, a crié, les mains en porte-voix : « *Take it easy, take it easy! And now, we're going to play, for lovers only, " Too Little Time ", in memory of Glenn Miller.* » Oh oui, *Too Little Time*... Le soleil descendait sur l'horizon, le ciel prenait la couleur de la paille, c'était le moment où tout devient oblique, le cœur et la lumière, où l'on a envie de s'allonger sur l'herbe avec une fille dans les bras, de faire le sourd, de casser sa montre à coups de marteau, de se lover dans la tendresse, de se nicher le nez dans un cou, en espérant que la terre soit plate, que le soleil tourne autour d'elle, que le melon a été précoupé en tranches pour être mangé en famille, qu'on peut dégringoler du dixième étage sans le moindre bobo, comme dans les cartoons où les chats s'effritent et se recomposent instantanément.

« Viens, m'a dit Martine », et nous nous sommes glissés au milieu des genêts, j'ai eu sa bouche sur la mienne, goulue, sa bouche, fouilleuse, sa langue, heureusement qu'elle était plus dégourdie que moi, c'est d'ailleurs ce jour-là que j'ai compris que l'expression « posséder une femme » est une ânerie inventée par des boucs hébétés et furieux, et que cette prétendue pénétration revient en fait à se faire avaler nu et cru par les entrailles d'une fille qui vous tient prisonnier en elle, accroche ses jambes autour des vôtres, ses griffes sur votre dos, et vous manipule au rythme que lui dicte sa fringale, au point que je suis devenu un peu femme, ours en peluche, poupée de cire, lorsque j'ai senti battre autour de ma virginette cette autre bouche vorace et onctueuse qui me suçait l'extrémité la plus sensible de ma personne, vidait mes moelles et me mettait poliment à la porte, explosé le bouquet final. *Too Little Time :* il n'y avait rien d'autre à dire. Oh, Mike, pourquoi ne m'as-tu pas emporté dans ton Sherman, pourquoi ne m'as-tu pas offert à l'Amérique, pourquoi n'ai-je même pas songé à demander à Martine son nom et son adresse, j'aurais pu revenir respirer son odeur de savonnette et m'enfouir la tête entre ses cuisses après que le malheur eut frappé à ma porte; nous avons de nouveau dansé, j'avais demandé aux musiciens de rejouer *Too Little Time*, et l'envie me reprenait, mais d'autre chose que de derrière à l'air, l'envie de me balader avec toi en écoutant soupirer le soir plein de grillons tout neufs, d'odeurs ressuscitées, d'avoir tes doigts entre les miens, c'était toi, l'Amérique, Martine, ce soir-là, et je n'ai pas su gagner seul à la nage le nouveau monde que tu m'offrais. Des tas d'autres Martine auraient pu prendre le relais pour me tenir la tête hors de l'eau pendant cette traversée difficile.

– Pendant que tu t'envoyais en l'air, que fabriquait le chef d'orchestre ?

– Figure-toi qu'il avait retrouvé au beau milieu de cette compagnie un vieux copain de collège, et je ne l'ai pas vu de toute cette journée. Il devait être ravi que je jette enfin mon bonnet par-dessus les moulins, je le soupçonne de s'être demandé jusque-là si je n'avais pas une tendance pédé détournée. Ses rapports avec le sexe n'étaient pas très limpides. Il avait été élevé à une époque où la masturbation, par exemple, conduisait au ramollissement du cerveau, péché mortel et tout le saint-frusquin. On prête ses gouffres aux autres. Il ne s'imaginait pas à quel point j'aimais les filles, la femme, *odora di femina*, à quel point je les aimais de haut en bas et de bas en haut, j'aurais fait le tour du monde pour une frimousse...

– Bon, bon... Et quel effet ça t'a produit, ce dépucelage *Too Little Time*?

– Flou. Une fois baisée, j'ai éprouvé pour cette fille une tendresse démesurée. Mais quand nous sommes revenus danser un autre slow, cette fois chanté par Mike, tu sais ce que c'était? L'air fameux du film de Michael Curtis, *Casablanca, As Time Goes by*. J'en avais l'âme dans la bouche et le cœur tordu d'une douloureuse volupté, quand je l'ai serrée contre moi en lui tripotant les cheveux...

– C'est quoi, dis donc, les cheveux pour toi?

– L'été. Cheveux de fille, l'été plein les mains. Un psy se régalerait et mettrait à côté de la plaque : Toison du sexe élevée à la dignité de la tête. Transfert infantile, souvenir du passage entre les poils maternels. On collectionnerait les lubies surréalistes...

– Comment était-elle, Martine?

– Elle avait le nez retroussé, des taches de rousseur, les cheveux châtains, des yeux miel, et une bouche qu'on n'oublie pas...

– Ça veut dire quoi, une bouche qu'on n'oublie pas?

– Qu'elle embrassait en tétant, comme un agneau la mamelle. Qu'est-ce que tu vas imaginer? Mais tu ne m'as pas laissé finir. Repus, nous dansions chastement, mais moi je n'étais pas repu de tendresse, et je lui susurrais à l'oreille toutes sortes de sucreries, tandis qu'en mâchant son chewing-gum son regard balayait la compagnie par-dessus mon épaule, et elle faisait sans arrêt : « Quoi ? » comme si elle n'entendait pas ce que je lui disais.

La nuit est entrée doucement dans le ciel. Les tables, les chaises, les assiettes, les verres, le velum, tout était resté en place quand les gens étaient rentrés chez eux. Le maire avait dit à l'officier commandant le détachement qu'on les recevrait le lendemain en grande pompe à la mairie. L'officier avait accepté à condition naturellement que les mouvements prévus par le haut commandement leur en laissent le temps. Martine m'avait embrassé sur les joues devant tout le monde et murmuré à l'oreille : « Tu viendras faire un tour à la maison demain. » Les Ricains s'étaient enroulés dans leurs couvertures et ronflaient déjà comme des bienheureux, à l'exception de deux sentinelles postées sur la route. Mon père et moi sommes allés dormir dans une grange située de l'autre côté de la colline, à cinq ou six cents mètres des soldats. La bergerie était emplie de foin, nous étions crevés, et moi j'avais les batteries tellement à plat – pinard, soleil, l'amour, le jazz et l'Amérique! – que c'était 11 heures du matin quand j'ai ouvert l'œil. Mon père était assis dehors, torse nu, au soleil. « Tu t'en es donné, hier, dis donc... » Toujours cet air distrait, lointain, absent. Depuis combien de temps cuisait-il son pain en Suisse ?

Nous avons attrapé nos bicyclettes par le guidon et sommes retournés à la carrière. On ne la découvrait qu'au dernier moment. C'est là que j'ai subi une des plus terribles épreuves de ma vie : elle était vide. Plus personne. Chaises et tables envolées. Sherman, G.M.C., jeep, disparus. Effrayant. Les villageois avaient même dû sauter du lit à l'aube pour faire le ménage. Il n'y avait même pas une boîte de bière par terre, pas un papier, rien. Si, juste un mot, sur un bout de carton planté entre deux pierres : « *Good bye, Johnny, after the war, your friend, Mike.* » Et son adresse à New York, dans le Bronx.

Stupides, nous restions plantés devant l'aire déserte, et je te jure qu'on était assommés. *Too Little Time*, oh, comment t'expliquer ? La présence de ces Américains et de ces villageois, cette fête improvisée, il avait fallu des années, des dizaines d'années, des siècles peut-être, pour que l'Histoire accouche de ces quelques heures. Sans remonter aux calendes grecques, il y avait eu la guerre contre les Prussiens, l'assassinat de François-Ferdinand à Sarajevo, la der des ders en 14-18, le putsch d'Hitler, l'incendie du Reichstag, la Nuit des longs couteaux, l'établissement du fascisme, Munich, la drôle de guerre, la percée de Sedan, l'Occupation, Vichy, le Japon, Pearl Harbor, l'entrée en guerre des États-Unis, le débarquement du 6 juin en Normandie, celui du 15 août en Provence, enfin une planète devenue folle pour qu'une poignée de types avec du bonheur plein leurs poches surgissent dans ce petit théâtre de pierre où le thym recommençait à distiller son encens de mort, et nous étions pris au ventre par la rapidité avec laquelle l'aboutissement de l'Histoire, venue faire sa brève apparition dans ce petit coin désertique et morne, s'était consumé comme un feu de paille.

En somme, si les proportions avaient été respectées, entre la peur et l'espoir, l'ennui et la joie, la souffrance et la délivrance, les victimes et les survivants, les hystéries de l'Histoire et la colombe au rameau d'olivier, il eût été nécessaire que les soldats demeurent parmi nous un ou deux ans, que la fête n'ait pas de fin, que nous dansions, buvions, fassions l'amour, soyons abreuvés d'Amérique, de jazz, de Mike, de Camel, d'Old Crow, jusqu'à ce que mort s'ensuive – ou plutôt vie s'ensuive. Et là, fini, terminé, le vide des pierres et du soleil comme avant, il ne s'était rien passé, rien qu'un coup d'aile d'oiseau sur la boule en acier de l'éternité, rien qu'un éclair au magnésium, le destin payait ses dettes en monnaie de singe, monnaie qui tombait en poussière dès qu'on y touchait, escroqué, quoi, le déficit permanent, la faillite à perpétuité, et la mémoire perforée, un puits sec, pas de thésaurisation possible : quel merveilleux souvenir. T'en foutrais, moi, des merveilleux souvenirs, accolage obscène; dévalisé, oui, plutôt, des images tremblées, juste assez de poussières de songes pour t'empoisonner le sang, te corrompre les méninges, te mettre au placard pour le reste de tes jours, au trou, jeune homme, au trou!

Même le chef d'orchestre qui tirait des plans sur la

comète où aucun d'entre nous n'avait droit de regard, même lui m'a dit : « On a rêvé, ou quoi ? » Ces pierres autour de nous, ce silence criblé d'insectes immortels, cette neutralité géologique nous prenaient à la gorge, comme si le temps des choses n'avait aucun rapport avec celui des hommes, et que les images de notre vie défilassent à toute vitesse devant le béton impénétrable de l'espace-temps. Écœurant. Nausée vertigineuse. Incompatibilité métaphysique. Nous ne sommes plus de ce monde pour l'avoir trop été, et tout ce qui prétend nous ramener dans le droit chemin est pure fumisterie, lâcheté, mensonge. Bon pour les cons, la philo, les sagesses, les rages politiques, le militant sanglé de convictions, les monuments à la gloire de la salope carnassière. C'est vrai, les hommes aiment la mort : ils s'en délectent et l'immortalisent. Chaque pierre ajoutée au monument du vaste enfant progrès est un hommage, un lèche-cul obséquieux rendu à la mort qui coule comme le fleuve où Héraclite savait déjà qu'on ne peut se baigner deux fois. Vapeur, fumée, tu fais un geste, tu franchis une porte, ce n'est pas toi, c'est ton double obstiné qui joue le jeu à ta place, toi tu es cadavre et cadavre tu restes, ta vie est jonchée de cadavres, celui que tu as laissé 42, « rue bleuâtre » devant des toits pourris, celui qui traîne dans le jardin calciné de Saint-Just, celui qui guette les Spitfire dans les baraquements mitraillés, celui de la nuit où Louise et toi attendiez *L'Arlésienne* au bord de la lagune, celui qui s'abreuvait du corps souple de Martine, tous ces cadavres que la vie entasse derrière toi et qui resteront jusqu'à ta mort comme autant de destins foudroyés.

Sommes repartis la queue entre les jambes. Il a fallu passer une nuit sais-tu où ? On aurait dit que tout se mettait de la partie pour jeter une lumière crue sur des évidences jusqu'ici demeurées dans le vague. Près de la route qui montait à travers les montagnes roussâtres du sud de l'Ardèche, nous avons aperçu une espèce de manoir à colonnes et balustres au milieu d'un parc de résineux.

Personne. Il y avait une terrasse romaine avec une pièce d'eau croupie provenant des toits, et des statues plantées sur leurs socles, des bustes de philosophes et d'empereurs aux cheveux bouclés, des vestales aux yeux de noyées. Un maniaque d'Antiquité et de paganisme avait reconstitué là les jardins d'Hadrien.

La résine des pins, la dessiccation générale, le baume des ifs, leur silhouette taillée, moulée dans le bronze, détenant le secret d'une immortalité qui excluait toute participation de la chair à une telle impassibilité, oh, j'ai tout de suite saisi dans mes viscères ce que signifiait toute cette mise en scène dont Rome faisait son ordinaire : emmuré vivant sous des plafonds de marbre. Pas de ciel. Pas d'envol. Aucune prise d'air. L'asphyxie métaphysique, style XVIIIe siècle élégant et bouclé sur son intelligence, tu vois le genre. On ne sait que ce qu'on sait. Tout ce qui est réel est rationnel, tout ce qui est rationnel est réel : le garrot. Les ripailles, et l'épée de Damoclès. La queue érigée en sceptre. (Encore les Romains avaient-ils, faute de mieux, le reste du monde à découvrir : *Navigare necesse est, vivere non necesse.*) Les collines pelées de Judée, comparées à cet impérialisme esthétique, à ce triomphe de la forme et de l'extériorité des choses, c'est l'abîme sans fond, le vertige et le feu, la transe hystérique, le renversement des apparences, la mobilité incessante de la colère et de l'amour, le dieu d'Israël qui se fend la pêche quand les hommes pensent, et une soif démesurée de repousser toujours plus loin les limites du désir.

C'est sous ces résineux et ces statues que j'ai passé mon agrégation de philosophie : amère comme le fiel, mélange de baumes orientaux et de décomposition avancée, comme si ces parfums exquis de résine étaient en quelque sorte la quintessence épurée, si épurée qu'on n'en reconnaissait plus l'origine, de la chair décomposée, distillée en essence voluptueuse et trouble, *oblique,* par le soleil latin et les principes inflexibles de la logique pure. Bouillie de cervelle sur les carreaux de marbre. L'idée de la mort absolue, du néant, portée à son plus haut degré d'incandescence, et travestie par le drapé d'une beauté finalement infecte. Drôle de bataille, dans ma tête, sous ces statues impériales et ces cèdres soufflant l'haleine putride et douce des cérémonies païennes. Oh, Mike, comme ta trompette aurait fait merveille devant ces bustes exaltant la matière vidée de son secret par les entourloupettes de l'esthétique... Néant parfumé qu'aurait volatilisé le rythme de cette musique éphémère, plus réelle, plus accordée à la chair vive que cette pétrification amputée des imperfections de la vie. Tu ne peux pas savoir comme c'était écœurant, après la fête, après le vide laissé par elle dans mon cœur à vif, cette soudaine retombée dans l'univers de la pure apparence. Combat entre le vent et la pierre, la rose et le glaive, le ventre doux des filles et ces yeux de noyées, marbre poncé par le temps, c'était insupportable. A vomir son âme. A se tirer une balle dans la tête. Dieu que j'avais besoin de forêts profondes et de brumes, d'eau vive, de respirations amples, d'air froid, et d'une énorme quantité de ciel au-dessus de ma tête... Sommes repartis à l'aube et nous étions aux Frises le soir même avant le coucher du soleil. Cris, pleurs, embrassades, évanouissement. Louise. Adieu Martine. Rien qui ne lie davantage un homme et une femme qu'un amour jamais accompli. Le contraire est vrai aussi, mais l'attachement se fait chaîne quand il était fascination.

C'était le 3 septembre 1944.

– C'était en somme ta descente aux enfers. Le sexe et la mort : beau sujet de thèse. Voyage initiatique.

– Puisque tu le dis...

– Tu déclares avoir pris pendant ces deux jours du poil de la bête. Moi, je trouve que c'est plutôt ta façon de raconter les choses qui a pris du poil de la bête. Au début, phrases nettes, sans fioritures. Un peu coincé, le vieux jeune homme, c'est normal. Maintenant, tu t'éclates. N'en fais pas trop.

– Je ne suis pas et ne serai jamais un écrivain de métier. Écrivain de métier! Où est-on allé chercher ça? Tu me parlais des types qui peignent comme on rempaille les chaises. « Ils ont le coup, disais-tu, et moi je pense que c'est un mauvais coup. » Idem en littérature. Sais-tu pourquoi j'aime Julien Gracq ? Parce que, selon ses propres termes, il n'a jamais fait fonctionner « la planche à billets ». Pense à ces zèbres qui expulsent leur manuscrit tous les deux ou trois ans, toujours au moment des prix. Ça ne te file pas le vertige ? Choisir un sujet, réfléchir sur un thème, ça ne te paraît pas le comble de la supercherie ? Un roman, c'est comme les femmes, ce n'est pas nous qui choisissons : on est choisi. Non, je n'ai pas cherché à m'éclater, comme tu dis : j'ai suivi ma pente. Ce sont les événements qui l'ont voulu ainsi. Ce sont eux qui mènent le jeu, pas moi : je laisse faire. Je ne maîtrise rien. Un livre « maîtrisé ». Bien franchouillard, ça encore. Du reste, ce n'est pas moi qui me suis éclaté, c'est toi qui m'éclates. Viens ici, mon beau fruit, mon gazon...

– Laisse mon gazon tranquille. C'est le souvenir de Martine qui t'excite comme ça ?

– Un jour, j'irai en prison. On ne retrouvera que tes os : j'aurai bouffé le reste, comme le Japonais.

– Arrête, Jeannot, arrête. Dis donc, tu t'es mélangé les pinceaux à propos d'un petit détail. Tu me diras que c'est sans importance. Figure-toi que je suis tombée par hasard sur le nom d'Irving Berlin, en cherchant dans ton dico des renseignements sur le peintre polonais Berlewi. *White Christmas*, ça date de 1954. Et tu racontes que vous l'avez chanté en 43.

– Scandale ! Il se fout du monde... Tu es certaine de ce que tu dis ?

– Absolument certaine.

– J'étais persuadé que c'était bien *White Christmas*. Alors ce devait être *Silent Night*. Comme je préfère *White Christmas*, je persiste et je signe.

– Autre chose encore. Tu as une façon plutôt bizarre d'utiliser le subjonctif, surtout à l'imparfait. Tu fais un peu n'importe quoi.

– Ma façon à moi de dire merde.

– A qui ?

– Devine. Tu as le choix.

A notre arrivée aux Frises, Jérémie et mon grand-père manquaient à l'appel : ils étaient partis tous les deux à Clermont-Ferrand pour essayer de retrouver les traces de Marc Teyssèdre, dont on n'avait plus de nouvelles depuis l'attaque du mont Mouchet. Le 10 septembre, ils n'étaient toujours pas rentrés : nous commencions à nous ronger les ongles. Un matin, on a frappé à la porte du château : un télégramme pour mon père. Il l'a ouvert, est devenu tout pâle, ma mère en a profité pour tomber dans les pommes. Mon père riait. Un rire affreux. « Henry est mort », a-t-il dit. Ma mère est revenue instantanément à elle. « Il est mort », répétait-il, en continuant à rire, des larmes plein les yeux.

Nous avons pensé aux Allemands, à des représailles. Non, il était mort dans un patelin du Cantal, un matin, à son réveil. Ulcère perforé, hémorragie. Marguerite était à Paris. Nous avons appris par la suite qu'il avait dit au médecin appelé d'urgence à son chevet au moment du malaise : « Qu'est-ce qu'elle va penser de cette connerie », puis il avait tourné la tête : mort. Elle, c'était Marguerite. Elle ne devait pas lui survivre longtemps.

Henry Sauveplane. Pas même une rue qui porte son nom à Nîmes, sa ville natale, gérée par les communistes pendant quinze ou vingt ans. Compositeur français. Œuvres : *La Légende de l'amandier, Jeanne d'Arc,* quatuor à cordes, sonates, pièces pour piano, un concerto. Travaillé avec Kosma à la musique du film de Renoir, *la Marseillaise*. Un petit effort, camarades, vous avez la mémoire bien courte... Les Picasso, Aragon, Éluard vous ont-ils tourné la tête au point de vous faire oublier les obscurs ? Star-system aussi, place du Colonel-Fabien ? Maintenant que vous en êtes à racler les fonds de tiroirs, faites-lui une petite place, à ce néo-ravélien qui affirmait que Nîmes possédait le ciel le plus pur de France, et dont le cœur était encore plus pur.

Plusieurs années après sa mort, je devais apprendre de la bouche de ma mère qu'il avait conçu pour elle un amour chaste et désespéré.

– Lui, Henry, il t'aimait ?

– Oui. Comme un enfant. Je l'ai vu pleurer devant moi. Le plus affreux...

Ma mère s'était arrêtée net.

– Continue.

– Elle aussi.

– Quoi, elle aussi ?

– Marguerite.

– Qu'est-ce que tu me chantes ?

– Tu as très bien compris. Ce n'était pas... enfin... une vraie femme. Elle avait pour moi les mêmes sentiments que lui. J'en suis tombée malade, quand j'ai deviné.

– Est-ce que l'un et l'autre savaient ?

– Oui. Ils se disaient tout.

Comme s'éclairait la tristesse d'Henry, la dernière fois que je l'avais vu à La Foux. Et la scène où Marguerite m'avait dit, voyant mon père et ma mère descendre l'escalier enlacés : « Tu ne trouves pas qu'ils ont l'air cons, tous les deux ? »

J'ai pensé, ce jour-là, à cette réplique d'Arkel, dans *Pelléas* : « Si j'étais Dieu, j'aurais pitié du cœur des hommes. » Vraiment mélo, Maeterlinck. Bernanos (ou Péguy, je ne me souviens plus), plus avisé, mieux inspiré, avait évoqué *la douce pitié de Dieu*... Les écrivains disent décidément n'importe quoi. Oui, je sais : *Deus de minimis non curat* : Dieu ne s'occupe pas des broutilles, genre panaris ou Auschwitz, l'univers n'est pas racinien, déclarait Simone Veil, Dieu n'y intervient pas. Prix de la liberté, le cancer, la bombe atomique, et autres gentillesses. Et le père Mauriac de conclure : « Dire que nous sommes aimés... » Fort de café, non ?

Le 12 septembre, mon père et le colonel sont partis à leur tour pour Clermont-Ferrand. Pendant ce temps je promenais Louise sur le lac. Elle avait l'air bizarre. J'avais l'air bizarre. Tout le monde avait l'air bizarre, maintenant que la guerre s'était éloignée. On aurait dit qu'on se méfiait les uns des autres : la paix. Tandis que je ramais, elle laissait traîner sa main dans l'eau. Un instant, j'ai eu envie de me jeter sur elle, de l'embrasser sur la bouche, de l'étreindre, et puis de me précipiter avec elle dans le lac. Jusqu'à l'asphyxie finale, je collerais ma bouche contre la sienne, lui insufflant mon dernier soupir, et nous glisserions enlacés vers le sombre entonnoir du cratère.

– Qu'est-ce que tu mijotes dans ta cervelle ? me demanda-t-elle.

– Et vous ?

– Pas grand-chose, tu sais, pas grand-chose...

– Quel souvenir garderez-vous de ces *années sauvages*, comme dit votre père ?

Elle me dévisagea un instant, puis enfouit son visage dans ses mains et éclata en sanglots. Je lâchai les rames et la pris dans mes bras, au risque de nous faire chavirer et de voir mon souhait se réaliser. Elle hoquetait : « pas ma faute, pas m'en vouloir », et ne cessait de sangloter. Une fois calmée, lorsque nous avons atteint l'embarcadère, elle m'a dit : « Jure-moi que tu seras toujours mon ami, jure-le-moi. Et puis cesse de me vouvoyer, je n'ai jamais que deux ans de plus que toi, mettons trois. »

– Mais c'est absurde. Pourquoi jurer une chose pareille ? Tu sais très bien que je t'aimerai toute ma vie.

– Tu es fou, mais tu m'as toujours plu, grand chat... Allez, rentrons, je vais me refaire une tête, sinon Dieu sait ce qu'on va imaginer...

C'est trois jours plus tard que le colonel et mon père sont revenus de Clermont-Ferrand, portant la mauvaise nouvelle sur leurs figures. Jérémie et mon grand-père avaient été embarqués avec une petite section du maquis par les Allemands – d'abord en camion, puis en train, direction les camps.

– Une chance, disait le colonel, qu'ils n'aient pas été fusillés. Gardez confiance. Ils s'en tireront. Peut-être le train est-il déjà bloqué de ce côté-ci de la Loire. Jérémie est un rude gaillard. Quant à Tony, ce n'est pas non plus un enfant de chœur...

Ma mère en travers du lit, ma grand-mère à son chevet, priant en silence, fluette, une tasse chinoise que je craignais de voir se briser au moindre mauvais coup du sort. Un médecin accourut pour injecter à ma mère du solucamphre. Nous tournions tous en rond sur la terrasse ou dans le grand salon. On parlait à voix basse. On se plantait devant la verrière pour observer le lac.

– Mais qu'est-ce qu'ils sont allés foutre là-bas! répétait mon père.

– Ce que j'aurais dû faire moi-même, disait le colonel. Marc Teyssèdre était un ami très cher... Je m'en voudrai toute ma vie. Mais vous connaissez votre beau-père... Le renseignement qu'on nous avait fourni laissait entendre que Marc et quelques autres étaient retenus prisonniers à Clermont. Jérémie et lui se sont dit qu'on pouvait mettre à profit la débandade allemande pour tenter un coup de force contre les bâtiments de la Gestapo où étaient retenus les prisonniers. Ça démangeait Tony, de payer son tribut à cette guerre. Mais je crois qu'il n'y a pas lieu de désespérer. Les Boches pris à la gorge vont lâcher prise. La jonction entre les forces du débarquement de Normandie et celles du débarquement de Provence a eu lieu le 12, à Châtillon-sur-Seine; le train n'est pas passé : il est parti le 11 de Clermont-Ferrand. Mais avec toute cette pagaille, ne nous attendons pas à les voir rappliquer avant une semaine ou deux. D'ici à la fin du mois, nous sablerons tous le champagne.

Effectivement, des convois et des trains en partance pour l'Allemagne avaient été empêchés de poursuivre leur route soit par les bombardements, soit par la jonction des forces alliées, et nous reprenions peu à peu confiance. Le 19 septembre au matin – nous avions déjà gagné La Foux, où je rôdais sur les aires, ne sachant que faire de ma peau – on entendit la Talbot ronfler sur le chemin. C'était le colonel. Jérémie venait d'adresser un message au maire de Sainte-Colombe. Ils étaient sains et saufs, mais ne seraient pas rentrés avant une bonne semaine, compte tenu des formalités, des difficultés de transport, etc. Nous étions fous de joie, et le soulagement affiché par mon père me mit du baume au cœur : sa volubilité soudain retrouvée, son entrain, ses égards incessants envers ma grand-mère et ma mère, cette voix de gorge qu'il prenait lorsque tout allait bien pour lui...

– Tu veux venir avec moi à Sauguet, demain matin ? J'ai quelques courses à faire... Tiens, je te paie un repas chez la mère Paulier (une femme chez qui l'on mangeait à sa faim pourvu qu'on montrât patte blanche, c'est-à-dire qu'on comptât au nombre des amis de Robert Grévin).

Il m'offrit un somptueux gueuleton, assorti d'une généreuse approbation de mes projets d'avenir ; je ne l'avais jamais vu si conciliant : ainsi l'est-on avec l'argent des autres.

Au retour, comme nous passions au pied de cette ferme si gaie qui m'avait frappé lors de notre arrivée en juin 40, j'aperçus la charrette postée au même endroit, sur un chemin qui conduisait jusqu'à des vergers échelonnés au flanc de la montagne. J'eus un coup au cœur : elle était pleine de paysans et de paysannes comme autrefois. On apercevait nettement leurs vêtements de couleurs claires, rouge vif, jaune, bleu, et ils paraissaient attendre qu'on vînt atteler un cheval ou un mulet à la charrette pour les conduire à pied d'œuvre au milieu des vergers.

Cela nous parut tellement bizarre que nous nous arrêtâmes à quelque deux ou trois cents mètres en contrebas de la ferme, et nous prîmes à travers les prés pentus jusqu'au terre-plein où se trouvait la ferme. Chose curieuse : elle était fermée, quoique en bon état. De hautes graminées avaient envahi la cour, des bardanes, des orties. Les fruits d'un grand prunier pourrissaient au sol au milieu d'un nuage de minuscules papillons bleus. Et là-bas, en plein soleil, la charrette attendait avec ses passagers qu'un cheval fantôme sortît de cette ferme déshabitée pour s'ébranler. Elle attendait depuis quatre ans, plus peut-être : les cueilleurs et cueilleuses de fruits se révélèrent, une fois que nous nous fûmes avancés jusqu'à eux, des sortes de sacs en toile emplis de fumier sec. Ces sacs avaient été taillés dans des vieilles toiles de tente de couleurs différentes et, aperçus de loin, créaient l'illusion de silhouettes humaines. J'imagine que le propriétaire de la ferme était un célibataire que la mobilisation de 1939 avait cueilli, à l'improviste, sans que celui-ci ait eu le temps ou le goût de mettre à l'abri sa charrette de fumier.

Ma déconvenue me laissa hébété devant la charrette. Il m'est difficile d'exprimer ce que je ressentis. Illusion d'optique. Je devais éprouver à peu près les sentiments de quelqu'un qui sent sa foi chanceler. Escroqué par un prestidigitateur. Floué. En somme, tout était vide, mensonger, trompe-l'œil, mirage. De cette charrette pourrie par les intempéries, grisâtre sous le soleil, ses cercles de roues mangés par la rouille, émanait une solitude accablante. Brusquement le paysage environnant virait à une teinte imperceptiblement orageuse. Les hautes herbes jaunes qui avaient envahi le chemin parlaient en moi la même langue que les toits rongés de soleil de Pont-sur-Rhône. Que les statues du parc romain. C'était comme si le monde se défaisait maille après maille entre mes doigts. *Malheur à celui qui porte le désert en lui car le désert s'étend.* Je commençais à perdre confiance en tout. Une poigne, ou plutôt un étau lentement resserrait sa pression sur cette partie du corps qui porte bien son nom : le plexus solaire. Solaire! Le centre de gravité de la vie, la force d'attraction qui nous empêche de glisser vers les pentes vertigineuses ouvertes autour de nous, prêtes à nous engloutir; l'arrachement du cordon ombilical. La liberté commence par des amputations à coups de hache.

– Qu'est-ce qui t'arrive? Tu es blanc comme un linge.

– J'ai envie de vomir.

– Tu as trop bouffé, ou quoi?

Oui, j'avais trop « bouffé », et maintenant je rendais le monde comme un fruit véreux et pourri.

Pendant l'avant-dernière semaine de septembre, mon père s'est remis à ses *Années sauvages*. Dès l'aube, il s'enfermait dans le grenier, et travaillait à l'orchestration du poème, descendait de temps à autre plaquer quelques accords sur le piano, son crayon entre les dents. A table, il ne desserrait pas les lèvres, mais nous étions habitués à ces passes de mauvaise humeur : lorsqu'il composait, il n'était pas à prendre avec des pincettes. Nous l'embarrassions. En attendant le retour de Tony, ma grand-mère commençait à préparer le départ. Les placards se vidaient insensiblement, les colis et valises s'amoncelaient dans les chambres.

Je passais mes journées sur le lac, tirant des plans sur la comète, hésitant si j'allais me suicider, devenir fou ou m'enfuir dans les bois. Aucune de ces trois solutions impraticables ne réglait les problèmes. J'en étais déjà à quêter le moindre tressaillement intérieur qui pût me laisser espérer une réconciliation avec la vie proliférante que j'avais connue avant ce que tu appelles « ma descente aux enfers ». Tout devenait plat autour de moi, à commencer par les odeurs : je ne les sentais plus. Le monde devenait pareil à un instrument qui eût perdu ses harmoniques. Cette absence de profondeur des choses se présentait à moi sous les apparences de la maladie. Voilà : tout se passe comme si d'un coup on tombait malade, on attend chaque matin avec un peu plus d'anxiété que le mal démissionne, mais la plupart du temps c'est nous qui finissons par démissionner. Mais vois-tu, le pire est que si l'on s'insurge contre cette fatalité on s'aperçoit très vite que les autres n'en paraissent pas le moins du monde incommodés, au contraire : la « vie » – j'entends l'aménagement du monde considéré comme le catalogue des armes et cycles de Saint-Étienne –, cette mascarade leur tend des perches qu'ils s'empressent d'empoigner, et je ne me suis pas encore fait à l'idée que mes semblables, à l'exception de l'éternel petit nombre d'illuminés, donnent le premier coup de pioche pour creuser le trou qui leur servira de tombe dès la première cigarette fumée, la première fille baisée, le premier journal lu, l'examen passé, l'examen passé de la soumission à la peste sociale. L'effarante pauvreté de la mise, au début de la partie, explique la facilité avec laquelle le programme se réalise. La normalisation fait le reste.

Finalement, la véritable Histoire de l'Humanité, c'est l'Histoire de l'art, c'est-à-dire l'Histoire de la perpétuelle déviance du petit nombre devant cette monstrueuse normalisation dont la société prétend tirer les règles propres à fonder son Histoire. Tout ce que l'homme fabrique, villes, monuments, avions, bateaux, machines, c'est l'empreinte négative laissée par sa démission devant l'incertain et l'inaccessible. Et quand Malraux déclare que l'art, c'est ce qu'aurait aimé être l'Histoire, il dénonce la supercherie d'une société fondée sur le plus petit dénominateur commun, et qui détourne la fonction essentiellement destructrice de l'art pour établir son système de valeurs. L'art n'a jamais incarné un système de valeurs que pour ceux qui l'utilisent aux fins de cautionner ce que l'Histoire a de plus répugnant : l'instauration de la Jérusalem terrestre. Oh, certes, notre royaume *a été* de ce monde, mais il ne l'a été que le temps de notre ignorance. Après commence le foutoir total et à seize ans j'ai dit non.

A quel prix...

C'est le 24 septembre. Je me suis réveillé vers 8 heures. Dehors, il faisait beau, un printemps un peu roussi, légèrement blet, donnait aux montagnes ces reflets abricot qui annoncent la mort de l'été. A mon chevet, une enveloppe blanche : « *Pour Jean* ». L'écriture de mon père. J'en ai eu les mains glacées. Ce « Jean » inusité, cérémonieux, qui m'affublait soudain d'un état civil lourd de mauvaises nouvelles, était aussi effrayant que l'annonce d'un décès. J'ouvris l'enveloppe : « *Quand tu liras cette lettre...* » La suite se brouilla devant mes yeux : elle était presque superflue, comme si mon instinct savait lire à travers la platitude de la formule les vacheries qu'elle annonce invariablement. Il fallut tout de même que je m'y reprenne à plusieurs fois pour être certain du pire : « *Pardonne-moi le mal que je vais vous faire...* » Décidément, il ne m'épargnait, lui qui pourtant frappait sa propre monnaie, aucun des poncifs du genre. En bref, il était parti. Il nous abandonnait au moment où j'avais le plus besoin de lui. Le mot s'achevait par : « *Inutile d'utiliser contre nous des moyens de violence, de lancer la police à nos trousses, vous déclencheriez le pire, j'y suis décidé. Je vous donnerai de mes nouvelles en temps voulu, quand les esprits seront un peu calmés.* »

Ensuite, tout s'est déroulé comme un rêve auquel une partie de moi-même demeurait étrangère. C'est comme un somnambule que je suis allé annoncer la nouvelle à ma grand-mère. Elle a dit simplement : « Mon Dieu... » et m'a serré dans ses bras. Nous avons relu le petit mot ensemble. C'est là que j'ai réalisé avec stupeur qu'il n'était pas parti seul, qu'il disait « nous ». Virginie et moi sommes sortis sur l'aire comme si l'atmosphère de la maison eût été tout à coup empoisonnée, irrespirable. « Mon Dieu, mon Dieu, ta pauvre mère, mon petit... *She'll going to die of a broken heart...* »

Nous. Ça paraissait ahurissant mais c'était ainsi. Police à nos trousses – mineure, Louise. Sanglots sur la terrasse des Frises. Re-sanglots sur le lac. Le trou de vingt minutes entre le moment où j'avais vu mon père quitter sa chambre et celui où il avait bu son café dans la cuisine, les yeux dans le vague, mouillés de je ne sais quelle supplication impudique. Son détachement. Ses vides. Cigarettes, pastis, vin, repas : passation des pouvoirs. Promotion éclair à la charge de chef de famille.

La Talbot noire est arrivée vers dix heures du matin, le colonel au volant, Geneviève à l'arrière, effondrée. Ma mère est sortie de sa chambre juste à ce moment-là. Une chose curieuse s'est produite : elle a cru lire sur nos visages consternés la mort de Tony, de son père. Ce n'est qu'une fois la lettre entre ses mains qu'elle s'est décidée à comprendre que son mari l'avait quittée pour une fille qui n'avait pas dix-neuf ans.

Le colonel Grévin lui a dit, lui tenant les deux mains :

– Andrée, je leur donne un mois pour que les choses rentrent dans l'ordre. Passé cette limite, je dépose une plainte pour détournement de mineure.

– Comme s'il n'avait pas eu déjà suffisamment de femmes dans sa vie...

– Ah bon, parce que... fit Geneviève Grévin, en tirant de son sac un paquet de cigarettes. Ses mains tremblaient et elle jeta la cigarette avant de l'allumer.

– Des aventures sans lendemain. Mais le théâtre, Geneviève, le théâtre, disait ma mère en pleurant. Savez-vous ce qu'il m'a dit, le soir même de notre mariage ? Que l'amour, l'amour physique le dégoûtait. Qu'il m'avait épousée parce qu'il m'aimait, mais qu'à part les enfants...

Elle sanglotait en poussant des petits hoquets comme

quelqu'un qui a avalé une bonne tasse et qui ne parvient pas à reprendre son souffle. Maman, tu m'as crevé le cœur, tu n'étais pas de taille à supporter de telles épreuves. Et tu les as toutes surmontées avec dignité, courage, mansuétude, comme si tu savais de naissance qu'il y a le monde des victimes et celui des bourreaux, et qu'il n'est guère possible ni souhaitable d'appartenir aux deux.

Mon père était parti avec la vieille B 14. « Vous la retrouverez à Pont-sur-Rhône », précisait-il dans sa lettre.

C'était onze heures du matin. Tu t'es levée tout à coup et tu as dit au colonel : « Pouvez-vous nous conduire aujourd'hui même à Saint-Just ? »

– Oui, bien sûr. Mais pourquoi cette précipitation ? Vous devriez attendre le retour de votre père...

– Je ne veux plus passer une nuit de plus dans cette maison.

– Comme il vous plaira, Andrée. De toute façon, lorsque Jérémie et Tony seront de retour, nous ferons le nécessaire. Et pour le déménagement ?

– Il n'y a pas de déménagement. Ces meubles ne sont pas à nous. Je pense que votre voiture est suffisamment grande pour emporter nos bagages.

– Embarquons tout dès maintenant. Nous irons manger un morceau aux Frises, et nous prendrons la route aussitôt.

– Mais c'est horrible. Quelle fière salope. Et dire que tu étais amoureux d'elle...

– Ce n'était pas le plus grave. Et le plus grave était loin d'être arrivé.

– Tu sais, je n'en reviens pas. Je me doutais bien qu'il y avait eu une histoire... Mais je n'ai jamais deviné qu'elle ait pu... Je ne le lui pardonnerai jamais. Oh, tiens, tu vas voir.

Hélène a saisi un couteau et s'est précipitée dans son atelier. Elle a fouillé parmi ses toiles, en a retiré une de la housse qui l'enveloppait et, avant que j'aie pu faire un geste, elle l'a lacérée à coups de couteau : c'était Louise. Toujours les mêmes yeux, mais le bas du visage légèrement empâté. A peine ai-je eu le temps d'entrevoir ce masque élargi par les annnée, il était déjà en lambeaux.

Hélène est allée se planter devant la fenêtre. Sans tourner la tête elle a dit :

– La fille après la mère. Une sorte de vengeance à retardement, en somme.

– Mais tu délires... Ce que tu dis est horrible.

– Oui, c'est horrible. Qu'est-ce qui me prouve que quelque chose en toi ne recherche pas à travers moi le souvenir de *ta première bien-aimée*, comme tu dis ?

– Allonge-toi sur le lit.

– Tu crois t'en tirer comme ça ? Je n'aime pas les situations troubles. Tout ça me gêne affreusement.

– Quand tu sauras la suite, peut-être consentiras-tu à comprendre que c'est toi, Hélène, Hélène, Hélène, toi *ma première bien-aimée*. Embrasse-moi.

– Je veux savoir la suite.

– Allonge-toi sur moi et je te la dirai. Je te veux sur moi toute la journée.

– Tu es complètement fou. Je t'aime.

– Moi aussi, je t'aime. Jean Mouraille aime Hélène Grévin. Hélène Grévin aime Jean Mouraille. Jean Mouraille est aimé par Hélène Grévin. Hélène Grévin est aimée par Jean Mouraille. J'ai envie de te faire un enfant le plus tôt possible. Je ne vois pas d'autre moyen pour t'aimer davantage, à moins d'avoir recours à des mesures sévèrement déconsidérées par les bons usages et punies par la loi.

– Tu me feras un enfant après m'avoir tout dit.

– Donne-moi une gorgée de ta salive. J'ai la gorge sèche à force de parler.

Pourquoi les femmes ne peuvent-elles offrir autant de sève que font les hommes à celles qui s'en abreuvent ?

Maintenant, le mal est fait : je n'y suis pour personne. Je leur ai déclaré que je n'irais pas déjeuner au château avec eux. Laissez-moi seul ici. Je ferai le trajet à pied jusqu'à

Sainte-Colombe. Deux heures de marche en pressant le pas. Vous me prendrez au passage, après avoir mangé. Du reste, vont-ils manger ? Non, ils vont établir un plan de guerre, tourner l'événement dans tous les sens : qui aurait pu se douter ? Ils ont bien caché leur jeu. A votre avis, à quand remonte leur liaison ? Ils ne sont pratiquement jamais restés seuls ensemble. A moins que la nuit, pendant que vous dormiez, Andrée... Qu'allez-vous devenir ? Oui, la retraite de votre père... Mais ce sera dur pour vous. Vendez votre appartement de Pont-sur-Rhône. Ça vous permettra de voir venir. Nous avons réchauffé un serpent dans notre sein. Une passade ? Non, ils n'auraient pas pris de tels risques. Vous dites bien que vous leur laissez un mois pour retrouver le droit chemin, mais quels moyens avez-vous de les prévenir ? La France est sens dessus dessous. Où voulez-vous les retrouver ? Qui vous dit du reste qu'ils n'ont pas quitté la France pour l'Italie, la Suisse, l'Espagne ? Vous êtes certaine qu'il a emporté tout son argent ? Qu'il ne vous a rien laissé ? Rappelez-vous : il nous a déclaré, lorsqu'il est descendu à Pont-sur-Rhône à bicyclette, qu'il avait oublié des notes de travail pour son poème symphonique. Le petit nous a précisé qu'il était passé à la banque. Il a dû tout rafler ce qui lui restait sur son compte. C'est du joli. Pas digne de franchir le seuil de votre porte. Allez voir un avocat. Faites constater l'abandon du domicile conjugal. Entamez la procédure de divorce. Sanglots. Crise. Médecin. Solucamphre.

Tout en marchant, je laissais défiler le scénario en spectateur distrait. J'étais extérieur à tout. Sais-tu à quoi je songeais ? Aux baraquements. Aux bâtiments délabrés. Aux Spitfire, aux gerbes de concassé qui volaient dans la poussière rouge. A Miguel. Qu'était-il devenu celui-là ? Emporté par la marée, comme la marraine de Louise, rentrée déjà à Paris, comme l'accompagnateur au visage triste, comme Henry Sauveplane, déjà gonflé de vers dans son cercueil, comme Marguerite, fixant le vide dans son petit trois-pièces des Buttes-Chaumont. Comme Jérémie avec ses cannes et ses moulinets, et Tony, que nous ne reverrions jamais. Autre coup bas du sort : dès leur libération, les deux hommes avaient été repris par un convoi qui avait réussi à franchir la Seine juste avant la jonction des Alliés. Jérémie s'en tira indemne : délivré par les Américains en 45. Tony, volatilisé. Nous espérions qu'il se trouvait dans un camp plus à l'est tombé entre les mains des Russes. Des prisonniers politiques sont rentrés chez eux longtemps après la fin de la guerre. « Il est vivant, dira ma mère pendant toutes ces années. Il m'a parlé en rêve. Je sais qu'il est vivant. » Virginie souriait, des larmes dans les yeux... Je me glissais dans sa peau : Savannah, la jeune fille enceinte au bras du bel Italien dans les soirées moites d'été. Les bals en Géorgie. Le poulet frit et le maïs grillé. *Apple pie cream.* Le temps : une sorte de négligence de Dieu. L'être éternel est une espèce de romancier à qui sa création échappe. La matière surgit, l'espace avec, et tout devient temps, selon un principe dont Dieu n'est pas maître. Tout glisse et moi je reste, rappelle-toi le poème d'Apollinaire devant la Seine. Il n'y a que du passé, puisque le présent fait eau de toutes parts. Il n'y a que du présent, puisque ni le passé ni l'avenir n'existent. Il n'y a que l'avenir, le projet, le devenir, puisque tout fuit. Le passé est une variété du présent. On tourne en rond : il n'y a rien. Une sourde débâcle permanente. Essaie d'accrocher une seconde, je te paie un merle blanc. Un coup de pinceau sur une toile, trois lignes sur le papier, c'est l'archéologie immanente de l'instant. Le Happax. Une goutte d'éther sur une plaque surchauffée. Volatilisation instantanée. Alors on s'entoure d'objets. Le décor fait illusion : il vieillit si lentement qu'on s'y laisse prendre. L'enfouissement dans le temps par ce qu'on appelle la civilisation aura été l'enchantement le plus redoutable que l'homme ait jamais connu. Meubles, beaux murs, plafonds, traditions : législation du désastre.

Tiens, voilà le portail de la Villa des Roses. La B 14 est en effet garée dans le jardin. Deux heures de route à peine, et quatre ans de guerre ont subitement disparu. Papa est parti avec une fille que j'aimais, Tony n'est plus là, le colonel descend les bagages, accompagne les deux femmes dans la maison où des miettes de pain sur la table témoignent de notre passage récent. Avant de repartir, il pose ses deux mains sur mes épaules :

– C'est toi le chef de famille pour l'instant. Je sais que c'est très dur. Courage, petit, nous prendrons de vos nouvelles le plus souvent possible. Dès que je saurai quelque chose, vous serez prévenus.

Bien, mon colonel. A vos ordres, mon colonel. Je sais que vous avez prêté à ma mère une somme d'argent assez importante qu'elle vous remboursera une fois vendu le caveau de famille de la « rue bleuâtre ». Au revoir, mon colonel. Nous avons passé de bons moments ensemble. Maintenant, tout le monde à la niche.

Il faisait doux. Le soir tombait. L'encens des collines envahissait le jardin. Le docteur de famille se trouvait au chevet de ma mère, avec Olga Reboul. Virginie rangeait nos affaires dans les placards. Jean Reboul était allé aux emplettes pour garnir notre garde-manger. Ai rôdé dans le jardin macabre, sous des étoiles que j'avais l'impression de voir depuis le fond d'un puits. Dans huit jours, ce serait le collège. Non. Pas de collège. Travail à domicile. Séquestration volontaire. Errance immobile. Les baumes résineux, si suaves jadis, me soulevaient le cœur de dégoût, au point que ma bouche se remplit d'eau et je vomis les pêches que j'avais mangées en arrivant. J'ai brusquement songé à Martine. Martine. Ce n'était pas très loin de chez nous. Dès que l'occasion se présenterait, je sauterais sur ma vieille bécane et j'irais lui rendre visite. Nous ferions l'amour sous les mêmes genêts, au-dessus de l'esplanade vide. Des bras frais autour de mon cou, sa bouche guérisseuse posée sur moi. Mes mains plongées dans ses cheveux. Virginie est venue vers moi : « Ta mère veut te parler. » Je suis monté jusqu'à sa chambre. Elle m'a pris la main : « Qu'est-ce que nous allons faire, mon petit... » Elle pleurait, son visage était hideux, déformé par le chagrin, son nez coulait. Elle m'a fait horreur. Je l'aurais voulue dure, raide, princière, silencieuse. C'était un tas de chagrin obscène qui opposait en moi le dégoût à la pitié. J'étais comme un bloc de fer. Même le contact de sa main m'était odieux. J'ai dit que j'étais fatigué et que je voulais dormir. Je suis resté assis par terre, dans le jardin, jusqu'à je ne sais quelle heure de la nuit.

La poigne qui s'était déjà manifestée m'a bloqué la respiration, Je suis parti en courant sur la route pour semer la mort lancée à ma poursuite. L'étau s'est un peu relâché. Je ne pensais à rien, mes entrailles convulsées le faisaient à ma place. C'était toujours le 24 septembre 1944. Ce serait le 24 septembre 44 toute ma vie, jusqu'à ce que je te rencontre, Hélène, mon amour.

Je n'ai jamais retrouvé la carrière abandonnée, ni le hameau, ni Martine, rien. Je pédalais tous les jours sur les routes au milieu des vendanges, des odeurs de moût et d'abricots pourris. Je dévalais les pentes à tombeau ouvert, grimpais les côtes jusqu'à sentir monter à mes tempes la sueur des cardiaques, un goût de sang dans la bouche. Rentré à la maison, je m'enfermais dans ma chambre, feignais de travailler, me livrais au plaisir solitaire en imaginant Martine à califourchon sur mon visage, sa fraîche petite vulve affamée sur ma bouche. Pendant ces années d'après-guerre, j'ai vécu comme un animal. Un camarade m'invitait à passer un week-end chez lui, poussé par une famille compatissante : je me levais la nuit et pissais dans les pots de fleurs les plus proches de mon lit si les cabinets me semblaient trop loin. J'avais pris l'espace en horreur. La distance qui séparait mon lit de la fenêtre de ma chambre me paraissait horrible. Si je faisais tomber un objet sur le sol, je l'y abandonnais : me baisser pour le ramasser eût été une épreuve insurmontable. Je mangeais n'importe quoi, n'importe quand, bouclé à double tour dans ma chambre. Je volais de l'argent à ma mère pour aller au cinéma voir des films américains. Une fois le film terminé, et moi sur le trottoir, la réalité me prenait à la gorge pour m'étrangler. J'entrais dans les églises. L'odeur y était celle des cadavres célébrés d'encens. Je m'enfuyais. Je vomissais dans les lavabos des cafés, quand j'avais englouti plusieurs bières. Je vidais mes intestins n'importe où, dans un papier journal que je fourrais sous mon lit, sous les lilas, derrière la maison, sans me laver.

J'ai travaillé huit jours chez un expert-géomètre qui m'a foutu à la porte parce que j'avais mis volontairement le feu à des rouleaux de plans. J'ai vécu trois ou quatre jours chez une pute qui m'avait pris sous son aile et me taillait des pipes gratis *pro deo,* parce que j'étais mignon et veule. J'ai piqué des bouquins dans la bibliothèque familiale pour les revendre et me faire quatre sous. J'ai dérobé du chocolat dans une épicerie et le patron m'a cassé le nez d'un coup de tête. J'ai fabriqué un engin explosif avec du T.N.T. extrait d'une bombe de mille livres qui n'avait pas éclaté, et la déflagration m'a à moitié arraché la main. Je suis resté des heures, des jours, des mois allongé sur mon lit, tremblant et suant d'angoisse, prostré, invalide, exsangue, hébété. J'ai songé à entrer dans un monastère, à dévaliser une banque, à incendier la maison pour que nous touchions la prime d'assurance, j'ai balancé toutes sortes de choses dans le vieux puits qui en cracha son eau noire jusqu'à ma figure le jour où j'y précipitai un poêle en fonte. J'ai appris par cœur *Le Bateau ivre* pour le clamer à haute voix tout seul dans les garrigues. J'ai usé les disques de jazz qu'un copain m'avait prêtés et que je ne lui ai jamais rendus. J'ai éborgné une vieille en lui lançant un clou en U à l'aide d'un lance-pierres. J'ai écrit un drame en six actes et quatre-vingts tableaux : « Pétrone, ou la justification du suicide. » (C'est le seul texte de cette époque que j'ai conservé.)

Je pleurais à chaudes larmes en évoquant la passion du Christ, et j'insultais Dieu parce qu'il n'existait pas. J'ai pris des cours pendant un an chez un certain M. Sedan qui préparait les cancres à affronter le baccalauréat auquel j'ai refusé de me présenter. J'ai songé à devancer l'appel, ai effectué les formalités nécessaires, puis me suis dégonflé au dernier moment.

– Ton père, Louise ?

Toujours pas de nouvelles. Ton grand-père avait lancé à leurs trousses les plus fins limiers de Paris : évaporés.

Sais-tu où ils étaient ? En Angleterre. Il la faisait travailler, la dirigeait ici et là sur des scènes de province, attendait qu'elle soit majeure pour regagner la France. Une lettre de lui nous était parvenue en mai 45, postée en France par un ami à lui. Il s'expliquait plus longuement sur son départ et terminait sa confession en affirmant qu'il ne chercherait jamais à divorcer. (Il redoutait l'Église et ses commandements, et la passion qu'il éprouvait pour Louise ne l'empêchait pas de tenir à ma mère.)

– Comment se fait-il que tu n'aies pas éprouvé le besoin de continuer à écrire ?

– Mais j'ai noirci des tonnes de papier. Tout allait au feu, ou presque. Je haïssais la forme de mon écriture et, par élargissement, son contenu.

J'ai avalé tous les livres qui me tombaient sous la main, pêchés à droite et à gauche, chez les copains, dans les bibliothèques, à la devanture des libraires que je baratinais pendant qu'un deuxième larron faisait la cueillette à ma place. Pendant ces années dévastatrices, trois bouées m'ont tenu la tête hors de l'eau : la littérature américaine, le cinéma – américain, naturellement – et le jazz. L'Amérique me consolait. Je haïssais l'Europe mangée aux vers : elle puait la mort, l'Europe, et le sexe y était ou mal vu ou monté en épingle. Je parle du sexe comme je parlerais de navigation hauturière, et non de coït intellectualisé : Bataille m'emmerdait, Sartre m'emmerdait – vieux potache de génie empêtré dans les Saintes Espèces de la philosophie –, Camus aussi m'emmerdait avec ses phrases nobles, son côté midinette, ses indignations édifiantes. Toute la France m'emmerdait, son hexagonalité narcissique, la photogénie de ses écrivains, l'imparfait du subjonctif, jabot de dentelles, garantie du bon goût, considération distinguée. Baudelaire et Rimbaud : là j'étais chez moi. Leur portrait dans ma chambre. Ravel. Debussy. Stravinski. Quand de jeunes cons s'extasiaient sur Prokofiev parce que trois vagues notions marxistes nageaient dans leur âme rougeoyante, je les renvoyais à leurs chères études : musique plate, tout en devanture, écoutez plutôt Moussorgski, Stravinski, Scriabine, César Cui.

De toute façon, j'en étais arrivé à ne plus tolérer que le jazz. Faulkner me rendait fou. J'ai lu et relu je ne sais combien de fois *Le Bruit et la fureur, Lumière d'août, Absalon! Absalon! Tandis que j'agonise.* Bataille contre le temps d'une sauvagerie inouïe. Proust, aussi sympathique qu'il me parût, me laissait sur ma faim. En fait, j'avais besoin que le sang coule. Chez Proust, c'était plutôt le thé qui coulait, et les mondanités d'un snob ne faisaient pas le poids devant les hurlements de l'idiot Benjie [1] à qui je finirais par ressembler.

Ma mère avait réussi à bazarder l'appartement de la « rue bleuâtre » et donnait des leçons de piano et de chant. Dès 47, après la première lettre de mon père, nous avons reçu tous les mois un peu de l'argent qu'il gagnait. Ce n'était pas l'Amérique, mais on s'en tirait. Ma mère voyait dans ce geste une possibilité de rachat. Son chagrin était devenu digne alors que Virginie rongée par la disparition de Tony taillait toujours ses lilas, mais c'était comme si on voyait le jour à travers elle : translucide, diaphane, le peu de sang qui lui restait dans les veines lui montait au visage lorsqu'elle s'étranglait avec une miette de pain. Je la surveillais. J'écoutais la nuit le bruit de sa respiration. Je la suivais dans ses déplacements comme un chien, prêt à aboyer dès qu'un mauvais rictus signalerait la présence de l'ennemie. Un instant, nous avons songé à quitter la France pour les États-Unis, mais nous n'avions pas assez d'argent, et aurais-je été capable de manipuler les caisses de bière, de vendre des journaux, de boxer, de tenir la comptabilité d'un bordel, de franchir ces étapes familières aux comédiens, aux journalistes, aux écrivains d'outre-Atlantique? Sûrement pas : je rampais sur le sol, clopinais comme un infirme, portais farouchement le deuil de mes vies antérieures.

En 48, bon pour le service, j'avais reçu ma feuille d'appel, et, le matin où je devais passer devant le conseil de révision, j'ai déclaré à ma mère et à Virginie que je conchiais l'armée, le drapeau, que je ne porterais jamais un uniforme de ma vie, que je préférais la prison au déshonneur. Ma mère s'est

1. Personnage du *Bruit et la fureur* qui, à trente-trois ans, a la mentalité d'un enfant de cinq ans.

évanouie, ma grand-mère m'a refilé un peu d'argent et j'ai sauté dans le premier car qui desservait les patelins du Haut Pays. J'avais mon sac à dos, lampes, couteau, hache, crayon, papier : Thoreau partait pour Walden. Quand les gendarmes sont venus à Saint-Just prendre de mes nouvelles, ma grand-mère leur a déclaré que j'étais en voyage à l'étranger et qu'elle ne disposait d'aucun moyen pour me remettre en tête mes obligations militaires. Elle leur laissa entendre que ma tête, je l'avais un peu perdue, et que ce voyage avait été conseillé par un psychiatre pour m'en rendre une partie.

Arrivée à Sauguet, je pris la route à pied, passai la première nuit à la belle étoile – on était en juillet 49 –, près de la charrette où les sacs aux couleurs fanées attendaient la trompette du Jugement dernier pour se métamorphoser en paysans joyeux. J'ai arraché un morceau de bois à cette charrette et l'ai fourré dans mon sac avant de reprendre la route le lendemain matin : j'allais collectionner ainsi un certain nombre d'échantillons prélevés sur les restes que le temps abandonnait derrière lui, et où se racornissaient au soleil, pourrissaient sous la pluie des morceaux de moi-même, histoire de reconstituer ma propre momie.

A midi, j'étais à Sainte-Colombe, dont le seul nom me sembla saugrenu, défraîchi, exotique. J'ai suivi le bord du lac côté Frises. 2 heures de l'après-midi. La terrasse aux balustres. Nul n'y était revenu depuis 44, et en cinq ans toutes sortes de plantes parasites avaient pris possession de la moindre fente entre les pavés, du plus petit espace entre les moellons des murs : cet acharnement m'a procuré une sombre jouissance. Le soleil embrasait les hautes herbes de la prairie, où crépitait la vieille race implacable des insectes, plus forte que nos œuvres, fermée à nos délires, blindée contre le temps, mécanismes ahurissants dont nous ignorerions à jamais les obscures finalités. Peut-être avaient-ils leurs religions, leurs tables de la loi, et la rigidité de leur programme n'était-elle qu'une illusion de l'observateur. Sur la muraille, le cadran solaire exhibait aux forêts sa maxime désabusée : « *Ut terra arida et sitiens, sine aqua.* » Toute ma philosophie s'arrêtait là : désert vivant, plus rien ne poussait en moi. Mais le but de mon équipée n'était pas de languir sur cette terrasse comme un Romain attendant l'heure de se couper les veines. Deux heures plus tard, j'atteignais la mine abandonnée, m'installais dans les baraquements où nous avions vécu sur les marges incertaines de la guerre les heures les plus gorgées de sève et de sens que j'eusse jamais connues.

Je restai là une dizaine de jours, errant parmi les ruines, flairant de vieilles odeurs de cambouis complices de mon malheur, ramassant d'autres balles de mitrailleuse éparpillées sur le ballast de la voie ferrée (j'avais toujours la mienne, pendue à mon cou par un lacet de cuir). Je me baignais dans la lagune, retrouvais une vieille nasse de Jérémie au milieu des joncs, attrapais quelques anguilles que je mis à frire dans la vieille poêle gondolée où nous avions fait rissoler leurs ancêtres cinq ans auparavant. J'écrivais à l'aube, sur la table bancale où se trouvait jadis le poste émetteur de Miguel. Un récit dont j'ai conservé le premier chapitre : « Le Château ». C'était l'histoire d'un aristocrate hémophile, unique descendant d'une lignée éteinte, qui passait le plus clair de son temps posté au sommet du donjon, à observer le désert qui fuyait à perte de vue de quelque côté qu'il se tournât, et sa seule et unique activité était de regarder. De regarder le rien. Le ciel vide. Le désert vibrant de chaleur. La cour intérieure du château où se trouvait le caveau de la famille. Il n'avait pour compagnon qu'un chat qu'il finissait par manger pour ensuite se laisser mourir par déshydratation en demeurant allongé nu en plein soleil dans cette cour intérieure, à quelques pas des os de ceux à qui il devait la vie. J'avais placé en épigraphe quelques lignes dues à la plume de Guillaume IX, duc d'Aquitaine, neuvième comte de Poitiers :

Je veux faire un poème sur le juste rien
il ne sera question ni d'amour ni de jeunesse
ni de moi ni d'autres gens
il se sera trouvé en dormant sur mon cheval.

Comme autrefois j'allais rêvasser des heures assis devant la voie ferrée, me mettant dans la peau de Bayard Sartoris [1], sans aucune peine du reste : ce désert lunaire et loqueteux, où s'étalaient la pauvreté de notre Sud, son abandon, évoquait assez bien la misère poussiéreuse et hautaine du Yoknapatawpha de Faulkner. Ceux du Nord industrieux s'activaient pendant que ceux du Sud jouissaient âprement de leur propre décadence.

Un matin, comme le ciel s'était couvert, j'en ai eu marre et j'ai plié bagage. L'image du Spitfire piquant sur moi m'avait harcelé sans cesse, la vision éclair de son ventre. Qu'était devenu ce pilote ? Était-il toujours vivant ? Où habitait sa famille ? Un cottage de la banlieue de Londres ? Que lui restait-il de ce souvenir ? Deux destins qui se croisent à toute vitesse laissent une plaie, un trou dans le foutoir de l'espace-temps, quelque chose de raté, qui résiste à l'oubli et s'inscrit dans la douloureuse partition de l'inachevé. Tous les êtres humains devraient être reliés par un fil invisible, une onde magnétique, et lorsqu'un seul individu souffrirait, disparaîtrait, trouverait le bonheur suprême, toute l'humanité serait en mesure d'en ressentir les effets : la communion des saints, en somme. *Mais l'Évangile est loin,* et chacun s'enferme dans sa coquille, se cogne aux murs de sa cellule, la surdité règne partout, les appels et les signaux s'enlisent dans le brouhaha général, les cris poussés par le poète aboutissent dans les fichiers universitaires, désespoir disséqué sur la table d'autopsie, on ferme le dossier. Cette vision des choses, hystérique et naïve, fortifiait mon dégoût d'écrire et ma vocation du silence.

Rentré chez moi, ma mère m'annonça que j'étais recherché comme déserteur. Je me rendis à Nîmes et me présentai devant les autorités militaires, la bave aux lèvres. Je mesurais un mètre soixante-dix-huit et pesais cinquante kilos. Un capitaine boursouflé me demanda si je revenais de Dachau. Je bégayai des mots sans suite, urinai dans mon pantalon, tant et si bien que je quittai deux heures plus tard la caserne réformé R.D. 2.

---

1. Sartoris, nom d'une famille qu'on retrouve dans plusieurs romans de Faulkner.

De 49 à 50, on m'a soigné à domicile. J'avais perdu le sommeil. Je vomissais la nourriture, ou la faisais sous moi, intacte, non digérée : petits pois dans les selles, morceaux de viande à peu près intacts, j'étais un tuyau. Un médecin alarmiste songea au cancer. Radio après lavement d'une substance pâteuse et opaque aux rayons X. Rien. C'est nerveux. Piqûres de calcium et de magnésium. Bellergal. Calsédine. L 72. Supponéryl. Médomine. Aéine. Ballotyl. Belladénal. Euphytose. Neurobore. Sédalby. Sédibaïne. Yse. J'entrais dans les limbes chimiques, dormais le jour, écarquillais les yeux la nuit, relisais vingt fois la même phrase, n'avais même plus la force de grimper sur ma bicyclette ou de me traîner jusqu'à la cuisine. Le soleil m'épouvantait. La pluie me fourrait au fond du lit, le printemps m'arrachait le cœur, l'été passait sous ma fenêtre sans un regard pour moi, l'automne puait la charogne, le travail à heures fixes, les messes corps présent, les interrogatoires policiers, la détention à vie.

Soudoyé par ma mère, un jeune dominicain vint me rendre visite. Il me prodigua des consolations austères. Non, Dieu n'existait pas. Langage vicié. Sartre était nul. Dieu étant l'être ne pouvait être un existant. Ni les corps, ni les esprits ne témoignaient de Dieu. Le plus petit mouvement de charité... Nous avons barboté tout un après-midi dans le troisième ordre de Pascal. Je venais de lire *L'Étranger*. Il m'avoua que c'était un beau livre, mais que Camus avait la foi sans le savoir. Tous les hommes avaient la foi sans le savoir. Les athées mentaient : ils affirmaient ne pas croire en Dieu parce qu'ils Le haïssaient. Il me prêta un livre de Maritain et me conseilla de me plonger dans Bergson. Nous nous quittâmes bons amis. L'expression désertique de son visage, censée exprimer la foi, m'avait moins frappé que la grosse montre qu'il avait au poignet, et qu'il consultait de temps à autre comme un cadre surmené. Pourquoi les enfants de Dieu ont-ils des montres ? Cette seule anomalie suffit à annihiler le peu de sang neuf qu'il avait injecté à ma foi expirante.

En juin 1950, je reçus un télégramme de mon père : « Téléphone-moi à ce numéro : ... Embrasse ta mère pour moi. Ton père. » Je me rendis sur-le-champ à la poste et obtins le numéro après une heure d'attente.

– Allô, c'est toi ? Comment vas-tu ?

– Je n'en sais rien.

– Comment, tu n'en sais rien ?

– Je te dis que je n'en sais rien.

– Dimanche prochain, débrouille-toi pour monter aux Frises. Seul, bien entendu.

– Bon. Je viendrai.

– Dis à ta mère... Non, ne lui dis rien. Nous parlerons.

– Nous parlerons, si tu y tiens.

– Je ne serai pas seul. Tu comprends ?

– Je comprends.

– Je te demande pardon.

– Bon. A dimanche.

Je raccrochai. J'allai m'asseoir à la terrasse d'un bistrot et bu trois ou quatre pastis d'affilée. Mon grand-père, disparu, était moins mort que le fantôme avec lequel je venais de parler.

Je retrouvai ma mère dans sa chambre, examinant des photos. Elle classait les unes dans un cahier, déchirait les autres en menus morceaux : mise au net du passé par élimination des impuretés. Quand je lui annonçai le rendez-vous que mon père m'avait fixé aux Frises, elle regarda le jardin ruisselant de soleil.

– Il doit faire beau, là-haut. (Et après un silence :) Tu lui diras que s'il veut divorcer je ne m'y opposerai pas.

– Tu n'as rien d'autre à lui faire savoir ? Tu ne veux pas lui écrire une lettre ?

– A quoi bon.

Ce qui s'était doucement brisé en elle ne se recollerait jamais. Mon père fût-il revenu les bras chargés de tous les parfums d'Orient, le repentir l'eût-il jeté à ses genoux, elle lui eût pardonné, c'était du reste déjà fait, eût repris la vie avec lui comme auparavant, mais la douleur éloigne, interdit de remonter le fleuve. On reste seul sur la berge, tête à tête avec la douleur dont on a bien été obligé de faire son interlocutrice privilégiée. On devient un peu sourd aux autres rumeurs, un peu distrait, ennuyeux, mou, les ressorts se sont détendus. On regarde d'un point situé hors des lieux habitables. On se demande si le jeu en vaut la chandelle. Et ce regard désabusé agit sur autrui comme un acide : on ne voit plus que l'envers du décor, les ficelles, les truquages, et la compassion habitant ces hautes âmes, à force d'avoir fait tout le travail à la place de l'autre, les laisse désarmées, peu capables de se remettre à sautiller dans la vie avec la facilité dont disposent les égoïstes, les jouisseurs, passés maîtres dans l'art d'oublier. Ma mère était un peu cinglée, chiante comme la pluie, mais cette hauteur d'âme, héritée de son père et de sa mère, lui interdisait les profits à court terme : plus les mises sont élevées, moins elles ont de chance de trouver leurs bénéfices en ce monde, si ce n'est précisément dans le renoncement à ces bénéfices.

Le dimanche matin, feignant de prendre le car pour éviter une nouvelle séance d'évanouissement et de solucamphre, je partis en moto, prêtée par un copain : ma mère m'eût-elle su chevauchant cet engin de mort que nous eussions risqué l'embolie. Grisé par la vitesse et la lumière jaune, le paysage trouva durant le trajet une légèreté surnaturelle, et c'est un peu étourdi, comme fait d'une autre essence, que j'arrivai aux Frises : je n'aurai jamais assez de louanges pour exalter la vitesse, et plus encore sur deux roues que sur quatre. Je suis certain que les fous guériraient si on leur appliquait cette thérapeutique. Je crois qu'on devient fou le jour où la capacité de naviguer sur les océans intérieurs se voit menacée par cette incarcération mentale à laquelle nous condamnent l'angoisse ou les idées fixes. Mon royaume pour un cheval, dix chevaux, cinquante chevaux pétaradant entre les jambes, tous les moyens sont bons pour divorcer d'avec soi-même. – Tiens, il faudra se payer une Kawasaki et c'est toi, Hélène, qui la conduiras, je m'agripperai à tes seins de fille centaure, tes cheveux jailliront du casque rouge que tu portais le jour de ta chute, comme des flammes sombres me brûlant le visage, enfin, restons décents.

Il se tenait sur la terrasse et contemplait le lac, accoudé à la balustrade. Nous nous sommes embrassés sans fioritures. Il avait un drôle d'air. Changé, maigri, il portait des vêtements légers, insolents, mous comme une peau de luxe, une peau nouvelle que l'amour pour une fille qui avait l'air d'être la sienne imposait à son standing périlleux. Comment va ta mère, a-t-elle besoin d'argent, que tu as grandi, tu es un beau garçon, je te trouve un peu maigre et pâlot, quels sont tes projets d'avenir...

– Où est Louise ?

– Dans sa chambre. Elle ignore si tu tiens à la voir.

– Pourquoi ne la verrais-je pas ?

– Acceptes-tu de déjeuner avec nous ?

– Pourquoi non ? Comment ça marche, pour elle ?

– Oh ! ça ne marche pas. Ça cavale. On la réclame partout. Wagner, Mozart, Strauss – Richard, évidemment. Elle sera certainement la première cantatrice française à se produire à Bayreuth. Nous avons des contacts avec le Metropolitan Opera, avec Londres, la Monnaie à Bruxelles, Lisbonne...

– Et toi, dans tout ça ?

– Oh, moi... J'ai le choix entre Rennes, Nice, Lyon...

– Tu ne la suis pas dans ses déplacements ?

– Maintenant, elle peut voler de ses propres ailes.

J'ai réalisé qu'il venait d'avoir cinquante ans. Est-ce ce jour-là, ou pendant la guerre, qu'il m'a lâché : « Tu sais, jusqu'à cinquante ans, un homme peut faire illusion, mais après... »

– Bonjour, grand chat...

Louise était là, vêtue d'une robe blanche... Nous nous sommes embrassés. L'odeur de vanille avait cédé la place à un parfum coûteux, les gestes n'étaient plus les mêmes, le quant-à-soi avait fait son œuvre et transformé une jeune fille à qui échappaient encore, naguère, des acidités et des brusqueries de l'adolescence en une femme très belle, trop belle, trop femme, choisissant ses mots, évitant les maladresses, les nourritures riches, les termes crus, les nonchalances. En six ans elle en avait pris dix dans le corps et vingt dans la tête. Adieu, Louise, bonjour, la Grévin... Oh, son rire était toujours le même, son masque rayonnait comme un massif de roses après une pluie fine, mais quoi, les applaudissements, le métier, la maîtrise, une presse unanimement élogieuse, des chefs prestigieux, Cluytens, Ansermet, Karajan... J'ai flairé pendant le repas – caviar, saumon fumé, cailles aux raisins, Dom Pérignon – que mon père tirait ses dernières cartouches. Je pensais le maître écrasé par l'élève, dépassé par ses œuvres, conservé comme mascotte, et souffrant de jouer les troisièmes couteaux : je me trompais. Complètement à côté de la plaque. J'avais envie de mépriser Louise pour ne pas l'avoir retrouvée telle que je l'avais quittée. J'aurais dû m'agenouiller devant elle, lui baiser les mains et retourner contre mon père l'hostilité que j'éprouvais.

– Comment vont tes parents ?

– Ma mère se porte comme un charme. Mon père a vieilli. Il ne se reconnaît plus dans le monde actuel.

– Ils ne sont pas revenus aux Frises ?

– Non.

La marraine de Louise était morte. Marc Teyssèdre avait été tué au cours des combats dans le repli de la Truyère. Guérin, l'homme au visage triste, couvait on ne savait trop quelle maladie. Jérémie Béchard était veilleur de nuit dans une fabrique de conserve, à Fécamp. Ainsi va le monde. Je jetai autour de moi un regard dégoûté.

– Tu te souviens ?

Mon père jouait avec un briquet royal, mais il ne fumait plus. Il nous écoutait distraitement, tournait la tête pour observer le lac.

– Tu penses à quoi ? dit-elle en faisant des raies sur la nappe avec sa fourchette.

Un petit sourire lui tordait la bouche. Un tout petit sourire triste.

– A tout. Noël. L'aviateur anglais. Mais surtout à la nuit des signes.

– La nuit des signes ?

– Oui, notre fuite dans *L'Arlésienne*. Le séjour dans les baraquements de la mine. Le matin où nous avons été mitraillés...

– Je vois que tu portes toujours la balle de mitrailleuse autour du cou.

– C'est mon fétiche.

Silence. Champagne. *Ut terra arida et sitiens, sine aqua.* Insectes éternels. En face, la tache blanche de La Foux.

– Les Eaux et Forêts ont repris possession de la maison forestière. Ils vont y installer un garde avec sa famille. Je crois même qu'ils auront l'électricité.

– Tu ne voulais pas entrer dans les Eaux et Forêts?

– Ça ne servirait à rien.

– Toujours décidé à écrire?

Décidé à écrire. Drôle d'expression. Êtes-vous décidé à avoir un ulcère à l'estomac? à devenir aveugle? Êtes-vous décidé à vieillir? à prendre du ventre? Impression bizarre que ce que je voyais à l'endroit les autres le prenaient à l'envers. Ça doit vous rendre idiot, de voir les choses à l'endroit. Si vous désirez jouir d'une bonne santé, surtout évitez de prendre ce genre de risque. Il faut être fou pour vivre. Je veux dire qu'il ne faut surtout pas être sain d'esprit.

– On verra.

Que c'était froid, entre eux. Pas un geste, un regard complices. Crois-tu que j'en tirais satisfaction? Pas du tout. Tout glissait vers l'abîme, tournait en eau de boudin.

Nous avons parlé de tout et de rien. J'avais un bloc de glace à la place du cœur.

– 5 heures. Il est temps que je file.

J'embrassai Louise.

– Au revoir, grand chat.

– Salut. A la prochaine.

– Je t'accompagne, dit mon père.

Nous contournâmes les Frises. Il sortit une enveloppe de sa poche et me la glissa dans la main.

– Qu'est-ce que c'est?

– Rien. Un peu de fric. Tu te paieras ce que tu voudras. Elle est à toi cette moto?

– Non. Un copain me l'a prêtée. Mais j'aime ça.

– Eh bien, si ça te dit...

Il me désigna l'enveloppe. Je l'ouvris. Cent mille balles.

– Mais papa... Tu es fou.
– Allez, allez, file. Ta mère doit se ronger les sangs. Tu lui diras... Tu lui diras que je viendrai bientôt la voir.
– Entendu. Merci papa.
Au moment où je démarrai, il fit un geste, comme s'il voulait me retenir. Mais son bras retomba, résigné. Deux continents s'écartant l'un de l'autre. Si mon cœur n'était pas déjà tombé en miettes, il eût été brisé ce jour-là, à cet instant-là. Image gravée irrévocablement dans l'esprit. La dernière. Celle qui efface toutes les autres. Dieu se moque de nous, avait répondu la séquestrée des Frises. Pendant le retour, je m'arrêtai dans plusieurs bistrots pour boire de la bière. Sous les platanes, des joueurs de boules, des filles qui se donnaient le bras en allant et venant, ignorant ce qui les attendait. Jolies frimousses, derrière lesquelles il n'y avait rien. Le monde était vide. La bière m'empêchait d'en faire un drame.
– Ça n'a pas l'air de très bien coller entre eux, dis-je à ma mère en arrivant. Tu vas le voir rappliquer un de ces quatre matins, maintenant qu'elle est en train de se faire un nom.
– La porte lui sera toujours ouverte.
Toujours des métaphores qui maquillent la crudité des choses, qui esquivent théâtralement la prétendue trivialité du réel. Coucherait-elle encore avec lui ? Parviendrait-elle à le faire bander ? Passer d'une fille de vingt-quatre ans aux cuisses de satin à une femme minée par le chagrin qui en avait le double, abandonner les boissons fortes pour une soupe réchauffée... A moins qu'ils ne fissent chambre à part, l'été, quand la fermeture des théâtres nous le rendrait... On irait se balader dans les garrigues, le dimanche, on marcherait sans se croiser, demi-mensonges ou demi-vérités susurrés pour donner le change à la mort lente installée entre nous... Non, je ne souhaitais pas qu'il revienne. Et Louise n'était plus Louise. Dans quinze ans, wagnérienne accomplie, les mauvaises graisses auraient fait leur œuvre, la notoriété, les dollars, les marks, les livres, les lires, les cruzeiros, les francs suisses, les couronnes, les florins, les pesos, les schillings, les yens, les pesetas... Moi qui passais mon temps à reprocher à la Terre entière d'enfiler sans

vergogne du prêt-à-porter, de se laisser penser par les circuits imprimés du langage, de s'enliser dans la psychologie de comptoir, je donnais tête baissée dans les mêmes panneaux. A quinze ans, j'étais extra-lucide, grâce à mon innocence. A vingt-deux, la révolte et ses exorbitantes prétentions m'aveuglaient les méninges au point que je barbotais dans les préjugés contre lesquels je ne cessais de m'insurger. Classique.

J'ai acheté ma moto, une 125 Peugeot flambant neuve, et claqué tout mon argent en essence, en bitures, entouré d'une nuée de fauchés, de paumés, de sartro-marxistes, de staliniens modérés, de « crétiens » révolutionnaires. J'ai travaillé à Montpellier dans une librairie, où je me suis fait la main, dévorant tout ce qui se chuchotait à l'oreille avec des mines graves : Kafka, Michaux, Blanchot, Leiris, la mode, quoi, si commode pour maquiller les impuissances, camoufler l'indigence, ériger la nullité en dogme.

De temps à autre, des crises de néant m'expédiaient chez le psy en vogue. Les poutringues n'agissaient plus. J'avais besoin de passer aux choses sérieuses : j'ai pris ma carte au parti communiste, et m'étonne encore d'y être resté plus de quarante-huit heures : dix jours, une prouesse. Je croyais ne pas pouvoir tomber plus bas : le pire dans le domaine de l'esprit trouve toujours son maître; j'entamai une psychanalyse chez un type qui s'appelait Maderan, Mazoran, Marigan, Marignan, enfin quelque chose dans ce genre. Il me pompa mon blé pendant trois mois jusqu'au jour où, visité par le Saint-Esprit, je lui récitai in extenso, allongé sur mon canapé, *Le Bateau ivre, La Jeune Parque.* Je mis son absence de réaction sur le compte d'une discrétion particulièrement pénétrante : il dormait. Je quittai son bureau et Freud sur la pointe des pieds après avoir griffonné un mot à la hâte sur son bloc-notes :

La simonie fut une des plaies de l'Église du Moyen Age. Elle sévit jusqu'à la fin du XIX*e* *siècle sous des formes* *mineures : trafic de bénéfices ecclésiastiques ou d'honoraires de messes. Le délit de simonie est sévèrement réprimé par le droit canonique et la morale élémentaire.*

Un dimanche de fin mai 1952, une Aronde couleur crème s'arrêta devant le portail : c'était lui. Il n'avait vraiment pas l'air dans son assiette. Je l'embrassai affectueusement et partis faire un tour sur ma moto, voulant éviter à tout prix d'assister à la scène des retrouvailles. Je revins une heure après. La table était dressée sous les cèdres : quatre couverts. Une odeur d'aubergines et d'oignons frits sortait de la cuisine : les négociations avaient porté leur fruit. Le repas fut digne. On évoqua Tony. Selon mon père, et les renseignements que lui avait fournis je ne sais plus quel organisme chargé de rechercher les prisonniers disparus, plus de vingt mille personnes de toutes nationalités se trouvaient encore en Russie, et tout espoir n'était pas perdu. Virginie souriait. Un sourire enfantin, affreux. Mon père avait apporté une glace pour le dessert. Comme il était allé la démouler lui-même, ma mère profita de son absence pour me glisser à l'oreille : « Je crois qu'ils ont rompu. »

Mon père me le confirma dans l'après-midi, mais de façon étrange.

– Elle m'a mis au pied du mur.

– Quel mur ?

Toutes ces métaphores m'agaçaient de plus en plus, comme si elles esquivaient toujours quelque chose.

– Elle veut que je divorce. Je ne ferai jamais ça à ta mère.

Fidélité ou peur de l'enfer ? Probablement les deux. Pauvre papa. Que de siècles entre nous.

– Le portrait que tu m'as fait de ton père ne correspond guère à son comportement vaseux.

– Tu connais des gens qui ne sont pas à la fois superbes et minables, dans les recoins ? Et puis le portrait que je t'ai brossé correspondait à celui que je me formais de lui à seize ans. Beaucoup d'eau sale avait passé sous le pont.

Nous sommes allés nous balader tous les deux dans les bois en fin d'après-midi comme je l'avais prévu. A un moment donné il s'arrêta au milieu du chemin, posa la main sur mon bras.

– Il s'était passé quelque chose, entre nous, quand nous partions à l'aube sur tous ces chemins. Tu te souviens des boîtes d'anchois à l'huile d'olive, des saucisses que nous faisions griller sur du thym ?

Il avait la tête tournée vers moi : la limpidité enfantine de son regard me frappa. C'est vrai, il n'y avait pas de grandes personnes.

– Papa, il faut que je te fasse un aveu.

A quoi s'attendait-il ?

– Nous nous sommes trompés sur tout. L'espérance nous a empoisonné le sang. Il n'y a rien, il n'y a personne. Le monde est vide. Tout est équivalent. Quelques heures de bonheur dans une petite clairière, l'herbe tendre, les chèvrefeuilles de mai... Et puis c'est fini, les étoiles s'éteignent une à une, les arbres sont peints sur un décor de carton-pâte, le vent n'a plus rien à nous dire, le soleil est une machine infernale, et je ne vois guère de différence entre la vie et la mort. Je suis un astre mort, comme tout le monde, mais je ne dispose, venant d'où je viens, ayant été formé selon le principe des rêves, d'aucun produit de remplacement. Ta main pourrait passer à travers moi sans rencontrer d'obstacle, si la matière obéissait à la logique de l'esprit : je n'existe plus, ni toi non plus d'ailleurs. Nous sommes deux fantômes qui s'obstinent à apparaître, mais je suis certain qu'un œil exercé verrait le jour à travers nous.

Il m'écoutait pensivement, donnant de petits coups de pied dans les cailloux qui roulaient sur le chemin, et j'en étais à me demander pourquoi ces cailloux roulaient : il n'aurait dû rien se passer.

– Pourquoi n'écris-tu pas toutes ces choses ?

Cette question m'a révélé l'abîme de plusieurs siècles qui maintenant nous séparait : de son côté, une irrémédiable crédulité; du mien, rien, pas même l'envie de joindre ma voix aux mouvements de révolte que connaissait cette période d'après-guerre.

– Parce que je n'ai pas envie de jouer avec les mots : à partir d'où veux-tu que j'écrive? Je ne suis nulle part. Et puis les mots ne sont que le prolongement de notre chute. Ils camouflent notre inexistence. Est-ce qu'un mot a jamais changé quelque chose à la vie et fait remonter le fleuve à sa source? Il y a eu l'Évangile, qui a brûlé en vain, et maintenant il n'y a plus rien.

– C'est tout le mal que je t'ai fait qui t'a rendu comme ça. Je suis certain que tu en sortiras. Il n'y a que le travail et l'amour.

– L'amour?

Tout à coup il me prit dans ses bras et éclata en sanglots. J'étais bouleversé.

– Mon petit papa, mon petit papa...

C'est tout ce que je parvenais à articuler en l'étreignant contre moi.

Je ne devais plus le revoir.

Ma grand-mère s'éteignit l'année suivante. Elle ne mourut pas : elle s'évapora. La mort n'avait plus grand-chose à lui prendre. C'est une petite poupée légère que je déposai moi-même dans le cercueil. Un chagrin sec, aride, me dévora le peu de chair vivante que je conservais. Mon père nous téléphona depuis l'Opéra de... Son travail lui interdisait de se déplacer, mais il compatissait.

Les mois passèrent. Je vendais toujours des livres à Montpellier, évitais les amitiés encombrantes, les liaisons, allais parfois aux putes – les seules femmes qu'alors je respectasse –, restais des heures entières allongé sur mon lit, les jours fériés, à écouter du jazz. Tout autre musique m'eût poignardé en réveillant en moi quelques atomes qui avaient échappé à la destruction massive de ma personne à laquelle je m'étais patiemment attelé.

Mon père m'écrivait assez souvent. Je lui répondais

rarement. Sa liaison avec Louise avait réellement pris fin en 52. Elle habitait Paris dans un appartement qu'on disait somptueux. Steinway, salle de bains en marbre, meubles signés, tableaux de maîtres. Début 53, elle avait épousé un certain Olivier Sarnette. Une chose que je n'ai jamais éclaircie, c'est la véritable identité de son mari : je me suis longtemps demandé si lui et le répétiteur au visage triste qui prétendait s'appeler Guérin n'étaient pas une seule et même personne.

En juin 54, alors que j'assistais un écrivain – Bazin – au cours d'une signature, lui orthographiant sur des bouts de papier le nom des clients agglutinés autour de sa table, on me demanda au téléphone. C'était la gendarmerie de Chambéry. « Un accident de voiture. Edmond Mouraille, seul occupant, tué sur le coup. Nous avons trouvé un papier dans son portefeuille : en cas d'accident ou de maladie, prévenir Jean Mouraille. » Et le numéro de téléphone de la librairie où je travaillais.

Le seul souvenir que je conserve est celui d'avoir reçu un coup de couteau en plein ventre, comme une femme devant son enfant mort. C'était donc moi qui portais mon père dans mes entrailles.

Je ne repris connaissance que dans l'ouate de la clinique, surveillé par une infirmière qui me demanda si j'avais envie d'uriner. Il paraît que je lui répondis : « Comment peut-on devenir un monstre absolument charmant. » Six ans plus tard, blanchi, je quittai la clinique pour embrasser ma mère et décrocher une place dc bibliothécaire au Maroc. Tu connais la suite.

– Tu es resté dans cette clinique pendant six ans ?

– Non. Il y a eu des rémissions. Elles ne duraient guère. Dès que je me retrouvais dehors, je replongeais, l'alcool aidant. Le Largactil m'abrutissait. J'ai subi plusieurs séances d'électrochocs. Un médecin hystérique voulait pratiquer sur moi la lobotomie. Je l'ai échappé belle. Un psy à qui j'avais raconté mes malheurs a été intrigué par la balle de mitrailleuse qui pendait à mon cou. Il m'a longuement interrogé sur l'origine de ce gri-gri. C'est la seule fois où je me suis trouvé devant un homme. « Le temps s'est arrêté pour vous ce jour-là, m'a-t-il dit. Il n'y a rien au monde qui puisse changer cela. Mettez votre balle de mitrailleuse dans un tiroir, et attendez qu'elle meure. J'ai perdu mon père dans les mêmes conditions que vous. Je vais vous faire un aveu : on ne s'en guérit jamais. C'est comme si vous aviez perdu une jambe. Vous ne pouvez plus marcher sans boiter. Un jour, vous cesserez de boiter, non parce que votre jambe aura repoussé, mais parce que vous vous serez habitué à marcher sur une seule jambe. Les gens comme vous et moi doivent en passer par là. »

C'était un juif. Toute une partie de sa famille avait été décimée dans les camps. Nous étions devenus des amis. Il m'emmenait parfois à la pêche, sur un bateau qu'il possédait à Palavas. C'est lui qui m'a poussé à partir au Maroc. « Votre royaume n'est plus de ce monde, me disait-il. Et puis cette guerre a arraché tant de choses dans les jardins de l'Occident. Tel que vous êtes fait, vous auriez dû naître quelques années plus tôt ou plus tard. Vous avez été littéralement écartelé entre deux mondes au plus mauvais moment de votre évolution mentale. Les événements ont joué contre vous. Je ne vous ai jamais considéré comme un malade. Vous savez, cette histoire de principe de plaisir et de principe de réalité, c'est bien gentil, mais il est des êtres pour qui cette grille est une véritable insulte. On leur enfonce la tête sous l'eau. Imaginez un psy devant cette phrase : « Longtemps, je me suis couché de bonne heure », et poursuivant la lecture de ce texte superbe et monstrueux : « Allons, monsieur Proust, vous n'êtes vraiment pas raisonnable. Vous pataugez, englué dans le principe de plaisir. Jetez-moi tout ça au feu et colletez-vous avec le principe de réalité... »

Non, il n'y a pas de règles. Le destin d'un homme est irrévocablement lié à celui de toute l'humanité, et inversement. Et je crois que chaque homme est un intrus, ou peut être un intrus dans la mesure où il ne marche pas au même rythme que les autres parce qu'il entend le son d'un autre tambour. Intelligence plus sensibilité plus culture, c'est la croix, la fosse aux serpents. Il n'est pas un seul créateur véritable qui ne possède le profil d'un fou. Mais l'utilisation de la folie n'est pas à la portée de toutes les bourses, il faut en avoir les moyens. Tous les moutons sont en bonne santé, ce sont les bergers qui sont malades. Malades parce qu'ils savent. Mais que voulez-vous, le positivisme a tellement marqué – après les Lumières – la démarche de l'Occident, de Freud à Marx, de la science à la philosophie, que nous ne sommes pas sortis de l'auberge. L'homme ne sera jamais un objet pour l'homme. Nous bricolons dans le brouillard... »

Nous avons correspondu pendant quelques années. Il est mort d'un cancer. J'avais fini par croire que le cancer ne frappait que les gens de cette trempe. Comme les accidents de voiture.

Ce qui me paraît effrayant, c'est que ces vingt-cinq ans passés au Maroc m'ont moins laissé de souvenirs qu'une seule petite minute vécue ici pendant la guerre.

Non, finalement, tu ne ressembles pas beaucoup à ta mère. A ta grand-mère, peut-être : ces yeux sombres, cette tignasse épaisse. Dire qu'il a fallu cinq milliards d'années pour fabriquer ce merveilleux visage. Big-Bang, je veux bien. La matière s'éparpille, l'espace et le temps deviennent maîtres du jeu – maîtres du je, aussi : la soupe originelle, les protéines, les algues primitives d'où tu tiens peut-être les profondeurs de ton regard, la diversification de la vie, sa complexification, le système nerveux central, la boîte crânienne s'élargit, et le jeu originel devient Je, Hélène Grévin, l'unique, l'irremplaçable. Effrayant et superbe, non ? Alors, nous l'achetons, cette moto ?

– Ce n'est peut-être pas le moment.

– Dix mille balles, c'est pas le bout du monde. On s'amuserait comme des fous.

– Il y en a un ou une qui risque de ne pas s'amuser.

– Qu'est-ce que ça veut dire ?

Hélène a posé un doigt sur son ventre.

– Ce n'est pas vrai...

– Si.

– Mon Dieu.

Vertige. Moi dans elle. Pourvu qu'il (ou elle) ait les yeux de sa mère. Je me suis agenouillé, j'ai baissé sa culotte et posé mes lèvres sur les poils de son pubis. Elle serrait ma tête contre son ventre, se laissait choir sur le lit, consentant au plaisir que mon émerveillement désirait lui offrir.

– Et toi ? murmura-t-elle, le visage apaisé.

– Non. Je suis comblé. L'instant est mal choisi. Je perds la tête. Je haïssais les enfants. Chaque molécule de ton corps va participer à la fabrication de celui-ci autour d'un minuscule lézard frappé à mon effigie.

Nous étions en juin. Elle était enceinte depuis un mois. L'enfant naîtrait en janvier. Comme sa mère. Janvier 55. Trente et un ans, et je lui en avais donné vingt-six avant qu'elle ne m'avoue son âge ; je suis une vieille, me disait-elle, il était temps que je trouve chaussure à mon pied.

– On va fêter ça. Je t'emmène à Sauguet. Il faut te faire suivre par un gynécologue. Nous irons déjeuner dans le petit restaurant où nous avions mangé des ris de veau, tu te souviens.

Le médecin confirma. Tout allait pour le mieux. Ni sel, ni selle de moto, évidemment, calembour du gynécologue.

– A bientôt, monsieur, au revoir, madame.

Madame. Au restaurant, le cadre favorisait les grandes déclarations.

– Veux-tu porter mon nom ? Tu es libre. Je te dois tout mais tu ne me dois rien. C'est tout ce que j'ai à t'offrir.

– Oui.

Visite à la mairie. Papiers. Certificats médicaux. Témoins. Publication des bans. Ce serait pour début juillet. Est-ce que le ventre aurait suffisamment gonflé pour relever la cérémonie, lui donner le piquant qu'elle ne manquerait pas d'obtenir devant un maire de la France profonde ?

– Deux mois ? Mais tu es fou. Si tu veux provoquer ces paysans endimanchés, il faudrait se marier en septembre.

– Tant pis pour la provocation. Hélène.

– Quoi ?

– Hélène. Hélène.

Un prénom dans la bouche, possession par le Verbe. Oui, j'en avais plein la bouche, de ce prénom élégant, d'une prestigieuse origine. Hélène. Je jouissais de toute sa personne, enveloppée dans ces six lettres impeccablement disposées, un peu distantes, douces et fermes sous la langue, épargnées par les modes, et sur lesquelles le temps n'avait aucune prise. Enfin, je prenais un peu la cause pour l'effet, mais je souhaiterais que certains prénoms tombent sous le coup des droits réservés : n'importe qui ne peut pas s'appeler Hélène, Françoise, Agnès, Elisabeth...

– Quoi ? Qu'est-ce que tu marmonnes ?

Elle penchait la tête, me poussait son coude dans le flanc, comme font les gamines à leurs semblables. Non, ses trente et un ans étaient d'une taille trop grande pour ses mimiques, cette façon qu'elle avait de tendre le cou en avant lorsqu'elle tentait de m'expliquer quelque point obscur, et qui exprimait la véhémence de l'adolescence, dont une femme perd vite la gaucherie et le tranchant.

– As-tu tout déménagé, aux Frises ?

– Non, j'ai laissé des trucs. Vêtements. Quelques toiles neuves. Nous irons les chercher un de ces matins. Rien ne presse. On se marie en jeans ?

– On se marie en jeans.

J'ajoutai :

– Et ta mother, dans tout ça ? Tu imagines la tête qu'elle va faire, en apprenant...

– Je ne veux rien lui dire. Nous sommes divorcées depuis que mon grand-père et ma grand-mère sont morts. Mon père avait perdu ses parents depuis longtemps : on ne vivait pas vieux chez les Sarnette... Je regrette pour Geneviève, le colonel, comme tu les appelles... Je les ai aimés, ils t'ont connu adolescent.

Que de cadavres derrière nous, sans lesquels notre rencontre n'aurait peut-être pas été possible. Mais il est trop tard pour épater tout ce monde, émouvoir les uns, scandaliser les autres : tel père tel fils, vingt-sept ans d'écart – à quelque chose près le même qu'entre Louise et mon père.

– Tu vois, quand je te regarde, que je t'écoute ou que je lis ce que tu écris, ma vie se met à ressembler à la tienne. J'étais une espèce de pellicule impressionnée que personne n'avait su développer. C'est toi qui m'as révélée, quoique j'aie le sentiment que tu n'as pas levé le petit doigt pour ça. Tu es mon miroir. Maintenant, je me reconnais, je sais qui je suis. Ça me fait un peu peur. Tu m'écoutes ? Je te dis que j'ai peur.

– Attends, je vais arranger ça.

En pleine rue, je l'ai enlacée, embrassée : les passants nous jetaient des regards abominablement inexpressifs.

J'ai élevé mes mains au-dessus de ma tête en les claquant bruyamment l'une contre l'autre : « Souriez, dansez, mesdames et messieurs, hâtez-vous, l'huissier est sur vos talons, sortez vite de votre réserve, vous n'êtes pas des Sioux, que diable ! »

Et nous avons sautillé par les rues en chantant à tue-tête, zigzaguant d'un trottoir à l'autre, valsant au beau milieu de la chaussée, et nous avons échoué sur une pelouse où giclait par saccades un jet d'eau. Nous nous sommes roulés sur l'herbe mouillée jusqu'à ce qu'un gardien de la paix vienne nous ramener à l'ordre en nous indiquant du doigt un panneau : « Il est interdit de marcher sur les pelouses. »

– *I don't understand, sir.*

– Pas marcher sur pelouse.

– Aoh, yes. Défendu salir pelouse. Permis, en Angleterre. Anglais sont propres. Français pas propres ?

Nous avons poursuivi notre chemin, abandonnant sur le trottoir un flicaillon pétrifié, tandis qu'Hélène essorait sa robe et ses cheveux trempés. J'ai ôté mes chaussures, chaussettes, pantalon et chemise, c'est pieds nus et en slip que j'ai regagné la voiture, toujours sous des regards de poisson bouilli.

– Mauvais public, m'a dit Hélène. Il faudra nous produire ailleurs.

Nouvelle carte de Louise, cette fois postée de Paris. « J'espère que ton séjour aux Frises se passe bien. Après ton divorce, cette retraite t'était nécessaire. Mais ce n'est pas dans ce trou perdu que tu rencontreras l'âme sœur. Donne-moi de tes nouvelles. Louise Grévin. »

– Ne pourrait-elle pas signer ses cartes autrement ?

– Je n'ai jamais vu écrit de sa main le mot maman. Ça ne va pas être très drôle, pour elle, désormais. Elle finit en beauté avec *le Chevalier à la rose*. Mais après la soixantaine, les performance vocales... quand je pense que tu as été amoureux de ma mère... c'est indécent.

J'imaginais non sans frémir une femme de soixante ans à mes côtés... Le poitrail imposant, le menton planté dans le cou... La démarche majestueuse... La tête sur les épaules... De quel bois suis-je fait, quelle illusion tenace est la mienne, pour me penser comme un homme de trente ans – et même parfois de vingt ? C'est à se demander si certaines épreuves ne nous garantissent pas davantage du vieillissement qu'une vie sans récifs, tempêtes, naufrages... L'affrontement précoce des grands axes inamovibles de la condition humaine stoppe peut-être notre évolution mentale dans la mesure où nous n'investissons rien dans la contingence, fascinés que nous sommes par les irrévocables manifestations de la nécessité : la mort, le temps, la signification du monde. Notre jeunesse est mise de côté et ne s'use pas sur des riens, ambition, pièges, antichambres, autorité, rosettes, fauteuils.

Je n'en avais rien fait, de ma jeunesse. Maintenant je la retrouvais toute fraîche, *prête à remettre ça*, pourvu qu'Hélène fût à mes côtés. L'herbe luisait comme autrefois, le vent retrouvait ses antiques vertus, le ciel me paraissait immense, j'avais la sagesse de prendre mon destin au jour le jour, et, posant ma joue sur le ventre d'Hélène, je me répétais avec avidité les mots de saint Augustin : « Croissez et multipliez-vous. » Dans cette bénédiction, je crois voir que nous ont été concédées la faculté et la puissance de comprendre de mille façons différentes une énonciation unique mais obscure... Enfin je prenais place dans un vaste dessein, la perspective de ma mort ne m'apparaissait plus comme un accident absurde et brutal, mais trouvait une signification nouvelle, ouverte, nécessaire, presque amicale. Non que j'eusse un instant la bêtise de croire qu'en donnant la vie je prolongeais la mienne par descendance interposée, mais l'amour transformait l'ordre écrasant du monde en une aventure dont le fait d'ignorer la destination ne faisait que renforcer l'intérêt.

Quelques jours avant notre mariage, Hélène a manifesté le désir de visiter cette mine abandonnée où j'avais vécu des heures merveilleuses. Il faisait si chaud et si beau que nous avons décidé d'y bivouaquer une nuit. Il m'a fallu toute une matinée pour arriver à destination. Je m'étais juré, avant

Hélène, de n'y jamais remettre le pied. Les lieux chargés d'un tel magnétisme ne souffrent aucun pèlerinage. Ils doivent rester la propriété exclusive de la mémoire. Mais ce n'était plus un pèlerinage dans la mesure où la présence d'Hélène faisait tout refleurir, la place qu'elle occupait dans mon champ de vision dilatait le présent, embrassait passé et futur comme si je contemplais la géographie de ma vie depuis le sommet d'une montagne.

Nous avons atteint le rivage de la lagune exactement à l'endroit où *L'Arlésienne* m'avait déposé avec Louise et le petit troupeau frileux des femmes dont j'avais la garde, pendant cette nuit marquée par les signes. Les trois sorbiers avaient résisté aux années. Les dunes, par contre, s'étaient amenuisées sous l'effet de l'érosion. Les bâtiments de l'usine avaient subi eux aussi les effets des intempéries. La tour d'extraction, en métal, quoique rongée par la rouille, montait toujours la garde parmi les ossements des hangars dont les toits s'étaient effondrés. La voie ferrée attendait toujours sur son ballast que quelque locomotive poussive emportât vers un Ouest improbable son chargement de squatters et d'acheteurs de bétail : la jeunesse de Virginie rôderait encore longtemps sur cette fuite des rails, comme si le continent américain de l'époque des bisons s'ancrait dans cette solitude ouverte sur le couchant.

Mais quel choc lorsque, ayant contourné les bâtiments des mines, je contemplai le vide là où se dressaient, près d'un demi-siècle avant, ces baraques en bois déjà pourries que le Spitfire avait prises pour cible. A peine si quelques morceaux de bois émergeaient çà et là du concassé rougeâtre. J'ai pensé que des forestiers avaient utilisé le bois pour entretenir leurs feux : la forêt de pins sylvestres avait gagné du terrain et les premiers arbres se trouvaient à présent à dix minutes de marche de la mine.

– Nous allons conjurer le dépérissement des choses à ma façon.

Nous nous sommes dévêtus et avons fait l'amour en plein soleil, sur une couverture, dans cette chaleur de four qui nous faisait ruisseler, Hélène allongée sur moi, ses mains plaquant mes épaules au sol, dont je sentais à travers la couverture les arêtes dures, et de nouveau j'éprouvai l'ivresse poignante de me sentir pénétré jusqu'aux os, traversé, écrasé par l'exacte masse de son corps collé au mien par l'attraction terrestre. Jamais le lit ne m'avait dispensé de façon si aiguë l'impression d'être entièrement possédé par celle que j'aimais en possédant son poids. Ce que vous prenez, bonnes gens, pour une forme particulièrement subtile de dépravation n'est que la conséquence de mon incurable ingénuité, de la sainte animalité dont je m'honore.

Après l'amour, l'eau fraîche de la lagune, et nous avons passé la nuit sous les trois sorbiers, à compter les étoiles filantes.

– Si j'étais revenu ici sans toi, sans t'avoir connue, tu vois cette grosse branche ? C'est là qu'on m'aurait retrouvé pendu. Ces baraquements disparus m'auraient mis la corde au cou.

– C'est moi qui te la mets, la corde au cou. Et je te jure que je sais faire les nœuds.

Notre mariage, le mercredi 2 juillet 1986. J'avais pris pour témoin le garde de l'O.N.F. qui habitait la mairie de Sainte-Colombe. Il était un peu éberlué, vaguement scandalisé qu'aucun membre de nos familles respectives n'assistât à la cérémonie. Je lui ai expliqué qu'en quelque sorte nous étions tous les deux orphelins. Nous avons pêché le second témoin dans un bistrot dont la patronne nous avait pris en amitié : c'était une ancienne maquerelle qui avait dirigé une « maison » (disait-elle) sur la Côte d'Azur pendant une vingtaine d'années. Cigarette pendue au coin de la bouche en essuyant ses verres, un œil à demi fermé à cause de la fumée, la cinquantaine judicieusement défardée, nichons imposants, elle noyait le regret de ses splendeurs antérieures dans le Chivas, mais conservait sa dignité avec cette mine absente, résignée, un rien distante, propre aux satellites de stars qui ont tout vu. Le maire était en congé, ce fut un de ses adjoints qui nous administra les formules en occitan, au grand effarement de la secrétaire de mairie, qui se voyait déjà encourir les foudres du Conseil d'État ou de la Haute Cour. L'adjoint militait dans l'occitanisme, et profitait de l'absence de son supérieur hiérarchique pour exercer sa passion et défier le Code. Son défi m'avait plu doublement : d'abord parce que c'était un défi de plus à accrocher à ma panoplie de mauvais coucheur, et parce que je suis un Sudiste, par l'Amérique et par la France : on n'aura jamais assez de Sud derrière soi pour s'écarter du droit chemin (bien que par ailleurs je sois passablement agacé par les violons régionalistes : le Sud est un état d'esprit). Hélène et moi avons répondu « oui » en occitan : c'était le seul mot que nous connaissions. C'est là qu'elle a incliné sa tête sur mon épaule en laissant échapper quelques larmes. La matrone y est allée de la sienne, également le garde, l'adjoint avait le visage extasié par l'audace de son initiative, ce fut une cérémonie cruelle et pas sérieuse, très émouvante, et nous allâmes tous les cinq nous empiffrer chez l'ex-Mme-Georgette reconvertie dans les petits plats mitonnés. Je sais bien pourquoi tu as pleuré à la mairie sur mon épaule. Tu sais, les mariées qui pleurnichent, ça court beaucoup moins les rues qu'on croit. Pas plus que je n'en ai connu qui évaluent l'infamie du foutoir, sans jeu de mots ou avec, dans lequel elles vont se jeter en se laissant passer la bague au doigt. Familles, que vous me dégoûtez, observant les prémices du rite déflorateur, le père transplanté dans la queue de son gendre, la mère pleurnichant sur les blancheurs amidonnées de sa fille, amidonnées, oui, par toutes les sèves mâles du quartier dès que le sang coule entre les jambes : on baise sous votre nez, braves petits-bourgeois, ouvriers dignes, qu'allez-vous donc chercher devant les blancs autels ? Mariez-vous donc à la sauvette ! Filez à Reno ! Pas de témoins ! Mettez la fille enceinte avant de l'épouser pour faire croire aux badauds, aux rombières callipyges que vous êtes un salaud repenti. Trusquez le jeu qui est truqué, c'est le seul moyen de remettre les choses à leur place.

Tu étais heureuse comme je l'étais, et triste à mourir au fond de toi, parce que tu n'en revenais pas toi-même que nous soyons devenus l'un et l'autre comme la chair et l'ongle : « Si nous avions été élevés ensemble, m'as-tu dit, mon impression de te connaître depuis toujours n'en serait pas plus forte. » Banale, cette projection dans le passé d'un présent assez fort pour s'en approprier le contenu. Mais quel humour, quand j'y songe aujourd'hui... Triste aussi, m'as-tu avoué le soir même, comme nous étions partis en BMW pour Saint-Just et Pont-sur-Rhône que tu voulais connaître à tout prix, triste parce que tu songeais au mot de... Henriette d'Angleterre? déclarant le jour de ses noces, à la sortie de l'église, au roi qui s'inquiétait de son air étrange, un peu égaré : « Sire, je pense à une autre fête... » et elle désignait du regard la direction de Saint-Denis, caveau mortuaire de la royauté française. Je conserverai jusqu'à mon dernier souffle cette image gravée dans le cœur : cette grande fille, debout près de moi, sa main passée sous mon bras, inclinant la tête jusqu'à toucher la mienne, laissant couler ses larmes, en murmurant quelque chose comme : « Jamais je n'aurais cru que ça pouvait m'arriver, je croyais que c'était fichu pour toujours. »

Notre voyage de noces n'a duré que trois jours. Hélène avait manifesté le désir de visiter les lieux où j'étais venu au monde et avais grandi : Saint-Just, Pont-sur-Rhône. Ça ne me disait pas grand-chose, mais sa présence aurait donné du charme à un crassier de mine. Après les avoir avertis de notre visite, nous avons déjeuné chez Paulo et sa femme, à qui j'ai annoncé, présentations faites : « J'ai épousé ma fille. C'était une enfant naturelle. Le lien de parenté ne pouvant être établi, la loi ne peut rien contre nous. » Ils ont ri du bout des lèvres. La beauté d'Hélène les épouvantait, son âge, sa taille, son nom, tout. Pendant le repas, ils se montrèrent un peu coincés, mais il suffit qu'Hélène aidât Louisette à faire la vaisselle et donnât un coup de balai dans la salle à manger pour faire oublier son âge et ses origines. Quand on a eu épuisé devant une bouteille de liqueur toutes les escalades de l'arbre généalogique, je me suis décidé à m'ennuyer, et nous sommes partis faire un tour à Saint-Just, où j'ai laissé la voiture garée sur la place. Nous nous sommes rendus à pied jusqu'à la villa des Roses, dont portes et fenêtres étaient bouclées, soit que les propriétaires fussent absents, soit que le soleil féroce les barricadât derrière les murs épais. Le jardin était sur son trente et un, pas une herbe n'osait s'aventurer sur les allées regarnies de graviers, et la fraîcheur des massifs de fleurs indiquait de fréquents arrosages. Cette maison m'était devenue complètement indifférente. Je ne pensais qu'à la solitude de mère pendant de si nombreuses années.

– Quand je songe à tout ce qui s'est passé, à la richesse de votre vie, et que j'imagine ta mère toute seule dans ce qui n'était finalement pour elle qu'un tombeau, ça me flanque le cafard. Finalement, c'est grâce à elle que nous nous sommes rencontrés. Nous lui devons une fière chandelle. Tu ne veux pas que nous allions lui rendre une petite visite au cimetière ?

– Pourquoi pas ? Tombeau pour tombeau...

Nous avons eu la surprise de constater que la tombe de ma mère avait été récemment fleurie : Olga Reboul, évidemment. J'aurais aimé qu'elle connaisse Hélène, revoir Jean, son mari, que je n'avais pu rencontrer l'année précédente, lorsque j'étais revenu du Maroc, mais nous avons trouvé porte close.

La mort de ma mère était devenue chose abstraite; je me demandais seulement la tête qu'elle aurait faite elle aussi, me sachant marié avec la fille de Louise Grévin. Elle eût été capable d'accueillir celle-ci à bras ouverts. « Décidément ! » eût-elle dit, et tout cela aurait fini par des rires mélangés de larmes. Dommage : peut-être la perspective de devenir grand-mère lui eût-elle allongé sa vie de quelques années. Dans la voiture, pour écarter ces mouches noires, je caressais le ventre d'Hélène.

– Nous allons nous casser la figure. Enlève ta main de là.

Non seulement je n'ai pas ôté ma main, mais la sienne est entrée dans la partie, si je puis m'exprimer ainsi. Il faisait tellement chaud que je conduisais torse nu. Nous nous rendions à Nîmes où nous avions décidé de passer la nuit à l'Imperator, face aux jardins de La Fontaine. Comme nous traversions Uzès, nous nous sommes trouvés bloqués par un cortège qui encombrait le passage et avançait à petits pas sous la voûte sombre des platanes. Tous ces gens semblaient se rendre à une manif, car on voyait se dresser çà et là des banderoles dont nous n'apercevions que l'envers. Prenant notre mal en patience, nous avons suivi au pas le cortège, mais je ne pouvais m'empêcher de caresser Hélène, et personne ne nous prêtait attention. (Je me demandais si le plaisir d'une femme enceinte pouvait avoir des effets bénéfigures sur sa grossesse et sur l'enfant qu'elle portait : je suis certain que la réponse est oui.) Tout à coup, nous avons tourné et débouché sur des allées rectilignes; nous nous sommes aperçus que c'était un enterrement que nous suivions depuis tout à l'heure. Pétrifiés, nous avons dû stopper, et le fou rire qui nous a pris nous attira les regards courroucés des traînards qui accompagnaient le convoi funèbre, leur chemise collée au dos, trempée.

– Nous sommes vraiment des cochons, tu sais. Tu es passé du moine à l'obsédé, et moi je ne me reconnais plus. Par-dessus le marché, ça fait un sacré bout de temps que nous ne fichons rien, du moins moi je ne fiche rien. Mes pinceaux m'attendent, mais j'avoue que pour l'instant je n'ai pas la tête à peindre. Tiens, je vais te dire comment tout ça va finir.

Elle s'est lancée dans une de ces improvisations dont elle avait le secret – encore un point commun entre nous – et qui aboutissaient invariablement à des situations désastreuses ou extravagantes.

Consacrant le plus clair de notre temps à l'amour, nous deviendrions des bêtes. Le foyer tournerait à la chiennerie. Des langes taillés dans nos draps sécheraient à longueur de journée sur une corde tendue n'importe où à travers les pièces. Nous mangerions des haricots réchauffés à même leur boîte. Nous vivrions au lit, ou par terre, au milieu des cendriers pleins, de la vaisselle sale, des disques poussiéreux et rayés. La maison se dégraderait. La toiture ferait eau de toutes parts et nous disposerions des casseroles un peu partout pour récolter les gouttières. Viendrait l'heure où nous serions contraints de vendre La Foux (naturellement, Louise Grévin aurait déshérité sa fille). Nous nous installerions dans la BM hors d'usage, arrachant les sièges pour disposer de toute la place. Nous bricolerions un système de chauffage au butane, risquant chaque nuit l'asphyxie. Nous vivrions collés l'un à l'autre comme les mouches lorsqu'elles procréent, et je finirais par prendre racine en Hélène après un long séjour dans ses entrailles. L'enfant grandirait, aurait une grosse tête, serait idiot, de sexe indéfinissable. La voiture rongée par la rouille deviendrait à son tour inhabitable. Alors nous prendrions la route et tendrions la main sur les places de village, dans les marchés, moi soufflant dans un pipeau, Hélène exhibant ses toiles infectes, barbouillées à la hâte avec du dentifrice, de la sauce tomate, du jaune d'œuf, du sable mélangé à l'huile des boîtes de sardines qui constitueraient notre ordinaire. Nous sombrerions dans le gros rouge. Nous fumerions des mégots récoltés dans les lieux publics. Nous coucherions dans les granges, les hangars, les salles d'attente, les wagons abandonnés, les fossés, les églises...

– Partout, sauf dans les églises. Les églises, c'est sacré : elles abritent les sous des pauvres. Songe à l'argent que nous pourrions grappiller en fracturant les troncs. Devant notre misère, ma barbe de huit jours – la plus ingrate –, les vêtements en loques et l'enfant baveur, les prêtres s'inclineraient, nous offriraient le gîte et le couvert, et je profiterais de la nuit pour voler les chandeliers en argent de l'autel...

– Pourquoi t'en prends-tu toujours aux églises ?

– Parce que les croyants y ont emprisonné Dieu de peur qu'Il n'empiète sur leur vie privée.

Après Nîmes, où la chaleur décomposa nos étreintes en viscosités qui nous précipitèrent sous la douche à diverses reprises, nous filâmes vers la mer. Je n'avais plus mis les pieds sur cette côte depuis l'avant-guerre. Je m'attendais, en voyant pointer les pyramides incas de Granon-sur-Mer, à de grandioses métamorphoses, à des ambitions californiennes. Nous débarquâmes dans un camp de concentration avec miradors où des sentinelles armées de jumelles surveillaient les forçats du crawl, nudités dégradantes de populations déportées, plagistes à tête de truand évadé, vacanciers dans le coma pour avoir subi le supplice que les Sioux ou les Appaches réservaient aux Visages pâles, qui demeuraient écartelés au soleil pendant des heures, vendeurs de frites et de sandwichs qui étaient en réalité des fournisseurs de joints, longues files de voitures garées au bord de l'asphalte, bouillantes, près d'exploser, dunes jonchées de Tampax, de paquets vides de Marlboro, projetés d'avion pendant la nuit à des fins publicitaires, de langes pleins de caca, de bouteilles d'eau minérale écrasées, de mères excédées tirant des grappes d'enfants hébétés par la chaleur, munis de bouées qui crèvent dès qu'on s'en sert, répandues dans le commerce par le terrorisme oriental aux fins de décimer la société occidentale, fours crématoires camouflés en caravanes, accidents de voitures en plastique qui éclatent au moindre choc dans un éclaboussement de cervelle, flics et motards en quête de délinquants mineurs sur lesquels libérer leur foie congestionné par des vins à base d'acide sulfurique, déesses cachant leurs seins, monstres les exhibant, cadres frisant l'infarctus dès la troisième passe de volley, mer moirée d'huile solaire, fortement alcalinisée par les cadavres de poissons asphyxiés par l'urine des baigneurs, pédalos porteurs de Sida, avions tirant des banderoles invitant les masses laborieuses à se faire plumer dans les hypermarchés, bières à cinquante francs le verre, repas constitués de carton frit coloré en rouge bifteck, en jaune frite, en vert salade, véhicules tous terrains permettant de se garer à deux mètres de la file des ploucs, dans le sable où ils s'enlisaient, joie de vivre, baises épisodiques provoquées par les nichons de la voisine de camp ou l'excès de pastis, cancers multipliés par le soleil latin et les colorants de boisson ou de nourriture interdits par les services de la santé publique, discussions en français basique autour du rétablissement de la peine de mort, catholiques, ouvriers, cadres moyens, chauffeurs de poids lourds favorables à la guillotine, instituteurs contre, marécages puants bordant l'autoroute, écume européenne guère moins putride concentrée au bord de Mare Nostrum, et au loin, bleuâtres, incertaines, les montagnes réservées aux intellos parisiens grillant le pélardon et la saucisse cévenole sur des barbecues luxueux ou délibérément mal foutus.

– Partons, dit Hélène. Rentrons vite chez nous, faisons-nous tout petits. Je crois que je deviens folle. C'est ça, la Méditerranée ?

– O récompense après une pensée qu'un long regard sur le calme des lieux, fis-je observer devant la mousse jaunâtre qui garnissait le bord de la plage de ses légions microbiennes. C'est ça la Méditerranée, c'est ça Tahiti, Hawaii, cape Code, Big Sur, les îles Sous-le-Vent, les Bermudes, Majorque, Capri, Mikonos, c'est ça la Terre. Peut-être quelques arpents de glace polaire sont-ils encore épargnés. Retournons vite cultiver nos roses dans notre jardin.

A La Foux nous attendait un télégramme que le facteur avait glissé sous la porte. « Je descends passer deux ou trois jours avec toi. Je serai là aux alentours du 14 juillet. Louise Grévin. »

– Ça commence, dit Hélène.

– Non, ça recommence.

– Que veux-tu dire ?

Je ne sais pourquoi, j'avais le sentiment de me retrouver dans une situation tout aussi périlleuse que celle de mon père, une quarantaine d'années avant.

– Je n'en sais rien moi-même. De toute façon, ce ton ne me dit rien qui vaille.

– Il a toujours été le même avec moi.

– Téléphone-lui que tu n'as envie de voir personne, que tu travailles, que tu...

– Ce serait reculer pour mieux sauter. Qu'est-ce qu'elle me veut ? Elle n'a pratiquement jamais remis les pieds aux Frises depuis sa rupture avec ton père.

– N'oublie pas que tu t'appelles Hélène Mouraille.

– Je préfère ne pas imaginer la scène. Tu crois qu'elle sait ?

– Penses-tu ! Comment veux-tu... A-t-elle des relations à Sauguet ?

– Pas que je sache. Une lettre anonyme ?

– Dans quel but ? Tout est légal.

Hélène étant domiciliée aux Frises depuis un an, les bans n'avaient été publiés qu'à Sauguet.

– Nous disposons de trois ou quatre jours pour mettre un plan sur pied.

– J'ai peur d'elle, dit Hélène en se jetant dans mes bras.

– Je voudrais bien voir ça. Quand elle saura, c'est elle qui aura peur de moi. Du reste, tu resteras ici. C'est moi qui irai la voir.

– Tu crois que...

– Je ne crois pas. Je suis certain. Je vais lui clouer le bec avant qu'elle ait eu le temps de me chanter sa romance.

Ces trois jours d'attente ont été extrêmement désagréables. Hélène se plantait devant sa toile, attrapait ses pinceaux, les lâchait, tournait en rond, observait les Frises avec les jumelles, tâtait son ventre, s'allongeait, interrogeait le plafond, moi je la surveillais de près comme de l'huile sur le feu. Je redoutais tous les dangers, extérieurs, intérieurs, et me serais posté en sentinelle devant la porte, le vieux fusil de mon grand-père à la main. Quelle force au monde pourrait nous séparer ? J'envisageais toutes les solutions. Je me disais que les mauvais coups viennent toujours du côté où l'on ne les attend pas. Alors je regardais dans toutes les directions : rien à l'horizon. Protéger Hélène, voilà tout.

– Veux-tu que nous engagions une dame de compagnie ? Un domestique asiatique ? Une fêlée au pair qui nous racontera ses malheurs ? Un vieux couple de retraités que nous logerons dans l'aile inhabitée ? Le vieux élèvera des poules, tiendra le potager, la dame nous cuira la soupe.

– Mais qu'est-ce que tu me chantes ?

– J'ai peur que tu t'ennuies... Dès que tu auras accouché, nous irons à Venise, ou à Carmel, ou en Afghanistan. Langueurs, émotions fortes... A moins que nous ne partions pour le Nord-Est... Je ne sais plus ce que je dis.

Millions de belles filles en cet instant sur la terre, réunies toutes sur ce lit, sous cette peau mate et légère, ce sexe savonné au parfum d'amande, ces dents mentholées sur lesquelles je posais mes lèvres : « Ouvre la bouche, j'embrasse tes dents, tes gencives, il n'y aura pas un pouce de ta personne ignoré de moi. » Je pensais aux belles épaules de Chris Evert-Loyd, aux jambes de Katerina Witt, à la taille, à la jolie frimousse de Gabriella Sabatini, à tant d'autres beautés, obscures ou célèbres, qui glissent au loin comme autant de promesses hors de portée de notre faim, qui nous guériraient du poids de l'existence rien qu'en nous concédant un sourire, la tiédeur d'une main sur le visage, le frôlement d'une haleine, et une seule femme récoltait toute cette moisson pour me l'offrir dans ses yeux sombres dont je n'épuiserais jamais la profondeur ni les vertiges qu'elle me causait.

– Elle est là. Il y a probablement Mme Vautier avec elle.

Hélène me tendit ses jumelles.

– Qui est Mme Vautier ?

– Son esclave.

– Et ton beau-père ?

– Lui, il reste à Paris. C'est son impresario. Une ombre. Mme Vautier l'a certainement descendue dans la Mercedes. Elle doit se demander où je suis passée. Il faut...

– J'y vais. Jure-moi sur la tête de notre futur rejeton que tu ne bougeras pas d'ici. N'ouvre pas les volets qui donnent sur le lac.

– Je t'observerai avec les jumelles par l'œil-de-bœuf du grenier. Installez-vous sur la terrasse. N'oublie pas que je t'aime.

Étreinte, long baiser. Situation cinéma. Vincente Minnelli... Non, c'était plus relevé. Plutôt Carlos Saura. J'ai raflé en passant une bouteille de Balantine avant de sauter dans la voiture. Courage, jeune homme : il y va désormais de votre vie. Soyez strict, digne, distant, dur et froid comme un bloc de marbre. Lampée d'alcool. Elle va me dire que je me suis vengé.

J'ai frappé à la porte avec le heurtoir. Je crois que c'était la première fois que j'utilisais l'instrument, et ces coups profonds qui ébranlaient les échos du grand vestibule ont désagréablement résonné à mes oreilles. J'ai pris tout à coup conscience de ce que ma démarche pourrait avoir d'épineux auprès d'une femme retranchée dans la célébrité, et qui n'avait plus entendu parler de moi depuis un univers qui ne devait probablement représenter plus grand-chose pour elle. Au bout d'un assez long moment, une dame est venue m'ouvrir, sans doute Mme Vautier : élégance sévère, mains couleur d'ivoire, lunettes, visage inexpressif d'un garde du corps.

– Je voudrais voir Louise Grévin.

– Qui êtes-vous, monsieur ?

– Un très vieil ami, Jean Mouraille.

Aucune réaction sur son visage.

– Veuillez attendre un instant, je vous prie.

J'ai profité de son absence pour me pencher dans la voiture, garée juste à côté de la porte, et avaler une nouvelle lampée de Balantine. J'avais le cœur à cent vingt : tels sont les inconvénients de l'obscurité. Et j'allais annoncer à une femme qui avait tout le monde à ses pieds que j'étais son gendre. La chose m'a paru si colossale que j'ai songé à sauter dans la voiture et à prendre la fuite. Mais le cerbère était de retour.

– Si vous voulez bien me suivre, monsieur.

La dame m'a conduit d'un pas rapide et sec jusqu'à la grande salle fraîche où régnait une pénombre qui me fit écarquiller les yeux comme un hibou qu'un phare vient d'aveugler.

Louise Grévin se tenait debout près de la cheminée. Je n'avais pas réalisé à quel point elle était beaucoup plus petite que sa fille, et j'ai éprouvé une satisfaction bizarre à la pensée qu'Hélène ne devait sa taille qu'aux métamorphoses d'une génération qui m'avait d'autant plus fasciné que je m'en étais toujours senti exclu. Ses cheveux étaient aussi beaux qu'autrefois, mais teints, probablement. Cou svelte, hanches à peine épaissies, elle avait conservé beaucoup d'allure. Seuls me gênaient ce visage trop lisse, figé par l'idée de soi-même, et ce port de tête, menton légèrement relevé, front incliné en arrière, altitude du regard à quoi se mesure moins la valeur que le crédit qu'elle apporte. Elle m'a tendu la main au bout de ce bras raide avec lequel les créatures du gratin vous tiennent à distance : que de têtes à couper, si j'étais politique !

– Vous êtes bien la dernière personne que je m'attendais à voir. Il y a si longtemps...

– Oui, il y a bien longtemps, ai-je bêtement répété.

J'avais la tête vide, chaud aux tempes, et je ne savais que faire de mes mains. Hélène avait exigé que je me vêtisse dans le style artiste ou vieil étudiant. Mes baskets m'ont tout à coup produit l'effet de deux choses immondes sorties d'une poubelle. « Elle doit me prendre pour un pauvre type. » Si le plumage lui paraissait égal au ramage, la partie commençait bien mal. J'ai été tiré d'affaire par la soudaine certitude que ce visage vraiment trop lisse, ce cou qu'aucun fanon ne menaçait avaient été confiés aux mains d'un expert en chirurgie esthétique.

– Vous n'avez pas beaucoup changé, mais ce n'est pas à la portée de tout le monde.

L'alcool également commençait à faire son effet.

– J'apprécie...

Elle avait l'expression de quelqu'un qui vient de trouver un oursin dans sa poche.

– Toujours jeune, toujours mince, noir comme un pruneau... Vous faites beaucoup de sport ?

La monnaie de ma pièce...

– Ça dépend avec qui...

Mes baskets ont tout à coup cessé de me paraître vulgaires pour acquérir une souplesse, une désinvolture très insolentes. Ses lèvres m'ont concédé un petit sourire en coin que je ne lui connaissais pas, et qui devait exprimer cette forme mondaine de l'estime qui s'appelle la surprise, ou le déconcertement.

– Ainsi vous êtes de passage dans la région ?

– C'est à peu près ça. Je vagabonde à travers l'espace et le temps.

– Mais ne restons pas debout. Voulez-vous boire quelque chose ?

– Non. Du moins pas pour l'instant.

Je l'ai sentie brusquement sur le qui-vive.

– Je vous croyais toujours au Maroc, dit-elle d'une voix plate.

– Certains événements m'ont appelé à prendre une retraite anticipée et à regagner la France. Ma mère est décédée l'an dernier, à peu près à la même époque.

– Vous m'en voyez désolée. Quel âge avait-elle ?

– L'âge de ses artères et de ses souvenirs, comme tout le monde. A peu près quatre-vingts.

– Vous avez dû avoir beaucoup de peine...

– Moins que je ne l'espérais, plus que je ne le redoutais. Je dois vous paraître bien compliqué.

– Non, je comprends parfaitement qu'on soit partagé entre la peur de l'oubli et le désir de ne pas souffrir.

– Vous lisez en moi : on ne saurait mieux traduire ce que j'ai ressenti.

– Et vous êtes venu aux Frises en vous fiant à votre instinct ? Il y avait une chance sur mille que vous m'y trouviez.

– Mon instinct était bien renseigné. Il l'a toujours été, du reste, mais depuis quelque temps, je trouve qu'il a fait d'énormes progrès...

Mon appréhension s'était envolée. J'éprouvais une jouissance extraordinaire à jouer au chat et à la souris.

– Me permettez-vous de fumer ?

Elle acquiesça d'un geste de la main très bref. J'ai sorti le paquet de cigarettes de ma poche. La marque fumée par Hélène, que j'avais adoptée, réflexe enfantin de ma dévotion. Son regard accrocha les Camel bout filtre au passage.

– Vous n'avez plus quitté la France depuis le décès de votre maman ?

– En effet. Je suis souvent monté ici pour respirer l'odeur du passé. Toutes ces années de guerre... Quelle aventure... Les Années sauvages, comme le disait votre papa... Dieu sait ce qu'est devenu ce fameux manuscrit...

– Quel manuscrit ?

– Ce poème symphonique que mon père avait commencé à composer ici... Je n'ai conservé que la première phrase en tête... Je ne sais même pas s'il l'a achevé ou non. Vous n'avez aucune idée... ?

– Aucune idée.

– Je crois que votre propre père est mort il y a une quinzaine d'années ?

– Comment l'avez-vous appris ?

J'ai écarté les mains en signe d'incertitude.

– Tout finit par se savoir... Une relation commune, sans doute...

Elle s'est levée pour attraper un cendrier et elle l'a posé devant moi, sur la table basse où le champagne de notre guerre « joyeuse et fraîche » avait tant de fois coulé.

– Depuis votre retour en France, vous êtes déjà venu aux Frises ?

Elle était restée debout, tirant machinalement par petites secousses sur son collier de perles dont la fermeture a fini par céder. Elle a brutalement jeté le collier sur un canapé.

– Ce sont plutôt les Frises qui sont venues à moi.

Je l'ai vue changer de couleur. Elle avait un teint de cire, comme si j'étais un kidnappeur venu négocier le montant de la rançon. Un silence épais s'est brusquement condensé dans la pièce.

– Où est Hélène ?

– Votre fille ne m'a pas autorisé à vous le dire.

– Pas autorisé... Que signifient tous ces micmacs ? Je

descends de Paris pour rencontrer ma fille que je n'ai pas vue depuis plus d'un an, je trouve la maison vide, ses affaires déménagées, vous tombez comme un cheveu sur la soupe. Je n'aime pas du tout votre façon de présenter les choses. Et son cheval, qu'en a-t-elle fait ?

– Le cheval se porte aussi bien que la cavalière, bien que dans l'état actuel des choses, l'équitation ne soit pas recommandée.

Elle est devenue blanche comme un linge.

– Si vous ne me dites pas immédiatement où est ma fille, je décroche le téléphone et je préviens la gendarmerie. Vous vous expliquerez avec ces messieurs.

– Faites, je vous en prie. Mais n'oubliez pas qu'Hélène a trente et un ans et que c'est elle qui m'a dépêché auprès de vous pour vous faire savoir qu'elle refuse de vous rencontrer. Du moins pour le moment.

– Je voudrais bien savoir la raison pour laquelle ma fille refuse de me voir... Et vous, là au milieu...

Elle s'est mise à tourner en rond dans la pièce, marmonnant : « Dans quel guêpier est-elle encore allée se fourrer... »

Il était temps de culpabiliser l'adversaire.

– Vous devriez plutôt vous interroger sur les raisons qui ont incité Hélène à quitter Paris, sa famille, son entourage... Je suis désolé de vous dire qu'elle parle de vous comme d'une génitrice anonyme...

– Ce refrain-là... J'imagine que vous avez eu droit au numéro habituel : mère toujours absente, distante, à peine si j'existe à ses yeux, il n'y a que sa carrière qui compte... Ces petites soixante-huitardes attardées... Elles veulent refaire le monde alors qu'elles ne sont même pas capables de cirer leurs chaussures ou de faire cuire une omelette.

– Quel argument sinistre... Chaque fois que vous montez sur une scène, si ce n'est pas le monde que vous refaites, le jeu n'en vaut pas la chandelle.

Elle a posé le bout de ses doigts sur ses paupières, comme si ces appréciations d'ordre général ne méritaient même pas un instant d'attention de sa part.

– Écoutez, je me fiche complètement de ce qu'elle a bien

pu vous raconter. Vous en avez trop dit ou pas assez. A-t-elle fait une chute de cheval ?

Au ton plus neutre de sa voix, j'ai soupçonné qu'elle mettait tous ses espoirs dans cette ultime éventualité.

– Oui, l'an dernier. Mais soyez rassurée, elle est guérie depuis longtemps : ce n'était qu'une fracture du péroné.

– Mais enfin, comment et où vous êtez-vous rencontrés ? Quel rôle jouez-vous dans tout ça ?

– Je vous laisse deviner...

Elle m'a regardé d'un air stupide, cet air stupide que prennent parfois les gens qui claquent de mort subite, dans les lieux publics. Elle a bredouillé :

– Hélène... Qu'avez-vous fait à Hélène ?

– La même chose que vous avec mon père. A cette différence près que nous n'avons causé de mal à personne.

– Ne me dites pas...

Elle s'est laissée choir dans un fauteuil. Elle n'était plus livide, elle était grise. Grise comme de la cendre. Pourquoi cette réaction ? La différence d'âge ? Jamais elle n'oserait m'attaquer sur ce terrain-là, l'ayant pratiqué elle-même : au moment où avait commencé leur liaison, elle avait dix-huit ans et mon père quarante-quatre, j'en avais maintenant cinquante-sept, Hélène trente et un. Des projets ambitieux pour sa fille ? A moins qu'elle ne me prêtât des desseins scélérats... Le comte de Montecristo savourant sa vengeance longuement mijotée, engrossant sa fille, laissant naître l'enfant pour déguerpir ensuite... Une hypothèse – non pas effrayante, mais bizarre – m'a traversé l'esprit, aussitôt rejetée par les dates, les faits.

– Hélène est ma femme. Nous nous sommes mariés début juillet. Elle est enceinte. De son plein gré.

Louise a plongé son visage dans ses mains en poussant un cri étouffé. Moi qui m'attendais à des « Monsieur-vous-pourrez-dire-à-ma-fille-qu'elle-ne-remettra-plus-jamais-les-pieds-dans-cette-maison », cet effondrement m'a laissé perplexe. Elle psalmodiait à voix basse : « Qu'est-ce que nous avons fait... Mon Dieu, si vous saviez ce que nous avons fait... »

– Mais que vous mettez-vous en tête ? A vous voir on

dirait que j'ai perpétré une sorte de crime. Hélène est tout pour moi, et j'ai tout lieu de croire que c'est réciproque. Vous auriez dû plutôt vous inquiéter la première fois qu'elle s'est mariée. Si j'en crois ses confidences...

Elle a relevé la tête. Ce n'était plus Louise Grévin, la Grévin. Pas de dignité offensée, de grands chevaux : une femme épouvantée.

– Voulez-vous me servir un peu de cognac ?

C'est à peine si elle parvenait à articuler. Elle a renversé la moitié du verre sur son corsage, tant ses mains tremblaient. Je ne savais plus par quel bout prendre une situation aussi banale en train de tourner au drame. La même hypothèse m'a de nouveau effleuré l'esprit, mais tout en démentait le bien-fondé.

– Louise, expliquez-vous. Votre fille avait épousé un pervers, un drogué... Je suis un homme tout à l'opposé de ce monde-là. Vous pensez que je suis trop vieux pour elle ? Pas assez riche, assez en vue ? Que j'ai passé plusieurs séjours en clinique, quand j'étais jeune, mais qu'une rechute est toujours possible ?

Elle ne prêtait aucune attention à ce que je lui disais, débitait des phrases sans suite :

– J'aurais dû... c'est ma faute... Mais comment lui avouer... Elle s'est attachée à lui... Il se savait condamné depuis plusieurs années... J'ai cru bien faire... Il serait mort désespéré...

– Quel est tout ce charabia ? De qui voulez-vous parler ?

– De mon premier mari. D'Olivier.

– Olivier Sarnette ? Celui que j'ai connu sous le nom de Guérin ?

Elle a acquiescé de la tête.

– Il appartenait à la Résistance, tout comme mon père. C'est Londres qui nous l'avait envoyé. Il était chef de réseau. Dans les combles du château, il avait installé son émetteur-récepteur...

Ce petit homme insignifiant et triste était compagnon de la Libération. Il s'était épris de Louise dès leur première rencontre.

– Pourquoi dites-vous qu'Hélène s'était attachée à lui ? Je ne comprends rien à votre histoire. Ou plutôt...

– Il savait qu'il était atteint d'un cancer.

– Pourquoi l'avoir épousé ? Vous teniez à lui ?

– J'avais pour lui beaucoup d'estime et une grande affection. Quand votre père a rompu, c'est lui qui m'a... Enfin, son dévouement a été exemplaire. C'était un être admirable : courageux, discret, remarquablement musicien. Le général de Gaulle l'avait invité plusieurs fois à sa table, à Colombey.

– Je n'ai jamais très bien compris la raison pour laquelle Edmond avait si brutalement rompu. Il était complètement toqué de vous. J'ai cru comprendre, à l'époque, que vous l'aviez contraint à choisir entre ma mère et vous... Pourquoi avoir exigé qu'il divorce ?

– J'étais enceinte. Et je voulais cet enfant. Il s'est défilé... Je n'ai pas pu supporter ses tergiversations. Il ne voulait pas entendre parler d'enfant.

– Enceinte ? En quelle année ?

– En 52.

Je me suis servi un verre de cognac. 1952. Tout ça tenait de moins en moins debout.

– Je suis partie en Suisse pour faire sauter l'enfant. Il a même refusé de m'accompagner. Je me suis juré que je ne le reverrais plus.

Elle m'a dévisagé d'un regard curieux, comme si c'était la première fois qu'elle me voyait.

– Vous n'avez pas vraiment changé... Vous êtes toujours le même, mais patiné. Je suis désolée pour votre maman. Venez vous asseoir près de moi.

Je me suis exécuté. Elle m'a pris la main. La sienne était froide, inerte : j'ai remarqué qu'elle s'était cassé un ongle, sans doute en arrachant son collier. Ce petit détail m'a frappé autant que l'eût fait la trace d'une gifle sur son visage.

– Votre père est le seul homme que j'aie aimé. Même en dépit de son attitude, j'ai continué à l'aimer, et personne n'a jamais pris sa place. Personne. Lorsqu'il s'est tué, en juin 54...

Cette expression m'a produit un effet désagréable : « s'est tué ». J'entendais la voix du psy qui m'emmenait à la pêche sur son bateau, me disant : « Les événements sont bien souvent la consécration de nos rêves. » Je m'étais longtemps demandé combien de ceux qui « se tuaient » accidentellement ne l'avaient pas inconsciemment cherché. Mais le psy, à qui je m'étais ouvert de mes doutes – je n'arrivais pas à concevoir que mon père « se soit tué en voiture » : j'avais plutôt le sentiment qu'il nous avait quittés pour un très long voyage, et que nous le verrions réapparaître un beau matin, sentiment entretenu par le fait que nous ne l'avions pas vu mort, et que le cercueil avait quitté directement la morgue de Chambéry pour le caveau de Saint-Just –, le psy, intelligent, antidoctrinaire, avait corrigé, féroce : « Dans tout ça, où fourrer les disparus du *Titanic*, les victimes de Pompéi, de la montagne Pelée, de la peste, de la grippe espagnole, du fascisme, des inondations ? L'histoire de l'univers tendrait à démontrer que Dieu contrôle mal ses rêves... » Ayant perdu la plupart des siens dans les fours, il avait une façon de présenter les choses qui mettait finalement dans le même sac Nostradamus et Freud, comètes et surmoi, millénaristes et lacaniens, Mme Irma et Sartre. « Je conjure l'obscurité des lumières par la clarté louche des ténèbres, et inversement », ricanait-il.

Je pensais à ce mois de juin 54. D'où venait mon père, avant de trouver la mort sur la route d'Aix-les-Bains à Chambéry ? Souvent il allait diriger des concerts ou des représentations à Genève, à Lausanne.

– Vous ne m'écoutez pas...

– Je me demandais s'il y avait une relation entre vous et son accident.

Des larmes lui sont montées aux yeux.

– L'avant-veille de sa mort, nous étions ensemble à Genève. J'avais épousé Olivier en février 53. Nous ne nous étions pas revus depuis. Il était venu diriger *Lohengrin*. Je chantais Elsa. A la fin de la représentation, il m'a rejointe dans ma loge. Et c'est moi qui ai flanché.

Flanché... En un seul mot, retour à la case départ. Tout s'éclairait. Mais d'une lumière si tendre que j'en étais étonné moi-même.

– C'était un dimanche, en fin d'après-midi. J'avais une Chambord toute neuve. Il m'a dit : « Si on l'essayait ensemble ? » Il adorait les voitures... Il a laissé son Aronde dans un parking et nous sommes partis pour Saint-Cergue. Nous sommes restés jusqu'au mardi matin dans une petite auberge. Je me souviens du nom : « Verts pâturages ». Voilà.

J'ai pensé immédiatement à la tactique que j'allais utiliser pour protéger Hélène du venin imbécile des mots : avait-elle suffisamment souffert pour être capable de relativiser leur poids, de désamorcer ces grenades vides que les gens se jettent à la tête, croyant manipuler ceux qui les manipulent ? Ce que je ressentais de mon côté me ferait passer aux yeux des légalistes – c'est le seul mot qui me vient sous la plume. Légaliste : créature pervertie par le vocabulaire – pour un provocateur dépravé : je me disais qu'il ne pouvait rien m'arriver de plus heureux que de savoir la fille que j'aimais conçue par celui qui m'avait conçu, et dont la disparition avait arraché mes liens les plus profonds avec la vie.

J'ai demandé, pour la forme :

– Aucune autre hypothèse possible ?

– Aucune. Olivier ne pouvait guère... Notre mariage était presque blanc, mais pas suffisamment pour qu'il conçoive des doutes sur l'origine de sa fille. J'ai fait tout ce qu'il fallait, quelque temps après, pour lui permettre de croire qu'il en était le père. Non par duplicité : par compassion. Je n'ai du reste appris la mort d'Edmond que deux ou trois jours plus tard. Vous imaginez ce que j'ai pu ressentir. C'était comme s'il m'avait légué un morceau de sa vie avant de la perdre. Une prémonition.

– Le hasard prend toujours la figure du destin, mais après coup, quand il est trop tard.

Elle m'a pris le visage entre ses mains, comme elle l'avait fait, un soir sur la terrasse, quarante-deux ans avant.

– Vous rendez-vous compte que vous avez épousé votre...

J'ai coupé sec.

– Votre quoi ? Votre fille. Hélène est une femme que j'ai aimée dès le premier jour, moi un homme auquel elle tient, et qui essaie de lui apporter ce dont elle a besoin.

– Mais songez aux conséquences, quand Hélène apprendra...

– Et après ?

– Comment, et après ? Peut-on coucher avec son demi-frère sans... Elle va se retrouver dans une horrible situation. Elle vous aimera toujours, mais sera-t-elle capable de supporter que vous la touchiez... Elle risque de mettre au monde un enfant anormal... On dirait que tout cela ne vous fait ni chaud ni froid.

– Ni chaud ni froid. J'en serais plutôt attendri. Tenez, je songe à ces romans à la gomme, bâtis autour d'un thème qui ne tient jamais compte de ce que la situation de l'homme sur la Terre a de foncièrement gratuit. Qui l'escamote ? Qui semble même, comment dire... utiliser cette situation tragique à des fins crapuleuses : je ne supporte pas qu'on fasse jouer les utilités à la mort, au temps, au vide, au silence, à la neutralité du monde, à son existence incompréhensible. Ne vivons pas sur des acquis qui n'existent pas : un homme qui fait l'économie de cette situation sans issue est un fraudeur. Une espèce de voyou. Un con fondamental.

– Je ne vois pas où vous voulez en venir. Je n'ai guère le cœur à philosopher.

– Dès qu'on soulève un coin du drap, tout de suite il est question de philosophie : pouce ! Ce n'est pas du jeu... Je ne philosophe pas. J'essaie de vous faire comprendre que j'aime votre fille et que je me fiche complètement qu'elle soit la fille de mon père. Non, ce n'est même pas ça. Je dirais plutôt que je n'en espérais pas tant. Vous venez de mettre dans la corbeille de mariage un cadeau royal.

– Mais vraiment il faut que vous soyez à moitié fou...

– Si je suis fou, je le suis comme Dieu est fou : je n'ai aucune espèce de considération pour le convenu. Et je prétends que tout ce qui est convenu a pour mission de dissimuler ce qu'il y a de fondamental dans la vie. Vous savez à qui vous me faites penser ? A mon facteur, lorsqu'il me disait qu'il avait exercé son métier pendant quelques années à Paris. Je lisais dans ses yeux que Paris était une sorte d'évidence nécessaire. Il confondait le contingent et le nécessaire, enfin, je veux dire : ce qui pourrait ne pas être et ce qui est irrémédiablement. Vous avez la même attitude que lui : vous confondez la normalisation et la normalité.

– Parce que vous trouvez normal qu'un homme épouse sa demi-sœur ?

– Je trouve normal tout ce qui n'attente pas au bien-être et à la liberté d'autrui, anormal, tout ce qui humilie ou aliène autrui. Ma morale s'arrête là.

– Allez-vous parler à Hélène ?

– Je le ferai lorsque je jugerai le moment opportun.

– Et si je décide...

– Je déclenche un scandale dont vous me direz des nouvelles. Imaginez *Détective*, *Jours de France*, enfin, tous les canards de ce genre. Manchettes sur cinq colonnes : Tout sur Louise Grévin et le mariage incestueux de sa fille. Lord Byron et Augusta, version Mai 68. Quel beau serpent de mer pour l'été...

– Vous auriez mieux fait d'écrire au lieu de... C'est tout ce que vous n'avez pas écrit qui vous est monté à la tête...

– Hélène et moi sommes-nous responsables ? Qui a dissimulé la vérité ? J'ai connu un très grand écrivain – je crois que vous êtes allés lui rendre visite avec Edmond – qui m'a écrit une fois dans une de ses lettres, les deux principes entre lesquels tenait sa morale : « On a tous les droits, sauf celui de faire souffrir les autres. » Vous n'avez pas respecté ce principe. Deuxièmement : « Prenez ce que vous voudrez, mettez-y le prix, et Dieu sera content. » Vous n'avez pas non plus respecté ce principe. C'est vous qui avez truqué le jeu. Subissez-en les conséquences.

Je commençais à perdre patience. J'ai élevé le ton, assené quelques arguments de gros calibre, car l'éventualité d'une intervention de Louise qui risquât d'éloigner Hélène de moi me rendait fou.

– Vous baignez dans la musique du matin au soir. Wagner, Debussy, Strauss, Mozart – *Don Juan*... Vous rendez-vous compte que si ce que véhicule cette musique se matérialisait dans votre vie, vous seriez immédiatement jetée au ban de la société par ceux-là mêmes qui viennent vous applaudir ? Mais il y a la scène, il y a la vie. Entre les deux, la fosse d'orchestre. Ça ne vous écœure pas un tout petit peu, cette absence de risque avec laquelle on manipule à des fins plus ou moins douteuses des œuvres d'art chargées jusqu'à la gueule de tout ce que vous réprouveriez dans ce que vous appelez « la vie » ?

– Quand je quitte la scène, je me sens horriblement triste.

– Je ne vous le fais pas dire.

– Tout ça n'empêche pas que vous êtes le mari de votre demi-sœur...

– Mais bon Dieu, mari, sœur, frère, tante, père, considération distinguée, qu'est-ce que j'en ai à foutre ? *Connais pas, connais pas, connais pas.* La vérité est que la plupart des hommes gèrent le désastre d'exister avec tout ce qui leur tombe sous la main. On invente des trucs, on s'emberlificote dans des idioties, on lâche des rideaux de fumée pour une seule et unique raison : camoufler la mort, et par conséquent, dénaturer la vie. On laisse à l'art le soin d'affronter à notre place tout ce qui porterait atteinte à notre confort. Le confort de l'instant. La vie considérée comme une bonne affaire, les médailles, les fauteuils... Vous me faites débiter des vérités premières. Un peu grâce à vous, j'ai appris de bonne heure que le roi était nu. Et c'est parce que j'ai refusé de tomber malade, c'est-à-dire de jouer le jeu, qu'on m'a traité comme un malade. Entre la vie et la mort, il n'y a que l'amour. La vie, pour moi, c'est Hélène, ses cheveux, sa bouche, son regard, son ventre souple, ses longues cuisses mates, ses épaules solides. Elle ne doit pas grand-chose à votre gracilité, soit dit sans vous offenser. Elle tient de son père, comme moi, du reste. Mais c'est le meilleur qu'elle en a hérité : l'adhésion infinie au monde, le oui sans restriction. Elle n'utilise pas le prêt-à-porter et fabrique son pain elle-même. En bref, nous étions faits l'un pour l'autre, que demander de plus ?

– Ne parlez pas si fort. Je ne tiens pas à ce que ma secrétaire soit au courant... Oui ?

Je me suis retourné : Mme Vautier, alertée par mes vociférations, avait fait irruption. Je m'attendais à lui voir un fusil à la main, mais c'eût été inutile, car elle avait deux revolvers à la place des yeux pour me regarder.

– Avez-vous besoin de moi, madame ?

Louise Grévin lui a fait signe de sortir.

– Et les complications génétiques ? Avez-vous mesuré le risque ?

– Me permettez-vous de téléphoner ?

– A Hélène ?

– Nous habitons en pleine campagne dans une maison que j'ai héritée de ma mère, mais nous n'avons ni le téléphone, ni la télévision. Des disques, des livres et des pinceaux. Non, une idée m'est venue.

J'ai consulté l'annuaire. Dr Brachet. Sonnerie. C'est lui qui a décroché.

– Bonjour, docteur. Ici, Jean Mouraille.

– Comment allez-vous ? Laissez-moi vous féliciter. J'ai appris votre mariage avec la jeune femme qui s'était fracturé la jambe, c'est bien ça ?

– Fracture opportune. J'ai un renseignement à vous demander. Figurez-vous que je me suis attelé à un roman qui débouche sur une situation embarrassante. Bref, voici le problème. Quels sont les risques encourus par un enfant né d'une relation incestueuse entre un homme et une femme conçus par le même père ?

– Les deux mères sont donc différentes ?

– Incontestablement.

– Les premiers géniteurs sont-ils sains ? Aucune tare ?

– Manifestement sains. Outrageusement sains.

– Le garçon et la fille... ?

– A peu près du même tabac. Sauf qu'ils sont fous l'un de l'autre.

– Parfait. – Il marque un silence. – Mon cher, j'ai étudié la génétique en son temps, et surtout j'ai l'expérience de la chose : dans les campagnes isolées, parfois, vous savez, on ne sait pas très bien qui est qui... Relations incestueuses, vous avez dit ? Le terme en l'occurrence est excessif. Quant aux risques de malformations, de débilité, ou de tous autres accidents de ce genre, ils ne sont ni plus ni moins élevés que dans des conditions normales. Dites donc, vous m'adresserez un exemplaire de votre roman.

– Vous pouvez y compter. Merci pour la consultation.

– Je vous fais remarquer que ce ne sont pas les hommes qui ont inventé l'inceste, mais Dieu le Père.

– Dieu le Père ?

– Ben oui. L'Église est bien muette, sur ce sujet-là, et la Bible également. Elle symbolise ce qui l'embarrasse. Adam et Ève, flopée d'enfants, famille tuyau de poêle.

Il s'esclaffait au bout du fil.

– Symbolique ? Ah, je me disais aussi, la résurrection de Lazare, les noces de Cana : du pipeau.

– Je vous laisse conclure. A un de ces jours.

J'ai raccroché. Louise Grévin me tournait le dos, observait le lac, et probablement La Foux, comme si, j'imagine, elle eût pu remonter le temps et en changer le cours.

– *Too late.*

– Comment ?

– Je dis qu'il est trop tard.

J'ai pensé tout à coup à Hélène en train de se morfondre, ses jumelles à la main.

– Pouvons-nous sortir un instant sur la terrasse ? Cela nous rappellera quelques souvenirs.

Il y régnait une chaleur extrême. Louise Grévin fouilla dans son sac et mit des lunettes noires. Elle s'assit dans un fauteuil en rotin.

– C'est ici que je vous ai vue pour la dernière fois, en juillet 50. Je vous en voulais terriblement à l'époque.

– Parce que vous aviez été amoureux de moi ?

– Oui, je l'avais été. Mais c'était pour une autre raison que j'éprouvais de l'hostilité à votre égard : je croyais que vous vous étiez servie de mon père et que c'était vous qui n'en vouliez plus. Je vous dois des excuses.

– Il a été tout pour moi. Mais il ne voulait pas s'engager. Je savais qu'il ne serait jamais complètement à moi. C'était finalement un être ondoyant et secret.

– Vous avez sans doute raison. Mais la différence d'âge, à cette époque-là, ne vous faisait pas peur ?

– Je n'y songeais même pas. Cela n'avait aucune importance à mes yeux.

– Voilà un point réglé. Cela nous épargnera d'ergoter sur mon âge et sur celui d'Hélène. Quant à l'attitude de mon père, il y avait un troisième personnage dans le jeu, dont vous n'avez pas su tenir compte...

– Votre mère ?

– Non, elle n'était pas de taille à vous le disputer. Je pense à... à ce joker qui surgit au moment décisif de la partie et renverse l'équilibre des forces en présence.

– Je ne vois pas ce que vous voulez dire...

– Je n'ose prononcer ce nom qui généralement tombe comme une grossièreté dans les conversations. Mettons qu'il s'appelle Dieu.

– Je vois mal ce que Dieu vient faire là-dedans. Vous pensez qu'Edmond n'osait pas divorcer pour des raisons religieuses ?

– C'est à la fois plus simple et plus compliqué que ça. Derrière tout le fatras périmé que le mot Dieu évoque – les mots, toujours les mots... – il y a autre chose. Une goutte d'infini qui empoisonne tout. Les idiots s'imaginent que sous prétexte que Dieu n'existe pas, la psychanalyse, la science, la politique ou la philosophie peuvent venir à bout du malaise, du vertige que la mort de Dieu a laissé. Oui, ce Dieu-là est mort, et c'est tant mieux pour tout le monde, car ce n'était qu'une caricature, la « poubelle de nos désirs », comme disait je ne sais plus qui. Mais il faut singulièrement manquer d'imagination pour faire l'économie de ce trou sans fond qui s'ouvre au bout de tous les calculs. Dieu, c'est zéro. Mais ce zéro-là résiste à toutes les tentatives de neutralisation. Je crois pouvoir dire aujourd'hui que c'est ce zéro qui a gagné la partie contre vous. Peut-être avait-il pris pour Edmond la figure de ma mère. C'est toujours du côté du plus faible, du plus misérable, que le piège nous est tendu. Dieu n'est qu'un mendiant. Et l'on pourrait dire, en parodiant Paul Valéry, que sa principale force consiste à faire croire qu'il n'est pas.

– Vous êtes croyant ? m'a-t-elle demandé, comme si elle m'eût demandé : « Aimez-vous les écrevisses ? »

– La question est si mal posée que j'ai bien peur de ne pas pouvoir y répondre.

– Alors, à quoi correspond tout ce discours ?

– Ce que je pourrais dire de Dieu ne servirait qu'à

brouiller les cartes. Il ne faut jamais parler de Dieu. Il faut lui laisser une chaise et un couvert à la table, comme on faisait jadis dans les fermes provençales pour le pauvre qui passait.

Je devinais que depuis quelques instants, elle m'observait derrière ses lunettes en essayant de se mettre à la place d'Hélène.

– De quoi vivez-vous? Vous n'étiez pas plus ou moins responsable d'une Maison de la culture au Maroc?

– Plus ou moins, comme vous dites. Désormais, je vis de ma retraite et de quelques petites rentes que ma mère m'a laissées. Nous ne sommes pas riches, nous ne sommes pas pauvres.

– J'étais persuadée que je finirais pas entendre parler de vous dans les journaux.

– Oh, j'ai griffonné pendant quelques années. Ensuite, le désert. Mais je m'y suis remis. Aujourd'hui, je raconte. C'est tout ce qu'il reste à faire quand il n'y a plus rien à faire. Avec Hélène, tout est redevenu réel. Je découvre avec stupeur les arbres, les pierres, le vent. J'ai vécu toute ma vie à la porte de chez moi. C'est votre fille qui m'a permis de regagner mon domicile. La musique m'est de nouveau accessible sans pour cela me ronger le foie, me limer les nerfs, me désespérer comme elle le faisait autrefois, lorsque je vous chantais, au bord de la lagune, pendant cette fameuse nuit d'été : « Toi, le cœur de la rose, toi le parfum du lys blanc... » Enfin, disons que je mourrai vivant.

Je lui tournais le dos et regardais dans la direction de La Foux, où je savais Hélène nous observant depuis l'œil-de-bœuf. Quand je lui fis de nouveau face, elle s'essuyait les yeux sous ses lunettes.

– C'est à cause de Ravel?

– C'est à cause de tout. Finalement, c'est vous qui avez gagné. Nous avons tous perdu.

– Le sentier était assez escarpé et plutôt du genre épineux. Cet adolescent, qui n'a cessé d'être à l'affût en moi, m'a mené la vie dure. Mais c'est lui qui m'a fait cadeau d'Hélène.

– Je ne parviens toujours pas à concevoir comment vous

avez pu vous rencontrer, l'un et l'autre. Cela ne m'avait jamais effleuré l'esprit. Hélène mariée à Paris, vous au Maroc... Votre âge... Il fallait que ce soit écrit.

– C'est notre caractère qui écrit notre vie dès le premier jour. Nul n'y échappe. Quelle est votre principale activité désormais?

– Je donne toujours des concerts. Mais je suis professeur au conservatoire de Paris. Je donne également des cours à Londres et à New York. Quitter la scène est une épreuve très dure. Un comédien peut jouer jusqu'à son dernier souffle. Le chant...

– Tout de même, quelle réussite! Vous aviez le monde à vos pieds. Il paraît que votre dernière tournée a été un triomphe.

– C'est votre père qui m'a tout appris. Et vous allez écrire cette histoire?

– C'est presque achevé. Mais rassurez-vous : tout est truqué, noms, lieux, dates... De toute façon, lui et vous, c'est le secret de Polichinelle.

– J'espère que vous n'avez pas trop déformé la vérité. Les écrivains sont des rapaces.

– C'est ce que ne cesse de me répéter Hélène. Non, l'essentiel pour moi était de remonter à la source. De comprendre ce qui s'était passé. De revivre certains instants qui ont décidé de ma vie. De rendre hommage à tous ceux que j'ai aimés, à vous-même, envers qui je me suis montré injuste. J'ai du reste l'intention de me faire votre avocat auprès d'Hélène, qui ne disposait pas de tous les éléments pour saisir les raisons de votre attitude à son égard. J'ai le sentiment aujourd'hui que cette grande aventure qui a été la vôtre a également permis de mettre entre vous une certaine distance. Je me trompe?

– Non, vous ne vous trompez pas. La scène m'a sauvée de moi-même. Mais qu'allez-vous dire à Hélène?

– Je n'en sais rien. De toute façon, un jour, elle saura.

– Quand pourrai-je la voir?

– C'est elle qui décidera. Je ne ferai rien pour l'en empêcher. Mais à condition que vous gardiez le silence. C'est à moi de prendre ce risque. A personne d'autre. Je peux compter sur votre loyauté?

– Ai-je le choix ? Rentrons, cette chaleur est insupportable.

– Je vais vous quitter, Louise. J'ai de la route à faire, et Hélène doit se ronger.

– Attendez un instant.

Elle s'est assise devant son secrétaire, a griffonné un mot à la hâte, j'ai entendu un bruit de papier déchiré, puis elle s'est levée et m'a tendu une enveloppe – non cachetée.

– Au cas où vous craindriez que je ne cherche à vous jouer un mauvais tour.

– Votre parole me suffit. Je n'ouvrirai pas cette enveloppe.

– Lorsque sa grossesse arrivera à terme, j'espère que vous me préviendrez.

– Naturellement.

– Prenez bien soin d'elle. Il y a encore une chose que je voulais vous dire. Ce n'est pas une malveillance. Hélène fait très vite le tour des êtres et des choses. Avec son premier mari, elle s'est ennuyée tout de suite. Je ne lui ai connu aucune aventure. Elle a toujours eu besoin de rêver. La plupart des garçons l'ennuyaient. Après son divorce, elle jurait ses grands dieux qu'elle ne remettrait plus jamais les pieds dans une mairie. Elle s'est jetée dans toutes sortes de choses... Il y a eu le Brésil, la musique, la peinture, et maintenant, elle a épousé son demi-frère...

– Je ne vois pas là-dedans de quoi fouetter un chat. Peut-être...

Je n'ai pas achevé ma phrase. Moi qui ne croyais pas à « la voix du sang », cette confortable ânerie, je me demandais si, ignorant le lien de parenté qui existait entre nous, nous n'avions pas expérimenté en toute liberté une attraction naturelle que les contraintes de la société occultaient communément dans l'œuf ? Quel était l'héritage du sang ? Une sensibilité ? La couleur des yeux ? Une attitude devant la vie ? Depuis des décennies, les clercs se jetaient à la tête des théories dont aucune n'avait jusqu'ici pris le pas sur les autres.

– Voulez-vous ôter vos lunettes ?

Elle avait les yeux rouges, les paupières un peu fripées.

Brusque saut en arrière de quarante et quelques années : sa tête sur mon épaule, la nuit où nous avions fui dans *L'Arlésienne.* L'odeur de vanille de ses cheveux. Et maintenant, ce n'était plus rien. Le temps peut guérir nos blessures, mais nous ne pouvons pas guérir du temps.

– Puis-je vous embrasser ?

Elle m'a tendu ses joues glacées.

– Vous faites vraiment beaucoup plus jeune que votre âge.

– Peut-être parce que je n'ai pas gaspillé ma vie en petites dépenses. J'attendais mon heure sans le savoir. Au revoir, Louise.

– A propos, son cheval est-il toujours aussi craintif ?

– Beaucoup moins depuis que nous sommes deux à nous en occuper. Du reste...

– Oui ?

– C'est un excellent cheval. J'y tiens comme à la prunelle de mes yeux. Comme tout ce qui appartient à votre fille.

Brave cheval, va.

Une fois seul dans la voiture, ma première réaction a été de me dévisager dans le rétroviseur : non, je ressemblais à ma mère, j'avais hérité d'elle ce masque un peu asiatique, ou indien, yeux foncés, pommettes hautes... Ce que je tenais de mon père n'était pas très évident : sa brusquerie, peut-être, son impatience, sa volonté d'aller plus vite que la mort pour arracher coûte que coûte à la vie une victoire à remporter sans cesse sur notre anéantissement permanent. Cet amour « incestueux », loin de m'ébranler, multipliait mon émerveillement. Incestueux... quelle farce !

Étonnante trouvaille de Baudelaire, bonheur d'écriture sans précédent, dont je t'avais chuchoté un jour les mots à l'oreille : « Mon enfant, ma sœur, songe à la douceur... » Hélène, ma demi-sœur ? Une trouble et tendre pitié me montait au cœur. Mon père me semblait jouer un rôle bien abstrait, bien lointain, dans l'existence d'Hélène. Et d'abord qu'est-ce qu'un père? Un géniteur ou un protecteur? M'eût-on appris que mon père n'était pas le mien, cela n'aurait strictement rien changé à ce qui s'était passé entre nous, aux liens étroits qui nous avaient unis : avant d'être autre chose, nous sommes une mémoire. Le père d'Hélène serait toujours Olivier Sarnette, et je ne voyais pas pour l'instant la nécessité de lui démontrer le contraire. Sans doute Hélène devait-elle à mon père toutes sortes de traits, visibles ou invisibles, et je ne pouvais l'en aimer que davantage. Aurais-je su qu'elle était ma demi-sœur, l'eussé-je rencontrée dans les mêmes conditions, je serais tombé amoureux d'elle de la même façon, et, consentante, j'aurais vécu avec elle exactement la même aventure sans que j'en fusse embarrassé. A briser les chaînes, autant vaut les faire sauter jusqu'au bout. Je suis une brute. Une sorte d'ivresse m'a remis aux lèvres un texte que je me récitais souvent, à l'époque où j'étais malade :

« J'ai de mes ancêtres gaulois l'œil bleu-blanc, la cervelle étroite, et la maladresse dans la lutte. Je trouve mon habillement aussi barbare que le leur. Mais je ne beurre pas ma chevelure.

« Les Gaulois étaient les écorcheurs de bêtes, les brûleurs d'herbes les plus ineptes de leur temps.

« D'eux, j'ai : l'idolâtrie et l'amour du sacrilège; – oh! tous les vices, colère, luxure; – magnifique, la luxure; – surtout mensonge et paresse.

« J'ai horreur de tous les métiers. Maîtres et ouvriers, tous paysans, ignobles. La main à plume vaut la main à charrue. – Quel siècle à mains! – Je n'aurai jamais ma main. Après, la domesticité mène trop loin. L'honnêteté de la mendicité me navre. Les criminels me dégoûtent comme des châtrés : moi, je suis intact, et ça m'est égal. »

Voilà mon bréviaire.

A Sainte-Colombe, je me suis arrêté chez le garde. Par bonheur, il bricolait chez lui.

– Louise Grévin est aux Frises. Au cas où elle viendrait

fouiner par ici, vous ne nous connaissez pas, vous ne nous avez jamais vus. Ma femme n'est pas en très bons termes avec sa mère. Histoire de famille.

– Vous pouvez compter sur moi. Muet comme une carpe.

– Alors ?

Hélène se tenait derrière la porte, prête à s'esquiver si j'étais revenu accompagné de sa mère.

– Alors rien. C'est passé comme une lettre à la poste.

– Je n'en reviens pas.

– J'avais de bons arguments.

– Raconte.

J'ai menti, brodé.

– Pourquoi me regardes-tu de cette façon ? me dit-elle.

– Parce que je suis resté deux heures sans te voir. J'ai envie de toi. Viens.

Rien de changé, sinon un supplément d'émotion tel qu'après l'amour, je n'en finissais pas de l'embrasser, de me faire écraser par elle. J'en avais la gorge serrée.

– Ma chair, mon sang.

– Tu m'étouffes. Je ne peux plus respirer. Je suis sûre que ça ne s'est pas passé aussi facilement que tu le prétends.

– Mais si. Tiens, la preuve.

Je lui ai donné l'enveloppe. Elle l'a ouverte. Il y avait deux papiers : un mot de deux lignes, un chèque. Hélène a écarquillé les yeux.

– Mais elle est complètement folle!

Mon cœur a sauté. Non, c'était le montant du chèque : 250 000,00. Le mot était affectueux et sobre : « Je te souhaite beaucoup de bonheur. Continue à travailler. J'espère que tu me préviendras quand je serai grand-mère. Maman. »

– Maman... Ça alors! Et vingt-cinq millions de centimes. Qu'est-ce que tu lui as raconté ? Que nous mangions des racines ?

– Il n'a pas été question une seule fois d'argent. Je lui ai dit que nous n'avions besoin de rien. C'est son cadeau de mariage.

– Je n'en veux pas. Je vais le déchirer en miettes et le lui renvoyer. Que veut-elle acheter ?

– Elle a fait un pas en avant. Ce n'est pas le moment de la blesser, de la froisser. Il me paraît normal de payer ceux qu'on aime; surtout lorsqu'on est en reste avec eux. Je te placerai cet argent en valeurs. Songe à ta peinture, à notre gosse, à ce qui peut...

– Si tu termines ta phrase, je déchire le chèque.

Nous nous étions instinctivement rapprochés de la fenêtre et nous avions entrebâillé légèrement le volet pour observer le bloc grisâtre des Frises.

– J'aurais dû venir avec toi...

– Ce n'est pas ce que tu disais tout à l'heure. Tu vas lui écrire une longue lettre où tu videras gentiment ton sac une bonne fois pour toutes. C'est beaucoup moins dangereux qu'une conversation, où l'on dérape vite.

– Tu as raison. Tu as toujours raison. Mon Dieu, que je suis heureuse !

Un rai de soleil pénétrait dans la pièce par le volet à peine entrebâillé, léchait le sol. J'ai pensé brusquement avec stupeur : l'été existe. Les vignes sont en train de luire au soleil. Les dernières cerises piquetées par les oiseaux noircissent au bout des branches. Il y a des chemins creux où tremble l'air sirupeux dans un parfum de menthe. Des hangars frais soufflent leur haleine d'engrais et de paille. On coupe le foin dans les montagnes. Des moutons s'éparpillent dans les alpages, vus de loin semblables à de gros vers. Des daubes moirées mitonnent un peu partout dans des fermes délabrées, sur des fourneaux centenaires. Une femme astique ses cuivres sous une tonnelle. Des vieux boivent leur café sur une toile cirée couverte de mouches. Des vieilles tricotent derrière des volets demi clos. Une fille se lave les cheveux dans un bassin. Elle ne sait même pas qu'elle existe et c'est pour ça qu'elle est si contente. On prépare les lampions d'un bal sous les platanes de la petite place où tambourine une fontaine. Partout, des chemins s'éloignent dans toutes les directions, tous prennent racine dans mes entrailles. Le monde mûrit comme dans ton ventre dont j'aimerais embrasser les parois internes. Il doit falloir se faire tout petit pour que le monde consente à nous faire partager son existence. Ce sont nos prétentions exorbitantes qui nous séparent de lui, et nous sentons alors que les arbres, plantes, bêtes, matière animée ou inanimée n'ont pas besoin de nous et mènent une existence parallèle où nous n'avons pas notre place. Nous ne sommes pas les habitants de la Terre, nous en sommes les parasites. Peut-être le paradis existe-t-il toujours pour tout ce qui vit, sauf pour ce qui pense. La pensée n'est peut-être qu'un accident qui a précipité notre chute hors du monde.

Et maintenant, cette brusque lancée de joie au cœur... Je me sentais immensément étiré dans l'espace comme une carte vivante. Tous les talus prometteurs d'horizons nouveaux frémissaient autour de moi à des centaines de kilomètres à la ronde, sous le vent bleu qui souffle à l'aube. J'ai repensé à cette plage marocaine, où, la veille de mon départ, une nausée vertigineuse m'avait pris devant l'insignifiance du monde. Désormais, j'étais comme une fourmi perdue dans l'épaisse forêt d'herbes primitives.

– Nous allons balancer cette bagnole tape-cul et acheter un véhicule aussi souple qu'un nuage.

Elle a lancé ses deux bras en avant et claqué ses mains l'une contre l'autre, comme font les petites filles lorsqu'elles ont le cœur en fête.

Brusquement, j'ai eu peur. Peur que quelque archer invisible, délégué par les dieux, ne pointât sa flèche dans notre direction. Aurai-je jamais le courage d'apprendre la vérité à Hélène ? Oui, peut-être, après la naissance de l'enfant. J'imaginais celui-ci comme une espèce de garantie contre laquelle rien ne prévaudrait. Mais quelle serait sa réaction ? Je la voyais s'enfuir, ou se pétrifier, ou...

– Tu fais une drôle de tête. Tu ne m'enlèveras pas de l'idée que c'est à cause de ce qu'a pu te raconter ma mère. Je la connais, tu sais.

– Mais non. Je suis heureux. Et j'ai peur de te perdre.

– Quelle idée biscornue te trotte encore dans la cervelle ? Quand tu me regardes de cette façon, tu as l'air d'un type qui vient de faire un casse.

– J'ai plutôt l'impression d'avoir volé le feu. Ça me fiche la trouille : les dieux n'aiment pas ça. Ne reste pas debout. Allonge-toi.

J'ai dégrafé sa robe, posé ma joue sur son ventre nu. Rester là, immobile, protégé, protégeant.

Un peu plus tard, comme l'après-midi déclinait et qu'Hélène s'était remise à ses pinceaux, j'ai jeté à la hâte sur une feuille de papier un bref récit, une espèce de nouvelle, dans laquelle je tentais de me purger des quelques gouttes de poison que la peur avait laissées dans mes veines.

– Qu'est-ce que c'est ?

– Une sorte d'antidote. Une façon de déjouer les traquenards du destin sur son propre terrain.

Assise sur le lit, elle a tendu la main :

– Je peux ?

– Tu ne vas pas aimer ça du tout.

... Vaincu par les circonstances, il était parvenu à se nourrir de son absence avec une perfection si cruelle que la perspective du moindre contact entre leurs corps lui eût paru une profanation.

Un an après leur dernière rencontre, ou peut-être deux, comme il faisait des courses dans la ville où elle s'était fixée, ils butèrent l'un sur l'autre.

– Toi ! s'exclama-t-elle, depuis tout ce temps, tu aurais pu, tout de même...

Il sentit ses joues fraîches contre les siennes. Ils parlèrent un certain temps, assis à la terrasse d'un café. Mais les mots qu'elle prononçait s'éteignaient les uns après les autres dans l'abîme de silence qui s'était creusé à la place de son cœur.

Une fois qu'elle l'eut quitté – il avait prétexté d'un rendez-vous important à La Foux pour ne pas déjeuner avec elle –, il se dirigea lentement vers sa voiture. Un passant arrivait à sa hauteur.

– Ce n'est pas elle, lui dit-il, non, ce n'est pas possible, ce n'est pas elle...

L'homme poursuivit son chemin en lui faisant signe qu'il était fou.

– Tu es content de toi ?

– Comme ça...

– Approche.

Elle m'a saisi par la taille et d'un brusque coup de reins s'est rejetée en arrière en m'entraînant sur elle.

Elle a pris mon visage entre ses mains et m'a longuement observé. La façon qu'elle avait de me détailler d'un regard presque neutre m'a fait froid dans le dos.

– Jean, il n'y a rien au monde qui puisse me séparer de toi. Rien. Ni la mort, ni le reste. Rien.

Elle a appuyé ma tête contre son cou avec une espèce de violence, et enfouissant ses deux mains dans mes cheveux :

« C'est tout de même une drôle d'histoire, quand j'y songe.

L'Aigoual, 10 septembre 1986.

Cet ouvrage a été réalisé sur
Système Cameron
par la SOCIÉTÉ NOUVELLE FIRMIN-DIDOT
Mesnil-sur-l'Estrée
pour le compte des Éditions Laffont
le 15 décembre 1986

Imprimé en France
Dépôt légal : décembre 1986
N° d'édition : 30271 – N° d'impression : 5667